偷窥背后

TOUKUIBEIHOU

阿明 ◎ 著

中国华侨出版社

图书在版编目(CIP)数据

偷窥背后/阿明著. —北京:中国华侨出版社,2010.6
ISBN 978-7-5113-0316-5

Ⅰ.①偷…　Ⅱ.①阿…　Ⅲ.①长篇小说-中国-当代
Ⅳ.①I247.5

中国版本图书馆 CIP 数据核字(2010)第 111226 号

●偷窥背后

著　　者/阿　明
策　　划/刘凤珍
责任编辑/齐敬霞
责任校对/王　磊
装帧设计/木鱼书籍
经　　销/全国新华书店
开　　本/710×1000 毫米　1/16 开　印张 18　字数 250 千字
印　　刷/北京中印联印务有限公司
版　　次/2010 年 9 月第 1 版　2010 年 9 月第 1 次印刷
书　　号/ISBN 978-7-5113-0316-5
定　　价/30.00 元

中国华侨出版社　北京市安定路 20 号院 3 号楼 305 室　邮编:100029
法律顾问:陈鹰律师事务所
编辑部:(010)64443056　64443979
发行部:(010)64443051　传真:(010)64439708
网　址:www.oveaschin.com
e-mail:oveaschin@sina.com

偷窥背后

内容简介

　　新世纪伊始，出版公司编辑刘希圣在一次无意的"偷窥"中，认识了一位有些神秘的女子，并得到一部手稿。围绕着这部手稿，道德、信仰、利益以及爱情与欲望、生存与毁灭、现实与梦想等等，生出一系列的变故。小说细致入微地描述了几个主人公的迷情世界，以一种放大镜式的"偷窥"方式，捕获他（她）们心灵最辉煌、最真实的瞬间。同时，以一种宿命的结局暗示生活的本质，看似凝固的生活，正由痛苦、背叛和无奈构成，而迷人的生活，却是由追求、希望和爱来完成。

　　小说风趣幽默，如同京城的邻里老兄，娓娓道来，语言有点矫情，倒是北京人所特有的。

第一章

所有的男人都应该想娶文惠这样的女人。

多数男人眼里，女人只有两种相，情人相和老婆相：情人相的女人有可能成为老婆，可老婆相的女人甭想成为情人。我的意思够明白了，文惠就是天生老婆相的女人。过去的事，我不想提了，现在，我一门心思想和文惠结婚，如果走运的话。对我来说，走运的意思就是床上有女人，出门有钱花，当然，床上的女人最好不是婊子，兜儿里的钱最好也不是赃物。本来，我稍稍挣扎一番，目标就实现了，因为我想要的就在眼皮子底下，可最终，运气还是溜走了……

倒霉的事是这样开始的，新春伊始，偷窥、性、车祸和畅销书……

1

做出和文惠结婚的决定后，就像经历了一次不完美的性高潮，身心疲惫，情绪有点儿腻歪，一切处于半休眠的状态，思维迟缓，激情、亢奋、快感、烦恼在我体内消失得无影无踪。我也希望如此。当我还能仔细品味生活的苦涩时，倒证明我对生活还有所乞求，像我这类人，洁身自好规规矩矩的生活注定不会太久。这些日子，平静的生活就像思想的镪酸在腐蚀我的精神，可只要精神还在，哪怕只是未燃烧掉的灰烬，天上的流星也能把它点燃。这么说，真不是耸人听闻！

究竟是欲望还是其他，我说不清，但就在此时，"一颗流星"出现了。

一位哲学家在他的墓碑上写道，有两种东西，我们对它们的思考越是深沉持久，它们所唤起的那种越来越大的惊奇和敬畏就会充溢我们的心灵，这就是繁星密布的苍穹和我心中的道德律。应该说，我弄不清我的道德律，但这颗"流星"确实让我感到惊奇，"它"落入我的视野完全是偶然。我住六楼，因为是顶层，有一个大平台，天渐暖后，只要有情绪，总喜欢在那里站会儿或喝杯啤酒，当然也捎带着胡思乱想。夜深人静之刻，也仰望星空，久了，身子就愈加显得沉，不是深沉，是酒劲儿，楼宇仿佛在晃动，城市恰似在海面上缓缓漂移。黑夜中，人就跟活了一万年似的，没有过去，没有未来，繁星也变得鬼火一般。每每如此，我便梦呓般在心底嚎叫，不管是谁，别让我一个人沉睡过去。有时，我就像害怕阳光一样也害怕黑暗……坦率说，这种情况不是很多。当人处于一种近似迷狂的准休克状态，视野里朦朦胧胧横出一风姿绰约的女子，一般来说差不多都是从圣人过渡到诗人，再从诗人过渡到色鬼。我把诗人这块省了，眼睛立马灼灼有光，将世界颠覆到正常状。季节的原因，马上就要停止供暖了，屋里很热，那天我在自家的平台上站了一会儿，就发现对面楼房的四层的大窗子内，有一裸体女子走来走去。我先以为花了眼，仔细凝注，知道是真实的，那女子二十多岁的样子，全无顾忌，头上缠着一条花里胡哨的毛巾，具体颜色分辨不清，看样子是刚刚淋浴过。她点了一支烟，然后坐在沙发上，半天没有动弹，看不清她的容貌，却能看清她乳房高耸的浑圆轮廓；正待进一步观察，女子被像黑色尸布一样的遥控窗帘缓缓吞噬掉。当时是晚上十一点左右。我想她一定是不小心碰到控制窗帘的遥控器了。这个"不小心"的念头把我自己逗笑了。可后来发生的事，大大出乎我的意料，那天她的确是不小心碰到窗帘的遥控器，因为接下来的日子，她常常不拉上窗帘，有时她穿着睡衣坐在写字台前，有时干脆就光着身子，常常都持续到凌晨，因为距离太远，我看不清她在忙活什么。印象里，对面四层的那间房一直没人住，前些日子倒是看见在装修，她一定是新搬来的。她是一个什么样的女人呢？

　　我很快就有了答案。

　　不久，我到南方出差，回来后，北京气候开始热，我也可以拿着一罐儿啤酒在平台上呆上两个小时而不用担心患上感冒。另外，这次出差还有一个重要收获，我花五百多块钱买了架日本原装的二十倍望远镜。我还为自己的无聊行径找到一个"为了近距离观察生活"的冠冕堂皇的理由。

说句老实话，我很有些迫不及待。那天是个周末，我是个丢三落四不拘小节的人，我很想找个理由把这件事给忘了，以表明我是个基本上脱离了低级趣味的人。可根本不可能，我对对面四层那扇窗子的渴望就像一位刚刚做完角膜移植手术的盲人对光明的渴望一样，焦虑，紧张，坐立不安中还有那么一点点恬不知耻的羞涩。

夜幕终于降临了，我守候在阳台上，耐心等待着。就在我将要失去信心时，对面四层那扇窗子的灯亮了。我像贼一样，心咚咚跳着，手有些颤抖，屏住呼吸，调好望远镜的焦距，真是太清晰了，简直伸手可以触摸到。她开始一件一件脱衣服，看起来她不是位很有条理的女人，先将橙黄色的丝绒围巾和羽白色风衣搭在实木衣架上，接着就解开了裤扣，任其垂落至脚踝后，随便踢开，接着掳去套头衫，三下五除二，身上就剩下胸罩和镶着繁琐花边的内裤了。她愣了会儿神，一屁股陷在沙发上，并念念有辞地点起一支烟。我多少有些失望。不长时间，她突然掐掉烟，对着大穿衣镜搔首弄姿起来……我感到又邪恶又神秘。我不用猜了，她是个妓女笃定无疑。我是个男人，可能无法理解女人的自恋癖，除了职业上的需要，还能有其他解释吗？有。我马上就看到她开始穿内裤，而后，又把乳罩套上，她佝偻着胳膊，将身子弯得像只受伤的河虾，一下下折腾，事毕，不知从哪里抽出透明的纱巾，把自己缠了起来。她对着穿衣镜转了几圈儿，乌黑的长发打开了，此时，我终于看到了她的脸，更准确些说我看到她的脸和五官的轮廓，她的眼睛很细很长，前额大而光滑，别的就有些模糊了。不过，假如我们照面，我还是能一眼认出她来。虽然对她的印象不很清晰，但有一种感觉。她在屋里来回走动，很兴奋似的，步态优雅，我立刻推翻了刚才对她职业上的判断，她不是个妓女，应该是个业余模特或是地方戏的演员。这样一来，我对她的搔首弄姿倒多了些好感。她很快安静下来，开始读一本杂志，我看清了，是本文学杂志，因为那本刊物我的朋友王子和每期都给我寄，那封面的版式和图案很有特点，所以我记得很清楚。她胡乱翻看，就像一位不谙农事的城市娘们儿在乡下休闲时在田里拔麦子。我的意思就是她让人感到很不舒服，她一本接一本看，多是文学期刊，不时还拿起铅笔做记录，不一会儿时间，她眼前茶几上的书和杂志就摞得老高老高……

我得承认，此时，她看上去倒是怪深沉的。非常不幸的是窗帘儿又徐徐拉上，一瞬间，我看到她坐在电脑前。我可以肯定地告诉自己，她浮躁的神态及浪漫的行径，只能说明她是我们称之为作家的那一类人。

证据之一，我猜想她对着穿衣镜描写自己的"局部"。对一个患有自恋情结的娘们儿来说，既满足洁身自好的雅癖，又可得到酣畅淋漓的放纵快感，除了自慰就是写作了；证据之二，她如此大胆在一个不甚封闭的小区打开窗帘，然后光着身子走来走去，于国情民情都不符，可她看上去也像中国女人，不该不知道"春光乍泄"的危险，她的肢体语言不过在透露着一个"一般人不配和我做爱"的信息，在这样一个房租低廉，而且全是拆迁过来的农民的小区，如果是妓女她就会破罐破摔，不大可能生出翻阅文学期刊的兴趣。

我一连打了三个喷嚏，差点儿把望远镜从六楼掉下去。即使这样，我还在对刚才的两个证据和自己商榷，因为我不知道她会不会写字。不过，我并不着急，因为我明天或者后天就可以用我的望远镜得出正确结论。不过，真是太不走运了，当天晚上我就发高烧，用体温计一量，三十九度五。我没和文惠打招呼，生扛了三天，算是扛过来了。在这期间，我还支撑着虚弱的身子，在阳台上对她进行观察，但她再也没有露面。窗帘儿紧紧拉着，只是上面有个挂钩松了，垂出一个"凹"型，有幽幽的光线泄出。我非常懊丧，看到那幽幽的光又能怎样，除了证明她光着身子在灯下走来走去或是坐在电脑前写低俗小说外，我好像没有机会了。

我开始上班，一切按步就班。

我所在的出版公司日子很艰辛，每个倒霉的编辑都得完成自己的经济指标，然后才有提成，而我已经连续两年没有完成任务或者说是基本持平，也就是说我现在就靠工资活着，我特想找一部好稿子，印它几十万，我就可以把房子装修一番，然后和文惠结婚，可是不行啊；我要是个女编辑就恨不能让一位畅销书作家带着他的手稿玩我一番，可还是不行啊；我是个男的，没有哪一位女畅销书作家喜欢那个。

编辑部的王主任人不错，是个秃顶，老是笑眯眯的。他把一摞稿子扔在我的办公桌上，让我再找作者改改。王主任哪都好，就是对像我这样招聘来的编辑有些吹毛求疵，我像是后娘养的。唉，体制的产物，能说什么呐，有碗饭吃就不错了，况且我什么本事都没有。我还是有情绪，这么好的小说老折腾作者干嘛呀！可是这种情绪你是不能表露出来的，这部将近三十万字的小说叫《青春绞架》，是一位叫欧阳文婷的作者的自然来稿，在我手里都快有一年了，已经改了两次。我对《青春绞架》如此上心，是因为我从来没读过这么棒的小说，它完全可以和三岛由纪夫的《假面青春》并肩。我不相信我会看走眼，严格意义上来说，中国就没有一本像样的青春小说，而欧阳文婷好像就是为了这个才来到这个世界上。遗憾的是，我们书信电话往来，也算是神交已久，可是我们从来没有见过面。欧阳文婷的声音很迷人，言语也很善解人意，我几次约她都遭婉拒，欲登门造访，她也不同意，好像她非常喜欢这种方式。我不知道她是什么用意，但一想能写出这么棒小说的女人，毕竟很了不起，有个性也是很正常的。

好吧，第三次把《青春绞架》退给欧阳文婷，给她一个月时间改好。我再一次把修改意见附上，并表明了我对《青春绞架》的真实看法。能写出这么智慧作品的女人，肯定是聪明的，能权衡出我的位置。

我在办公室老走神，同事们已经看出来了。实际上，自从"偷窥事件"卷入我的生活，好像任何年龄相当的女性都和那"半截裸体"有关，我拼命地将她们衔接、组合。这下倒好，我把欧阳文婷也放进了我那疯狂的视野里，她一定娴雅得体、气质迷人，她的美貌、风韵、气度就像她小说里的女主人公，她活着、诱惑着，但不是为一个男人，而是为所有的男人。男人们见到她，都会不由自主地跑过去，心甘情愿挂在她青春的绞架上，荡来荡去。我也不能免俗，当然也不想免俗。这个世

第一章

偷窥背后
TOUKUIBEIHOU
长篇小说

界对我这个浪漫的穷光蛋来说，正像那首著名的咏叹调"为了艺术，为了爱情"，更重要的是，这两样和性有关的东西都比较省事，用不着太勤奋，就能得到快感，很适合懒惰的家伙。

我动了会儿心思，然后说欧阳文婷的名字也是很有卖点的。王主任同意我的建议，但还是表示让欧阳改改再说。然后，他问我有件能挣点儿小钱的事有没有兴趣。原来，二十天后，一位写小说的泰斗要外出讲学，有家杂志邀请王主任陪同采访，他想把这活儿让给我，因为那几天他有事。我说到时再说吧，不是还有那么多日子吗？王主任可能觉得我有点儿不识抬举，嘀嘀咕咕似有不满，但也没完全表现出来。

这时，文惠打来电话，说她这些日子太忙，准备参加五月份的成人英语高考，不能去我那里了。王主任可能从我接电话的口气里听出来什么，打着哈哈劝我结婚，还说了一堆结婚后的好处，比如说有人给我洗衣服、做饭啦，生病也有人照顾等等，就是没说结了婚可以天天做爱（这话不准确，应除去不得不休息的几天）。他虽然没把这话讲出来，不正经的表情却含有这个意思，最后，还是忍不住了，说天天搂着个人睡觉的感觉还是不一样啊！王主任见过文惠，挺有兴趣的，还拍着文惠的肩，说我怎么怎么有福气。所以，他一说"搂着个人睡觉"，我怎么看他的表情怎么像是说"搂着文惠睡觉"。他一定是这么想的，没有证据，其实就是有了证据，我也不在乎，就像我也曾经搂过别人的老婆，将来有机会我可能还会那么做。比如说，欧阳文婷有没有丈夫呢？再比如说，我对面楼里那个裸体女人有没有丈夫呢？王主任若知道我不在乎，他一定会说"你搂着文惠睡觉如何如何"。他快六十岁了，那样说一定很解气，就好像和文惠动真格的一样。

文惠哪里知道，我不在乎她来不来，因为我发现了一片奇异的"新大陆"。

这些日子，我盼夜幕降临就像干涸的小苗渴望雨露滋润，否则，生命就要枯萎。普希金是这么说的："失掉了神性，失掉了灵感，失掉了眼泪，失掉了生命，也失掉了爱情。"一点儿也不假，什么全他妈没了。

窗里的那尊"雕像"，简直就是老安格尔笔下的尤物，除了圣洁，没有不具备的。我怎么能不朝思暮想。

可是打我发烧后，那扇窗子就再也没开启过，撩拨我情欲烈焰的美人，隐匿在黑暗中，好多次我在自家的阳台上对着那块尸布般黑色的窗帏假设，那个风骚的婊子一定和哪个王八在做爱，他们玩得天摇地动，说不定绷着大筋的脚丫子因为没处搁，就碰着了窗帏的开关，一道亮靓的人文景致就会出现在我的视野，而我的高倍数望远镜也将不负所望，他们让我恶心，然后，再让我把这件事忘掉。那些曾经出现在我脑海里的丑恶欲望，也将消失，同时因为现实比我更丑恶，我开始原谅自己，一如既往地像个好人那样出入公共场所。可是什么也没发生，我还得承受着精神上的重负，在阴暗的房间里诅咒自己该死的本能。

好在文惠来了，她没像她所说的参加完五月份的成人高考后再来，而是给我打完电话后的一个星期，就跑到我的窝儿里。我兴高采烈地张罗，心里却有些愧疚，因为我除了想和文惠做爱就想不出任何高兴的根由。这话当然不能说出来，比我小八岁的文惠会跟我急的。比较起来，文惠是个正经女人，不像我，虽然没有多少不轨的行为，但一天到晚满脑子光想些乌七八糟的玩艺儿，也足够人受的。我像所有的读过几本书的穷酸男人一样，用一大堆莫测高深的理由，把文惠哄上床，以便打发我不可遏制的情欲。文惠呐，冲动起来也像读过几本风花雪月小美文的老姑娘一样，在弄不清情欲和爱情的情况下，一般就用爱情来支配自己，这样一来，精神上很卫生不说，肉体上的满足也不那么龌龊了。

可是这次出毛病了。

文惠跑到这里来就是为了向我表明，她在开始考虑我们的关系究竟是情欲还是爱情？我哪里敢笑！老姑娘和我交往的第三个年头开始成熟了。我不知哪里露出了破绽。我这样说并不是对文惠心怀鬼胎，而是我觉得一个三十六岁的单身汉和一个二十八岁的老姑娘（和老处女有别），一旦触及爱情，好多问题会接踵而来，比如说男的和女的都有过性经历，即使是一次，对方也会在心里悄悄为其开一个长长的单子，而爱情该是很单纯的；再比如说，进行比较也是本能，呻吟的高低，做爱时间的长短，是经验也是乐趣，而爱情该是充满激情非理智的……还有很多"比如"，所以我听到文惠要跟我讨论我们俩的爱情，身上的鸡皮疙瘩差不多就有黄豆粒那么大。虽然，我的思维有条不紊地在进行，手也没闲着，在床上，一粒接一粒解文惠的衣扣，看到贴身的那件湖绿色的乳罩，很是激发我的想象力，由于她不太配合，费了点儿事也没解开夹子。每一次都是这样。剩下该是文惠的活儿，可是她没动。我有些不安地抬起头，却见文惠的大杏核儿眼里射出一道光，差不多就是复仇的光，吓了我一跳，难道我要强暴她吗？一股冷飕飕的感觉向我袭来，就像割盲肠的大夫在你的生殖器官上挥舞着锋利的柳叶刀，似乎不可遏制的情欲刹那间消失得无影无踪。我说你这是干什么呀！

文惠说话了："你可真是一个麻木不仁的老滑头。"

我把文惠的衣扣一个接一个的又系上了。文惠就穿着她喜爱的湖绿色乳罩和我说话。我确实有些腒眉耷眼，不知所措，紧接着，更让我头疼的事发生了。文惠莫名其妙地哭了起来，而且越哭越伤心。我不知道发生了什么事，没法开口，便将毛巾递了过去。文惠接过毛巾，去了卫生间。我听到哗哗的水声，二十分钟后，她出来向我笑了笑，说是没事，只是心里难受。最不该在当时发生的事发生了，我们开始做爱。事毕，我躺在床上，看她慢条斯理穿衣服，看她套上湖绿色乳罩，我帮她在后边拽了拽，她侧过脸，冲我拉了拉嘴角儿。这是文惠表示歉意的下意识动作，可这次倒让我觉出些悲剧味道。

文惠这是怎么啦？

她后来的动作就快多了，穿好衣服后，坐在沙发上，端起我们做爱前沏的茶，轻轻呷着。我能看出来，那茶还不太凉。她扬起眉，问我小说写得怎么样了。这是一个没话可说的信号。我没吱声。过了一会儿，我问她晚上吃什么，她也没言声，两手握着茶杯，目光有些游移，最后她看了看电视柜旁的望远镜。我以为她会问，可没有，她只是仔细看了看，百无聊赖地将茶杯放到写字台上。她不想和我一同吃饭，却对我说她不饿。其实她的意思就是不想在我这里过夜。

送文惠下楼时，她对我说："对不起，我也不知道怎么了，一出门心情就好了。你当时怎么不问我为什么？"

我说："和你一上床，我全忘了。"

文惠捂住我的嘴，让我小点儿声，说这是在楼道里。她接着说："我真是烦透了，不想在酱菜园干了，真让人受不了。这次续本科很重要，咱们过段时间再见面吧，好吗？"

我点点头。

她又说："我以为到你这里来，心情会好些。"

"好些了吗？"

"现在好啦！"

看着文惠挤上公共汽车后，我找了一家小饭馆喝了会儿酒，觉得挺没劲，喝了一半就离开了，准备去小区新建超市内的一家书店转转。

有时你不得不承认生活中的奇遇实际上是很恶毒的，它擅自改变了你的生活走向，而你却浑然不知，以为天上掉下来个大馅饼。在超市的书店架子旁，我居然发现了那个被我偷窥的女人，即使她戴着眼镜，还是被我一眼认出来。我挺烦的，确实想找点乐子，可是我没办法和她搭讪。说实话，她看上去比文惠要年轻些，气质也不错，看她挑书时的认真表情，我实在不能也不想把她和那个女人联系到一起。我站在她身旁，看她挑了一本杜拉斯的《情人》，将手里霍桑的《红字》放回书架上。

我说话了："我要是你，这两本书就都要，如果非得要一本的话，那我就要霍桑的《红字》。"说着，我侧过头，继续在书架上浏览，就像刚才是一个偶然。我不是故意这样做，与其说这是成年男子一种很俗气的尊严，不如说是习惯。

她很礼貌地说了声"谢谢"。我调过头来，见她将两本书都拿到手里。她又说："你是这个出版公司的吗？"

这时我才发现手里的袋子印着我们出版公司的名字。

她说："这可能是缘分，我写了一本书，你能帮助我吗？"

我不太喜欢这种方式，我也不太喜欢她咄咄逼人的态度，尽管话语很委婉，言辞也算得体，不过，我还是把名片递给了她。她说她会给我打电话的，然后，就去了收款台。她的风衣很长，就要拖到地面上，似乎现在很时兴。我没看到她的腰肢，她已消失在超市内熙熙攘攘的人群里。我没心思看书了，极力回忆刚才发生的一切，什么也没想起来，因为她戴着眼镜，只觉得她的颧骨很高，嘴唇很小很厚，涂得血红，非常性感。

我知道，不管她是谁，她一定会给我打电话的。

当天晚上，我把望远镜收进顶柜。

不过，我还是拿杯加冰块的红酒在阳台上坐了一个小时。很好，像我想的那样，我阳台对面那神秘的窗帷只拉开了一道缝，一束充满诱惑的光，斜斜插下来，有来回走动的身影，间或挡住那投下来的光束，因而一切就仿佛显出些活力。可能前些日子发烧过，身体好像有了免疫力，或许是红酒的劲头，反正身上热乎乎的。我躺在床上，想的也是这件事，看来我猜得挺准，她的确是个写小说的。写小说的娘们儿虽然不见得是婊子和演员，但她们应该具备婊子和演员的素质。那么男人呢？没等我想出答案，被子里好像有什么挺硬的东西硌了我一下，伸手摸出来，原来是文惠的发卡。她真是个马大哈。

电话突然响了，我以为是她打来的，一接原来是文惠。她说给我打了好几次电话，都没人接，问我干什么去了。我将和她分手后的行踪一一说过，只是没提"那颗流星"。文惠哈哈笑着说她的"东西"落在我这里，让我给她收好。我是得收好，尽管我知道这张床上不大可能出现别的女人，我还是不愿意背一个很真实的"黑锅"。实际上，这屋里到处都是文惠的东西。不知别的单身男人是怎么想的，我倒是希望房间里有女人的东西和味道，但最好别是乳罩或内裤什么的。和文惠瞎扯了一会儿，她突然问我买望远镜干嘛。我告诉她是给她买的，为了旅游方便。她说我是不是为了窥视别人隐私方便。我不置可否地笑了。

最后，文惠说："我告你，你可得老实点儿啊！"

女人的心有多细，我还以为文惠根本没注意呐。

半个月后，我在电话里知道被我偷窥的女人叫马兰花。

我有时间自己，婊子和天使的区别在哪里？当一个漂亮女人没有灵魂的时候，她差不多就是一个婊子。男人呢，又总是因为女人漂亮而忽略她们的灵魂。

马兰花是个婊子，她在电话里约我，说是搞到两张很有味道的电影票，顺便把稿子给我。见面后，她告诉我这是一本自传体的小说。关于她的小说稿，我们没说几句。她把厚厚一沓稿子装在一个很气派的大信封内，我把它放进她认识我时发现的那个印有我们出版公司名称的手袋里。有一个细节，使我断定马兰花是个没有灵魂的娘们儿。我们在电影资料馆刚见面，她就把手包掉在地上，我弯腰帮她去拾，发现有两本护照和很多外币，其中一本护照是马来西亚的，另一本她主动告诉我是新加坡的。我开始打量马兰花，一眼就看出她是疤痕皮肤，光而亮，有细微凹凸和不自然的弹性，我想我不会和她上床，可我马上又想到她一定有很多的钱。她把头发盘成一个高高的髻，用一只很大的黄褐色玳瑁发卡别着，显得很干净。可她还是个婊子，谁让她第二次见面就让我知道她有那么多的钱，如果我帮助她寻找灵魂，那也是因为这个灵魂有两本护照和很多外币。

我半天没说话，马兰花问我在想什么。我不会撒谎，但也不可能实话实说，剔开太丑陋，挑一俗的。"我在想你有那么多的钱，好像还定居海外。"她乐了，表情就像我们公司那些奋斗半生的老徐娘们混上高级职称。

一见面我就在心里敲定了和马兰花的关系。

不过，我还是得好好看看她的"自传体小说"。

没有改建的电影资料馆有些简陋，我和马兰花去得早，便坐在了前排。不久，从更加简陋的旁门走进来一位干瘪的女孩，坐在我们前面一张放着麦克的桌子后，开始用铅笔勾勾画画。马兰花告诉我她就是同声译员。

我说："这该是一部探索片吧。"

马兰花说："我也不知道，看看就知道了。我看过几次，挺不错的。"

确实不错，电影开始打出片名我就在心里承认，因为我从来就没开过这么大的眼。光是《阴道》的片名，就能把人吓个半死，加上那个干瘪女孩的干瘪声音，从扩音器里充斥到放影厅，到处都是"阴道、阳物、下身以及什么看上去劲头还挺足"之类的让人脸红的对白，接下来的九十分钟，也没什么变化，翻过来调过去的。我看很多专业人士瞪着眼，在这部乱七八糟的影片中极力寻找深刻。这是一部法国影片，说的好像是一个拍摄色情影片的导演寻找男女演员的故事，几乎没有情节，最后也没找到合适的，只好导演和一个女场记自己上了。影片放完后，场里的观众彬彬有礼退席，没发生我认为要发生的事件。马兰花若有所思，居然对我说这才叫电影。由于还不熟，我不敢把心里想的全讲出来，只是说看不懂。

鱼贯而出，马兰花伸手拦了辆出租车。

在车上，我们谁也没讲话。车一直开到马兰花家的楼下，实际上也是我家楼下。车停下后，马兰花付了钱，我也下了车。她很郑重地邀请我上楼坐坐。我想说改日吧，可是出口的话却是："回家也是一个人，没什么事，如果不麻烦的话，就坐会儿。"

马兰花说："我这段时间在国内呆得不长，就是为了写这本书。这房是我表妹的，一直闲着，我也是才过来没几天。你说得对，《红字》是比《情人》给人的东西多。对了，你能尽快告诉我这本书的处理意见吗？"

说着，她已经打开房门。我跟在她身后，一直没得机会讲话。

在客厅里，我四下看了看，和我观察的一样，是个临时的窝。马兰花给我弄喝的。我特地走到窗前，撩开大窗幔，正看到我家阳台，更准确些说正看到对面楼所有的阳台。窗幔是咖啡色的，在枝型吊灯的映照下，看上去很庄重。

"别打开！"马兰花递给我一罐啤酒，自己也打开了一罐。"别打开，刚搬过来时，有几次我喝多了，光着身子写东西，把窗帘的事给忘了。派出所接到好几十个电话，差不多要起诉我有伤风化。你也住在对面吧?"

我说:"我可不想给派出所打电话,我会给你打电话的。"

这是一个藏拙的玩笑。她说:"那就对了。"

"你刚才说你是一个人住,你不会还没结婚吧?"她坐我的对面,架着二郎腿,摇着不知何时换上的大红绸子拖鞋,见我点过头,又接着说:"可你有女人,对吧。你这么冷静,我就能猜出来。我结婚了,可快离了。他是马来西亚的混血儿。"

"我要结婚了,她是北京一个老姑娘。"

说完,我和马兰花都开心地笑了。她说:"咱们这是干嘛,就好像要出事似的,在我这儿随便吃点儿吧,我拍拍你这个大编辑。全是速成食品,很快的。"她从电视柜找出一张光碟,塞进盘仓后说是个风光片,让我自己消遣,然后就进了厨房。她不让我有反应,就这样强迫我服从她的意图。片子是介绍黄山的,我去过,我就是没去过也没心思看,坐在沙发上有些难堪,可又不能走开。说起来,这真像一个圈套,如果没有作者和编辑的关系,我倒认为这是个甜蜜的圈套。我对马兰花来说,老了一些。回忆我们从相识到现在,过程太冷静,太缺少浪漫和矫揉造作。成熟男女的相识如果没有过程,其结果只可能有两个:嫖客和妓女或权力和肉欲。这两个都让我不舒服。此时此刻,我该想想我要与之结婚的老文惠,可不价,我在想如果我继续在马兰花房间呆下去的话,我会面临什么危险……

"我真希望一年有半年里住在黄山。"

马兰花头上扎着淡蓝的丝巾,腋窝夹着一瓶王朝牌干红,一手托着盘红绿白相间的沙拉,一手端着个拼盘,我看清那拼盘内是切好的澳洲牛肉和几条烤炙好的明太鱼,甚至烤鱼还冒着嗞嗞的油花。她的围裙上,拼贴着几只大蘑菇图案。这一刻,多多少少有些打动了我,愣神间,她对我说:"你不来帮帮我吗?"

气氛和谐起来。我们一同收拾茶几,腾出地儿,铺上餐巾。

斟过红酒,马兰花解开系在头上的丝巾。看她的头发落下来,我又有点心动,发现我好像并不是很讨厌她,私下还把她同我开始偷窥过的那个女子进行了比较。这时，我的脸突然发热了。马兰花和我碰了碰杯，说："我们为了什么？"

"我想不出什么理由，还是你说吧。"

我的话，使她看上去有些伤感。"不能为了我的书能出版，为了《红字》？"

从来没见过这么狡猾而又聪明的女人。她的目的达到了，现在，我们除了为她的破书有可能出版干杯，还他妈能找到更好的理由吗？尽管我现在还不知道她这本书里写的是什么。

两杯酒后，我就觉得有些多了。"你干嘛这么信任我？我也可能帮不了你，说不定我还会干掉你。哈哈，现在，你一个孤身女子，就不害怕？对别人也这样吗？"

马兰花说："你能干掉谁呀！最多能强奸我，你没有其他的胆量，你说这话时脸都红。在资料馆我就看出来了，你是个雏儿，除了多读几本书，好像也没什么能耐。我说的对吗？"

我点点头。马兰花的老道，让我想起文惠的傻正经。她告诉我她今年二十六，可现在我看她不止这个年龄。她说："说句实话，我认识很多男人，我和他们上床。然后，把他们写进书里。你皱眉头了，我和你开个玩笑，怎么可能呐。不过，我肯定不会只和我老公一个男人上床，就像你一样，不会只和你的老姑娘一个女人上床。好啦，咱们别说这个了，聊点儿别的吧，我的故事你以后从我的小说里就能知道，你能看出来哪是编的，哪是真的。"我们把最后的红酒喝掉后，她想了想，又抬起头说："今天的电影怎么样，当时我看你脸都红了，实际上，我也有点儿不好意思，第一次邀你看电影，就挑了这一部，好像是我有意勾搭你似的。"

我爱喝酒，可量不大。马兰花的话让我开始走神。

剩下的事，就好像顺理成章。马兰花丢下我，走进带卫生间的浴室。开始我倒也不太在意，很细心地啃盘子里的明太鱼，啃来啃去，就觉出屋子出奇地热，细小的哗哗冲水声直接刺激着我的感官，我心里想马兰花是在方便还是在淋浴。在我的心里，明明知道被道德踩躏着，可仍然有些沾沾自喜，就好像在欣赏着某种低级趣味，虽然它对灵魂的健康没有什么好处，可对时间的砥磨却大有裨益。我可以夺门而逃，也可以稳稳坐在原处接受考验。事情也没什么出奇的，马兰花穿着丝绸睡袍出来了，表情全无半点修饰。我想我是真的有些头疼并用手拿捏着太阳穴，可是我一点也不怀疑我的行为给马兰花的印象是假模假式。她笑了。我把头抬了起来，见马兰花宽松的睡袍很勉强地维系在她还算丰满的肩头上，用一口气仿佛也能把它吹落下来。她的胸部半袒露着，被打湿的发梢儿垂在颈窝儿处，微微颤动，在她亮黄肌肤的映衬下，显出几分野性。我感到很生疏。

　　我总是被生疏的东西所打动。这是我的弱点，也是我生存的理由。我不想让事情继续往下发展，出口对马兰花说："你不是为了你的小说才这样的吧？"

　　马兰花哼了一声，连头也不回，径自回到自己的卧室去了。我注意到一个细节，那就是马兰花没把自己房间的门带上。我看到她躺在软床上，背朝着房门。"你干嘛站在那里，我的头发被夹住了，帮帮我……"因为文惠，我有很多理由走开；因为情感的诱惑，我也有很多理由过去。实际上，我过去的时候还是想帮完就走开的。道德根本就不能拯救像我这种拥有双重人格的边缘人，因为我只会思考，而不会后悔。感到欣慰的是马兰花的头发上确实有一个小夹子，不过并没有碍她的事，那只是一个因由。这个因由拯救了我，至少，当我面对文惠和自己的时候，我可以说我只是想帮马兰花一个小忙，其他的，只是一个意外。

　　我的手刚刚碰到她的头发，她猛地转过脸，虽然她似乎有些害羞地笑着，但那张骚动不宁的脸因为激动显得有些扭曲。她紧紧抱住我，动作麻利地扒光我的衣服，随后在我身上疯狂地扭动……我稍做挣扎就松弛下来，在她的强暴之下陶醉在一种从未有过的飘飘欲仙的幻觉里，不能自已，一切都在五光十色中旋转，忘记了身在何处，忘记了一切究竟为什么发生。

　　完事的时候，只听马兰花说："你真是个伪君子，还要当新郎官呐。"

第一章

偷窥背后

长篇小说
TOUKUIBEIHOU

虽然我还不十分清醒，可我生出的第一个念头就是马兰花的小说一定写的不错，因为她是个真正的婊子……

2

回想起那天在马兰花家里一直睡到第二天早晨十点，起来时她已经不在了，给我留下一张字条：

希圣，和你所做的一切，与我那本小说无关，只是一种感觉。实际上，我很早就注意到你了，因你经常光顾超市那家书店。我很兴奋，也很快乐，真希望你也一样。我有急事去外地几天，回来后我们再联系。另，附上我的出版委托书，我相信你，如果有可能，你就做主吧。（钥匙放在我的信箱内）

马兰花很懂行。

我擦了把脸，再回到客厅，注意到传真机上有几张传真，多是金融和外汇之类的，我也看不懂，一时犯懒，便看她的小说手稿，读着读着便入了港。我不得不承认，马兰花的感觉真是太棒了。这本名为《黑夜和诱惑》的小说，其无耻和坦白的程度，犹如其人性的真实写照。她津津乐道地再现动物的本能，她精心布置了一个大客厅，你进入的时候才发现这里原来是一个硕大的精神子宫，赤裸裸的生命纠缠在一起，丑陋、真实，你是人就不得不望而却步，你是动物也不得不面对它的存在。读马兰花的小说，我忘了技术方面的理智，简直就是和她做爱，是个圈套，是个充满快感的圈套。这个婊子养的，写她和几个男人的情感纠葛，一行行挑逗性的文字，堆砌着情欲的烈焰，像老波德莱尔说过的，是一盘"精心调制过的文字垃圾"，或者更准确地说是马兰花随心所欲布置出来的精神妓院，让你尽情挥霍掉童贞，它将像龙卷风一样连根拔掉你的意志，尊严在这里变成虚伪，本能在引导着情感，虽然一切不过是建立在海市蜃楼般的想象中，但这些真实的连贯性的诱惑，使你不得不读到最后一行才罢手。我也是一样，当我察觉出这本小说的潜在力量，就给编辑部的王主任打了电话。我告诉他，我偶然撞到一部能赚钱的稿子，它让所有的人都会来劲儿的。王主任听说后，让我这几天不用去编辑部了，好好在家编稿子。同时，他说欧阳文婷的《青春绞架》改回来了，他正看着，改动不是很大，但读过两遍后，就不得不承认这是一部真正的好小说。可能不能赚钱却两说着。最后，他这样说。

我回到自己的家后再往编辑部打电话，在对《青春绞架》这本书上，王主任的态度来了个一百八十度的大转弯，让我有些不适应，可他在我说过马兰花后再提欧阳文婷，让我更不适应。不管怎么说，先把欧阳文婷放放，在这个问题上，我就像虔诚的垂钓者祈祷有生命的鱼儿不要咬钩一样，不但卑鄙，还有些狡猾。这个阴险的理由就是欧阳文婷太自以为是，她不像马兰花，小说有市场不说，为人也很真实。我不想用"做爱"这个词，是因为"真实"的本质有些含糊，看上去就和"诚实"差不多。这样一来，我就不会因为道德问题和自己纠缠不清了。我喜欢或者说是发现马兰花的《黑夜和诱惑》，虽然仅仅是职业上的，但如果让我完全承认还是有点心虚。当我把马兰花的小说读完后，生出一个奇怪的想法，假如，出版公司让我在《青春绞架》和《黑夜和诱惑》二者取一，我会怎样选择呢？可以说就是灵与肉的选择，我会怎样做呢？抛硬币或者让她们俩站在我面前？

事情往后的发展，证明我的假设并非杞人忧天。

我编完了马兰花的《黑夜和诱惑》，可她却没有丁点儿消息。在编辑部，我兴冲冲将马兰花的稿子交给了王主任，他只是翻了翻，撩了几眼，就对我说："你知道，现在风行什么，我改变主意了，把《青春绞架》撤下来，你看怎么样？别皱眉头，这回咱们摸到头奖了。"

我有些不解。"那么说欧阳文婷的稿子过了？"

"现在就两说着了。我先看看这个？"

他举起马兰花的稿子，就像不谙世故的少年在玩耍女人的乳罩，脸上的表情虽然是天真无邪，眼神却在告诉我："我可知道这玩艺儿的用处。"随即，他将我拉进过道，悄声让我下午找那个文学界泰斗的秘书联系，做好随行采访的准备。我差不多都把这件事给忘了，他一提起，我记起先前是有这么个茬儿。听我说不想去，王主任的脸拉了下来，就好像我不识抬举。我想保住这个饭碗，最后还是答应了。不过，我心里想的是欧阳文婷的事，毫无疑问，马兰花的稿子能给出版社赚大钱，我自己也可能捞到一笔提成，不过，我还是没勇气退稿，因为《青春绞架》对任何一位有良心的编辑都是一种挑战。我死乞白赖把稿子留下，也是想干成一件事，你干这行，就总想达到一个高度，而让欧阳文婷的小说出版，就是我的高度。

我没急着和那个倒霉的泰斗联系，而是躲开王主任的视线，来到隔壁给欧阳打了个电话。

是她接的。"真的，咱们这样不是挺好吗，我喜欢这样，再说，干嘛非要见面呐。我想象就够了。你为我的小说做得已经够多了，我不想说感激的话，可我还是抱着希望。"

"我们见面谈谈，我有一些想法，再说还没到最后。"

"我求你了，实际上，我也特别想见见你，这两年来，我是为了这部小说，也是为了你……你要是不想埋葬我们的友谊，以后见面的事就不要提了，在可能的情况下，我也许会去找你的。你和我说实话，《青春绞架》真没希望了吗？"

"欧阳小姐，我不是说了，还没到最后关头，我会尽力争取的。再说，就是我们出版公司不行，还有其他出版社。"

突然，欧阳文婷在电话里轻轻地啜泣。她向我解释，她有些感冒，不想多说话了。我虽然有些不安，可还是把电话挂上了。一年来，我第一次感到欧阳文婷原来是脆弱的，从她的小说看，她该是忧郁、敏感、极端、原则的，没想到会是这样。我嘴里说没到最后关头，实际上，我差不多已经猜出事情的结局，不仅仅因为我是个无足轻重的家伙，因为我深信老波德莱尔说过的"没有一种高尚的快乐不能还原成卖淫。在剧场里，在舞场里，人人都在一切众人之中找到快乐。艺术是什么？就是卖淫……"当然，我是不能对欧阳文婷说的，她的小说在某种程度上也表达了这种情感。马兰花是个婊子，她的小说是另一种形式的婊子，追逐快乐和赚钱的人们不会丢开《黑夜和诱惑》的，我不也是其中一员吗？我在意欧阳文婷的感受，可是我也怨恨她不能和我见面谈谈。我骨子里的下流欲望虽然很单纯，可它仍然被所谓的"艺术格调"掩盖着，马兰花能看出来，在这方面她是个行家，可欧阳文婷不成，弄不好她就像那个著名的伍尔芙一样"讨厌性生活"，除了为上帝写小说，弄不好她什么也不懂。

我再一次找到王主任，请他做《青春绞架》这本书。

可他就像蚂蟥一样盯住了马兰花的《黑夜和诱惑》，瞅他阅读的表情和我真是一模一样，我还能说些什么？《黑夜和诱惑》出版了，仅用了二十三天时间。

这些日子，我没有马兰花一点消息。她什么都不知道。看着摆在我面前的样书，我一页一页翻，感觉就像在看一个漂亮的女人在一件一件脱衣服，她脱到最后告诉我，她是个妓女。妓女又怎样，她还是很迷人的。我有马兰花的手机，可是我不会给她打电话的，如果没有意外，这本色情小说会使她迅速窜红出名的，到那时，她还会引诱我吗？

王主任告诉我，马兰花的小说走的很好，他希望能认识她。我没说马兰花是我的邻居，我也不想让她认识王主任，但是总得找个理由啊。我突然想起马兰花那本马来西亚护照，便对王主任说马兰花可能回马来西亚了。王主任的眼睛瞪大了，不仅仅是对《黑夜和诱惑》的作者，对我也好像在敬意中又多了些"柔情蜜意"。也是，马来西亚的婊子的价码肯定比大陆婊子要高哇！他再一次叮嘱我要好好照顾那个当代文学泰斗，说那个泰斗对我印象还不错。他干嘛用"还"呐。

实际上，那位泰斗的秘书领我见他时，他正在沉思，他的表情我一辈子都不能忘，他盯着我足有二十秒，然后很费力地挥挥手，让我去了。泰斗的秘书也说，他对我的印象不错，一般他看人从来不超过五秒。我想他洞悉了我的灵魂，当然也得包括我的五脏六腑，就是不知道我大肠内的东西他能不能品味出来。老实说，我根本不喜欢这个表情很像鲁迅的泰斗。我对王主任说我不想随泰斗出行。王主任不同意，他说我不过是坐着泰斗的豪华车玩一趟，问泰斗几个他很爱回答的问题，如此而已。我不好意思拒绝王主任，也只好默许了。

　　事情总有意外，出行的日子，马兰花从外地打来电话，说中午到北京，让我等她。我可以说不，可是我没有，因为我不想说，事实上，我下贱的骨子里有想在她身上找点乐子的渴望：我留下来就得找个随泰斗出行的替罪羊，我给我的好朋友华夏作家杂志的王子和打电话，让他替我去。我没想到倔傲的王子和一口答应下来，并要了和泰斗接头的地址，想来，他们杂志还是很买这位泰斗的账。了结这些无聊的事后，我安下心等马兰花的到来。我喝了杯啤酒，睡了会儿，听到敲门声，已是黄昏时分，果然是马兰花，她站在门口，呼呼喘着气。我惊奇的并不是马兰花要拥抱我的架势，而是她脚旁的两个大旅行皮箱。她看我发愣，解释说箱子是出租车司机帮着扛上来的。

　　我倚在门旁。"我不是这个意思，我的意思是你的房间在我家的对面。"

　　马兰花理也不理我，从我手底下钻进屋。她说："你快把箱子拿进来呀，我累坏了。"我正待发作，却见我们那位可敬的好事的年近七旬的女楼长田大妈气喘吁吁爬上来，瞅着我不说话，脸上却是"别逼我质问你"的表情。我不得不装出歉疚的样子堵住老太太的多事，将马兰花的箱子拉进屋，把门关上。我瞅着马兰花，真是有点弄不清，看她那张无动于衷的脸，因为细汗滋润着上面的化妆品，精心布置的"局面"完全被破坏，尽管后来她兴奋地笑了，仍然让我特别不舒服。

　　马兰花说："行了，别绷着脸，你不是还没当新郎官吗？"

　　我说："你这是干什么，你的家不就在对面吗？"

　　她诡秘地笑了笑，那副媚态就好像一个半老徐娘戴着少女的面具在不合时宜地发情。本来，我是等着这个乐子，可她连个招呼都不打一下就钻进我的房间，让我怎么和文惠交代，万一老文惠突然闯进来，事情就大发了。再说，我可能和马兰花寻欢作乐，但就是在我的床上也不自在呀，那可是我和文惠这对大男大女躺在上面商量过终身大事的"圣地"。

　　马兰花看着我，表情突然严峻起来，甚至还流露出一些伤感，她瞅着我，依依不舍的神情一看就是装出来的，她伸手拖地上的箱子。这一手，击中了我的"七寸"，我把她按在那张文惠坐过的沙发上。我问她到底发生了什么事。她告诉我她没地方住了，如果我不能留她，她就去住饭店。她不让我问她为什么，后来，她还是自己讲了出来。

"对面房子，是我和亲戚借的，现在人家回来了。我在北京就住两天，你说我去哪儿？我记得非常清楚，你对我说你一个人住，我觉得你这是一个暗示。行了，你的老姑娘不是没在这里吗？我后天就走，行了吧。"

说着，马兰花让我帮她把箱子打开，我看里边多是高档的衣物，她这一手又算是把我刚生出些警惕的脑瓜子给切晕了。我什么都没想，却非常俗气地觉得马兰花会给我带些礼物。我猜中了，她送给我一个鳄鱼大礼包，里面有一件 T 恤，一条皮带和一只钱包，很精致，都是货真价实的好玩艺，更让我感动的是，她居然还给文惠一瓶 C.D 香水和两支英国口红。我有点闹不明白：她们并不认识，即使是马兰花雍容大度，这样做也不合乎情理，更没有意义。

马兰花说："你没必要瞪大眼睛，我这样是为了收买你。"

实话有时挺丑恶，可只要讲出来，就变得磊落起来。再强调其丑恶，倒显得小家子气。马兰花很懂得男人，她没费吹灰之力就让我来劲了。我来劲的时候仍然在想，其他男人在这种时刻是不是也像我这样没出息。我开玩笑说，我一直就梦想着和一位畅销书作家上床，看来，我的愿望实现了。她看了样书，倒没表示出过分的激动，反而有些不知所措。我和马兰花都承认《黑夜和诱惑》是本地道的色情小说，用她的话说是用真情实感写出来的放荡经历，我把欧阳文婷踢到一边，马不停蹄地把马兰花这"半截身子"展现给好色的读者，说起来，我们该是一路货色，所以我和她在我的大床上把自己的衣服脱光该是顺理成章的，可是脱到最后，却好像没有勇气了，尤其是马兰花，她对我说："我是不是太过分了，现在想起来有点不舒服，我差不多是在卖身。"

马兰花这么一说，我也有点不好意思了。

我们把衣服又穿上了。说起来，连我都不信：我只能鼓励她，说这也没什么，很多作家不都这么干嘛。欧阳文婷的小说干净，谁认呀。当然，我不能提欧阳，她和马兰花是不能相提并论的。正说着，马兰花接了一个手机，然后对我说她要出去，有急事，并让我给她留着门，她回来住。她甚至根本就不征求我的意见，到洗手间忙乎一阵，匆匆出去了。她走后，我躺在床上好一阵胡思乱想，为了不让情欲再一次左右我，也不想再做对不起文惠的事，我悄悄自慰，很无聊。本来，我可能跟那个文学界的泰斗出去转转，然后用自己的笔强奸自己一番，把老泰斗掉得差不多的羽毛梳理梳理，混几个小钱，说不定够买几个进口避孕套的。可是马兰花一个电话就把我给留下了，这会儿又不和她做爱，却他妈的做践自己，好像我是个正派人。真是活见鬼了。

一阵电话铃声把我从睡梦中惊醒。是马兰花在我家楼下打来的，说是请我吃晚饭，还说要送我一个惊喜。我才注意到，已经是晚上八点了。在楼下，马兰花的惊喜让我做梦也想不到，她居然有一辆八成新的吉普车。她说这辆车才两年，跑了两万多公里，差不多就是一辆新车。谁都会觉得这是一个圈套。为了出本破书也不至于又搭人再饶上辆车吧。

我们很不合时宜地在楼下小饭馆里要了瓶红酒。她心里有事，这我能看出来。喝着喝着，她悄声告诉我她遇到麻烦了。不用说，我也能猜出来，马兰花的麻烦和全世界所有的麻烦都差不多，除了用钱能摆平好像别的都没用。我心里不快，闷头吃东西，至于吃的什么我都不知道，只是想把饭吃完把事情尽快了结。用不了多久，马兰花就可以从我们公司拿到一笔数目可观的版税，所以，我倒不是因为她跟我念秧儿缺钱让我腻歪，而是她的心计招人烦。比起我的傻文惠来，马兰花简直就像是从江浙蹿过来的刁钻师爷，而且还是女的，太让人不可思议了。

吃完饭，马兰花一进屋，把汽车钥匙、行车执照和发票等一样样摆在我的写字台上。她说："全是你的了。"可能她看出我的疑惑和不解，又接着说，"你哪像个爷们儿，在床上也不像。瞧你在饭店那副尊容，就好像谁要和你借钱似的。你看看这是什么？"

马兰花把她的皮包往床上一倒，一沓沓整整齐齐的外币落入我的眼帘。"我是个缺钱的女人吗？"她让我说话。我立刻傻了。不管你见过多大世面，看到那么多属于别人的外币像小山一样就堆在你的眼皮底下，心肯定痛得不轻，会觉得这个世界有很多不公平，并乐此不疲地寻找这些钱背后的罪恶。当然，最后都能找到。我的气短了，还假模假式让马兰花赶快把这些外币收起来，她瞅着那些外币，有些鄙视的样子，她像也看出这些外币背后的罪恶。这样一来，我倒觉得这些不属于我的钱不似刚才那般可恶了，甚至还帮她把外币收进包里。她用鼻子哼了声，进我家简陋的卫生间冲澡去了。我想问题化解了，如果马兰花不和我借钱，我实在没有理由对她说三道四的。我有些小心眼儿地又瞅了瞅她皮包里的外币，料定马兰花是个好人，至少对我来说是个好人。虽然，我有些感谢马兰花给我这么点空隙，让我自己想想往下应该发生什么事，可是我实在也想不出来。不知过了多长时间，马兰花裹着我的大浴巾，老实说，因浴巾小，她也只是裹住了身子的"中段"，看上去挺不协调。她说只是冲冲身上的汗。"你的卫生间可真够味儿的，就跟狐狸窝似的。"她说着，跟到了自家一样，拉开了柜门。我以为她在找内衣，不想她拎出文惠的一个乳罩，冲我嘿嘿乐了。就因为她送我一辆背景不清的吉普车（因那行车执照不是她的名字），我也就不吱声了。她向我要了杯红酒，放了几块冰，就跳上了我和文惠的那张大床。

奇怪的是，我没有反应，我要是想那样做好像也可以，但是我有顾虑，至于是什么顾虑，我看着马兰花从被子里往外一件件扔内衣，还是想不透这件事为什么发生，以后会是什么结果。我让她好好睡，自己拿本书躺在沙发上。差不多是半夜两点吧，电话响了，我激灵一下，就好像文惠闯了进来，我甚至是哆哆嗦嗦接的电话。是王主任打来的，他在电话里说，谢天谢地我在家，那辆车出事了，除了那个表情像鲁迅的老家伙，一个没剩。末了，他问我为什么没去。我脑子轰然大了，也没理他，撂下电话，我就给王子和家里拨，先是他老婆接的，我问子和是不是出去了。她老婆挺生气的，问我现在是几点了，后来总算告我子和因为赶一篇稿子，等到了那里，人家早就走了，现在他睡着了。我不想惊动王子和，便把电话挂上了。我有些庆幸地为自己又斟了杯酒，再回到沙发上坐定时，发现马兰花被吵醒了。

第一章

偷窥背后
长篇小说
TOUKUIBEIHOU

马兰花拥着被头，就露出半张脸，有些疑惑地瞅着我。我生理上开始冲动了……

马兰花实际上救了我一条命。

第二天一早，王子和就从新闻里知道了这件事。王子和是个大度的朋友，他说他差点儿为我搭了条命，问是谁把我救了。我已经出过冷汗，赤裸裸地和马兰花躺在床上，心里却很平静，我说以后见面再说吧。

在床上，马兰花和我摊牌了。话由是我引起的，我说我不想要她的车。她说没有关系，如果我不想接受这个礼物，可以借给她一些钱，这车作为抵押，我先用着。我就跟不认识一样瞅着马兰花，告诉她我实际是一个穷鬼，手里就五万块钱，是准备结婚用的，而且，这钱还有文惠几千。老半天，马兰花都没言声，我有些看不过去，说了句没用的废话，问她这件麻烦除了钱就没有别的办法解决了吗？

马兰花说："说起来，也不能说是什么麻烦，因为能赚钱。这样吧，我把车抵在你这里，你的钱我用十天，给你一万块钱的利息怎么样？你怕什么，你是一个不值得我动脑筋的家伙，你不是看到我包里的东西了吗？"

"一万块钱的利息是不是太高了？"

"我给你打个借条。再说，我的小说还有版税呐，你有什么放心不下的。"

这真是色财两得呀。假如我为了给文惠挣一万块钱，和马兰花上床的内疚就会相应减少一些。我动心了。马兰花像条大鲵一样往我身上爬，弄得我一点儿都不开心，可是想到她是个持有两国护照的玩金融的婊子，除了应合，我也找不到理由拒绝，再说我们也已经达成协议了。当我和马兰花精疲力竭从床上滚下来时，就差不多到下午了。她告诉我，她要飞广州，并给我看了机票。这让我有点不快，我觉得一切更像个阴谋。看着她在我的桌上写借条，我动了会儿心思，有些后悔答应借钱给她，可是想到她的车和版税和那一万块钱，也就放心了。我看她把借条写成六万，便让她改成了五万。不管真的假的，她真有些泪汪汪的样子，说我是个好人，只是有点儿怪，但正因为这个，她才有点儿喜欢我。

本来，我们要下楼吃点儿东西，马兰花不同意，她很老道地翻出一个电话本，要了一个大比萨。四十分钟后，侍应生还真送来了，是她付的钱，好像是九十块吧。我不太习惯这玩艺儿，可是她吃得挺来劲，说起来真像是在国外熏过的娘们儿。看看我这肮脏的房间，再看看挺有档次的马兰花把比萨吃得津津有味，我居然还有些感动。吃过后，她开始化妆，用了很长时间，然后我们一同去银行取了五万块钱。我将钱如数给她，然后就分手了，甚至都没说再见。看她在我们小区口打车绝尘而去，我多多少少有些伤感。她说我怪，我倒觉得她也有些怪，否则，出版了一本书的她，怎么连点儿像样的反应都没有，人总是有些虚荣的，尤其是女人。

晚上，我坐在阳台上，生出一些怅然。对面那曾让我心潮澎湃心旌摇荡的房间漆黑一片，什么也看不到，我静心回想一番，好些发生的事显得特别荒诞，没有任何因果关系，本来都不应发生，然而却发生了，就因为它发生了，我好像捡了一条命。我感到无聊，下楼把那辆车发动了，我没有驾照，可是我以前玩过朋友的车，不熟，刚驶出我们小区，就惹了一档子事，虽然只是稍稍擦了一下皮，但还是让人骂了一顿，临了又敲了我二百块钱。

我老实了，赶快掉头，把车又开了回来，上楼看了会儿书，就睡了。

3

在国内图书市场异常疲软的情况下，《黑夜和诱惑》十分畅销。首印的三万册，一星期就告罄，连我也没想到，马兰花将有数不清的版税，我也将得到一笔非常可观的提成。我从发行部得到这个消息后，一天都没心思干活儿，我把腿架在办公桌上，美滋滋想这想那，凡是能想到的好事我都想了，生活有时就是这么简单，转眼间，什么都有了，我

第一章

偷窥背后

长篇小说
TOUKUIBEIHOU

们公司就有人因为出了本明星的隐私，往家拎了十来万，看来好运气轮到我了。我着急的是找不到马兰花，公司要用她大赚一笔，甚至为她在几个大城市安排了签名售书活动。找不到她，王主任的眼神挺不信任我，就好像我把马兰花给藏起来似的。我说再等等吧，我也急着呢。

这么好的美梦我暂时不想和文惠分享，想等到有天我和文惠脱光了衣服躺到床上时，让她打开一个装满人民币的包袱，我好好欣赏欣赏她的表情，她从来不看重金钱，我想那都是因为看到的金钱都不是自己的。看自己的钱就应该像看自己的孩子一样，不看重不太合乎现在社会的道德规范，虽然没有血缘关系，可有灵魂维系着。现在，钱不就是很多人的灵魂嘛！因为我算计着马兰花回来的日子，就在第八天，这本《黑夜和诱惑》出事了。

其实，冷静下来一想，你有做爱的感觉，可抱着的不是女人而是一本书，那你要说这本书就是爱情的天使或婊子都没什么不对，就要看谁来读这本书了。我说出事了，那就意味着更多的人把这本书当婊子了。先从"上面"来，定性《黑夜和诱惑》是一本海淫海盗的书，勒令出版公司停业整顿，怎样处理别人我不知道，我只知道我的饭碗没了。王主任找我谈话，让我为大局着想表个态，然后收拾东西走人。我是被招聘来的，本来就是后娘养的，回家倒也无所谓，只是没有工作怎么向文惠交代呀！这样一来，马兰花的版税也没戏了，而她还欠我五万块钱呢，如果她要是不露面了，我真不知道往后的日子怎么过。一起急，就把马兰花送我的那辆车给忘了，当我又想起来时，心里还多多少少踏实些。

王主任还是挺仗义的，还给我介绍了一个关系，说是他的朋友要开书店，缺个管事的，我一时半会儿要是没辙可以到那里碰碰运气。说老实话，我是不太相信运气了，马兰花都把我从死亡线上拽回来，运气不可能没完没了啊。但我还是把地址记下来了。晦气的事还没有完，我接到欧阳文婷的一封信，显然，她是看到马兰花的书了，一般来说，用她的品位来衡量，那的确是一本无耻得让女性感到脸红的小说。她在信上，流露出不满和对我的失望，并让我把她的稿件退回去。我没有什么异议，我是对不起欧阳文婷，可是我没有办法，即使马兰花没勾引我，在这两本书前途未卜的情况下，我差不多也得出马兰花的书，因为这本书给我带来的好处多。现在，倒应了"恶有恶报"，不过，欧阳文婷如果听到我被解雇的消息，相信她心里也不会好受的。我给欧阳文婷打电话，她听到是我的声音，"啪"就把电话挂了。我想，这辈子也别打算再见到她了。

好歹我也是个男人，把东西收拾收拾，从办公室拿了三个月的工资，一走了之了。我本来打算把欧阳文婷介绍给王主任，可是一想，那么好的姑娘如果我不能得到，最好就让她慢慢腐烂吧。再说，王主任也不是他妈的好东西，出事后，把责任全推在我身上，真是够戗！我给欧阳文婷写了一封措辞恳切的信，只说我换了一个工作，没提被解雇的事，并把我家里的地址留给了她。我还是抱着一点点梦想，希望有一天，她突然出现在我的眼前。

一切又都从头开始，五年中，我丢过两次工作，这次又把工作给丢了。回想起来，这事都缘自我的偷窥行为，如果没有马兰花……算了，工作早晚都会失去的，如果没有马兰花，我的小命都可能丢了。说起来，她还是我命中的贵人呐！

三天、五天、十天过去了，马兰花没有一点消息，王主任给我介绍的朋友，梦想比我还多，钱比我还少，我懒得再搭理他。可这样耗着也不是回事，文惠早晚会知道发生的一切，如果她知道我没工作了，还会和我结婚吗？虽然文惠的英语不错，可她毕竟是个卖咸菜的，她和她的家人很在意我的文化人"身份"。

还是邀文惠出来谈谈吧。

接到我的电话，文惠老大不情愿，就好像我误了她出国考研，不耐烦劲儿大了。我说有重要事，她开了句玩笑说，你不是被人家开除了吧？这话听着真让人有点儿晕，我打着精神和她贫。开始，我是打算让她去我家，可她用警觉的口吻说去我家干什么？这话真有些伤人，在光天化日之下，我的自尊心总比我的情欲来得强烈。我说那就下午四点鸿宾楼门口吧。我们总是在鸿宾楼约会。

在约定的地点等着，老远，文惠穿着碎花大氅，大咧咧往这边遛达，让我瞅一正着。我心里挺不是味儿：瞧瞧眼皮底下长安街逛悠的妞们，个顶个灿灿耀眼，绮罗珠翠衬出一张张世故的小脸，走起路来就像踩着自家的地盘，递给文惠的眼神全是不屑一顾，像是打量村里来的傻大姐。我，毫无攀比之意，只是想到文惠跟我交了三年朋友没奢侈过，沉甸甸的心只想为她穿上最漂亮的衣服，戴上最贵重的首饰，再到人堆里招摇，那样，我想我会很美的。准确地说，我们认识还不到三年，是在朋友家相识的。后来我请她听一场音乐会，她给我的印象很深。这个世界真正喜欢音乐的女人不多，她能当着我的面对肖邦表现出一点热情，我就很知足了，不想她知道的比我还多，真让我肃然起敬。没多久，她无意中透露听音乐会之前，特地复习了一本介绍肖邦的小册子，并坦率地承认那样是为了和我拉近距离。我以为她能这样就证明她不是个虚荣之辈，可没多久我又发现，女人只有承认不爱虚荣，事实上没有不爱虚荣的。当然，男人也好不了哪儿去。

我把我离开公司的事直言相告，不想她知道马兰花那本书，是从报上知道的，只是没想到她的男朋友因为这本书崴泥了。我并没提马兰花，倒是文惠一个劲问我《黑夜和诱惑》的作者是个什么样的女人。我说是个挺不错的女人。当着文惠的面儿说马兰花不错时，我冷不丁记起马兰花从我手里拿走的那五万块钱和我楼下停的那辆倒霉的破吉普车，我把话题拉了回来，因为我看文惠吃饭时有些闷闷不乐，几乎是在沉思中吃的，便试着打破沉闷。"你别这样，要说我离开公司也不能算是失业，人事档案还在那里，有合适的单位，还可以续嘛。"看到她仍一脸平静，我有点儿泄气。"行了，你高兴点儿，说不定我什么时候发了，你也辞职。"文惠可能感到有些突然，喝了不少啤酒，她指着自己冒汗的小尖鼻子说："什么什么？还让我辞职？你可真敢开牙。现在是什么日子口你不知道，找工作有多难。我一听你要摆谱请我上鸿宾楼就知道不妙。你看这一桌子菜，有什么意义。问题是你没工作了，我怎么和家里交代。"服务员来结账，文惠冲我努努嘴。"他付，他是大款。"我本想借着酒劲和她亲热亲热，现在倒好，脸跟结了冰了一样。我低低骂了一句，她追问我嘀咕什么。

我说，"你没听着就算了，我懒得讲话。"

"你们公司是什么性质，怎么好随便开人？"

我没法和文惠解释，那样我会更烦。"我来时是人家招聘来的，让你走还不是当头儿的一句话。"

她脸有点儿变。"你以前可从来没跟我提过这档子事。你该和我说清楚的。"

"现在不是全清楚了吗。求你别再和我提这事好不好，我还没到沿街乞讨的地步，你就跟我来情绪，真够没劲的。"

从鸿宾楼出来后，文惠说了一通为我着想的话，让我回家，自己去车站了。我没张罗送她，耷拉着脑袋径自归了巢。

我知道文惠不高兴了，本打算写封信跟她解释解释，想了想又撂下笔，思路追忆出好远，我曾向几个女人许过给她们以幸福的愿，只有文惠相信，否则，她也不会留下，现在看来的确是一句空话。她真有什么说头儿，离开我也是正常的，人越来越聪明，越来越实际，假如别人能给予你所不能给予的，对方死拴在你的身旁又有何道理。我也三十多岁了，让我把感情这东西看得神乎其神，颇有些言不由衷，觉得那也是种物质，和痛苦倒是相似的。文惠和我，三年来都没向对方说过一句"我爱你"或"喜欢你"之类的话。不过，我们倒是很理智地谈论过这个问题，说那就像是台词，动人的话总是没有味道，关键时刻她只相信为爱情献出一条腿或一只胳膊什么的。这话道出了她的含蓄，也符合生活的客观规律。她问我怎么想，我答应得很干脆，我们能处得很好，因为我不会用生命去赢得一个女人的芳心。她脸上掠过一丝不快。"生活就是游戏。"她有些愤愤不平。女人就是女人，她也不例外，信不信是一回事，但都喜欢听谎言。我不会作戏，所以从根本上忽略了她对我的诚实不过是种单纯的试探。我告诉她，就是将来我有了出头之日，也绝不会离开她，因为关键时刻她只索取我一条腿或一只胳膊。她笑了，这话也就不了了之。眼下我没有着落，清点所剩银两，手里还有几千块钱。

因为马兰花一直没消息，我也不敢和文惠提结婚的事。幸好，文惠一门心思都在成人高考上面，没顾上我，而我这些日子也有些张狂，心里烦，花起钱就大手大脚。呼朋引类的，也打算找点儿关系，找点儿挣钱的事。说起来，有些钱也的确该花，可人都精着呢，没钓着鱼活该我倒霉，但余下的日子得计划计划了。马兰花的事也让我着急，她没准就是个骗子，没有一点儿消息，她不回电话，打她手机不是不在服务区内就是他妈的关机，我打算再过几个月，她再不露面，就把那辆破吉普车卖掉。挺烦的，就在外头喝了点儿二锅头，晕晕乎乎飘回家。一进屋又有了新打算，心想我这不是忽略自己的天赋嘛，走到今儿这步，兴许也是天意，没别的辙好想，对我来说暂时只有静下心来写点儿东西。我老是自我感觉良好，以为自己还成，为在那个破出版公司图个编辑的虚名，把自己的才华给浪费掉了。借着酒劲这样想过后，又感到自己透着傻，功名、荣誉对我来说还不是梦，早该门清的事，但犯起痴来倒像是个没出过门的乡巴佬。我还能求什么呢，赶紧抓点儿钱把文惠娶过来，谋个差使让她面子也好看些。我只要一想起要娶文惠，就把马兰花和我自己恨得牙根儿疼，尽管她也算是我的救命恩人。

眼下我还能生出点儿激情也是因为无所事事和无聊，这样一来，倒让我记起自己以前的一段生活，稍加改动，写了一部小说，叙述了一个性情冷漠、行为怪异的办公室小职员和现实世界格格不入的故事，他最后几乎死于非命，其结果也是粘粘糊糊晃晃悠悠往前活。起了个书名叫《晃荡起来又特别认真》。我希望能歪打正着，帮我换回点儿银子，重要的是我也想试试自己能不能靠写字为生。

我把稿子寄给了《华夏作家》杂志的王子和。

要说王子和是我的朋友，某种程度上也是我老师，多年前，承他不弃，邀我到编辑部改过一部小说，后来在他的努力下刊出。为此我也深感知遇之恩。除了小说，我还附了一封信，措辞恳切，告他我现在的处境以及迫切希望这篇稿子得上的种种理由。

忙完手头的事，我正要找文惠，她却跑来了，满面春风，浑身透着喜庆，说是有好事，让我猜猜看。我有点儿纳闷，三年来还真没见过她这么美过。

有点儿不对头，我心里直打鼓。"该不是你怀孕了吧？"

"你真缺德，亏你想得出来。怀孕了我能这么高兴？哭还来不及呐。"

我想，也是啊！我瞅着文惠，看她掩饰不住的得意，心里还是有点儿感动，终归是为我分忧。我胡猜一通，什么美国有个舅舅登报找我继承遗产啦，老家有座四合院等等。文惠说："你没有点儿正经，瞎猜什么，你们老家不是河北安国县吗，要饭都三家合使一条打狗棍。得，你也甭瞎猜，告你吧，明天回公司规规矩矩上班去。这事也不能赖你，谁不想赚钱啊，书出错了也不是你一个人的事。"

我问："你是什么意思？"

她带着优越感，讲出事情的来龙去脉。原来她跑到我们公司，替我抱不平，还流了泪，王主任出于同情，带她见了公司的老板。我也有些奇怪，可能公司也觉得对我的处罚过分，同意我回公司发行部，但不能当编辑了。她很得意。"我说过，女人办事就是不一样，你圆脸拉长脸，甭理他们就完了，时间一长，谁还记得你。别想好事，大把钱是平民百姓挣的？饿不着就得了。告你，到现在我还没跟家里人说呐。"

"说什么？"

文惠笑了。"犯什么傻呀，说你没工作了，失业了，转眼变成老下岗青年了。"

"你去说好了，让我回公司当主任我也不去。咱不吃嗟来之食。谁让你跑到那儿去为我求情？我就那么不值钱，让自己老婆（她嘀咕一句谁是你老婆）……那好，我纠正一下，是女朋友总行吧，偷偷摸摸低三下四拜倒人家脚下求人赏口饭吃。你不在乎，我在乎。我宁可在马路牙子上给人家修鞋，我认了。真奇怪，我还愣以为会有什么天大的好事落到我脑袋上。"

文惠先是瞪大眼睛惊恐，而后倒在床上，用枕头将脸埋住，悄声哭起来。我怎么劝都不行。她鼻涕眼泪一块儿流。她不让我碰她。我想最好也别碰她，我告诫自己沉住气，让她像个孩子那样哭个够。今年准是我的背兴岁月，够不顺心了，她再给我添乱，可不是一般的没劲，而是感到他妈的特别没有奔头。她瞒着我去公司求情，是为了我的饭碗，发火着实不该，但解释起来更糟。我想先躲躲再说，起身的动静惊扰了她，见她一骨碌盘坐在床上，厉声叫住我，问我什么意思。

我说："我怕你上火，去给你买水果。"

"你少甜个人，你什么时候给我买过水果。今儿得把话说清了，我错了吗？"

"没错。"

"那你干嘛像个恶煞神？告你，我还不是你老婆，想着你惦念着你倒也错了？你是什么人？"

根本就不是这个意思嘛。有些理我也说不清，都到这步田地了，我还得忍受着老文惠没完没了的数落，真够累的，刚才那股当职业作家的勇气早飞到国外去了，剩下的感觉就像六个孩子的老爹眼瞅着老婆肚子又渐渐腆起来。我平心静气说："文惠，其实我也愁，还没来得及跟你说……"一着急，我差点儿没把马兰花的事给抖落出来，文惠要是知道，还不得跟我玩命。"我理解你的心情，假如我有个妹妹找对象，我也会劝她别找像我这样没职业没技能的无用之人，也正因为如此，我才想努力改善自己的处境，怎么说也得对得起你呀。好歹我也是条汉子，你说咱能求人家赏饭吃吗？你倒好，也不同我商量，径自跑到公司，也不知同事们会怎样看。反正他们会笑我没骨气，打发一个女人给自己求情。就是我照你的话再回去，你说这饭咱能咽下去吗？"

也许我的话起作用了，文惠的情绪虽有些缓和，却还是对我显出爱搭不理的样子。她在镜子前慢慢梳理有些纷乱的头发。我没话找话，凑趣说她脸都哭肿了，我心疼。不知文惠怎样，我自己倒有些感动，说着说着来劲了，手也过去了。她笑了，把我的手从她怀里慢慢抽出来，但没挖苦我，只是说一点兴致也没有，让我别动手动脚。

文惠不动生色地制止住我后，开始不遗余力往脸上涂抹化妆品。我注意她对眼影尤为着迷。我有些扫兴，摔摔打打的，直到她冲我笑了笑。我成心告诉她，将来我准备卖文为生，尽管很难，也想试试，现在是无路可走，与其等着天上掉馅饼，不如干起来再说，折到哪儿算哪儿。我有些夸张，让她觉得非如此不可。她听说我这么短时间写出一部小说，大为惊叹，也不知是真是假。

"我刚明白，实际你并不老实。"她见我不解，接着说。"你老以为自己是个天才，这是老实的治学态度吗？"

"这是自信，自己再不相信自己，往前奔还有什么意思。这是一种境界。"

"打从认得你那天起，你就张罗着写一部伟大的作品。可我最近觉得你充其量不过是个半瓶子醋的业余作者，你要是实际点，还不会有今天的下场！"她像一只发情的母鸡，而我简直就是一条刚孵出来的小蛇，让她一口啄到了"七寸"，立刻就翻白眼了。"我问你希圣，公司让你走你就走了，连争执一句都不敢？出错书是你一个人的责任，你负得起吗？你不是老实，是没信心。"

"你怎么知道我没争执，我懒得那样做，再说也没用。你这话透着俗，我这是骨气，人要是没有骨气，不成狗了嘛。"

"你甭跟我急，不是我挤兑你，这年头能当一条好狗也不容易。"

我心里话了，那你就当，没人拦你的。

这不是胡搅蛮缠嘛。文惠说再也不管我的事，让我尽管去折腾好了。我不是折腾，是没辙的辙。到了我们不欢而散。她挺委屈，虽然把话都说开了，心里却还隔着劲。

现在我们见面时间多了，可文惠总是对我不满意。我很少听到她的宽心话。即使是假的，我也需要。文惠来一次，就加深一次"我是个彻头彻尾的失败者"的印象。

4

记不清有多少日子了，《华夏作家》有消息了，看着薄薄的信封，认出是王子和的笔迹，他让我到编辑部聊聊。信中倒也看不出破绽。王子和是个死心眼的家伙，若稿子上不了，他会直接还给我的。目前我的状况他也明戏，断不会邀我到编辑部瞎侃吧。

事不宜迟，我奔了东城，到《华夏作家》找到王子和，见他一人在办公室看稿子。他煞是客套，我感到多余，半天也不提稿子的事，最后是我沉不住气，问起时他才摘下眼镜，勉强笑了笑，从抽屉里翻出我寄给他的稿子，递给我说："你也干过杂志。我还是明说吧，就四个字：不合时宜。怎么跟加缪的《局外人》似的，吃炸酱面的主儿哪来那么多的深沉。说老实话我都没让主编过目，肯定没戏，上不了。再说，现在谁还靠写小说挣钱吃饭？你真逗！"

要是几年前，这口气我不敢不咽，可在圈子里混了几年，也算见了点儿世面，每当有了新选题，总是先给他通个气，前前后后他从我手里也划拉不少稿费，一用着他，跟我扯什么加缪炸酱面摆师爷的谱儿。

我没好气说："子和，我一向很敬重你，该挑骨头的地方您挑，什么加缪炸酱面的片汤儿话，我可不爱听。得，上不了就吹，哪儿那么多话呀。"

说完，我拿起稿子就走。王子和急急喊住我，说："我话没说完，你尽写些跟社会格格不入的东西，甭说主编，我这关都过不去。你在公司惹的事都忘了，怎么好了伤疤忘了疼。我是想激激你，算了，甭想靠写小说吃饭。你的世界观得改造。"

王子和没有恶意，我反而浑身没劲了。"我的伤疤压根就没好，怎么能他妈的忘了呢。行了，你就饶了我吧。"

"像你信里写的，真没辙了？要说我跟你也挺像，上大学前，在工厂混，一群哥们儿挺要好，可《华夏作家》真要把我辞了，让我再回到那堆人中间去是真回不去了。"

"你那叫忘本。"

"说什么都无所谓了，人整个脱胎换骨似的。我嘴里说摇笔杆挣饭没出息，别的还真干不了，你也是一样。我叫你来是农业银行有个刊物叫《金融》，虽说是行业杂志，但其中设两个文艺栏目。我的一个同学在那里当主编，托我推荐一个文学底子不错的编辑，我正好接到你的信，你去不是正好嘛。那是大杂志，我想你不会嫌《金融》庙小吧。"

我眼睛亮了，谢过他，心里还惦念着那篇小说。他冷笑着让我烦了就拿大顶玩，这年头写他妈什么小说。他当着我的面给他的同学写了一封信，把我吹得天花乱坠。我要请王子和喝啤酒，他说有个约会，不然该请我的。然后告诉我上班也没劲，不过，还是祝我走运！就我和王子和来说，对彼此或生活的评价，永远不会面对面讲出来。我忘不了他第一次邀我到编辑部谈稿时的激情、热忱和明确的理想以及对文学的酷爱；他也会记得我当时是副什么鸟样子，唯唯诺诺，不敢大声讲话，走进编辑部就像误入文学圣殿。他当时是指点迷津的太上老君，我是做着女孩子梦的中学生。后来，我们分庭抗礼了，可对双方都有一个明确的结论，但不能说，如果说出来就破坏了和气。我们都想当生活的巨人，实际从娘胎爬出来就是个不折不扣的侏儒。不该的是我们同时明白了这个道理，因而友谊就显得很微妙。你看，就这么一会儿，我的"职业作家"梦彻底流产了，像开始那样，又感到没劲，从自身讲，发现这篇小说写得的确不像先前想得那般好。文惠挤兑我兴许有道理，三十好几的人能突发奇想，要靠卖小说度日，一准是在社会上没混整的梦幻者。

王子和劝我想写小说时就拿大顶，没准是他的经验之谈，真是那样，就证明他还没看透我。稿子放在怀里，我一直摸着，到家才发现丢了。可我一点儿不心疼。

现在，对我来说找到个事要比发表篇小说更让我来劲。

我又瞅了瞅子和给我的推荐信，感到衰弱，脑子里嗡嗡作响，仿佛在嚷嚷我任什么事也干不成。这声音从哪来？我以为声音是真的。人要是到了老怀疑自己的份上，准是要操蛋！我在床上躺了会儿，清醒少许，声音还是有的，其实它贯穿我三十几年的人生。我倒是很少想到过去，嘻嘻哈哈惯了，到今儿冷不丁才发现自己是个一事无成的失败者，便凿凿实实大声骂自己一句。这之后，也不似刚才那般沮丧了。王子和给我写这封信时，心里想些什么？保不齐在心里叨叨我是一个装孙子的理想主义者。我挺后悔关在屋里写那篇"不合时宜"的小说，细想是有

第一章

偷窥背后 长篇小说 TOUKUIBEIHOU

点反情理，难怪他阴阳怪气吐馊话。可我还得那么干，因为其中有给自己精神找些寄托的初衷，我情愿陷进无休止的希望之中，就像我现在，否则，我不知道我该怎么办。记得王子和曾说过，我们的希望好有一比，恰同女人的乳房，分为三个步骤，年轻的美在似隐似现；成年的美贵在修饰得体；老人的美重在含蓄而忧伤，称为乳房三步曲不为过。他又想在男人身上找点零碎，终没如愿。可见人多用"她"来代称希望，不是没有来由的。我每每单独思考希望，常有些想人非非，说给文惠听，她笑得很开心，说王子和这种编辑称得上带星级的流氓编辑了。言毕，她偷偷扫了一眼自己的胸部。我不愿妄言，但发现王子和的比喻还是挺绝的，要比说"希望三部曲"更接近真理。

《金融》的主编对我很热情，因为有子和的信，一切自然而顺利。我当下在主编室里写了一份简历。他领我到各办公室走了走，算是熟悉环境吧。借此我留意到这里的条件很好，两人一间办公室，更重要的是这里的编辑都有一张不设防的面孔。我挺高兴，特想在这里踏踏实实拿国家俸禄。临别，拉过手，主编说他和王子和交情多年，他介绍来的人没错，还怕我嫌这里水浅呐。我说您别骂我了。

主编这几句话，灌得我晕晕乎乎。

我马上给王子和打个电话，简单把情况讲了讲，告他领饷后一定去"全聚德"。

王子和在那边嘿嘿笑着把电话撂了。

不管怎么说，都市谋生强于土里刨食，未来日子断不会落个衣食无着。眼下算是混。尽管我有自己的平衡，让旁人看了依然凄楚。老百姓的眼光中我属于老大不小连老婆都没混上的主儿，自己想过，鼻子也犯酸，真不知将做何打算。若能在《金融》落草，算是又回到过去的轨道中，惟一能改变我的外因即是立马同文惠结婚。以前我没往这方面深想过，她甚至也没暗示过我。工作真要踏实了，我决定打探一番，一是觉得新颖，二是也愿意过过同大家一样的生活。一想起这个，又记起马兰花那档子事，但愿她可别卷包儿。

事情不像我想的那样顺利，两天后，主编让我再去写份简历，理由是人事处不同意大专文凭的人调入，至少要本科。我还开个玩笑，说要不我上街买一个吧。他让我带上发表过的作品，说那样更有说服力。我大都是些游戏之作，实在没有叫的响的东西，便找了些朋友的作品搪塞，反正是为了生存应景，不能算作剽窃。实际上也没什么可剽窃的，因为拿上的都是我们称作小说的文字垃圾。

主编有事出去了，副主编是女的，一个劲儿问我对《金融》有什么想法。我逮着机会开始张罗自己的天才，装得挺像回事，聊一通办杂志的设想，还说打算添个艺术欣赏之类的栏目，即使是行业杂志也能办出特色来，最终让杂志面向社会。我还说有些想法准备整理出文字材料来。八字还没一撇，我这种工作热情能不招人疼？我感觉副主编对我印象不错。她和我说，主编使了很大力，可现在人事处和杂志社有点别扭，他们老想往里插人，可业务上不顶，主编不买账，自己找来的人呐，人家又不批。她让我放心，说这回主编下了决心，实在调不来就借，反正和人事处僵上了。文凭的事是托辞，就编辑部角度讲，只希望来几个有编辑经验的人。我有些兴奋，一步三喏谢过那女人，心里起了变化，对这份工作充满了信心。我竭力争取，更主要是一旦如愿，我也能堵住文惠的嘴了。我是该过一种新生活了，有人替我做饭洗衣服，平时像个正经男人一样担负起家庭的责任。早晨按时吃早点，周末拎条鱼或鸡什么的，听听音乐会，节假日睡懒觉，下午读书或逛公园。一年后，文惠再给我生个小东西。间或吵吵嘴，扯扯老婆舌，为了表现出这是个有知识的结构，还要不失时机挖苦挖苦当今活跃的政治家们。这种日子很流行嘛，人都这么过。如果《金融》真能用我，我也决不能像以前那样当个理想主义的傻逼了，要拼命工作，赶紧向文惠求婚订日子，张罗点儿钱把婚结了再说。反正有份工作抵押，别人就不会笑话你穷，职业就是资本。

刚出公主坟环岛，车带瘪了，找个摊修完才记起忘带钱包了，搜来搜去，身上只有一块钱，觉得挺不好意思，摸半天又摸出一支签字笔。修车的是个北京老油条，挺痞的，梗着脖子喷着脸，直要翻车："你不是骂我吧，什么日子口，出来您带一块钱？操，钢笔你留着，给我也没用，算我他妈倒霉。我不会写字。"听他糟改我一通，也值这个补胎钱了。我蹬上车还听后头嚷嚷：真绝，这年头不带钱愣敢出门。也怨我大意，插这一杠子倒体味出"一分钱憋倒英雄汉"的真理。这个老杂种肯定不信，我也是养私家车的主。我瞅着满大街奔吃的男女，一脸子苦相，怕是都有难言之处，得亏是车带瘪了，真要血压高折在马路牙子上，哪儿找雷锋去？冲这个，也得赶紧找份工作。

晚上文惠来看我时，把白天的事和她讲了，包括我的想法。本来不愿提起，可看她苦唧唧的样子，替我愁得不行，除了给她以希望还能怎样。她听我说《金融》有戏，喜兴劲来了。抓住战机，我们热乎了一阵，末了她还给了我一千块钱。我感动得不行，就差滚泪珠子了，暗暗起誓今生今世要好生待她。接着，她说不是让花的，是让我存起来的。当晚，她留在我那里了。我们关系虽然很开化，但尽量不留宿，她不愿让家里人瞧不起。她这么安慰我，全是因为我丢了工作。不管怎么说，我真他妈高兴。患难见真情啊！

《金融》整整让我等了半个多月，最后还是主编通过子和告诉我希望不大，意思是我若能在农行人事处找到关系还有望。人家最后的答复很坚决，学历低的人不能调入，借调也不行。事情泡汤了。我挺沮丧。王子和劝我沉住气，说慢慢再想办法，总得有饭吃。我说我实在窝火。

王子和说："你窝什么火？哪都没到位，一分钱也没花，让你写两次简历就不错了。你着急也没用。"

"我不是说人家《金融》，是说我们单位的头儿。我把事情看简单了，不知道这么难。我真有点儿没辙了。"

"你也是，北京城补习学校这么多，你在圈子里混了这么多年，怎么就没混一本科，壮脸面也是好的。"

我同王子和见了一面，算是领了他的情，想到再聊下去也是瞎耽误时间。现在行了，倒有了万事皆空的意味。文惠跟我烦，马兰花拿走五万块钱没有消息，自己工作没着落，余下是漫无尽头的日子。唉，趁此弄个大松心吧，爱怎么着就怎么着吧。我从海淀往东城这边骑车浪荡，溜溜转了小半拉北京城，这才不经意察觉节气变了，太阳暖和得让人渗汗。

京都没有真正的冬天，稍一含糊春天也是一眨眼的事。

我这样胡思乱想，便有了阵阵忧伤。车骑得很慢，刚才"想开了"的念头，像拴着线的风筝，看得见，摸不着，要是我愿意，倒也能把"她"扯下来，弄个粉碎，但那有什么意义？其实，我就这么一琢磨，就算跌进了现实生活的琐碎之中，那高高飘起的，不过是离我身心异常遥远的幻想。只有若干年后，我两腿一蹬，才可能真正拥有。我还是不得不想想今后的出路。有那么一段时间，我自诩局外人，洁身自好，很是有些怪癖，尽情玩味孤独和寂寞，如果真是个唯美主义者，倒也不失为一种高雅的趣味。可说老实话，我自己也弄不太清。老文惠倒是说过，喜欢我半真半假的忧郁表情。穷其根由，是因为我每月能按时领取工资。这俩钱在京城能维持温饱，不事奢华的我已经足矣。对我来说，只要再有能力吮吸大自然的氧，心灵自有一番天地。我以前好像没有时间想自己，今日不得不如此，才发现我更多像个白痴，生活一旦突变，是那样束手无措，往日的深沉笃定有假，否则不会为工作问题这般绝望。我不过是笼中鸟，放飞后，仍在笼子周围转来转去，主人赐给的自由不过是个假象，除非看到笼子毁灭。还是飞走吧，我向自己强调，老天爷饿不死瞎家雀儿。我得感谢自己，无意中，我成了这个时代试用期的新产品。一切都在情理之中，就说我们公司吧，打从招聘那天起，就该想到今儿这手。

我住六楼，见天像个无聊的更夫，在阳台上探头探脑。我对面的楼房，马兰花走后，对我已经毫无"风光"可言；可我还是愿意坐在那里无聊地守望。这下，我真成了打小就梦寐以求的"坐"家，简直一动不动。最近，为了工作的事，碰了几个钉子。很没有信心，不晓得下步如何。老指着朋友帮忙也不是事。苦思冥想中，转了个圈，千仇万恨又集中到马兰花和我下流的欲望上来。实际上，我恨很多人，恨王主任，恨公司，甚至恨那个不理解我的欧阳文婷。我越发变得有些小家子气，搜肠刮肚为我所怨恨的人弄出不少猥琐的想象，以期达到一种特别无聊的平衡。有些话我还得烂在肚里，甚至也不能同文惠讲，在她面前，我还得真的假的来点形象。我倒不是埋怨，只是感到不公平。说来说去我还是没有能耐，不合时宜。我一直喊自由，自由真来了，却又不知怎样对付，已经熟悉习惯束缚的日子了。

笃笃敲门声后，进来的是田大妈。见到她我才想起来，我和马兰花胡来那几天居然没被她发现真是奇迹。田大妈问我刚才哭什么，还匣筷子似的山响？然后和我要了这钱那钱的我也闹不清。我如数交给她，我心里不乐意倒不是为了钱，只是觉得老太太特损，管我唱歌叫哭，这不是成心挖苦我嘛。她是居委会派到这幢楼的楼长，机灵鬼似的老是闪着无事不晓的目光，暗示我她知道有个女人住在我这里。我不愿把事情闹大，告诉她那女人是我的朋友叫文惠。她继续冲我微笑，其含意是"你不说我也知道，不过我才不管呐"。我够烦的，不得不说我得下楼看信箱，把她送回三楼再窝着火爬回六楼。不想她又在三楼截住我，告诉我她出去在女儿家住了些日子，回来后五楼住户就向她反映，我进屋不穿拖鞋而且每晚都有高跟鞋的动静，免得是非，以后都换上拖鞋吧。她讲"都"字发音很轻，仿佛一带而过，心里定有一番传奇。我猜的果然不错，马兰花没撞上田大妈真是她的幸运。我简直是在跋涉，在公司上班晚出晚归，难得见到她们。这样长期下来可真是够我受的。

几星期过去了，我实在适应不了这种漫无止境的等待。钱不断花出去，我粗略算过，在家呆着的花销要高于上班。有一天，居然看了三场电影，脑子昏昏沉沉，全是片子里的刀光剑影，妙的是几部片子都是为追寻一张什么鸟图。看完电影出来，骑车遛到立交桥下，买了几串烤羊肉，正要吃，有人拍了拍我的肩头，回头一看没想到是胡然。小丫贫唧唧一副款爷的扮相，一身名牌，不过，仍没包裹住他的穷酸相。

我问他："你不是出国了吗？"

胡然说："美国大使不给办签证，怕咱啊，哈哈。"

"理由呢？"

"什么理由不理由的，扯蛋的事。"

"你现在哪儿混呢？"

胡然粲然一笑，觑着眼，递给我一张名片。好价，这串头衔没给我吓一个斤斗，吐出嚼了半天的肉筋，忙问他真的假的。他说："真的假的全有。走，咱便宜坊细聊。你还那么老八板吧。"

走，反正我也没事。

5

胡然是我在公司时的同事，一块堆儿混过。他品行不太好，和他就是局着面儿，到他坑了编辑部一回还带走了账号，就没有了往来。今儿不哼不哈跟着他往便宜坊扎，沦为同类让我感到可笑而且有背叛的感觉。落座后，他叫过半只鸭子四个菜说："知道你让公司给踹了，搁我也不留你，你太他妈的实。咱编辑部那是威虎厅，连杨子荣都学黑话，你倒好，捂着半拉装整个的，能不让头儿腻歪你，他早就惦念上弄你了。"

我说："和头儿没关系。甭说我了，这阵子有两年了，你是不是结婚了？"

"没劲，真的特没劲。其实我早就想跟你说，一直没和你联系上。"胡然解开 T 恤的扣儿。"我老婆是售货员，卖服装的，刚给她丫弄上……"他接着打听这个那个的，又告诉我时不时给公司打个电话，这才晓得我也离开那里了。

我挺纳闷，胡然这老小子怎么就活得这么自在，赶酒水一上来，他更跟触了电似的，小薄嘴片子一通煽惑。我说："你还敢往公司打电话，老板都恨不能找人卸你一条大腿。听说你拿走发行部账上不少钱吧。胡然，说良心话，你可够绝的。我当时看老板对你还是不错，挺信任你的。"

胡然哈哈大笑说："什么信任？你真是太不了解老板了。我×了他还得让他给我系裤子这叫本事。"他用薄饼拭掉嘴角的甜面酱。"可惜，实际上我和老板只打了个平手，他也把我给涮了。他曾答应给我重新装一份档案，然后调到我父亲的单位，那里有个科长位置正等着我。这是一笔交易。老板让我帮忙给他老婆办城市户口。可笑，当我是公安局局长呐，不过后来我还是就坡下，没事给丫一张户籍申请表让他填着，馋着他，赶后来一看真没有戏了，我告他人家对方先要两万，事成后再付另一半。他让我先使账上的钱。孙子没想到，我偷偷录了音，踏踏实实拿了四万块钱，咱拜拜您那。你说他敢找我吗？这盘带子往出版局一交，别说他这个当老板的，连公司都可能得完蛋。"

"你这一手真够绝的。我不知道，否则我也能要挟要挟。"

"你想干现在也不晚，我提供证据。"

"算了吧，已经这样了，还有什么意思。"

胡然一脸不屑说："又来了是不是，你成不了事，你要是到国统区也拾金不昧，人家会笑话你的。"

我说："行了行了，你那点剩话也不嫌贫，这么多日子你愣没变……"

胡然的手机响了，他闪开我打电话。

我向窗外望去，夜色正浓。眼下杯盘狼藉，可我也乐得片刻清静，孤影单人，让我想起同胡然一块堆混的光景。他原本是东郊机床厂的小工人，写了几篇小说，和他人一样又贫又累，那工厂也装不下了。经人介绍，在文化圈子里混一段时间，后来一转两转又到了家出版公司。记得有天下午，一个眉清目秀的小伙子坐在我的办公桌上，端着装有半下酽茶的雀巢头号玻璃杯侃得正晕乎。这厮就是胡然，正在编辑部张罗他的人生——这人都有自己的活法，在早我什么都干过，都觉得没劲，没想到玩小说玩出了头……我瞅着王主任领着几个女编辑全变成蚂蚱眼儿，便小声问这是哪来的泼皮？王主任说：他路子特野，爹是工商的头头，帮咱编辑部搞贷款，以后就是咱的同事了，别叫泼皮，人家叫胡然。还有邪的，一位离过婚的女编辑哭着喊着要嫁给胡然，这是胡然自己说出来的，弄得满城风雨。事实真伪难辨，但我见过他俩的一张照片那绝对是上过床后才可能有的表情。我同胡然有一些往来是因为音乐。他送过我几回音乐厅的票，而且侃音乐置贝多芬、莫扎特、肖邦于不顾，全是德彪西、瓦格纳、马勒，老称酷爱印象和神秘，不能不令我肃然起敬。他还曾很遗憾地对我说过，当时没有条件置不起钢琴，学了几年手风琴实在不过瘾，玩玩《西班牙斗牛》、《马刀舞曲》、《打虎上山》这类的小品还凑和。我也得承认他属于那种比较聪明的人，到编辑部没多久，他同老板打的火热。回想起来也的确勾勾搭搭的，像是玩什么猫腻。我后来不太愿意理他，也因为他太色。他觉得我这人没本事，听他话里话外的意思，编辑部几位女编辑他一个也没落。我想有一两个对裤腰带有所疏忽并不奇怪，多了他是牛逼。

胡然回来满脸喜色地说，一个朋友拨他两个六十吨的车皮，他准备从张家口进羊肉。我说我这里还有一批军火你敢要吗？他跟我正经起来，告诉我别烦，找工作的事包在他身上。我让他敲定，我可是非常认真的。"跟哥们儿还能有假？"他在公文包里搜出一张名片，让我就找名片上的人。我瞅了瞅，名片设计得漂亮别致，几道淡蓝色的杠杠交插成棱形，烫金的楷书，赫然醒目：中国社会主义企业家协会经济信息部经理贾朋。胡然告诉我，信息部就设在雅宝路饭店，最近他们筹办一个国际信息交流会，正缺人手。事情骤然而至，直让人二乎，能这么简单吗？他大包大揽让我在家里静候佳音，为此我们俩又多喝了几杯。走出便宜坊，他显得晃晃悠悠。小子刚才手脚可能不轨，出来时我见上菜那位蜂腰窄臀的服务员直黑他。"你甭黑唬我，看你丫能不能生孩子我还真犯嘀咕。"

胡然从来不饶人，样子相当狎昵。

分手时他冲我笑着，叫我放心回家。

穿过立交桥，河道腥气逼人。日本公寓旁的网球场像是有比赛，璨若白昼，从公寓窗口泻出的柔和光线，甜腻腻染着半个天，而桥南已是灯火阑珊，我所居住的那片红楼跟害红眼病似的无精打采。我扫兴地上了马路牙子。田大妈幽灵般闪出来，用长电筒横住我，她胳膊上的红箍变成黑色，身后还有几个影子低声说话，怪让人不安的。我咒骂了一句，她耳背还急赤白脸问我嘀咕什么，我半开玩笑说您老警惕性高，我得向您老学习。她把长手电筒像背书包一样拉到胯后，两眼雪亮冲我耳语说："刚才有个女的找你，我看她可能进屋了，呆不会儿又走了。我问她，她也没吱声。"我点过头，没什么好气，径自拐进楼道，心想你老太太也忒多事了。我知道肯定是文惠来过。我觉得相当无聊，诅咒田大妈实在不该，她还是为我好，为了我的安全。我这是干嘛，凭什么拿人家撒火？这是个充满秩序感的社会，人人循规蹈矩，一旦越雷池一步就明白自己是个低俗得不能再低俗的饮食男女，弄明白所谓的工作根本就不是为了什么理想，以前抱有这种念头是因为一切来得轻而易举，简单得就像吮吸母亲的乳头，纯生理习惯延续到我三十几岁。现在我委屈，可这一切又有什么不对，你不该凭自己的双手和智慧在社会上谋到一份工作换取所需的面包吗？你觉得委屈是因为你任什么不懂，如果没有朋友关系好像就得饿死。这究竟是怎么一回事？我百思不得其解，反正弄不明白也就不去细想。胡然不是答应帮我忙，不敢指着他但也抱有希望。我屈指算着离开公司的时间，有些黯然，像个农夫瞅着水土流失。现在进入六月中旬，焚心忧肠，更念及夜短天长，残梦破碎，仰视苍穹，悠悠往事……都是几两二锅头给闹的，后来不定怎样鼾声大作呐。

早晨醒来头依然晕，回想同胡然那厮整整喝了一瓶酒，便有些颓然。

过几天清静日子，读了一些书，尤喜马基雅弗理的《君王论》，叔本华的《作为意志和表象的世界》，可能还有一本叫《查拉斯图拉如是说》，而且大段的摘抄。这类书的确能给一个倒霉蛋不少安慰或说精神上的平衡，也是我能战胜目前窘状的有效的武器。我虽不信服，但也不舍弃。

我顶不住时，文惠来了。她真会挑时间，买了一只烤鸡和若干小菜，跃跃欲试，情绪看上去挺好。她说看我心急火燎心里就害怕，弄我一大红脸后转身去了厨房。真够让人伤心的，话我只能留在心里。打开电视机，俩说相声的正逗贫，没有声音也不知他们乐什么。这电视机相当老化，接触又不良，常常有图没声，敲打敲打拧吧拧吧就行。可我懒得动弹，回床上躺着看俩家伙干比划不出声也挺有意思。文惠曾让我换个电视，可是我说新电视机更让我烦。她说这个世界还有不让你烦的东西没有，我说没有。这阵子，文惠对我特关照，来的次数也多，因而使我不得不面临这样一个现实：老姑娘和无业的老单身汉将如何安排未来的漫长生活？我想文惠的平静是装出来的，我似乎感觉出了她对我的失望。

我指着无声电视对刚进来的文惠说："你瞧这俩家伙有多傻。"

她拍响电视后像不认识一样瞅我半天。"我看你更傻。"

我特背又感到理亏，不想惹她，装作没听见，假惺惺地说，你工资不多到我这里不该花钱，试着让她高兴。我还是笨，想不出生动的幽默，便开始无聊地拨弄吉它。她铺好桌子，问我还看不看电视，但说着却顺手关掉电视。我没搭理她，丢开吉它，放了一张 CD，是格什温的"一个美国人在巴黎"。

文惠把鸡端上来，说这是什么乱七八糟的曲子，叮咣乱响，让我换张碟。我没动窝，她再端两盘菜进屋，坐定后又重新换张碟。我又换了回来，然后，笑着给她盛好饭，很动情地说："这部交响诗很有名，描述了一位异乡人的孤独感受，我喜欢。"

她夸张地睁大眼睛，质问我为什么老和大家不一样？

我说："那帮歌星有什么意思，天天臊眉耷眼唱今天明天都是好日子，有意思吗？天天在电视里还看不够。你没注意，一个个全是床上的表情。"

"你就这个在行！"

"这么不耐烦干嘛？是不是因为我没事在家，你看着心堵。"

"我可没说，是你自己说孤独。"

"别倒打一耙。"

"你像个爷爷往床上一躺，我颠前跑后累个贼死，你还弄一孤独，和着我贱！我不就想听点儿流行歌吗？你甬话里有话，觉得我俗。要说着急谁都着急，你死要面子不回去，我着急有什么用。放着人道你不走，愣往鬼路上钻。"

"你更年期是不是提前来了？我现在可烦着呢。这还没指着你，就这样。"

"你少说这个。"她冲着音箱喊。"真讨厌，什么乱七八糟的音乐。"

我们闷闷不乐地吃饭，心想她若敢换上那些该死的假装疯的所谓歌星的东西，我立刻就把这破玩艺儿扔到楼下去，反正不值几个钱。我和文惠对视着，谁也不示弱，冷战到白热化。好像有人，嘟嘟门响过后，胡然笑呵呵进来了。

胡然见到文惠，小声对我说："你丫金屋藏娇也不言语一声，哥几个还一通给你瞎张罗呢。刚上楼时我还想，没劲归没劲，别人有的咱也该有。我是说的干那事，你懂，这是规矩。"文惠好像挺反感胡然，勉强笑了笑，收拾东西就要走，傻逼似的胡然还蛮亲热地一通拦。我说她要走那肯定是有事。可他倒像给我这个光棍汉腾房的深明大义之士，惟恐误了我的云雨之欢，死死留住了文惠，将我拉出来，说是让我明天九点到雅宝路饭店 707 室找贾朋。我从心里涌出一股热流，这就是说我又重新找到一份工作。大概我脸上的表情很真挚，他拍着鸡胸脯，说贾朋欠他五万块钱，插个人找点事还不是小意思。然后他表情很有下流之嫌地让我好好玩，留给我一个手机号，称有事尽管言声，不由分说咚咚地跑下楼。

文惠就站在我身后，全听见了。我也不想再多说。她告诉我：她正倒霉，心情很不好，又和父母嚷嚷一通，我刚去新单位可能不顺心，但总比没工作强，她不指着我能争口气，可也不想让别人瞧不起。她这些话好让我感动，她要过贾朋的名片仔细看过又还给我，笑了。我看着她，楼道泄过来的黄橙橙的微光正照在她的脸上，眼角新添一抹皱纹显而易见。她诧异地问我瞅什么。我愣了愣神，没说什么，把这个岔打了过去。

关于马兰花的事，我一直藏在心底，不敢和文惠讲出来，等到万不得已时再说吧。我想象不出来，文惠要是知道了马兰花拿走了我们的全部积蓄会怎样。好歹马兰花押了辆车在这里，算是在悬崖下边给我放了个求生筏。

王子和对我说过，不要对女人讲实话，天底下没有一个女人愿意听实话，你不见影视剧中女主角碰到意外情况大都满含热泪歇斯底里地道一句"这不是真的"时，我们将会抱着深刻同情并埋怨一切为什么不是假的呢？反之要是换上男的喊上这么一句会怎样？他还讲述了一段自己的经历：插队回城读大学期间爱上一位姑娘，俩人相亲相爱，最后却分道扬镳。原因是向那姑娘讲述了他在兵团时同当地一位妇女的关系。他认为是受到了诱惑，当时他实在是太空虚，那个寡妇整整大他一轮。那姑娘听后热泪盈眶，毕业后她同另一位同学订了婚。很久以后，他也结了婚，偶然碰到了以前的恋人。那女人并不幸福，反而埋怨他当初为什么不骗她，为什么要讲实话，认为现在的痛苦都是他造成的。王子和由此得出结论，纯洁的爱情根本就不存在，存在的只是相互之间的希望。所谓美就是秘密，因为蒙娜丽莎的微笑不明朗才有可能产生世纪般的魅力。别太认真，女人是可以依偎在你怀里想自己的情人，而且自己还能创造出一种万般无奈的痛苦。不可思议的是就有这样一位擅长情感写作的港台作家，写出了好几十本大家都认为很真实的言情小说。她的粉丝之一就有我的老文惠。

王子和是个道德完善的人，在这方面和我一样都是胡然的学生。人家能管自己媳妇怀孕叫弄上，当着朋友的面讲和媳妇怎样学着 A 片操练。子和是不愿意，我是不敢。不说别人，对我所谓的立场只有一个，就是自身的道德律，非常模糊的道德律。他对我讲这些话时，是在我同文惠以前和一个叫敏的姑娘打得火热时。当然我们早就分手了，可他的这番规劝，今天想来对我仍有切肤之感。我不是精心策划一部小说，而是实录我的一段真实经历。最终生活将我引向哪里，我也不知道。

我在雅宝路饭店七楼一个大套间里找到贾朋，他不像胡然吊儿浪当没正形，相反，衣冠楚楚，举止得体。他问过我一些个人情况，便埋头写些什么。我傻坐在沙发上，看他，肤色黧黑，稍有些秃顶，宝石蓝领带有点儿松垮地系在短粗脖子上。他猛抬起头说，胡然来电话说我笔头子不错，还有些关系，并问我知不知道胡然家住哪？我想还是少说好，便使劲摇头。他跟着解释说，所谓关系是说有没有当厂长经理的亲朋好友，现在搞的这个国际信息交流会，实际的意思就是把当头儿的请到京城观光旅游。我若能介绍关系还能拿到回扣。我说我当然想，可实在没有这方面的关系。他不太高兴，后来还是乐了，说先让我在这里干着。骂了一通胡然，嗔着他欠了一万块钱也不露面了。得，我没言声，心里凉半截，知道又撞上"溜子"了；顾及到再不济还能挣份工钱，也只能含笑不露声色。他写完什么，扔给我一支鬼子烟。知道我干过杂志，聊起了文化圈子里的一些人，我却多有不识。他显得更来劲了，最后说我面相善，不像奸佞之徒，现在正需要人，就留下吧，还给我一张合同，让我回家看好再填，讲好月工资，我不敢计较，当着他的面将合同填好。他挺直，没到一个小时，把他那点历史全倒了出来。他是戏校毕业的，后来又到一家报纸当摄影记者，现在算是下了海，承包了这个信息部。他说这次会议有很多名人光顾，特地请来了美国 D 集团副总裁王女士……我听着玄，可看到他的包间和室内精致的办公用品，也不得不信，知道这小子虽然是个侃爷，但笃定也是个能干出点小名堂的主儿。我恭维他几句，他更显得兴奋，让我先琢磨起草一份致辞。言称会议一定要开出国际水平，给信息部扬名，让代表们乘兴而来，满意而归等等。得，我又撞到枪口上了，这也是一个牛逼起来六亲不认的家伙。

在贾朋这儿干，没什么正经事，无非发电报或起草一些文件。信息部包括他在内共有四人，两男两女。我很少注意他们，只盼望自己的生活能早日纳入正轨。目前的窘状是不能吃饭馆，常常凑和，因而我更希望能和文惠过过安静日子。看那几个人忙碌个没完，兴许是为了挣大钱。我为了什么？

胡然也就这脓水了，拍着胸脯跟我牛，让我美得长夜难眠，以为是个什么国际机构缺我这头烂蒜呐。

田大妈清早撬开我的房间，老太太罩着灰褂子，使劲摇着胳膊上的红箍儿，气急败坏地质问我昨晚儿是不是引小贩上楼收购旧啤酒瓶子了，抵赖也没用，有人看得清清楚楚。警察在二楼正核实情况。我不敢怠慢，急忙下楼，见警察正同二楼房主说什么。瞧到我后，警察指我问田大妈是不是这小子。老太太很得意地点了点头。警察说看你像个城里人，怎么着，是不是连旧自行车也当破烂给划拉跑了，执照呢？我说我不是小贩，是六楼的住户，这到底发生了什么事？警察拍了拍脑袋，瞅了一眼田大妈，对我说没事了，该上班上班去吧。我才明白二楼昨晚丢了一辆自行车。我冲田大妈敬了个礼，挺一本正经的。警察小声骂我一句"装丫的"。我不是没听见而是不愿惹他，转身上了楼，拾掇拾掇奔了雅宝路。早晨空气好，路上也没耽误，赶到饭店看到大厅的时钟才知道，比往常早到了五十分钟。印象里贾朋是睡在这里的，我也想借此洗个热水澡。贾朋问清是我，门开得极不情愿，穿着裤头满脸不悦，也不再说什么，径自抱衣服进了盥洗间。忽然，那张折叠沙发上坐起一个人冲我一笑，真没吓着我，因这人几乎没乳房头发又短，我倒是觉出床上还有一个人，还以为是贾朋的客人临时睡一宿。等听到娇嫩的小甜嗓儿，方知是两位女同胞中的一位。两位女人给我的总体印象是一位长发窄脸，另一位是短发圆脸，共同的特点是生的不美都以为自己很美，看来后者是贾朋的姘头了。她嫣然一笑，当着我的面穿上衣服，进了盥洗间，随后有哗哗冲水和调笑声传来。如果说我见到贾朋这位有妻室的男人睡别人的老婆有些惊讶的话，那两位还带着睡意从内间走出来，我反而不奇怪了。两人都是三十往上的光棍，这只是证实了他们现在的关系。

通过这件事，我倒成了他们中的一员。一些生活上的隐私也就不背我了，甚至我还了解到贾朋真实的过去。他因为玩小演员被剧团开除，后来到报社干临时工吃回扣让人发现，这才靠在报社混时的关系承包了信息部。弄清这个背景，使我对这个穿雪白衬衫系宝石蓝领带肤色黧黑的家伙生出某种同情。这个社会求渡彼岸的人很多很多。有的人可以乘车乘船，准时而又保险；像我和胡然、贾朋这些人，被挤下来了，得自己想办法，否则就得溺死在社会的泥淖中，你可以靠着聪明才智，亦可以靠自己的伎俩。假如我承包了某个部门，是经理了，会怎样呢？会把大众的利益放在首位吗？我想肯定是不会，因为我觉得自己是被社会遗弃的人，最重要是求生存。这样一想，好像和贾朋拉近了距离，但另一方面，我也明白和他们不是一种人。信息部是什么货色，我心里非常清楚。他们每天发出无数邀请函，诱惑这些厂长经理到京观光旅游，名义上却是洽谈业务、交流信息。他们就挣这种钱；我从中所挣的这壶醋钱，占这种恶性循环多少百分比呢？实际我远不是自由的，无意中也参与了一个名正言顺的骗局。

随着会议临近，信息部的日子好起来了。贾朋小脸光采照人，常率部下到酒楼大吃大喝。该准备的都准备停当，电视台、报社和在京各新闻机构也安排好了。那位著名的王女士还将撼动一位大人物亲自到会剪彩。坦率地说，看到支票不断涌入信息部的户头，我的自尊心受到一点小小的挫伤，不知别人是怎么想的，在巨额款项面前，正义感有时就像阳光下的一条小虫在扭动挣扎，只求尽快逃开。我承认这是我内心丑陋的一面。它使我想起马兰花包里的那堆外币，其心情是一样的。

贾朋修改了我撰写的致辞，只留用了一句：有朋自远方来，不亦乐乎。

我想他这肯定是发自真心的。

开幕式上，我看到王女士撼动的大人物。的确派头不小，是坐奔驰来的。我在公司时就见他不下几次，却从没听他说过话，光见嘴唇不停哆嗦，目光呆滞！他真幸福，让人揽着满北京剪绸子。我问旁边一位扛机器的：老家伙知道开什么会吗？他眉头一耸，说怎么不知道，每次都听他说"改革开放好"。他笑了，我也笑了。这话听起来特别开心。王女士四十多岁，假睫毛下凸着一对出奇大的金鱼眼，逮谁跟谁点头哈腰，信息部的人说她了不得，跟花旗银行老板都能说上话，到中国来说是有钱没处花，找不着合适的投资对象。但我看王女士是京城长起来的骚货，"儿"字音发得地道极了，那几句英语掩盖不了她满脸的粗俗。我还注意到她也不知从哪搞来一百多部农业方面的辞典，要贾朋帮着推销给这些会议代表。这举动可不像能和花旗银行老板说上话的主儿。这整个是什么钱都挣啊！贾朋示意我不要多事，王女士不来能叫国际会议吗？在他宣布会议日程安排时，还特意提到王女士代表D集团在大陆寻求合作伙伴，并告诉代表他特意请来了中国银行信贷部的同志。这小子玩得真是漂亮极了，逗弄的厂长经理一个个全起了性，掌声犹如潮水般涌上主席台。按照胡然"玩了你还让你把裤子提上"的逻辑，这样做人是做到家了。他在主席台上笑容可掬，春风得意，账上趴着几十万块钱，眼下的人包括那个大人物和王女士都匍匐在他的脚下，供他玩耍，正是这个笨拙游戏的最高潮。

贾朋并不聪明，我觉得他智商比我要低得多，也不见得比这些厂长经理高，可他的目的达到了。不过，来的这些人都是双重身份，他们身上另一个"我"却也得到了满足，在今后十多天里他们将把交给贾朋的钱吃掉喝掉玩掉一多半。

会议当天晚上，新闻并没有履约播出这条消息。贾朋猛拍自己脑袋，赶紧打发我给电视台的人送去一个厚厚的信封，说是答应过人家的。消息没有按时播出，但总算播出来了。我像个外星人一样思量这一切，好像刚刚走进社会，时时刻刻感到某个巨大的物质力量要坍塌。真怪，我知道这不是什么道德正义社会责任感让我不安，而是旷日持久的焦灼在我几乎饥寒交迫之刻喷发出来的虚伪激情。

在后来的会议期间，代表们走亲访友、逛街、狂喝滥饮，比较规矩的，便同贾朋用钱雇来的北京各大商场所谓的业务人员谈买卖，围着王女士和银行的人转，请他们吃喝玩乐以寻求贷款的可能性。贾朋更绝的是假模假式给每人一张意见表，请代表们填写，然后收上来装进一个大牛皮纸口袋里丢进废纸箱里，并不怀好意地说这是给这帮人一个发泄的机会。会议圆满结束了。这个"圆满"对贾朋和代表们都包含着某种讽刺，他们也许比我更能领悟其中的微妙，他给了我八百块钱，以奖励我在会议期间的勤恳表现，并申明这不影响工资。他让我先回家休息三天，这几天他将和同伙清清账目处理善后事务，还声称开始筹建中国戏曲大赛组委会的工作。他对我发布这消息时，得意的就像白宫发言人。

我回家睡了两天，又用焦灼打发掉一天。第四天头上又来到贾朋的办公室，不料见他的姘头在哭，同伙不在，室内有摔砸痕迹。他见是我，皮笑肉不笑地说，其他人都在忙。他正同会计整理账目，好像有点差池，说她几句就受不了。后来想不出什么话来，说这次会议没挣多少钱，让我再回家休息一星期，等统计出考勤把奖金一块儿算出来给我，再重新订一份合同，信息部的工作太多了，就踏实在这里干吧。他说得好听，让我都觉得自己来的不是时候。

我说："那就这样吧！"

回去的路上，我尽量回忆这一个来月的经历，竟然想不出一张见面还能认识的面孔。整个日子就如同覆盖着一条朦胧的纱绸，高潮来得那样忽然，匆匆忙忙开了一个国际会议。"你丫瞎呀。"有人骂我，待我留意时，好玄撞到一辆赛车晶亮的后圈上，吓出一身汗，感到世界才真实起来。

6

没事的时候，时间很慢，觉得过了好长时间，实际上一个星期才刚刚开始。

贾朋会给我多少钱？我老在想这个问题。我希望是一个吉祥的数字，起码给我在不走运的日子带来点安慰。这可是我没工作后的第一份薪水，我盼着发薪日子尽快到来，不如说我更渴望这个数字所暗示的象征。

时间依然慢悠悠。

文惠来了，她拉开窗帘后在屋里转了个圈。"你该让房间进点儿阳光。"这话多好听啊。她第一次来我这里就玩这套，过去好多日子还是没有变，听起来就像我以前老也没有人要的蹩脚小说中某些差劲的结尾。我不喜欢她白天来找我。每次她都故作多情要给我阳光。我不太正经地告诉她我讨厌强烈的光线，我拉上窗帘，关上阳台的门。她满脸警惕仿佛正告我今天不要想入非非。我让她躺在我身旁，用枕头筑起一道"三八线"，提出好好聊会儿天，请她放心决不越雷池分毫。她不情愿地靠在被子上，傻呆呆瞅着我，或者不露声色地看我的表演。聊什么，又有什么可聊的？我不是个话少的人，却想不出怎样打发掉多余的时间，回想起来过去那种规矩的日子就是好混，说说笑笑，提醒明天还得上班，时间像微风一样就过去了。而眼下却不知该玩什么把戏。我有点没劲。

文惠说："你瞅着我，我瞅着你，聊什么呀。"

我回答："特别无聊是吧。那咱就聊聊无聊，你看怎么样？"

"无聊就无聊，有什么可聊的。"

"不对，无聊也是一种境界，而且还有等级呢。就算我胡说吧，一级的无聊是穷老百姓的无聊；二级是布尔乔亚的无聊；顶级是政治家的无聊；治愈三种无聊的药方是性、金钱和战争。咱们当然是属于第一级无聊……你别瞅我，我不是那个意思，咱们这不是聊天吗？"

"我都快不认识你了，是不是还要写本无聊论？"

"那倒没必要，你得承认我把无聊分成等级是相当新颖的吧。这几天因为无聊就常常想无聊究竟是个什么东西，差不多想出来了，就这样战胜了无聊。令我着迷的现象是每当我感到无聊在侵蚀我时，总希望你能守在我身旁，而想别的事时情况就不是这样。"

"那当然了，你想哪个年轻的大姑娘时能希望我守在你身旁？这把戏无聊透了。你要想聊天，咱们换换样吧。"

"你没有无聊的时候？"

"没有。"

"不会吧，只能说你没发现，要不你真就是个幸运者。哈哈，你说咱们现在是不是相当无聊？"我说着，指了指墙上一张美国硬派明星的招贴画。"文惠，假如这张画的本人就是懂得魔法的仙女，让你提几个愿望并能帮你实现，你说心里话，你希望得到什么？"

"这不是演《第一滴血》的史泰隆吗？我让他给我抢银行去。"

"聊正经的，假如他就是能帮你实现自己愿望的仙女。"

"世界上哪有这般好事，不过这样想想也是挺有趣的。不妨就假设一下，嗯，这样吧，你先说怎么样？"

"成，我活着没有太大的奢望，只求别饿着，顿顿有细粮，能拥有一套高级的组合音响和一把正宗的西班牙木吉它。觉得没意思时，在毫无痛苦的睡梦中死去。"

"真够笨的，这不是假设吗，你完全可以拥有一个工商银行。"

"我的要求就这么多，真的，你呢？"

"我说了，你别吓着，我希望有一个自己的大农场，然后在那里盖一幢别墅，里边有游泳池健身房娱乐室再加上一个小花园。房子的四周长满绿茵茵的整齐草坪，有人定期为我修剪。房间可以不要太多，实用而舒适就可以了，要有书房、琴房、画室。厅要大而现代化，每周我都要邀请好朋友们来跳舞谈天聚会，让春晚的现场搬到我这里来。平时我开车到自己的企业看看，车来辆日本的就行了。余下时间我出钱请国内最好的最有声望的教授教我英语。我的工作人员全是那些涂脂抹粉的电影演员，但在我这里不行，要让她们穿普通的工作服，不过我要给她们最高的工资。要让到我这里做客的朋友都羡慕我，喜欢我，爱我，听我的调遣。"

"小妖婆，小金鱼可要游回大海里去了。"

"我对穿着并不太在乎，卧室可要像样，我就这样过下去，而且这位仙女要用魔法让我永不衰老，人见人爱……"

"你一人不孤单吗？住这么好的地方有没有我呀。"

"当然，我还没说完呢。我要不断扩大自己的权力，然后派我的下人去给你送一套最先进的音响和世界没有比它更珍贵的吉它，并把你接来，让你躺在我的身旁，送给你一杯放有安眠药的美酒，满足你最高的愿望。"

文惠说完哈哈笑个不停。我有点失望，发现这样做真是傻的可以。原以为她是个单纯得没有太大奢望的女人，交往中也没见她对任何不切实际的东西表现出过于强烈的欲求。她问我怎么不说话了，是不是生气了。我说没有，不过我倒觉得她不该嫁给我。她扬了扬眉说："得了得了，吃这种醋你也不害臊，是你说的，我看你一本正经比谁都认真，跟那个史泰隆要音响要吉它。可我都是不切实际的，咱俩谁更没劲？让你自己说。"

我得承认文惠的抢白是有道理的，我比她要有理智，像真的一样，虽然我吃了亏，也还是说明我是个没大用的实用主义者，连莫须有的享受都没勇气追求。我攥住她的手，很生硬。我说我最迫切需要一份正当的工作，某种程度上说对她对大家也是这样。我顶怵她流泪，并非我感情脆弱，而是看到成熟的女性这样，就有天塌地陷的恐惧。

文惠在一家老字号食品店很不安心地卖酱菜，她在早以为，我当编辑路子宽还可以帮她换换工作。我曾使过劲，至少她看出我是不遗余力让她能有个体面的工作，但我回天无术，如今连自己都成了"下岗人员"。近日，听她聊单位的事挺来劲，估摸这酱菜也卖习惯了。她蜷在被里不知不觉睡着了，脸上让泪水洗过，愈显粗糙。我希望能细细觅到少许光泽来证明我们的婚期还有机会往后拖拖。她实际是二十九，快奔三十岁的人了，不是她说的二十八。我偶然瞅到她的身份证，可我从来没点破。她也尽量回避自己的年龄，只是说自己生日小，在心理上毫无愧色地享受二十八岁的年华。她没错。不知为什么，我不忍心看她熟睡的样子，便下楼转了一圈，拎回两袋速冻饺子。我回来时她却走了，留下一个字条儿，说是参加一个英语强化学习班，不愿耽误课。

我把饺子丢进冰箱，一屁股陷进沙发，心想爱吃咸菜的外宾是朝鲜人，文惠该学鲜族语才对。她走了，我闲得窝火，也没一点儿办法。

快到十点时我才到雅宝路饭店。信息部的房间虚掩着，进屋发现贾朋用于会客的沙发上坐着一位军官，我怔了怔，但很快清醒了，像贾朋这样全方位的侃主儿，加上军界的，正好是立体的骗局。我没言声，沏了一杯袋泡茶靠在沙发上。我盘算着能领多少钱。那军官直用白眼翻我。出于礼貌我劝他别着急，贾朋可能出去办事一会儿就会回来，我甚至还自作主张给他沏了一杯茶，直到内间闪出一张女人的笑脸，我才觉得有点儿不对头。军官冲到我眼前做枪毙状指点着问贾朋是谁，你是谁，你这是什么意思？我注意到室内的变化。那张贾朋和他的姘头在上面打滚的折叠沙发和文件柜都不见了。我说我在这里上班，我们刚刚开完一个国际会议。军官请我认真听着，他是昨天携妻子来饭店的，别的一概不知。我知道事情可能不妙，忙跑到服务台证实。小姐告诉我贾朋大前天就结账搬出去了，她也不知道去哪了，饭店丢了两个被单还找他们呐。她很好奇地问我：他们那俩男俩女是什么关系？我没好气地说就是你想知道的那种嫖客和暗娼的关系。

二十分钟后，我走出饭店。

一出来我的心情好多了。贾朋再不是人，也不会为我一个月的工资卷包儿。我冷不丁记起那则出名的寓言，还不晓得谁是那只倒霉的黄雀。我安慰完自己，不由切齿胡然这个杂种，给我介绍的这是哪路狗党。我往回骑着车，正是晌午，太阳规规矩矩晒着地面，路人和我一样用自行车在柏油路上切出笔直的线，想起来就像城市规划沙盘上的装饰物，真是令人恼怒。这阵子，贾朋和他的同伙没准正在哪儿点钱，而我却在太阳底下榨油，也不知是谁疯了。反正到这份上，人也只能认了。路过北京站，我要是坐在马路当间嚎啕大哭，将会是怎样的情景呢？这个念头把我逗乐了，发生的事也扔到了脑后。在车站对过儿的书店几乎消磨了一个下午，所有的书架瞭个遍，弄得服务员直瞪眼，最后花了十八块七买了一本叫《在路上》的书。我多半是冲这个书名买的。人生的希望有多怪，就跟眼前这个大候车室差不多，那些准备上路的人才不管是什么地方，反正觉得肯定是个不错的地方，比起这个脏了巴唧的车站要强百倍。坐在谈不上舒适的各自位子上，等待永远晚点的列车。我问自己，假如这是你必须做的选择，是长期等在这里准备去一个美丽的地方，还是不问青红皂白赶紧上路逛荡到哪儿算哪儿？我还真有点儿含糊。当然，对我现在来说，只有一种"赶紧上路"的选择。真要有万能的神给我一次机会，让我重新缩进娘的子宫里，全世界任何地方任我挑选，那我就干脆回答，我根本就不愿出来！

看了一场电影，进场时已经是刀光剑影血肉横飞，加上我总共不到二十几个人坐在这个忧伤的坟墓中。我横下心投入情节，才发现是一部看过的功夫片。我才不在乎看过没看过，只管坐到散场消磨掉两个小时。等从这个墓穴中钻出来时，真像是带着鬼气，没着没落的不知该干些什么。到便宜坊饭店，想到同胡然啃烤鸭的情景，又有了食欲。我买了十几个烤羊肉串，起码吐了一半。天天路过立交桥，只有今天有时间细瞅瞅，现下倒像个大杂货市场，捣腾什么的都有。城管定期在这里洗劫无照商贩，可这些小商贩就跟厕所里的绿豆蝇差不多，赶城管"蹲"下来时飞个精光，离开后又重操旧业。这么说有点儿过分，可瞅着令人作呕的人群和缓缓流动的臭水沟，真没有丝毫浪漫。我绕了一个弯儿，从桥下骑过去。路灯亮时，南北朝向的大街幽蓝幽蓝的，伸延开去，笼罩在极深极浓的夜幕中。一辆小车擦身而过，带出的呼哨像娘们儿呻吟似的给人情绪。这就是那久违的妙不可言的速度，嘿，我不是寻觅好久了吗，只是这辆破自行车实在不给劲，不然我准歇斯底里嚎叫一路。我处处碰壁倒让我清醒地认识到生活就在于抓住一个瞬间，没有人给你一个圆满的明天，你要干什么就是你完美的人生，谁还在乎你要偷鸡摸狗还是制造航天飞机。我现在除了来点儿速度没别的，一头扎下去，骑到南郊，没一点儿浪漫的节外生枝，倒是让混账的蚊子给咬了一身包。不过，当我往城里骑车回来时的情景可了不得，那灯火辉煌的是海市蜃楼，是希望，是你今天生命的终结？不，这是一个实实在在的都市，只有在夜里我才爱她，感受她自由的风度。愈驶近她，心里反而却愈加恐怖，刹那间一切变得陌生起来。这座都市和我有关系吗？我急赤白脸地亲近她，而那里不过生着像我一样许许多多的虫子，只有很少的萤火虫给她带来点生气。我爱她可又能给她带来些什么，我不过是一个失业者，仅仅因为那里有我的一个窝！

巨大的黑团覆盖着都市上空，白天进不了城的各种机动车，发出震耳欲聋的轰鸣，令人难以忍受，仿佛要给这都市带来战争。我也随着这倒霉的轰鸣回来了，刚才的感受一下全跑光了。半道还让联防队员给截

第一章

偷窥背后
长篇小说
TOUKUIBEIHOU

住，查验一下车锁，见是完好无损便放行了。我的裤子和鞋全让露水打湿了，自行车上挂满泥浆，怨不着别人，连自己都觉得不像是一个安分守己的公民。

我在楼下，看到那辆老吉普车，真可惜我没有驾照，我甚至怀疑马兰花知道我开不了车才把这堆废铁放在我这里。赶紧学个本子，或是找机会把它卖了，给钱就卖。

对此，我真怀疑。

王子和打发上中学的儿子小辉给我送来一些鱼和虾，是他们单位发的。小家伙看上去累得够呛，翕动着肥大的鼻翼，透过气后扬起苍白的小脸茫然地环顾四周。

"你睡在地下吗？"他接着说。"我看床上堆着的全是书。"

真是个小书呆子，看看子和总是引以为豪的儿子犯的这个傻吧。我说我睡在书上那样可以防潮。小辉知道我是说笑话，哈哈咧开了大嘴。要知道王子和的儿子考试总是全校第一，为这并不幽默的话由逗得前仰后合，平时准没什么开心的事。"我得走了，"他到门口又转过脸。"你的屋里有一股味儿，为什么不让阳光进来？对了，爸爸让你有时间找他。我得走了，再见吧。"我点了点头，他还愣愣盯了我一会儿，若有所思下了楼。我从阳台上瞧了小家伙一眼，见他低头盘算着往车站走，心想这孩子也许了不得，俗话说扬头老婆低头汉，子和你就等着得济吧。我不由想起小辉说什么我屋里该有阳光之类的疯话，简直和文惠是一个模子倒出来的。她有些假模假式。可孩子不会，肯定是出于好心。那干涉别人生活就是人的本能不成？很可能，我也好不了哪去，说这些不就是想给别人施加点儿影响，骨子里都是疯狂的主儿，却不得不用政治家的智慧奔点儿油盐酱醋。有位诗人说："……因为我们包涵在人类这个概念里/因此我从不问丧钟为谁而鸣/为你/也为我。"听起来不是委婉动人吗？对，甬问，愿意怎么干就怎么干，玩得正好才是真正的好，你该懂我所谓的"正好"包涵一个倒霉的尺度，你得留神才是！

关了几天就像是给判了一百年的徒刑，工作真是那么好吗？关键不在这儿。我说过我骨子里不是个安静的主儿，一下变得自由自在还有些不习惯，井然有序的日子把我塑成一个懒散而胆小的窝囊废，有时连我自己都瞧不起自己。现在倒好，如果我愿意就可以睡上十八个小时，下午两点起床，用不着担心那只该死的闹钟吵得你神经衰弱。但人就这么贱，喜欢熟悉的节奏，黑里咕咚从床上爬起来，披星戴月回来，填满肚子两腿一蹬，挨到休息日睡二十四小时。难道这就是我哭着喊着要寻找的希望吗？我想是。我想挣点儿钱买个极品的音响，想给文惠置一些漂亮的名牌衣服，想结婚……无休止的微小而又可能实现的欲望，促使我拒绝自由自在，就这么回事。所以当子和又为我在一家书店找到一份工作时，还挺他妈高兴，不停地向他道谢。

我是小辉来我家后的第三天到王子和家去的。他正就着煮毛豆喝二锅头，小辉在打扫盘子底的剩菜汤，他老婆坐在电视前等天气预报。王子和问我为何不早点儿来，是不是喝点儿。我说胃不舒服，要来就来点儿啤的。小辉听到后，从冰箱里拿出两瓶啤酒。他老婆看到后走过来一脚又把冰箱门给踹上了。王子和想说什么，守着我可能没好意思言声。我这人生冷不忌，对着瓶就吹开了。王子和不喝了，和我聊起了书店的一些情况，然后掏出一张名片让我明天按这个地址去找路经理。我一边喝着，说别又是贾朋那路人。王子和有些不解，问我谁是贾朋？我笑了笑，很诚恳地谢过他。

王子和忽然问我："你认识一个叫金月亮的吗？他可说和你是朋友。"

金月亮，认识，没错。我眼前有个秃瓢在晃，老是乐呵呵的，脸上生满令人生畏的壮疙瘩，细而长的眼睛亮极了，谁也弄不清是充满了贪婪还是充满了渴望，反正他可是个不管不顾的主儿。别人叫他月亮，我还以为是戏谑，他爹妈养出这么个粗俗的家伙却起了个漂亮名字。他头发稀而黄，不是个天生的秃子。我们最早是在一个文学进修班认识的，当时，他和我们大多数人一样老想写一部出人头地的小说，满脑子混账的功名利禄，表面倒还是假模假式高谈理想。老月亮挺独，我们就这么叫他，纠集几个男女，散布他的性欲创作法，说是写小说是为了痛快好受，你要是没有嫖妞儿的感觉准是哪儿不对头。这话也许很受听，但在当时却没有谁愿意放弃自己纯洁的主张附和他。我们也年轻，甚至以为他怪模怪样的，可还是认定他有潜力，将来也许会有所建树的。后来得知他实际什么也不是，原来是因为玩女人让工厂给开除的，感召力自此大大下降，认为他的说法不过是从弗洛伊德书里剥来的大杂烩。直到我和月亮熟悉，才知道这家伙从来不读理论著作。他白天不听讲座，晚上倒是满屋乱串瞎聊，渐渐大家都有点儿讨厌这个秃子，他却从来都不注意这些。有一天晚上，月亮拿来一瓶白酒，赶上屋里就我一个人，便借酒聊起来，我们的关系也算是真正的开始。他告诉我，他到这个进修班来是通过他父亲的关系。他父亲是个历史学家，但实际是个当兵的。他称他父亲为老家伙，对越古老的历史越来劲，女人可要新的。我只记得他说自己一直和母亲过，母亲谢世后，就一个人在社会上游荡，至于让工厂除名那是真的，不过那女人是他现在的老婆。他到这个进修班以为能见识见识，最后发现这帮作家和教授都是他妈的假模假式装天真烂漫的儿童，无聊得没底，实在令人讨厌。他读书不少，特别崇拜李白和莎士比亚，他醉眼惺忪发誓一定要当个真正的作家，然后我们就聊女人，一直到深夜。他忽然发疯似的要走二十公里回城里，一定要离开这个倒霉的文学进修班，滚回家写一部他认为真正的小说。我当时也不清醒，没拦他，第二天想起这小子是真他妈疯。十四天后，他给我拿来一部十八万字的小说，叫《横冲直撞》。他告诉我这部小说整整写了十三天，可真是痛快淋漓，过瘾极了。他请我把这部伟大的手稿转给一位他认可的教授就没了下文，而且他也不问。我可没忘了当时这小子熬得像只红眼耗子，却还美得不行。

"也不知他怎么认识了我们的美编，后来就请大家吃饭。"王子和接着说，"这家伙脑子是不是有毛病？"

我说："何以见得？"

王子和收拾好酒杯。"他老以为自己是梵高，而且我发现他总是想引起别人的注意，显得很虚荣。"

"月亮有时的确有点儿疯，不过他很真诚。"

"真诚得都有点儿过分。"他打发走小辉，嘘声道，"他反穿着衣服，弄一个秃瓢，满不在乎地搂着一个叫小艾的姑娘和大伙聊天，你根本想不出来他当着众人的面把一只手放进那姑娘的胸罩内，脸一点儿不红。他带来了几幅油画，我不太在行，看上去很放荡。在我们看画时，他竟公然挑逗那美编的妻子。一块儿来的姑娘醋得不行，差一点儿就抓破脸。后来他又看中一只用椰壳雕成的村姑头像，非要出一百块钱买下来，说是像他以前的情人。那姑娘听了又是乱哭一通，好在在场的人都喝得差不多了。我们是怎么说起你来的，对了，他向我打听你，说是在我们杂志上看到你的名字，问你是不是成著名作家了。我乐了，说你现在成了真正的'坐家'，干坐在家里没人给钱。我没别的意思，只是话赶话。我倒是不相信那家伙对你有什么友谊，他对谁也不会，我看他除了女人和性就是自己，反正他显得十分下作。妙的是这小子总能把自己成为众矢之的，然后把大伙儿拉进去，告诉你不过和他是同一种货色，说为他难堪不如说是为自己难堪，把你弄得怒不得恼不得。"

"我知道这家伙，只要自己痛快，干什么都没有限度。"

"还有一件事让我对这个秃熊产生一种很奇怪的感觉。也许真喝多了，他忽然跪下来，朗诵了一段好像是莎士比亚戏剧中的台词，称赞美编的妻子漂亮无比。大家先是尴尬，后来简直有点儿不知所措了。赶上那美编醉得差不多了。我们也只能把你的朋友弄走。他把你的地址要走了，不定什么时候闯进你的家，你可留神点儿。据那美编讲，你的朋友也不知从哪儿弄到一张片子就径自闯去了。不管你信不信，那美编的妻子说她喜欢秃子的表白方式，当然她也是酒后说的。你说他这是勇气还是无耻？"

"别争论这个问题，否则咱们都得陷进去，再筋疲力尽地爬出来，还不知自己干了些什么。月亮被判过徒刑。"

"我看他不像好人。"

"好人的标准是什么？"

"对咱们来说很简单，安分守己，过和大家一样的生活。"

"你非常讨厌月亮吧？"

"不完全是，可我断定他是个一事无成的人。"

我哈哈大笑起来，特别开心。我想类似子和这类的评价简直是太多了，把人弄得都透不过气来。他问我有什么可笑的。我没心思回答，只说是时间不早了。他没张罗送我，可能他对我对自己也是这个评价。这里包含着某些永远不可能兑现的承诺、淡淡的怨艾和沉重的遗憾，而不是扎心的痛楚，是致命的憋闷，如生活在没有窗子的房间里。回家的路上，我把车子蹬得飞快，可那种感觉自始至终萦绕在我的左右，即活着都是自己和自己打赌，细想从来就没有输和赢。为此兴高采烈或悲痛欲绝，究竟值不值得？

还不是特别晚，从宣武门往菜市口那条街仍是喧闹熙攘，很多人从胡同里走出市面。男人们抱着双臂相互神聊。有个孩子忽然跑过来，几乎钻进我车底下。只能是我倒下，胳膊破了一块皮，裤子也撕了。而这时孩子妈跑过来要吃了我。谢天谢地，这只母老虎的宝贝儿子只是小哭一阵，我才被放行。想来活在这个充满秩序感的社会上哪有横冲直撞的道理，我加倍小心骑到家。

再说关于月亮写的那本《横冲直撞》，老教授患脑血栓不幸后手稿也就没了下落，月亮倒是从不提及此事。我挺内疚，他却对我说，不用，谁把自己的作品当作诞生的婴儿我就看谁像个粉头。无论多么正儿八经的玩艺玩了就该扔掉，要不这个世界早发霉了。现代人不管怎么否定自己也不会不留下点痕迹，还用得着自己张罗和体现？好些事情只是为了快活才干，并不是崇高。至少现在好多人都这么干，今后干什么都是一个目的，实现自己。当然我理解的价值是客观的，和秤盘子里的大葱大蒜没有多大区别，斤斤两两的刻度都是人们设计好了的，然后再抓住这棵葱或这头蒜的营养学或其他所谓科学中的功能。我压根儿就不愿被谁利用，也包括我自己。我要说李白捞的那个月亮是真的，准都拿我当白痴，可我才不在乎呐。我有时间自己，强迫自己回答，你究竟喜欢天上的月亮还是你心目中的月亮？老实说，我都喜欢，在需要的时候，两个都是真的。人就是太他妈珍惜自己。算了算了，那小说我早忘了，再说也不是为了发表，交给你现在回想起来是一时的虚荣。我现在开始学木匠了，我发现鲁班是个艺术家。

月亮对我说这话有多久了，我已记不清。他倒是说到做到，最后他以为自己是个鲁班时就丢开了锯子。再后来，他因为要去南方手里没钱，把单位分给他的房子转给了房虫子，从中收取了笔钱，到南方逛了八个月，回来政府就以投机倒把罪把他送进公安局，呆了两年，据说，他在里面天天哭。我想他是个天不怕地不怕的家伙，但流窜的本性使他对自由比一般人理解得更有诗意。他一定是哭他失去的自由。他曾来信请我给他寄些美术方面的教材，比如油画入门、颜色学、速描基础什么的。我还给他寄了些美术家传记，其中也包括写梵高的《渴望生活》。所以王子和说月亮觉得自己是梵高我一点儿也不吃惊。他出狱后，匆匆和我照了一面又去了南方。他说他可以边做木匠活儿边学画，总能餬口的。他在狱期间，老婆和他的一个朋友好上了。他说自己以前也这么干过，这叫淫人妻者妻淫人，也算是报应吧。他说要离婚，但到底离没离我就不知道了。从此我再也没见到月亮。

王子和谈到月亮，可见那小子是旧病复发，又飘了起来。

这个乐呵呵的秃子不会安静，他到底是为了什么？我们以前也进行过深谈，他总是用奇怪的问题把你逼到犄角回答他。有时我觉得他挺神秘，但当看到他咧着大嘴哈哈傻笑时，又觉得他是那么清澈见底。从相貌上看，说他二十五到四十五岁都行。我甚至喜欢看他一瓶瓶往肚里灌啤酒，然后抻着脖子高歌，那时他就以为自己是帕瓦罗蒂，而且他还尽弄意大利民歌，真让人哭笑不得。我尽量回想同这家伙交往的每一个细节，发现在他乐观的面孔下，仿佛还有同这个浮躁社会不甚相容的超然度外。我的意思是他不曾为某些事物有过多痛苦，在他自由的时刻，他就是这样。我记得他在大狱里给我寄来一些速描练习，是从我以前住的地方几经辗转到杂志社的，全是异常漂亮丰满的小妞儿，真实性高于艺术性，我都怀疑狱方给他提供模特。他能给自己的想象找到适合自己的土壤，好好活下去。

当我把思绪跳到自身时，发现把月亮想得太多了。

金月亮并不是我圈子里的朋友，不过我明白只要这家伙从我眼前一出现，总能让人吃惊。王子和说他哗众取宠，我猜想这家伙压根儿就是无意的。我现在挺不顺心，有点儿想他，多半也希望生活中来点儿新奇。我不好意思找一个牵强的理由发难琐碎的日子，不是都这样生活吗？就是没劲。并非我失去了工作，满街转腰子挨蒙上当，事实一切很早就开始了，是工作让我忙昏了头，因为出现了文惠，情欲有了依托，当欢蹦乱跳满处乱窜的老月亮浮现出来，我的的确确生出惘然若失的愁绪。细细想来，工作和文惠都是暂时的假象。我并不认为这些客观的力量在欺骗我，而是我自身的脆弱。我渴望温馨而静谧的生活，主动去追求她、爱她，我对文惠说过那些甜言蜜语确实是发自肺腑。我喝了点儿酒，这玩艺能让我骚动不宁，但也仅仅表露在我的激烈思想之中。我还是为自己羞愧，从十八岁到现在我几乎没有进步，一直沉浸在男欢女爱的梦幻之中。按照老百姓的讲法，我现在是走背字，连吃饭都成问题，若不是王子和帮我谋到事儿，我马上就得完蛋。当我不得不低头打这个小算盘时，刚刚体味到老月亮敢拍屁股就走的自由该是何等的勇气。是生活把我死死钉在原地，还是我自己死死不能挪窝儿？要是生活没那么多节外生枝，我对月亮肯定不会有更多的兴趣，就是同他交往，我也顶多把他看成是个有个性的疯子，可现在倒是想同他攀攀道。我假设一番，要是金月亮忽然跑来拉我入伙，而且浪迹中百分之百能撞上白雪公主，我也能找到理由赖在原地不动窝儿。我的肉体和精神需要另一块伊甸园，希望躺在床上握一本我喜欢的书，或者陷在沙发里用心倾听动人的音乐，瞅着一个温存的女人忙里忙外……

即便是现在，我还是不想把话统统倒尽，那类动不动要把心窝子话掏出来献给谁的台词，只不过形容我对你比对他好的意思，只有傻瓜才当真。我这样胡思乱想，还想了一些想做根本不可能或不敢做的事，我把它称之为壮色什么的，否则，我的血液就该凝固啦。我已经开始感觉到我不知不觉被同类瓜分的就剩下思想，若再不去占有，同躯壳无二。我没有丝毫倦意，斑驳陆离的怪念头一个接一个，但有一个最温暖的念头一直舍不得丢下，就是庆幸我没像一个真正的流浪汉在北京火车站前闲逛……

第一章

偷窥背后

长篇小说
TOUKUIBEIHOU

第二章

1

天热了，我的胃有点儿冷。

我想我可怜的胃一定跟张破鱼网差不多，整整折磨我两天，加之身上又有些热，一直在屋里躺着。胃还是儿时跟爹妈下乡在农村喝棒子碴给磨薄的。那个倒霉的年代，一天到晚饿得我要把整个世界吞掉似的。有过几次胃痉挛，饭食稍有不适就来劲儿。我又是个喜欢暴饮暴食没有节制的家伙。为这，我晚去了书店几天。我去的时候，也没有多大准备。那书店叫新新书店，位于太平桥大街，经理姓路，是个五大三粗的汉子。我想用"红脸膛"或"面若重枣"之类形容，虽有些过，可他通红的脸的确属于满脸充血的一类，让人犯怵，可他说话时的小嗓门儿却纤细微弱，跟塞了根筷子差不多，让人透不过气来。路经理的举止还算豪爽，同时我也认识了路经理的妻子以及书店的几位雇员，算是他们中的一员了。新新书店是个夫妻店。你看，折腾来折腾去的，我不过跑来给一个小书店打杂。我给王子和打电话，问他到底是怎么回事，他说他也闹不清。现在社会也挺复杂，以公家名义办事可能少受些阻，劝我别要饭还嫌饭馊，总比没事在家呆着强，起码不烦啊。

我横下心，在新新先干吧。先得给文惠一个交代。马兰花的钱看样子一时半会儿还凑不上，别等着兜里一分钱没有时再起急，那样也显得被动。

书店有一位待分配的女大学生和一位小白脸会计以及几位退休挣补差的老太太。他们的需求和希望并不干我的事，可我与这群老老少少为伍不免有些束手无策，尽管我压根儿就没打算同他们搞所谓的关系。在这里，我不过是行使着人类最简单的本能——求食。这个小书店对路经理是事业或摇钱树，但我无论如何也不能将其同我的行为联系起来。现在我有些开窍了，明白我所面临的未来。很早我就希望能挣到一笔钱，然后踏踏实实回家写我的小说，现在看来没有比这更不切实际的打算了。看样子，子和没对路经理说我什么，听他的口气我完全是用力气换口饭吃的，我傻笑着承认这点。他说看我是个实诚人，小声暗示我的工资比这些老太太和那个女大学生要高。小白脸里里外外张罗特欢，比经理还忙乎。我也注意到经理老婆的眼神，那真是恨不得从那张小白脸上剜下一块肉来。我在书店还不到半天，大学生就告诉我那小白脸是路经理的小情人。我感到吃惊的倒不是这消息，而是大学生和我的贴心劲儿。她一脸子纡尊降贵，眼里可没新新这座庙，在这里乃是不得已而为之的权宜之举，话里话外正往中科院办呐。我问她的学历是江湖的还是朝廷的？她傻傻地摇头。我皮笑肉不笑说，国家正牌院校出来的算朝廷的，江湖是指民办走读之类的。她说她是西郊大学的。我想和她分庭抗礼，顺口说自己是北大的。见她有些灰心，便告诉她我实际上没上过大学。听到我的话后，人家立马亮出满嘴小芝麻牙，说这年头谁还看学历，有本事就成。其实她还是很得意。我告诉她我叫刘希圣，她称我一声刘哥，以后就这么叫了。实际她一张嘴，胡同串子的本色就显露出来，告我小白脸是中专毕业生，经理对她很是垂青，言外之意是死瞧不上她和经理的浪相，但马上又说这也是人家的自由。我得亏没表态，不到二十分钟，我就看她俩像同胞姐妹一样评价老太太勾出来的一个倒霉的花边。在新新书店的日子里，我很少说话，每天不停地工作，主要的工作是写包装和搬运，比较要命的是蹬三轮进书。路经理一开始跟我端架子，几乎没话。书店正经干苦力的就我一个男的，活儿干多了，自然引起他的注意。有一次进书回来挺晚，他提议做东，我觉得挺没意思，也想拉开同他的距离。他很可能是真诚的，我不行。多年养成的习惯和根深蒂固的可怕教育，打小我就没有什么想象力，成人后尽管我读了很多书，习惯仍使我对本质的自由惊恐万状。对于我所谓的梦想，仅仅是形式上的自由。如果我承认我对这种梦想很着迷，我会十分瞧不起自己，痛恨自己不成熟，可实际上我一刻也不能离开梦想。我挣一个私人的钱，若再去套近乎，实在显得厚颜无耻、穷途末路，因为这个想法说不出口，最终我还是去了。路经理没酒量，一杯进肚脸就犯紫，说话也不着边际，可还是让我明白他一直在考察我，最后的结论我是个诚恳踏实的人。他希望我能长期在新新书店干下去。我不踏实，只是不愿表露，对他和新新书店其他人，我甚至也有过卑劣的念头。我不希望与这些人为伍，可生活偏偏把我推到这里，于是我为书店每个成员按照自己的愿望一厢情愿设计了不同结局，当然都是他（她）不能接受的。我说过我是个缺乏想象力的人，可对无聊的想象倒是挺在行。老莎士比亚说过："一切愉快都是无聊，最大的无聊却是为了无聊费尽辛劳。"路经理眼光并不准，我的诚恳和踏实其实是一种乏味。我喝他的酒喝多了，不知不觉恭维他，后来差不多也是真的。毫无意义的空谈没让我脸红，酒精却让我脸红了。

我没想到路经理是个不满意生活的人，他好像什么都不满意，妻子孩子雇员，还有那个小白脸情人。他喝多了，便开始跟我许愿，说要帮我立门户，再弄一家分店。我相信他的态度是真诚的，而我差不多也这样想过，但我十分厌倦这个话题。他笑我过于敏感，自称走南闯北，让我学着点儿，干什么他都是行家里手，包括偷税也一样。他和我说这些会后悔的。我虽然这样想，实际我也喝多了。

分手时我几乎像踩着云彩，就差折着斤斗往我的窝儿奔了。

车骑到崇文门，摔到路旁，所有的器官都很僵硬，像只醉猫倒在马路牙子上。后来是怎么回家爬到楼上躺在床上的，全然不知。直到第二天下午才去上班，路经理换了一副面孔，显得很不满意。听到的第一句话让我做梦都得回味："我是共产党员，懂得什么叫原则。"尽管他是同包书的老太太半开玩笑半认真，可我也明白他那是暗示我昨天的话全部无效。跟着他就和我立起蚂蚱眼，叫我赶快蹬三轮到新华社拉书，还补上一句说，下午就得拉回来。我心里非常别扭，抹不开面子，感到他很伪善。我挺后悔和他一起喝酒，我不是挣钱吃饭的主儿吗！事情也寸，晚上回来时，我无意中看到他开出一张高额发票和底票不符。我坐在他面前说，大家都这么干吧！我并不是个纤尘不染的正直君子，用漂亮话讲，只能算个富有同情心的绥靖主义者。

小白脸又发烟又发糖，好像要飞过太平洋，实际是要调到新华社去工作。

这些都是那个大学生和老太太嘀咕出来的，说是路经理使的路子。这也是怕对不住人啊！他们老在一起"意味深长"。我陷到新新这个平淡而乏味的圈子里，真是腻歪得要命，加之不断加大的工作量更使我头疼欲裂。这家书店主要是吃邮购，外地读者汇款买的书若没有，路经理就找一本价格相同的书充塞。我对他这种经营方式很是吃惊，我不是十足的读书人，却明白读书人求书的心情。他这么干也算是够损的。我就是这样一天到晚日复一日，拉书捆书邮书卖书不停地挣命。那位生着鱼眼的女大学生和我也有同感，时常逗逗闷子寻些开心。她没事还老爱不停地问我有没有女朋友。我猜想她巴不得我天天向她献殷勤，然后她再天天给我表演"冷若冰霜"，可我不给她这个机会。我能在这里忍气吞声干下去，也有一个小小的愿望，真希望路经理能说话算数，将来盘下一家小店，由我独挑一摊，让文惠也做做老板娘。现在还能求些什么，有个这样的小根据地那是再踏实不过了。可喜的是路经理不停地向我暗示这个梦想的可能性。在新新领了一次薪水，实际只是半个月的。文惠才知道我又换了地方。按照传统的解释，一个不停换工作的人是个没出息的人。她说，你要是表现好，哪个单位也不会放你走。我向她承认我表现不好，也懒得提贾朋和他那个倒霉的"协会"，实际我在她眼里已经显得很没用了，我的热情似乎也很苍白，她拿三架四使尽招数不让我"得手"，我用"得手"这两个字显得有些下流，但好像她最大的乐趣就是找像我这号该结婚还结不了婚的光棍儿斗心眼儿玩。索然无味的游戏，让她玩起来既得心应手又认真，就像晋级考试。

她说："我越发觉得不安全。我没有埋怨你的意思，频繁换工作你也烦呀。"

我说:"现在冒牌货太多,让我有什么办法。"

她笑了。"有些话你别生气。我看你太傲慢,这不行,没人吃这套。我从没听说你服过谁,好像全世界就你行。你在杂志社我就看出来了,到公司也一样,编的那些稿子够差的,甭说正经的知识分子不爱读,连我这水平的人都看不上眼,你评论这个那个的,倒好像你是鲁迅。我也看了,你小说写来写去,也难写出名堂。在早我还真以为你是个大才子呐。我也承认你是多看了几本破书,好像知识挺丰富,实际呢,连个工作都干不长,这也说不过去啊。我们单位也有大学生,人家还是本科毕业,我看也没你狂。你就会瞪我,好像是我特俗,市井小人。你心平气和说,我讲的有没有道理?你放心,我不会当着别人这么说的。我倒是卖咸菜的,好歹还有张本科文凭,你这两年怎么啦?走到今天,你是该好好想想了。"

我脸有些热,说:"你像个娘们儿似的瞎叨叨什么,我可一直说友谊和爱情都是自由的。文惠,我再一次向你重申我的意思。"

"你用不着虚张声势。我要是真想离开你,就不会说这些话。你识相点儿,社会上谁跟你掏这种心窝子话。你还不懂,我是劝你,干嘛都慎重点儿,在书店坚持干下去,你们经理不是挺看重你吗,你也争口气。"

"有些事你真的不懂,你见天守着几盆咸菜,顶多来个老外,你和人家说几句英语,可是你知道社会上有多花哨,要不是出来碰这许多钉子,我还真蒙在鼓里,有好些事物我都摸不准。到月头拿工资的事是不错,对老百姓来讲,现在是打着灯笼也找不到北啦。"

文惠开始鼓动我再学个专业,比如法律。我他妈就不爱听这话,从骨子里我烦透了这种事。我很早就下决心要靠自己的智慧过日子,撞来撞去却很难行得通。我现在是靠卖力气吃饭,也没什么羞愧的。文惠只是个代表,她爱我,希望我有出息,而实际同周围的人一样都是想把我赶进一个小格子里变成蛹完事。其实,我也挺不好意思,三十多了,什么都没立住,就剩下思想。有人这也不放过,非得往我脑袋里塞一些不相干的东西方能罢休。我没明说,文惠心里应该明白我是怎么想的,可她的贴心话儿，和我的想法有差距。我有点儿后怕。我也弄不清楚，有种感觉你根本不可能同别人共享，包括你的情人。

我说："你别误会，我不是狂。谁对生活不满意也是正常的，你就甘心卖一辈子咸菜？"

"这有什么，我就可能卖一辈子咸菜。"

我心想，那你考英语本科干什么？我如果把她逼到绝路上，她眼圈准红，我怕她这样，便自觉败下阵来，说等工作踏实后试试吧。文惠比我有更多的自尊心，否则她会毫不犹豫离开我。我们之间的认识过程，从来就不是平行地向前。我是说我需要文惠比她更需要我，这一来让我在她面前变得没有一点个性。我有时很绝望，却又贪生怕死，不完全是这样，但也算局部实情吧。文惠就是这点好，她对死亡的概念是那样遥远，她从来不想在我们生活中包含着千千万万次死亡。我有时的确不太争气，骑车在马路上常想从旁边驶过的汽车一旦失灵，自己就得玩完。这类念头有时特别真实，好像即将发生，家常便饭式的"死亡"弄得我特敏感，我怀疑是不是像人们说的吃饱饭给撑的。

老文惠说归说，我有了饭辙她还是高兴，千般叮咛我在书店踏踏实实做下去，牢牢抓住这个饭碗。我也这样想，国计民生嘛！

我多想唱唱今天明天都是好日子，那首歌透着假模假式，可现在漫长的没有尽头的生活，曲径不乏，幽境安在？我也只好玩味自己的梦，谓之精神畅游。文惠间或来看我，还不能算彻底的孤独者，我们做爱，聊闲天，我有时也有意无意制造些委屈的气氛。每睡不着觉时，伫在阳台上，瞅着灿烂星空，悟出我还不能算是真正的孤寂者，我还能在孤独和寂寞中寻些因由，那也算是种自慰了。那个二十倍的望远镜放在哪儿了，我都记不起来了，我想偷窥，想看看别人的生活，可是生活本身是不是也在偷窥着我，看着我的无聊行径，有人在笑吗？愿意偷窥就偷窥吧，我都讲出来，这种坦白，也算是我的栖息地，我夸大受难程度，制造形形色色的痛苦，像开小差的战士舔自己的伤口，品味自己播下的苦果。这不健康的怜爱很可能就是疯狂的伊始，可说老实话我倒是打心眼

第二章

偷窥背后

长篇小说

TOUKUIBEIHOU

里喜欢这种感受。

此时此刻，我很陶醉……

不过，这种情况并不多。新新书店这段日子，把我毁得够呛，从脑瓜顶到脚后跟儿，只感到骨头架子咔吧咔吧山响，头脑里一片空白。整个人一天到晚像是蒸在软绵绵的雾里，每天回到家只想摆平，诅天咒地的。我干过比新新累得多的活儿，对疲惫的劳作从来就不陌生。在书店看到老太太作死地拼命，我自愧弗如。楼下的田大妈很是好奇，不止一次试探性地问我是不是在挣大钱。看我见天像大病初愈的样子，上楼都晃悠，说是让挣大钱给累的谁都敢信。我多想让田大妈到税务局替我领一卡车税单，咱也申报点儿所得税之类的。可我连到嘴边的哈哈都懒得打，所有的器官不愿动弹。在书店里，路经理只要一看我呆着，他就放下手里的一切在我眼前忙活。也是，我每包一包书，他能净挣十五至三十块钱，谁能希望这样的机器停下来。哦，该诅咒的资本主义制度。别看他绞尽脑汁偷税漏税，却老是提醒我他爱党爱国胜过一切。我对有自己坚定信念的人还是非常敬佩的，得知他老婆户口在乡下，有心试试他，说我公安局有个亲戚能办户口，十万块钱一个。这是胡然那厮的路子。他还真上套了，问我有没有把握，别花了钱弄个鸡飞蛋打。我抖个包袱给他，告那亲戚后来被开除出党，清理出公安部门了。他也绝，就像是气象台的风向标，改口就说咱们党和国家就坏在这种败类的蛀虫身上了。我真他妈想哭，给这种伪善的家伙当伙计，是有点儿亏心。我只要一感觉到自己的存在，松懈的分崩离析的肉体就好像往深渊里陷，几乎能听到飕飕冷风掠过我的耳畔，我抵御不了这野蛮的侵袭，放马由缰，任其坠落，只是想沉下去……真的，我困极了，就像一旦睡过去，将永远不会醒来。我恨透了这种莫名其妙的体验，一点儿不玄，你累得胡说八道，美好的事物根本不可能影响你，你就是困，塞饱了肚皮就剩下睡死过去。我得适应，我决不能丢弃我喜爱的东西，让曾经影响过我的美好事物仍给予我温暖。我刚明白我的理性劳动是根植于我自由的梦想之中，那块土壤并不肥沃也绝不会生出病穗。我不停地同疲劳抗争，整个身子还是不由己地沉下去，我承认我的确生出好些不法的勾当，哪怕杀人放火蹲大狱，只要明天别再让我像头驴一样把百十包书拉来拉去就成……

凌晨，也不知哪个报丧的混账把我的门擂得山响，拉开门瞅见一太空人立在眼前。

等他摘下白晃晃的头盔咧着大嘴傻笑，蠕动着厚嘴唇，那上面稀稀拉拉的猞猁胡子在门灯的反光下泛着金黄，又圆又亮的眼里闪着天真的狡黠……天哪，我一准是让梦给怔住了。眼前不是金月亮吗？他努着嘴，示意床上是否有他人，然后，他就进了屋。刚才门灯切住他的半张脸，头依然秃，只是绝对饱满的前庭横着一道不太深的刀疤。没等我说话，鬼机灵似的田大妈也跟着冲到六楼，还边往身上套那件别着红箍的外衣，连珠炮似的质问我为何半夜三更弄这么大动静？按田大妈的分析能力，月亮实在不像是好人。也寸，跟演电视剧差不多，月亮从怀里忽然掏出一把手枪对准我，声称是国家安全局的，来这儿缉拿出卖国家机密的要犯。老太太得亏没有心脏病。我见她闭着眼长长出了一口气，再看金月亮笑嘻嘻用手枪点了一支烟。田大妈火了，要找派出所说我一朋友冒充公安人员。我好歹拉住她，说月亮是演电影的，爱开玩笑。田大妈说演员有什么了不起的。我又是赔礼又是道歉的，好歹把老太太打发走了。月亮问我为什么说他是演员。我说："说你是人大代表，老太太准拉你去派出所，她可认真了。你开玩笑也不分场合，在老太太眼里，演电影电视剧的，都是艺术家，艺术家出点儿幺蛾子是正常的。"他愣了愣神，一本正经地说"要用像求婚那样强有力的胳膊拥抱我，用花烛照我进入洞房的喜悦心情拥抱我。"他常常引用莎士比亚，真的假的都有，紧接着做了一个请我出去的手势。

我说："你是不是带人来了？"

他就像昨天刚和我喝过啤酒一样自然。"希圣，我没证明，所有的旅馆都要结婚证才能开房间。我听王子和说你还是单身，就领她跑来了。"

"那你还和田大妈贫。我给你腾房叫非法同居。"

月亮哈哈笑着，开始帮我收拾东西，就像我客居他家。"你别吓着她，她叫小艾，特别招人怜爱。我们就忍一宿，后天就走了。"他边说边傍着我来到楼下。我看那女孩站在一辆摩托车旁。他说小艾是旅游公司的粤语导游。暗中我看不清小艾的脸，但那娇小的身材和一袭垂肩的秀发，却像月亮说的招人怜爱。小可怜儿的，倒不是像王子和形容的那样。月亮让她叫我叔叔。她怯生生说："你让我管你所有的朋友都叫叔叔，我不。"月亮不怀好意地冲我笑了笑，显得很懒散地将我的房间钥匙给了她，打发她上了楼，然后说送我到北京站找个通宵酒馆。我想这也不赖，反正也睡不着，喝几两酒凑和到天亮也好。他开起车像个疯子，到北京站扔下我要走，让我给拽住了。就这样，我们俩在一家酒馆灌开了啤酒。我们聊了一通，好像一切都没发生。我还是忍不住问他："你这些日子干嘛呢，这车不会，偷来的吧？"

"哪能呢，"他瞅着我一本正经地傻笑。"我现在给人画广告挣钱。不过这车倒不是买的，是赢的。"

"对了，我都忘了，你现在又想当梵高了。我听说你在南方和一个女人过，是吗？那小艾又是怎么一回事？"

他点了点头。"早分手了，你是听王子和说的吧。他好像挺喜欢我的画，我想我天生就是个画家。小艾一开始做我的模特，我喜欢她的眼睛，讲好只画五官，当然我给她钱。她不缺钱，她喜欢艺术，后来就分不开了。我们在一起的日子还不长。这些日子我的确出去跑了跑，可大部分时间在北京，都因为小艾，否则我不会老老实实呆在一个地方，那样会窒息我的。"

"你从来也没想到来看看我，可他妈需要我的时候，连个招呼也不打就跑来了。我可是想过你的。"

他摇了摇头。"谢谢你。你搬家了，要不是鬼使神差碰到你的朋友王子和，我们还见不到面呢。我以为你早就出名了。我真不知道都干了些什么，就像是我有意这样。"

"你脸上的刀疤怎么搞的，不会是做梦弄的吧？"

"南方那个女人干的。"

"然后你就溜了。"

"不是这么回事。我真爱她，我没想到她会变卦。原打算在南方扎下去的，真不知为什么，是她主动提出分手的。那段日子我可真痛苦，在她哥哥手下一个装潢公司干。临别，我们痛饮一天，整整一天，她喝醉了，用餐刀给了我一下。后来我们都哭了，那叫伤心，我也明白根本不可能呆下去了。我甚至求她跟我走，真要那样也是麻烦。她很明智也特能干，我常常想念她。小艾有些地方挺像她，不过不如她温柔。我说的是南方女性的温柔，不，是柔媚。唉，与其近而多愁，不如彼此远隔。"

"让你的莎士比亚歇会儿。错在谁呢？"

"错在谁呢？"他耷拉着脑袋重复我的话，过了一会儿，抬起头狎昵地笑着。"你可真逗，没听说一位作家写过这样一句话？人们一思索，上帝就发笑。妙极了，总有万能的主看着我们在犯傻，看我们玩命地挣扎，看我们花样翻新地做爱，听我们的谈话……"

"你的意思是总有人在偷窥我们的生活？"

"是这样！"

月亮说完，闭目凝神，仰天合掌，瞅着他的秃瓢，整个一虔诚笃信的高僧。我不想打扰他，坐在一旁默默呷着啤酒。不知过了多长时间，他精神起来，说有点儿扛不住了。看他猴急上房火烧火燎的相儿，不好再深留，反正天也快亮了。分手时，他让我找个地方乐乐，晚点儿归巢，说着驾起他的老本田跟放机关炮一般溶进幽蓝的大街，尾灯血一样红。我头有点儿晕，只好进车站忍会儿，直到执勤警察摇醒我，告我候车室不能睡觉，这里是公共休息场所。我说睡觉不是休息吗。他没讲话，看了看我的身份证，然后用警棍指了指大门。

走出候车室，刚早晨五点，灰不楞登的车站广场有几万人在大声说话。我像游泳一样往前划动，左突右撞冲到长安街，早早乘车去了新新书店。我心里有点儿不安，一方面我想找个地方美美睡会儿，另一方面我怕老月亮惹出什么事来，谁知小艾是不是像他说的是他的女友。楼下田大妈可不是吃素的，她对男女云雨之道极是敏感，别看那么大岁数了，可利落劲儿倒像条卧底的鳗鱼，随时都可能和警察通电。但愿金月亮踏踏实实完活儿。他真是能杀熟，我也得承认我对他仿佛没有一点选择，他总是能很强迫性地使你接受他，不管分手有多长时间，再见面就能让你觉得昨天还和他一起灌酒泡妞儿干什么下三滥的事似的。没辙！

2

在西单下了车，往新新书店那边遛达，没走多远，胃疼得凶。我想都是金月亮的缘故，喝得太多了，究竟喝了多少我也记不清了。我有点顶不住了，扶着路灯杆，挺瞧不起自己，就为这酒，我不知起了多少毒誓，不再喝了。不过我喝酒不出丑，常常是胃顶不住劲，右胁下一阵阵隐痛过后，腹腔抽成一团，几乎让我窒息，我大口大口呵着气，酸水涎在嘴角。挺了一会儿，实在支持不住，跑进厕所，用中指抵住食管，守着小便池吐开了。我很清醒，所以也感到很丢人，吐出来的秽物跟马尿一样没有东西，因为喘不上气，涌出的泪水使我好一阵眼花，吐过后，又变成一个完人……

刚拐进胡同，就觉得有点儿不对头，看时间还早，猫着从书店后门进去，见路经理的妻子坐在折叠床上抹眼泪，而他本人正津津有味地吃早点。我也是好事，看床上毛巾被掉下来，便拾好放在原处，不想从中却掉下一个粉红色的乳罩，我装没看见，开始大声说话，说我家来了朋友，睡不着觉就提前来了。路经理没言声，只是点了点头。我估计这俩口子可能刚闹完。一般他睡在办公室，很少回家，他妻子要照顾孩子上学，也很少正点到柜上。当他吃完早点，又坐到折叠床上，那只粉色的乳罩就不见了。我想可能夹在他的屁眼儿里了。也活该我讨厌，事情就那么寸，我刚吐完，老觉得嘴里有味，从他床下拉出痰盂，得，这口水整个让我喷出去，溅得哪哪都是，动静老大，都因为痰盂里飘着两个避孕套，又是粉红，我再将痰盂送回去已经晚了。他妻子那张本来就惨不忍睹的瓦刀脸渐渐变化，最后当着我的面痛苦地嚎啕起来。路经理仿佛很豁达地一笑说："有病。"我挺不自然地瞅了瞅他，只见他像是打量落水狗一样瞥一眼自己的妻子，又吩咐我早点儿营业。当时是七点四十分，营业后我坐在柜台后打个盹儿。路经理雪白的小衬衫在我眼前一晃，我又睁开眼，只见到他的背影。他那妻子却从旁门钻出来，龇着歪七扭八的牙，竟然是满面春风，同我打过招呼便埋头缕账。这种女人真是个谜，让我简直弄不清眼前发生的一切。假如她按照正常的逻辑哭闹一场，我倒真不会留意她的隐私。我惊讶究竟是什么力量能使她在一分钟前后判若两人。这简直是分裂的人格心态。反正我也没事，就编排了一个故事，一定是路经理有钱了，看不上又丑又老的乡下女人，搭上了小白脸，今天却让这个老村姑给堵被窝儿里了，于是又哭又闹，但为了书店和丈夫的声誉，她不得不咽下这口气。我不时瞅着心不在焉的老板娘，心想要是月亮在此准又搬出一段"莎士比亚"。我已经不知不觉走到这步田地，瞧瞧吧，靠一位不幸女人的辛酸，打发掉我的无聊和空虚。

我使自己的思路从老板娘身上跳开，情绪显得很低落，真真感到腻歪到家了。假如我不是在这里，而是坐在公司那张办公桌前，会这样腻歪吗？你要是经历了走投无路，就会发现原来走的条条大路都通罗马。我会把这种实用的自欺欺人的感受好好珍藏起来。

不一会儿，路经理领着小白脸回来了，他站在我面前趾高气昂地吩咐我做这做那。并不是我歪打正着看到他的某些隐私而受不了这些，而是因为自己的虚伪。我竟然满脸堆笑，心里倒十分想朝这充血的大脸盘子揍上一拳。他并没妨碍我，相反是我有求于人家。我痛恨自己口是心非，实际我没有什么强有力的理由这样做，多半是出于习惯。我不是常常把手伸向我所讨厌的人吗？我看到小白脸和老板娘忽然笑成一团，牵强的虚张声势，使书店的气氛暂时融洽起来，两个情敌为自身的利益握手言和了。我想这不会是第一次，也不会是最后一次。我很吃力地回忆我一生中究竟干过多少类似的事情。我又想起了我曾经无意偷窥过的马兰花，我不爱她，却糊糊涂涂和她上床，而且依然感到很刺激，甚至拿她跟对我目前来说仍忠心耿耿的文惠做比较。真是不可思议啊。有人在偷窥我吗？我的脸依然堆着笑容，仿佛是被和谐的调子所感染，心里想着另一回事。我不是怕失去这份工作，假如路经理当面让我无地自容，我也会丢开这里的一切。但是这可怕的习惯，将让我终身受用，我将向我认识的一切人微笑。以前我为什么就没想到过这些，反而常常把这玩艺儿叫作"礼貌"。

我也只好又蹬上三轮到新华街去取一批图片。路经理告诉我，这是一批先进楷模的图片，部里下了文件，各中小学校都在抢购，弄到这批货挺不容易的，是那家出版社计划外的人情。他让我暗示书店可以给对方一些好处。对一个国家出版社来说，卖给谁都是一样，而转给新新书店，对个人就有利可图。实际上，这事现在根本就不算什么秘密。我明言是回扣吧，他很不愿意听，好像他这个共产党员不搞这种不正之风，叫辛苦费或劳务费可能更正当一些。我懒得想这些，什么他妈的劳务费，如果你真凭借八小时以外的劳动而获得报酬也行，问题是你坐在办公室里拖延另一家的合同，以国家的名义给自己捞点油水罢了。我真痛恨虚伪的家伙。我去了一趟出版社，对方是位女士。她非让路经理亲自来，意思是他说话从来不算话。我心里明镜似的。这个倒霉蛋女人想占路的便宜没有得手，但这事又不能声张。我不多说一句话，转身就走。一切和我有什么瓜葛，我为什么要把路经理的意思旁敲侧击给这个腐败的娘们儿，鼓励她当社会的蛀虫吗？我承认我这些想法更多的是出于对这类人的痛恨，并非是为了社会的责任。我羞于承认这些，正因为我沦落到如此地步，社会道德还高于他（她）们，也很让我知足了。在回家的路上，因为是空车，我悠着蹬，脑子一刻也没闲着，我甚至设计自己回到新新书店后不要像以往那样冲这帮人堆满微笑。确有过这样的事，比如我到出版社进一些紧俏的书，空手而归时就帮着路经理踩估人家如何如何，然后假装心疼似的声称搞点事业真不容易。我有时觉得自己像条狗一样在舔他的伤口，为什么呢，我虽然也付出了劳动，但这种劳动实际是被强奸了的劳动，已经失去其价值。

常常，我感到最多的是对不起文惠。

文惠对我和马兰花的事一点没有察觉，也没问我存款的事。可我有种预感，这事早晚得给我惹麻烦。当时，我和马兰花说钱有文惠的，只是希望她明白，我和她发生了关系，就算是欠她的。可是文惠没有，她可不能那么干，借此销声匿迹。

　　我在文惠面前还要装出十分自然的样子，和她谈现在，有时也谈谈未来，但总是把结婚这实质性的问题跳过去。她像十分清楚我的窘迫，我也不为此脸红。世上有腰缠万贯的实业家，就得有靠劳动吃饭的穷老百姓。可另一方面作为男子汉，我也的确辜负了她，同时也辜负了自己。什么事都没发生以前，紧张忙碌的生活像惯性一样推着我，并不太费力生活着。尽管我也对自己不满，生活中总有比我更不幸的失意者，糊糊涂涂向前奔得也挺欢。想想，现在重新审视自己时，发现自己是那样不适应。文惠要是晓得我常有绝望的心理在作祟，会打心眼里瞧不起我。更可怕的是，我察觉到自己还在不断扭曲自己。我拿定主意，到底也是个须眉男子，难道将来我还有可能凭着侥幸和人事关系挣到钱吗！这样想着，我蹬车回到新新。路经理看到没有图片，挺不满意地瞅了我一眼。我本来生就一张痛苦的脸，理也没理他，坐在柜台旁喝茶。这时，书店进来四个拿着奖券的老太太包围了柜台，并开始轮流说话。好半天我才明白是让路经理拿出些钱，她们是为了某项所谓为国争光的体育赛事募捐。我心想，考验你的时候到了。他苦唧唧对老太太们讲他的小店有多么不容易，到现在贷款还没还完，反正他死缠硬泡就是不愿掏钱。谁都知道，街道的老太太们都是不屈不挠的主儿，在书架的柜子里摸这摸那，不时还煞有介事抽出本书来读读。过了好长时间，路经理似乎败下阵来，决定认购几张，但最后也没饶过这几个老太太，非要她们买了几本烹调方面的书，看她们为国家体育事业做出贡献的份上，虽然打了折，而我知道这些书都是他从出版社一折二折拿到手的。老太太们走后我有些不解，觉得他不该为区区几个小钱废这么多话。他说我没社会经验，这些老太太都是居委会的，欺人有笑人无，一分钱也不能让她们轻易抠走，给她们的印象越穷酸，证明你的形象越成功。我说人家这是为国家出力。他说得了，她们是从售出的奖券中提成，谁都是无利不起早。我有几句带刺的话就搁在嗓子眼儿里，终没吐出来是怕他当着这么多人下不来台，好歹我也是挣人家的钱。这些表面的事倒也说明路经理也是很有心计的，他能挣到钱也不是偶然，如果他不老在我面前假模假式唱高调，我可能得出另外的结论。一个敢直接表达自己愿望的人，你可能因为脾气秉性等诸多原因不理他或不想与其共事，但你决不会瞧不起他。很少有人怀疑真诚的价值，他做自己想做的事，不利用手段和形式伪装自己，谁能对这类人说三道四？话又说回来了，大凡这种人又都显得很蠢。

可路经理不同，至少我得纠正我的一些看法，他的直接是很有心计的：

书店当晚从外地进一批书，路经理让我晚点儿回去。我说要是方便的话，我就睡在书店里，不回去了。他想了想，说自己也正好回家住一宿，还要给我算一个加班。我在心里说，老月亮，你就在我那张大床上和你的小艾尽情打滚儿吧！

第二天下午，文惠打电话邀我看电影，说是她们单位发的票。我和路经理打过招呼，他一脸子不悦，不知为什么又忽然爽快地答应了。

我在首都影院门口找到文惠，进去后，我们在休息厅伫了一会儿，看了看新片预告，也可能是我多心，说不定任何女人站在大明星眼皮底下都有些不自然。

文惠忽然说："没意思透了。"

我的眼睛从一张迷人的照片上挪开。"你指什么？"

她挽着我的胳膊说："我最讨厌进电影院吃零食，而这些人就这么不自觉，就好像售货店的零食是白给的。"

"人家有钱。"

"我看不见得。"

"女的太贱？"

"男的太殷勤。"

"你别傻了，没有一个男人愿意花三十块钱的电影票再买五十块钱的零食，除非他们另有所图。"

"情人之间能图什么？"

"要是照你的看法呢？"

"缺少社会公德，这是民族素质问题。音乐厅几乎就没有这种现象。"

文惠严肃得咬牙切齿。我本想说，真不该让您老人家卖酱菜，可是委屈了。但没敢出口。她自尊心极强，处处暗示她是受过良好教育的人，我也得承认，她的家境也不错。她蹙紧眉头，摆出一脸傲气，仿佛耻于与同类为伍。我真想做一个实验，让她看到二十多岁的同事抱着呀呀学舌的孩子，她将如何反应？安之若素或虚张声势？她问我想什么，怎么不讲话了。我笑着说想写一部关于女人心理变态的小说。她用出奇大的眼神冷冷地瞅着我，都不眨一下。就在这时，电影开始了。

电影演到一半，我们俩就溜了出来，异口同声要以渎职罪起诉导演，就是说片子不是一般的没劲。中国这帮导演就导不出一部像样的片子。

下午四、五点钟的太阳显得和颜悦目。我要找个地方吃饭，文惠提议买点儿东西回到我那里起火，但没拗过我，最后在西单一家很实惠的饭馆要了几个菜。当我连吃带喝告一段落，发现文惠一直干坐在那里瞅着我，如果不是黯然神伤的样子，我会挺感动的。男人都知道被女人默默注视是什么滋味，可看她气色不对，也不愿深问，又低头吃，不想她叹着气弄出一句"你真是没心没肺啊"，我不得不抬起头问她这又是怎么啦？

"你就没看出来电影票是我自己买的？"

我说："这又怎么啦，无所谓呀，你有什么话？"

她把我的兴致逗上来自己反而不吱声了，像没那么回事，径自低头津津有味地吃起来。我真是急不得恼不得，全无半点食欲，倒轮到我来默默注视她了。她的脸很平静，慢条斯理有条不紊地吃着喝着，不时还冲我抬抬眼皮。她这是又不满意了。我想取悦她，便做些傻得不能再傻的动作，比如装一只老虎狗熊什么的往她怀里扎，嘴里呜呜叫着……哦，女人就喜欢这愚蠢的把戏，我却弄不好，只好哭丧着脸等她多云转晴。我们就这样坐在饭馆里默默相视好一阵。她开口说："我和家里人吵架了。你看怎么办呀？"

"你和家里人吵嘴不是为了我吧?"

"那还用问。怎么和家里人交代,以前人家给我介绍的都是国家正经干部,最低也是本科生。"她好像感到失言了。"我没别的意思,只是觉得有点儿对不起家里人。你别瞎想,精神这玩艺也不能当饭吃。我知道你也挺出色的,可是……"

"什么意思? 你要是觉得……"

"你别这样,真的,别和我赌气,我要是发狠离开你就不对你说这些了。哪怕你暂时有个说得过去的工作,我也认了。你这种情况,我实在没法跟家里张口。"

"文惠,我没逼你马上就和我结婚,有的是时间,我这也是在等机会。机会总是有的,你说是吧?"

她眼睛一亮。"你要是真这样想,以后就别老张罗和我干那事儿,一来你就急头火脸的。说心里话,哪次我都是为了照顾你,听你现在的意思也是无所谓。"

"你别傻了,我巴不得整日和你厮守在一起,现在不是条件还不成熟吗。我只想让你过得愉快,我还准备把房子装修装修。现在讲全是空话,你也不爱听。"

"你怎么知道我不爱听。我问你,你爱不爱我?"

"你想听实话吗?"

"那当然。"

"和你一样。"

"跟没说一样。"

她推开桌子,扭头就朝外走,像是动气了。我追了出去,顾不上人多眼杂,上前便搂住了她的腰肢,紧紧抱住她,很强硬地说要是不爱能这样吗! 她满意了,扳开我的手,说要到我那里去坐会儿,反正时间还早:她这是宣布休战了。如此逼我,她也很累,难道我们不是彼此都很需要对方吗?

我们顺着河沿往我的窝儿扎,一路无话。

人要是真实地审视自己很难。我不是在杜撰小说，而是叙述自己。当我要用语言的形式将行为或思想表现出来时，最顾忌的就是所谓的"审美"。谁都知道这是逃避真实的一个不高明的伎俩。我尽量不让习惯性的审美意识影响我直接的表白，我对自己说，你别撒谎；至少别老是撒谎，你现在就对文惠撒了谎，你只是需要她。几年来你就是用"喜欢"和"爱"混淆、蒙蔽自己累及他人。我虽然把文惠哄住了，心里并不好受，有时我也觉得她和我想的一样，只是不愿捅破这层罢了。从这个角度安慰自己，说我们是相互理解并在一起打伙，不见得比那些被感情冲昏头脑的少男少女更不道德。在立交桥下，她捅着我的腰眼喊留神，我这才意识到好玄差点儿撞到人。我们俩都下了车。她对我的心不在焉一向很烦。她不愿我有思想，却说不愿我像个哲学家发挨不上边的愁，说我真要担负重任她还巴不得给我当牛做马，只可惜没有那造化。

我觉得田大妈真像天兵天将，没听到动静，回头却见她站在楼洞又是一脸神秘冲我招手。文惠见状径自上了楼。我赶忙上前声称刚上楼那位女子是我正式的女友名叫文惠。田大妈说她认得，边拉着我上楼进了她的家，给我看了一个很眼熟的海蓝色的挎包，上面写着中央电视台。她说是我那位当演员的朋友送的。我暗暗叫苦，只是庆幸没把金月亮说成是电冰箱厂的，要不还不把我那台破冰箱送人。她接着问拍电影的人是不是都挺怪，那人干嘛剃一秃子，说那姑娘是他侄女看上去不太像……我赶忙打断田大妈的话，像条警犬伸长鼻子四下嗅，说从楼道飘来煤气味。田大妈听后立刻抛下我钻进厨房，我借机蹬蹬跑上楼。文惠有我房间的钥匙，开门我见她很不舒服地倚着床头，正用奇怪的眼神打量四周。我烧了壶开水，坐在写字台前才发现桌上摆着十几张女人各种姿态的裸体速写。我想这准是金月亮留下的。正要放进抽屉时，却被她劈手抢了过去。她装成很内行的样子，眯缝着眼一张张细细打量，脸色却红一阵白一阵。我真想让她别看，先没吱声，可发现她渐渐气鼓鼓像只发情期的蛤蟆又有点儿于心不忍。她要是冷静些就会明白，我根本玩不出这么地道的速写。我告诉她，这些裸体女人不是我画的。她理也不理我，仍是把金月亮这些画稿翻过来掉过去一张张研究。我不再讨没趣，开始收听调频台的节目。我听到她连连声称下流，瞥见一张画有男性生殖器的女人画，笔触圆润，很是精致，我忍不住笑了。她问我笑什么？我说你干嘛非希望这些光屁股的女人是我画的？她从鼻子里冒出一股冷气，像变戏法一样从身后掏出一个真皮坤包，并让我解释。我知道这玩艺很昂贵，一时竟没转过弯来，怔了怔才想起八成是月亮的女友小艾落在这里的。我不是想瞒文惠月亮在这里留宿的事，只是不想婆婆妈妈讲一通废话。现在也只能把事情的来龙去脉讲给她听。见她还是要打开小艾的提包，我不让她动，但已经晚了，整个把人家的东西倒了一床，什么工作证身份证化妆品乱七八糟的，还有一些避孕工具。文惠并不是那种讨人嫌的女人，她这是成心做给我看的。"婊子"，她骂了一句。我说人家并没有妨碍你，这是干什么？我的朋友在这里住两宿不是很正常吗。我说着把床上的东西又放进提包。她抢去小艾的工作证看上面的彩色照片，不知为什么，又伸到我的眼皮底下，从照片上看，生着张孩子脸的小艾的确是个很俊俏的姑娘。我把小艾的包儿放好，冲着文惠苦笑了，想说又不知说什么好。她从床头抽出一本书闹心地哗哗翻着，忽然丢开书本就要走。我也没深留，正要起身送她。听得楼下有人喊我，从阳台上探头一看，见月亮靠着他的破摩托车正冲我招手，我打了一个让他上来的手势，回头让文惠再呆会儿，告她人家来取包儿来了。她问我是不是画下流画的家伙。我没说话，但心里觉得可见这些画还是有点儿感染力的。

文惠毫无表情地把脸扭向窗外，她可能察觉到自己刚才的好奇，她实在是太敏感了些。

……就是不用担心金月亮对女人的融洽和礼貌，当我下楼买了些朝鲜小菜和几瓶啤酒，回来时见他和文惠已经很谈得来了。我们就在写字台上支巴开，我不想过去的事了。当我呷着发苦的啤酒时，心里有说不出的快活，刚才在饭馆里没能尽兴，借此也算是来一番宣泄吧。月亮在灯底下端着大玻璃杯，雪白的泡沫儿扑出杯沿，琥珀色的酒液，真是让人馋涎欲滴，很是诱惑。他不由分说递给文惠说："晚酌东窗下，流莺复在兹。春风与醉客，今日乃相宜。"他倒是没逼着文惠喝，而是自己喝了一大杯。他说他要是有时间，准备编一本《对酒当歌》的书，收集中外所有饮酒的诗篇。

金月亮把我放在一边，对文惠说："你知道我为什么叫月亮吗？"我的傻姑娘瞪着大眼睛使劲摇头，甚至还礼貌地呷了口酒。"有一天夜晚，风清月朗，一对本来陌生的男女在护城河边转悠。男的发现河里有个月亮，同时女的也发现了月亮，于是他们就天南地北聊了起来，当然聊得最多的是都把月亮爱到家的李白。一星期后就有了我，他们不顾耻辱和风险，结婚了。你想我还可能有别的名子吗？后来，那女的以为那男的能成为当代李白，哪想到他只继承了诗仙对酒的疯狂爱好；那男的后代更是变本加厉，也算是辜负了那对男女给孩子起名时的一番美意。"

我说："文惠，你别听他胡扯。他一肚子故事，特能选择自己的身世，就是没有真的。"

金月亮笑了。"我们把它当成真的不就得了。"

文惠问："是真的吗？"

金月亮说："别追问。在这个世界上无论什么都要不断更新，脱胎换骨。我就是这样常常忘了自己是谁，希圣要是不在旁边提醒，一切不就是真的了吗？那样又有什么不好，我们大家都很快乐，给自己杜撰一段历史要比给人抖落陈芝麻烂谷子高明。文惠，你愿意听一个让别人讲过成千遍的故事吗？不用回答我就知道是'不'。我只是想和你聊下去，刚才是个玩笑，不过我承认我不让自己有过去，凡是属于历史的东西到我这里全部打住。我永远生活在瞬间，靠着辉煌的冲动才能有效维持自己的生存。你也一样，可千万不要凝固，生命实在是太短促啦。"

文惠简直呆了，傻傻地点头。月亮又在兜售他及时行乐的生活准则。我说没有理性靠什么保护自己。他声明靠感觉、经验、美，凡是能引起我们快感的一切。他说这玩艺保护我们，并赋予我们狗一样的嗅觉分辨这世界哪里安全，哪里危险。他说着还把脸转向文惠，称女人更相信这个，自然界对女性就是爱情的世界。我想，月亮这话应该说给自己听。我瞅了一眼文惠，她显得茫然不解，像是要把谈话继续下去，可月亮却不吱声了，丢开一切径自往肚里灌啤酒，瞬间庄重凝神，然后莫名其妙瞅着我和文惠笑而不语。"你到底笑什么？"文惠忍不住问。

月亮的魂又飞了。

我常常把月亮的爱和欲望混为一谈。可我发现自己错了，你弄不清他到底要干什么，看他现在握着啤酒杯的深沉劲，像是他说的那样把刚才的一切忘得一干二净。如果不了解他，你会认定他是个从安定医院跑出来的不掺一点水分的精神病患者。文惠笑了，她以为月亮是在作态，还一个劲地冲我挤眼睛。我装作没看见，慢慢呷着发苦的啤酒。我很早以前读过一本叙述现代派的小册子，认为他们全是金碧辉煌宴会厅里的局外人，他们喜欢喧闹、排场、奢侈，从不拒绝浮华的聚会；可一旦置身其中就显示出与众不同，他们拿着一杯酒，困倦地打量纸醉金迷的男女，不厌其烦地打着一个又一个的哈欠，忽然却又精神抖擞，用犹豫的目光凝视这红尘，而后又魂不守舍地靠着窗旁寻觅真理，就像随时准备跳下去摔个粉身碎骨。我就怕有人刻意制造自己和生活之间的效果，为这有一段日子我没同月亮往来。当然我也知道他不会把自己设计成一副社会标本，因为他太他妈的自私，所以我对他的真实性总是半信半疑；可另一方面他确实也付出了相当的代价，他的生活方式并不是谁都能适应的，他离社会要求的确很远。至今为止，老月亮还抱着冲动这个天真的梦过活，可见这家伙对自己所追求的对象没有一点顾忌。他的魂可能飞回来了，和文惠聊起了性爱。我困得不行，实在打不起精神，便在床上迷糊，只记得他们聊起了小艾。我还觉得月亮又来了一段莎士比亚证明他对小艾的感情——那双迷魂的眼睛叫我一见，就不由得泪珠盈盈，孩童般顾不得别人的耻笑；我的眼里何曾流过什么真情的泪，无论什么样的日子我都是虎视眈眈，不曾抛出一滴弱泪，可是今天我却为你的美色热泪盈眶。我从不向友人求情，向敌人讨饶；我的舌头学不会一句甜蜜的话；可你的红颜为我付出了讼费，逼得我压傲气向你苦苦申诉……我困得说不出话来，但能想出文惠会感动成什么样子。女人天生就爱把生活当本书来读。月亮对小艾的痴情更激发了她的兴趣。傻姑娘可不知道这段念白是理查三世说的，用莎翁的话说就是路旁的狗都要冲他狂吠几声。

　　我不知道月亮什么时候走的，醒来时发现文惠合衣躺在我身旁，屋子一片狼藉。我睡眼惺忪地起来，头还有点发晕，心里空虚得要命，每次醉酒我都指天骂地瞧不起自己，可脉管里的血液一正常流动就受不了。我见文惠睁开眼，问月亮是什么时候颠儿的。她也说不清，直喊头疼。我冲了两杯很浓的咖啡，见她还没动，我想我就跟李莲英侍奉老佛爷般递将过去。她懒洋洋地接了。

　　她侧过身瞅着我说："真奇怪，我居然没做梦，睡得好香。"

　　"你一宿没回家也算是给老家儿点压力。我可真没想到这一宿你就睡在我身旁，否则我会沉不住劲的。虚度今晚的光阴真可惜。"

　　"我可不愿你那么想，这和我父母没有关系，连我都不知道自己是什么时候睡着的。醒来时特生疏，我想结婚真可笑。"

　　我绷着脸。"因为跟我？"

　　她慢悠悠搅动咖啡说："你又来了。我只是忽然这样感觉，谁都会有种连自己都说不清的感觉。你有时不也这样嘛。你老实回答我，生活有劲吗？"

　　我的苍天，老文惠成熟得像个女学究，深沉得要死，真有点儿吓着我。我没敢夸张地摸摸她的脑袋热不热，怕伤了她的自尊心，只说些无关疼痒的话。留下她，匆匆赶往新新书店挣命去了。

　　路上我就想，文惠的发烧准跟月亮有关，他不把别人煽惑成自己的发烧友就像欠了世界一笔账。这家伙的责任感很特别，只要自己愿意什么都成；但他从来不承认自己是个无政府主义者，他对自由有相当独特的理解。他曾亲口对我说，不要想与自己有关的过去和未来，便是自由。千万别像个高级飞行员驾驶着波音飞机在长空翱翔时慨叹"人类的伟大"，或如同那个著名的浪子在刑场咬掉母亲乳头以示忏悔，妄图把自己强加在历史长河中流芳百世，千万别那样，没有比这更虚伪了，飞行员利用高科技却以为是自己征服了蓝天，故作多情承担整个人类的责任；浪子就更可笑了，他的道德准则不过是怨恨世界没给他铺一条锦绣之路。人们之所以把这故事流传下来，弄不好骨子里都是浪子。那个飞行员和浪子也许有着天壤之别，但有一点不容置疑是共同的，他们没有自我，前者生活在未来，后者生活在过去，像贼一样小心翼翼向生活打探"这是为什么，那是为什么"。生活难道不是不断的偷窥，然后复制，以为这就是责任？其实，不用细想，你无论干什么，都只有百分之一的希望，何必怨天尤人。

很有意思的是，月亮以前是不读理论书的，现在他承认偶尔也翻翻。他曾将很多哲学家比喻为指点迷津的巫婆，一本正经的江湖术士等。现在他依然在各地乱蹿，但显然是带着自己的理性，不像他所说的那般潇洒。我也只是说说而已，是没法和他对质的。他通常毫不脸红地否定自己，按照他的观点，他似乎没有过去和未来。我觉得他真无赖！

我提醒自己不要过于挑剔别人。仅仅是友谊嘛。我想把自己看得很高尚，可实际上我的道德水准更一般。我不愿流俗倒是真的，但那是有原因的，一是偶然，二是习惯，倒是很少有崇高的理想或纯洁的追求左右自身。在这一点上，月亮更是想得开。过去，我们凑到一起争论最多的往往也是最空洞的，细细想来，所做的一切也好像是为自己的行为寻找口实。

我原以为自己以前是为了某种坚定的信念活着，甚至有点儿献身的味道，其实也仅仅是习惯罢了。不管怎么说，月亮这点还是比我强；正因为如此，他也显得比别的朋友更可爱一些，至少他看上去像个以爱情为职业的狂徒。

几天后，文惠重提到月亮时烧已经退干净。她说话很直率，我不知听后是什么脸色，心里灰溜溜的。她说月亮这人确实够呛，要是她二十岁说不定就跟他跑了，像他这种不切实际的人都快成一稀有动物了。

我说："后来我睡着了，你们又聊什么了？"

"胡侃呗，他聊什么都像真的一样，让人感动，可聊的最多的是他的小情人。月亮很会甜个人，后来他像着了魔一样盘坐在地上，那疯劲真让人犯怵。跟你说真的，当时我焦躁极了，想把你从梦中捅醒。不知道哪来的邪性劲想上山当姑子。"我笑了。"女人脱世有两种，文化层次高的上山修行空遁山门，差点儿的上街拉客当婊子，都是一种境界嘛。"

她对我非常认真地说："当时我真就觉得卖淫是件很平常的事。现在安静下来了，感到有点儿好笑，谁要把我逼到那一步，我会自杀的。"

我下了很大决心想问文惠是不是喜欢金月亮，话还是没出口，我猜想她是不会的。月亮对她不过是新奇，如果倒退十年，像她说的敢和金月亮私奔倒也可能，一个正常的三十岁的人所寻求的就是一个安稳的窝。我一向认为自己是个思想活跃的人，对月亮顶多也是种带有感情色彩的理解。文惠就不同了，月亮对她的影响只能算是冲动，她也许喜欢月亮，但不会和他上床。我并非瞎琢磨，如果文惠有那样的魄力，她也早就离开我了。我承认我们相识时我整个人有一种相对稳定的状态，善良的文惠不属于自己，她属于社会，她不愿越雷池一步，也不会违背自己强加给自己的道德准则。我这样瞎猜文惠本身就不地道，有时我想鼓足勇气把事情挑开探探她的虚实，最后还是没有胆量。我现在不名一文，以前的一切刚好成了一个骗局，而且在家小书店打零工，能维持也就不错了。这可能也是我的虚荣。

文惠说我算是个真实的人，但还是没有月亮真实。我说真实也受着道德的束缚。一个男人或女人有不良的习俗，比如自慰吧，他玩弄的只是自己。如果把这些当作探索人类心灵的秘密，对社会对自己又有什么意义？她说我这是抬杠："我不是指这些，月亮跟我说很多男人对漂亮女人都有性的占有欲，但没有人敢讲出来。真要讲出来，说不定会被女士大大欢迎呐。聪明的男人偏偏就忽略了这些。"

"你别傻了，他这是对你进行性挑逗。"

我忽然想起王子和讲月亮的所作所为。

文惠说："你别瞎猜，他承认对我就没有这种欲望。我不够漂亮。"

按说我听到这消息该高兴的，心里却是酸溜溜的感觉，我不想把问题深究下去。看来她也有同感，她还是了解我，就像我也了解她一样。留下点儿猜忌是我们之间的长青树，此时此刻，最好是心照不宣。

她还是没完。"你好像对我说过，女人就是未经雕琢的钻石，有的

第二章

偷窥背后

长篇小说
TOUKUIBEIHOU

男人善于将钻石雕琢成器，有的男人善于珍藏。不管怎么说，月亮是个很善于发掘女人内心的人。你自诩读了不少书，可是对我来说实在是太艰涩了。"

"你要喜欢简单明了可太容易了。咱们着急上火为所有的事上心，一块儿搂抱着挤公车，抄一本动人的爱情诗篇，一人一句。我看那样更累。你以前可是说喜欢性格深沉的人，当然，所谓深沉包含着一种内在的品质。我们都是三十多岁的人，因为没结婚就得摆出热恋的样子，连我们自己都不相信的样子？"

文惠瞪大眼睛，恶狠狠地盯着我，半天才说出一句话："你真没劲！"

"你又急了是不是。你想让我真实，我这样做了。是我说的不对还是你过于挑剔。我的确是这样想的。"

她一甩脸子走掉了。

"你不是钻石，你是一个卖酱菜的老姑娘。"

我在她听不到的距离大声喊。我想这都怨她自己找气生。最后还是我没有起色，憋到第二天，我从中外名人情书大全中抄一封信寄给她。她再次原谅了我的过错，实际上我也不知自己错在哪里。重又接到她的电话，我心里才踏实，我不愿失去她，我想为她付出自己的一切。弄不懂的是，这话讲给自己差不多就是真诚的，假如让我亲口讲给文惠听，我会觉得自己是在撒谎。

笛卡尔说的对：征服你自己，而不要征眼世界。

3

京城较劲儿的日子到了，太阳能把马路晒软，踩上去就像涂了一层沥青的地毯，让人要多难受有多难受。天气闷得比得上桑拿浴了，吐唾沫都发粘。路经理早早就打发我蹬板车到位于六里桥的一个出版社进书。我想早去早回，到那儿后盯着表傻等半天，到十点多管事的一个"四眼"才来。他是个年轻人，接过我的书单扔在办公桌上，翻腾一气抽屉，打过两个电话，抻过一张表格为我划了价。他问我现金还是支票。我被卡在那里，心里挺熬糟。路经理什么便宜都占？空嘴白牙的，告我下次用支票一块结是在电话里同"四眼"讲好的。我半晌把他的意思跟"四眼"讲明。"四眼"却说你们经理真他妈能算计，这不成代销了吗？不灵。我才不跟"四眼"废话，打算愣会儿就走。倒是"四眼"沉不住气了，当时又给路经理打了个电话，说来说去又成了。装书时，"四眼"说你们经理最能装孙子了，说话从来不算数，记着下次让他亲自来结账。他抠着呢！他又问我经理能挣多少？现在怎么也得百万往上了吧？我说不止，估摸着他现在怎么也有个几百万吧。这话没给"四眼"的眼镜震下来，他光张着大嘴吐气，那镜片让阳光晃得一亮一亮的。我心想，你激动什么！临别，"四眼"让我转告路经理请他讲信用，他把"信用"两字着重强调，否则这是最后一次了。我对他们这种比较简单的猫儿腻门儿清，懒得计较个中滋味，蹬着夯夯实实的一车书，从六里桥往西单奔，顶着太阳蹬出一里路，身子直犯虚，后脊梁的汗水像小河一样往尾骨汇集。我本来就有点谢顶，晒得我头皮直发麻，翘着腚，样子一定很可笑。就在这时，我脑子里出现一行字幕……悲惨世界，命运交响曲，苦难的历程，艰难时世……等等。本来是哪都挨不上哪，可我确实是这么想的，多半是用书里伟大的思想给自己找平衡。好像这样一想，我就能从一介猥琐的草民变成大人物，让路经理这么个小人物呼来唤去不过是我伟大历程的一个特定环节。我就是没力气了，不然真想傻笑一通。

　　一阵组合式的疲劳和立体式的窒息感，让我觉得自己变成一团白雾在大街上滚动。我真害怕这种空白，努力去追索任何能触碰我灵魂的感觉。没有，我简直弄不清自己在不断重复什么。我蹬到一半路程，正要拐弯儿，车后胎放了炮。一个个从我眼前掠过的路人，带着一个个幸灾乐祸的表情。我垂头丧气瞅着这车书，最上面几包是关于儿童折纸的，封面上那个可爱的鞠萍阿姨挥舞着小剪子歪着头笑。我也笑了。我靠着车帮，真想给这车书点着了。本来就近就有修车的，无非把书搬下来，可我不知从哪来的绝望感，冷不丁记起一部叫《鸽子号》的电影，那位优秀美国青年在横穿世界的途中就用汽油点着了自己的帆船。很小我就渴望做一次伟大的冒险，但没有成功，现下倒有了冒险中最倒霉的感觉，因为我要把这车书给点着了。我对谁也没成见，这样想多半也是一种冒犯，其实我是很孬的，我只能对自己坦白自己的弱点。最后还是把书一包包搬下来，将车胎补好。我对自己的怨恨，不如说是对自己思想的怨恨，否则我不会有那么多没有什么实际意义的感受。

　　正是大晌午头，我装好车往回蹬。我粗略算过，这车书又能为路经理带来两千块钱的利润。从心里讲，我还是挺敬重这家伙经营的韬略，也可能是我想得好，实际真要让我像路经理那样，我还真做不来。我想如果马兰花的书不出事，我拿到那笔可观的提成，我会很得意吗？我虽然累，可还愿意陶醉在某种成功的想象之中，也算借此麻痹一下吧。只有很少的人真正认清自己，更多人只是在失败面前才弄清自己的价值。我用不着边际的想象驱赶我的疲劳，这时我就觉得思想是一副能颠倒黑白的药剂，只要聪明，你就能利用自己的智慧。我不知道从我身旁飞驶而过的人们是否有我这种念头，但看上去都满不在乎的样子，感到他们要比我自由，他们的对手很明确，而我却不知道，我连挨累都是盲目的。不过，能这样想想也算是有所得，无论我在任何条件下产生的任何花里胡哨的念头，最终都用"生活把你推到这步田地，你没有选择"来安慰自己。前面立交桥那大斜坡够我一受，蹬是蹬不上去，只能连拉带推一点点往上拱，没有其他的想法。这一程倒是极辉煌的，好像到了桥头便万事休矣。我一步步拱，半腰思想又岔开了。因为我以前工作的地点就在这一带，单位的同事经常骑车路过这里，当然，混得好的也有了自己的汽车，若是让他们看到我这副光景会说什么呐。我也不例外，尽管我明白"甭为别人活"这个理儿，但根深蒂固的虚荣仍在作祟。我累得有些喘不上气来，脑子也开始缺氧，顾不上再想其他的，咬着牙终于把车推到桥上。刚喘口气，身后响起很脆的喇叭声，掉头一看，还真碰到熟人，不过不是别人而是驾着摩托的老月亮……

　　我把三轮刹住，见他摘掉头盔显得挺喜兴，说去书店找我没找到，又跑到这儿，老远就看我像只大虾弓着身玩命。我让他试试，见他真要动手也就算了，悠着劲将三轮从桥上放下来，贴到路旁。两人来到一个凉快地儿开始嚼冰棍。我挺蹊跷，这么热的天出来兜什么风，想到月亮也不是闲着的人，问他找我是不是有事。他说后天想找个地方聚聚，想来想去只有我那里方便。按说这也没什么，只是近日我太累，提不起兴趣，找来找去全是极平淡的感觉。正说着，见金月亮要急，我让他别价，我现在天天玩命，烦着呢，特没情绪。他一本正经让我收起那套阴死阳活。我说："我真感到自己是个不折不扣的失败者，不像你想得那么开，往后的目的就只有一个，找份踏实工作然后结婚。"

金月亮一惊一乍说想起来了。"就是那个叫文惠的老姑娘吧，人还行，就是没有乳房，也特平坦了些。"

"你真不是人。"

"别那么当真，我不过是说说。你别想着失败不就没有失败了吗！人总是得找点儿平衡，说白了就是找点儿自己愿意干的事。结婚不是件多美的事，尤其对三十五岁往上的人。你要再爱上别人怎办？一切都是水到渠成。如果现在就为了这么个目标，也太单调了些。"

"谁能像你，游手好闲，骑着车乱跑。"

"你爱怎么想就怎么想，说好了星期日，我领俩姑娘去。"

"小艾还不够你忙活的吗，那人是谁？"

"我妹妹阳阳。"

"你们家快成太阳系了，那丫头不是从天上掉下来的吧？"

月亮说："不是，是从女人子宫里爬出来的直立动物。阳阳非常可爱，你没见过那么纯洁的姑娘。我们是同父异母。"

我知道月亮这家伙一贯不严肃。"你别开玩笑，我可是从来没听说你还有个叫阳阳的妹妹。"

"真的。我何必开这种玩笑，见了面你就知道了。那可真是天造地设的，我从来不领她参加朋友的聚会，真怕她迷上像我这样的男人。"

"这你不用怕，女人对自己保护得要比男人想象的更顽固，她们天生是这样。如果她们愿意，你想拦也拦不住。"

"你可能不信，阳阳二十多了，愣不懂男女之间的事。"

我说那我倒可以帮她个忙。他瞪着眼说"你敢"。我起身推车，借着惯性往前蹭，却不似刚才那般沉重。月亮在我身后气急败坏地喊："那我先捅了文惠再捅你。"我暗自笑了，总算替文惠出了一口气。上了一程路，从红绿灯下拐弯时，回头见金月亮蹲在原地鼓捣他那破车，估摸是又打不着火了。我想起马兰花押在我那里的那辆吉普，但不能和金月亮讲，他会一分钱也不给把它开跑的。

跟金月亮的为人一样，他对我简直就像风，飘来荡去不留过多的痕迹，我才不信他从哪冒出的妹妹，不过他很少给姑娘们做类似纯洁的评语。他不讲出口，但我认定他不会发疯爱上一个所谓纯洁的女人。在他看来那是愚蠢，是对人生某种程度上的轻率。见鬼，他一露面就要打乱我的生活，尽管有时我也渴望同朋友聊聊。算了，反正我也答应他了，就让他重新打乱我吧。我决定把王子和也请去，正好借此机会谢谢他这段时间给我的帮助。他和月亮也有过一面之交，朋友之间认识认识也是不错的。

不知不觉到了书店，大学生和小白脸帮我卸下书，我坐在书垛上就不想动弹。经理的糟糠不时用眼飞我，才不捵她的茬儿，闷了杯云雾茶，就着半道上买的羊肉包子往肚子里填。我在心里跟自己念叨，有个《寿命》的童话讲得真好：说上帝给驴、狗、猴和人各三十年寿命，驴嫌累怕遭鞭打，不愿活那么长，结果上帝给驴减了十八年；狗想到自己要整天不停地奔跑，也不愿活那么长，上帝给狗减了十二年；等到猴子，更不想活那么长，成天干些滑稽的事，呆头呆脑还要遭到人的戏弄，最后上帝又给猴减了十年；只有人觉得三十年寿命太短促，来不及享受人生的乐趣，请求上帝延长人的寿命。上帝看到人这样乐观，就同意将驴的十八年、狗的十二年和猴的十年都给了人。人还是不满足，但上帝已经走了。后来人的一生就是七十岁了。人类前三十年是属于自己的，活的健康、愉快，接着是驴的十八年，一层层负担加到肩上，跟驴一样辛苦；然后是狗的十二年，牙齿开始脱落，整天哼着；最后是猴的十年，做起事来呆头呆脑、糊糊涂涂，还常常被孩子们嘲笑。这则童话是我三十岁以前读到的，印象早已模糊，怎么忽然就记起来了？都是累的。难怪呀，我现在是驴的十八年。我马上把这则童话讲给大家听，大学生和小白脸笑得很开心，两个老太太倒有点儿莫名其妙。她们是猴的十年。我真不忍心观察她们的表情。她们都是很好的老人，对我也不错，可"糊糊涂涂呆头呆脑"就像她们一样恰如其分。

这一刻真开心。我缓过乏来，正待动弹动弹，路经理回来了。我想我的侃兴未尽，端着茶杯肯定是一脸张扬的神情。他又看不惯了，用难成大器的小业主那种特有的利索眼神剜来剜去，红着脸就是一阵抢风扫地。他的毛病就是这样，有什么话不说，没头没脑地干活儿，透着那么小家子气。我没理他，我可以把自己当驴，你可不行。我翻出胡然那厮的电话，告诉他我是谁，胡然老小子"噢噢"跟我搭讪。我真想不出聊什么，顺口告他星期日我家有个聚会，要想热闹就去。他问我有没有女孩儿，我笑着说，领着你妈来就有了。放下电话，我感慨地对大学生说，在这个世界上女人比男人好混啊。她颇为骄傲地点了点头。这时路经理对我说，上午你辛苦了，歇会儿吧。我想一定是他妻子的提醒，说我也没闲着，可他这么一来，我倒有些不好意思了，紧着忙活起来。现在是漫长的驴的十八年，往前挨吧。真要和新新书店闹翻了，甭说别人，同文惠都没法讲清。反躬自省，我得学会忍气吞声挣饭吃。这个交易对双方利益是公平的，对我更像往体内不时注射希望的强心剂。我多少带点儿神经质地揣测，时不时给我的未来平添了许许多多多绚丽多彩的假设。这些假设差不多全类似路经理跪在我脚下求我网开一面，饶过他家老小的天方夜谭。而我虚怀若谷，生出好些崇高，因而不禁笑了。大学生问我缘何如此，我将刚才私下想的讲给她听后，她说我这人特阴损，没什么意思。她点破这层，还说我有野心，扭着小尖屁股笑着离我而去。

我的确有过野心，但那是很遥远的事啦。我最大的缺点就是自负，走到这步境地还是有那么点儿，我不想连根拔去。这是块盾牌，否则脆弱的心灵将无法在这个世界上进行合理的防御。当个好老百姓也不是简单的事。说到我的野心，和我的情感一样敏感，不堪一击，只不过是另一种幻想的方式而已。我从心里佩服路经理，全北京把书店搞得像新新书店这般红火的也不多见。他的确有办法，经过他几年的努力，目前书店已经有几万固定的读者，而且，他盯上了互联网，认为那是书店的前景。他常常将每期图书的目录免费发送给他们，他很会利用读者的依赖心理，他的这些经营作风和我对生活有害的不成熟野心比起来，让我常感到自己是个无用的人。有一次，他打算发行一本书，发出了两万份征订单，回收率是六千册。然后他去和人谈判。按行里的规矩，大宗批发都是七折，比较红火的书七五折，而他竟然能六折甚至更低从对方手里把书抠来，还把人弄得千恩万谢以为他帮了大忙。我一般不太注意这些细节，但我看到路经理声色不动，想这家伙要是玩政治准是杀人不见血的主儿。这样一想也挺让人后怕，才晓得对路经理的佩服是对力量的佩服，其中没有丝毫人性。我永远也做不到。这件事才使我明白从今往后再没有幻想，除了靠力气吃饭别无他方。我只好把自己的无能称为个性。尽管我对路经理有看法，他对我仿佛还满意，偷偷塞给我一个红包，我心里骂着他，却还像贼一样赶忙揣到怀里，他让我好好干，看我这人挺实诚，说绝对不会亏待我的。我想问经理生活中有没有乐趣，话到嘴边却改成"我是个很容易满足的人，尤其在物质上"。他不解地摇摇头问我将来还写不写小说。我说我是个失败者，无一技之长，只能做点儿实际工作。说完我就后悔了，这是明摆着的摇尾乞怜。

为此，我整整诅咒了自己半个小时，和谁也没说话。无聊中，我和大学生闲扯，聊起了她的男朋友。我随口说出男人的玩艺儿还不都是一样，她急忙掩口，不知学哪位倒霉的歌星，耶，你真坏哟。我开始有点儿不明白，半晌才弄懂她的用意，敢情是把男人的"玩艺儿"理解得太透，足够胡然写一本黄色小说了。我赶忙明言，所谓"玩艺儿"纯指男人表白爱情手法套路之类的，决无他意。这回她的小脸真绷紧啦，大金鱼眼鼓得吓人。

近些日子，文惠同我接触很多，虽然不留宿，夫妻之间应该有的全有了。我很知足，但并不快活。我生怕勉强她，有时难免生出些小误会。她老以为是自己上赶着，小闹一番。我放下脸哆哆嗦嗦辩解，结局大都微妙，看上去一切释然，但只是我们觉得和好如初，实际我们真是有意无意在和对方作态。一起拴得挺粘，只是为了符合自己的想象和追忆流年往事。我想我们一对挺有个性的大男大女能做到这样也算是出色了。看到文惠老弄出一副天真未凿的神情我很不舒服，不过我也有意无意在她面前扮过多情王子的角色，事后回想我们的举动有多么可笑。我们宝贵的机会该是两人最冷静的时刻。我们都知道对方在自己心目中的价值，却仍能心照不宣，微笑着承担双方的责任，默默凝视着，交换着双方的肉体。想来，这要比发疯得不顾后果的初恋有趣得多。有时，我和文惠也讨论这些问题，但有时也避开，看当时的心情如何。可笑的是我和她都认为自己是恋爱的专家，一到节骨眼儿上，便是曾经沧海难为水的忧虑。我可能还比她好一些，因为女人最相信的是爱情，最不相信的是婚姻。我用这话逗趣，她不置可否。看来真让她下决心和我过日子，我还面临着一场决战。

我常常真实得有些丑陋，这让文惠对我又感激又厌恶。我看得出来。

平常，我同她总是在周六、日啸聚陋巢，据她讲现在英语面授改成星期六、日，是为了学员明年成人高考的英语单科都能顺利过关。这样一来，和月亮订好的星期日聚会她不能参加。我告诉她，月亮、王子和、胡然，可能还有两位姑娘也来。她心动了，最后还是决定不参加了。也好，除了王子和有中国人的观念，金月亮和胡然都称得上职业流氓，到时她真要看不惯，大家反而不能尽兴了。

我让文惠帮我到超市选购了一些菜蔬，路过乳品店，就打算买瓶沙拉调料。一位漂亮的红嘴唇儿怠慢了她，俩人的争吵由弱变强，最后竟然扭到了一起，两瓶沙拉调料也摔在地上。我觉得真有点儿犯不着，将她拽出乳品店。她气哼哼数落对方的不是，不想数落来数落去倒怨到我的头上来。我庆幸没到更年期，懒得较真，丢下她，径自回家上了楼躺在床上。真是什么都不想说，就是困，困极了。我总是这样，一烦就这样。她回来后，仍和我赌气，成心弄出很大动静，然后坐在写字台前，哗哗翻书，弄得嚓嚓啦啦山响，让人心里起腻。我闭着眼回想她同乳品店那个小红嘴唇儿吵架时的强悍，真有些噤若寒蝉。领略了她的好胜，刚刚得知这位老姑娘的手段。

本来我想告诉文惠，该当着小红嘴唇儿的面吻她，把这事告一段落。我并不想破坏情绪，但她的话像小虫一样噬啮着我的心。我悄悄睁开眼，看她趴在桌上的后背，轮廓清晰，线条粗犷，肩头显得极有力度。我把琐碎的念头集中起来，全是婚后的情景，就像我把一个能干、自信、力量型的老姑娘娶到家。可事实上我相当悲哀，不敢再往下想。我比较喜欢抠字眼儿，也是借此摆脱思想的贫乏。无论是什么，只要倾心玩味，倒也令我愉快，现在我是文惠和朋友们公认没有本事的男人，可本事那玩艺儿究竟是何物？我带着这个问题眯瞪了一会儿，醒来时发现肚子上压着薄被，晓得文惠已经走了。桌上有她留给我的一张字条：

> 希圣，这段时间我不知怎么了，特别烦，我在乳品店讲的话你别往心里去，我没别的意思。明天朋友聚会用的东西我大致都准备好了，放在厨房，你看着办吧。爱你到永远。惠

我有点儿丈二和尚摸不着头脑，不知她犯什么疯儿，到厨房一看，一切果然井井有条。我不明白她想些什么，莫非是她觉得我长本事了。不过，刚才做了个梦，梦见国家领导人接见我。眼前的情景，再参照文惠留下的字条，真好像梦还没做完。我接着琢磨刚才关于"本事"的问题，肯定是指生存技能，真要如此，我是有点儿替她委屈。多年前读过一篇关于打赌的小说，讲一位年轻人若能单人在一间屋里呆上两年，在这两年之内不迈出此屋一步，就能从一位贵族手里得到一大笔钱。可这位年轻人在事情接近成功的前几分钟，自愿放弃了这笔钱。因为这位年轻人在此期间读了许多先哲的书，悟出人生不过是一副皮囊，一切都不过是假象。我自己还没有那般忘我，但和那年轻人倒也有几分相似。像我这种人，对只要一个丈夫的文惠来说，的确没有意义。我将那字条收

好，不知不觉又进入了假模假式的苦思冥想。

星期日我起得很早，而且破例拉开了窗帘。正要收拾收拾房间，有轻轻的门响，拉开让进一女孩。接着我就听到楼下有破机关炮般的摩托车声远去，断定眼前这女孩笃定是月亮的妹妹阳阳。她直接称我名字，说月亮去接小艾，呆会儿才能回来。阳阳怯生生站在光线很充足的屋中央，歪着小脸冲我做笑态，显得有些狡黠，表情仿佛像小姑娘在藏老爷爷的花镜，乌黑而厚密的长发从雪白的颈窝处垂在胸前，扑闪着小鹿一样的眸子，紧紧抿着微微翘起的湿润的小嘴唇。白色的裙式运动装不太适合这水一般的女孩。金月亮没夸大，阳阳真是个小尤物。我先把她安排好，客套一番。她收起刚进屋的微笑，略显忧郁地坐在我的破沙发上。我留意到阳阳洁白的小腿有几粒浅红的疙瘩，心想她消化不良。我洗过脸，又回到房间见她正在翻看我的书。我试着在她身上找点儿金月亮的影子，整整哪儿都不挨哪儿。一般说来都是儿子像母亲，女儿像父亲，我能想出月亮他妈的水准。我和阳阳聊家常，没能进行下去。她好像不太感兴趣。

我不再吱声。阳阳很用心地看书，过了一会儿，她忽然很挑剔地对我说："你趣味挺高雅，我以为哥哥的朋友都和他是一路货色。"

我说："看来你并不了解你哥哥啊，他的品位好像不俗。谁都看不上眼。"

阳阳不置可否地点点头，但我看出她很爱月亮，那挑剔显然是母亲对孩子的挑剔。我对阳阳感到有些陌生，一时不知话再从哪说起。她说月亮说我是个傻瓜、白日梦患者，她可不这么看。这个老月亮，他不会有别的意思，他是想暗示阳阳我是个没有前途的家伙。他真是多此一举，像阳阳这样的女孩对我是一个根本不愿重温的梦。我无力地笑了笑，请她随便看看书。这么一来她反而不看了，坐在那里犯呆，半天竟然冒出一句：活着没劲，有时就像死了一样。

听她这话，我差点儿没乐出声，看她一脸庄重肃穆，想这女孩不是忧伤而近似深沉，就是那颗骚动不宁的春心在作祟。她问我乐什么？我说记得没有，她肯定我乐过，接着我真乐给她看。老实说我愿意证实她的感觉。我想对她这样的女孩，生活只该是一种传说，即使手捧珠宝的阿拉伯王子跪在她的面前，她照样能拿出司空见惯的挑剔。我不知道该干什么，想着就有点儿无聊，便张罗着给她看手相。她很老练地笑了笑，伸出她的玉臂。我半真半假犹豫一下，最终也没碰。我盯着她圆阔的小手，脑子开始转。第一个念头就是眼前这泓清水要开始浑浊。我煞有介事说她可真是太复杂了，尤其是爱情线。"你一直受到感情的纠缠，这道线清晰且深，全是大起大落的纠葛。向你示爱的男孩子很多，你并不讨厌这些追随者，但却令你感到失望，而且你将面临一场……我真不忍心说，看这道线又分出来了，不过也没有什么。你面临一场很伤感但值得回味的婚变。总的说来你一生甜腻腻的，最终的恋人并不像你和朋友们想得那般出色。可他是一个让人吃惊的人，非常有特点，别问什么特点，手相没说得那么准确，可他的的确确是个非常有特点的人。咱们再看看生命线，噢，这上面表明你有缺点，意思就是不太在意金钱，你的爱人也不会太有钱，不过你的生活将非常有情趣。这一点连你自己都出乎意料，而且你在晚年还能得到一笔遗产。你用这些钱办了一件事，具体什么事就说不清了，也可能为了自己，也可能是为了社会，反正因为此事你无意中成了一个名人，只是时间很短。"我讲到这儿，阳阳的眼都直了，死死盯着我看。我知道小姑娘已经失去理智了，看来她不像表面那么机灵，为了装得更像，尽管我都快乐出声来，她却还很当真。"咱们再看看你的健康状态，你肠胃不好，吃东西不多，胃比较差劲，以后你可得注意啊！"其实她也在和我做游戏。那我也相信阳阳至少也得把我的一半话当真。我赶紧去厕所撒泡尿，真把我憋得够呛，撒过这泡尿后我觉得特别没劲。你说我和月亮的小妹妹侃这些有什么劲，这套话说给都市任何一个小姑娘都能对上号。这话要是讲给文惠，她能乐得开花，不过事后就忘。阳阳一直注意我，说我看上去很有经历。我笑着问她是不是指我脸上那些令人伤心的皱纹。她笑了，笑得比刚才稍稍放肆些，一口小白牙裸露无遗，看上去可真纯。我心里发誓决不拿阳阳暗自开心，便坦诚向她直言，告诉她刚才看手相是怕她呆着无聊，说出来的毫无根据，纯属信口雌黄。不想她倒认真地垂下眼睑，歪着小脑瓜说我讲得挺准，好些地方都对。

我嘿嘿乐了。

有些事就这样，我们老是让事物的外表所迷惑，等到弄清楚了，一切又都事与愿违，而真真感到开心的事，却实在不多，不大可能畅怀做乐，就是能寻到点儿够味的刺激也不那么简单，一切都是如此，剥开外表一看，全都平淡与无奇。我也害怕自己对什么都司空见惯。阳阳还在寻机和我搭话，我憋了半天终忍不住说："你可真单纯，和我想象的不一样。"

不想说，倒卖了个大关子，好像我很虚伪。

阳阳很着急，迫不及待地问我想象中的她该是什么样子？所有的女孩明知这是个圈套也乐乐呵呵往里钻。我的确是无意的，开始编排想象中的阳阳该是和月亮一样没轻没重、疯疯颠颠的，断没料到是这般文静聪颖、讨人喜欢和让人怜爱，虽然是顺口，话也有一半是真的。她美滋滋的。我生些冲动，巴不得把小姑娘搂在怀里。这和性是两回事，只是这样想想也觉得非常温柔。当然不能说出来，她要是当了真，事情往哪方面发展都不好。我正假装深沉搜肠刮肚找点儿圣贤的哲理，胡然和小艾抬着一个很大的箱子气喘吁吁地闯进来了。以前见过小艾没今天看得真切，她那张骚动不宁的脸和黑黑的眼圈很有感染力，个子小得近似玲珑，身材不太秀气，那双不懂安分的凤眼，四下流盼，目光落在阳阳身上，打过招呼，又吩咐胡然干这干那。胡然这个碎催把我这个户主都忘了，围着小艾转悠。小艾可不是我那晚在月光下瞥见的披着一袭白纱的美人，倒是个怪凌厉的小娘们儿。我问胡然和她是否认得，他说在楼下看一出租车知道也是找我的，就帮助把箱子抬上来了。我告诉他这女人是月亮的朋友。他赶紧跑过来握着小艾的手尽情蹂躏，小艾嗷嗷叫着甩开他，弄得挺尴尬。他便嘀咕说和月亮是铁哥们儿，又要和阳阳握手。见他那双色眼怪吓人的，我急忙拦住他，打个岔，问月亮干嘛去了？小艾抢着说，一会儿就到，去买啤酒了。我看到箱子里有二十多幅画，挺恼火。老家伙跑到我这儿办画展来了。小艾替月亮叫屈，说把画拿来就是为了让我欣赏，是从东郊拉来的。我回头见胡然正攥着阳阳的小手给她看手相，扑哧乐出了声，敢情这套玩艺不止我一人玩。小艾悄声对我说："你这个朋友是干嘛的，特色，老是死盯着人看，让我怪不好意思的。"她一说我也盯着小艾看了看，也没有别的，她脸倒红到耳根。我收回目光，瞎琢磨一会儿，给大伙儿冲了几杯咖啡，开始和小艾闲聊。她说自己是一家旅游公司的合同工，就是在那儿认识月亮的，打从他们认识她就知道我的名字，虽然过了许多日子才见到，印象还是蛮深的。月亮说我是全中国最无能又最令人悲哀的家伙，只是值得信赖，一无所长。是吗？我被小艾粗野的编排弄得目瞪口呆。看我惊诧的样子，她笑了起来。我一点儿准备都没有，简直有点儿吓住了。阳阳和胡然转过脸，小艾对我说："逗你玩呐，月亮哪能这么糟改你，你们不是朋友吗？他说的是另外一个朋友。"我看到小艾恬不知耻的表情，真她妈后悔刚才没放声大笑，现在是晚了点儿，我还是咯咯乐了。

阳阳坐在那儿，显得无动于衷，默默注视眼前的一切，裸露在外的小手让胡然那厮握得青一块紫一块。我有点儿可怜这个小家伙，不由分说也生出些恨，寻摸着调解一下空气，像这样发展下去，这场聚会非变成淫荡活动不可。虽说我这个念头有点儿玄，不是我不重视我的想象，立足这个世界如果走的太远，苦恼就不可能因此减少。我们不是为了快乐才聚一聚的吗？看着胡然和小艾无所顾忌地瞎逗，倒刺激了我的交感神经，爱和恨也不那么分明了。大家愿意玩就玩吧。我从大箱子里抽出一张画，没看出所以然，怔了老半天才发现拿倒了。这是一幅用油画颜料堆砌出来的中国西部的山岗，调子很阴。我的感觉不一定对，因为不想伤金月亮的心，作品看上去更像是小孩往画布上拉出来的屎。他把它叫作西北高原风情，有点儿意思。我从画框上抬起眼，发现阳阳直勾勾地望着我，刚才脸上的表情一定是很痴，便抱歉地拉拉嘴角。月亮就是这阵子闯进来的，抱着两箱青岛罐啤，脑瓜子全是汗，像从水里钻出来的海豹。他见到小艾和胡然的亲热劲儿，醋缸似的丢开啤酒。我以为他能像个大丈夫揪住胡然，不想倒像个三孙子一样坐在小艾的身旁苦笑。他们刚才在楼下也算是见过面，只是不熟，让他们相互认识后，一阵假

惺惺的寒暄，小艾和胡然再闹起来就有所收敛了。这时我才知道，胡然
那厮实际和我、月亮一样，都是都市的闲人。小艾对胡然说，你不是侃
你是出版社的丛书副主编吗？我和月亮感到挺给劲，却见人家胡然从腰
包里一下掏出四个工作证，有主编，也有记者，还有合资企业经理，和
一个中等城市作协会员。甭唬我，这年头就是骗子当道。小艾嘴里这么
说，脸上却有吃惊的表情。胡然那厮说，当着真人不说假话，别看全是
钢印，却全是假的，给假的比没有管用。这句实话拉近了大家的距离，
戒心也没了，嘻嘻哈哈聊了几句。月亮张罗让我看他的画，他不厌其烦
摆了一屋子。我说不出来道道，只是感到这些玩艺特艳俗，秃山枯枝，
印象平平，可嘴里却说月亮没准就是咱们中国的梵高。他把这话当真，
死乞白赖地问我是不是搪塞他，而且不管不顾地给我介绍他的绘画生
平。他很兴奋，说他从小撒尿就爱画图，从不往池子里尿。我说那你该
成为数学家，艺术家孩提时代一般都用屎当颜料。他听完我的话，摸着
光头嘿嘿笑了。我实在不愿把这场"艺术欣赏"进行下去，便提议喝
酒。月亮把床上两领凉席铺到地板上，脱掉衬衫和裤子，赤条条只剩下
一个小三角裤头。阳阳像打量动物一样瞅着她的兄长，倒是我为难地冲
她打个无可奈何的手势。胡然一定在厨房和小艾瞎逗，有调情的戏嬉声
从里边传来。月亮完全沉浸在自己的艺术氛围里，盘腿坐在地上，一副
人定的样子。我注意到他作品的签名很特别：CANGYING。我拼了半
天，原来是"苍鹰"两个字，我从来没对朋友这般上火，觉得月亮实在
太贫气，简直腐朽到家了。他听我挤兑，乐得奇怪，说本来还想用雄
鹰，怕不老练，给人印象太雏。他从地上爬起来，拍着我的头说我还没
到家，不配评论他的画。我正好找个台阶，请他别晃来晃去，赶快把画
收起来。他看到阳阳，可能才记起小艾，顾不上当梵高，对我说："希
圣，你让胡然从厨房里出来，刚才就和小艾飞眼吊膀儿的，我没理他，
要是有不愉快的事发生，聚会毁了不说，你的家也毁了。"我笑了，我
知道月亮那两下子，最大的特点就是说了不做。不过，我还是找茬把胡
然喊出来，见他出来时端着一大盘黄瓜条，嘴里还不明戏说，小艾真
笨，把着手教都不会，所有的菜就是黄瓜最好切。我接过盘子，告他留

第二章

偷窥背后

长篇小说
TOUKUIBEIHOU

点儿眼色，别跟公狗似的，逮着母的就发情。我和胡然正忙着把吃喝放在凉席上，只听厨房"嗷"的一声。"你看"，我责备胡然一句，以为是月亮犯醋把小艾打了。等拉开门，见月亮捂着脑袋闯进屋就往我背后躲，小艾拎着平底锅不依不饶。我赶紧拦着小艾问这是干什么？见金月亮那副窝囊相，真想替他踹这娘们儿一脚。不想小艾指着月亮脑袋瓜上起的包直乐。我把平底锅送回厨房，再转回来时，俩人又和好了。她摸着他的头说，在厨房就要动手，真下流，活该。月亮咧着嘴，忍住疼，把话给岔了过去。我们准备停当，席地而坐，阳阳死也不肯入伙，坚持坐在沙发上。我不好勉强，胡然动手去拉，被阳阳甩开，弄得挺尴尬。

月亮嘿嘿笑着说阳阳从小任性惯了，不用管她。我细细打量，阳阳倒像是跑来体验生活，真有点儿让我犯晕，和她的有些过分的兄长比起来，显得有些古怪。我说："苍鹰，为你起的傻得不能再傻的名字干杯。"月亮又是很怪地笑了。我以为他不定又琢磨什么坏道，问他我是不是哪儿错了？

月亮说："没错，我觉得全世界从来就没有错误，错误都是自己想出来的，不是吗？"

胡然夸张地大笑，显然是冲着阳阳和小艾的。

我们开始不停地喝啤酒，一直到下午。听到叩门声，才记起世界不单单属于这几位。

都问是谁？我说："可能是《华夏作家》的王子和来了。几位收着点儿，子和比咱们大些，有些老派。"

我催促月亮快把衣服穿好，开开门。王子和一进屋就被眼前的情景怔住了，小声埋怨我不该请他来这里。见我不明白，就直截了当说这里的落花流水让人觉得有点儿不那么正经。我笑了。

王子和总是一副老爹的表情。

我希望大家个个能表现出一团和气，张罗着王子和入席。他死活不肯，端着一杯酒来回走，弄得我挺心忙。我定睛看过列位，着实有点儿让人不舒服。阳阳高贵的小屁股浅浅沾着沙发的边沿，无精打采地把一本书翻来翻去，不时睐着细眼。小艾眼瞅着就不行了，全身的力量都用在招架眼皮上。月亮和胡然，一个脸红得像猴腚，另一个脸白得像蜡人，看上去都不那么真实。话没离题，全是掏心窝子的牛逼。我告诉月亮和胡然，我也要呕吐了，这样下去不仅对不起这通伤心劳神，还让人在一旁觉得特假，像是精心安排的一场令人失望的洒脱。我对王子和说，我们是无意的。他没言声，专心看月亮的画，半天才说出一句话，指着摆了一屋子的油画作品，说这全是木匠的活儿。这话真扎了月亮的肺管子。他以前热衷于木匠，借着酒劲别别扭扭站起来，还好，他没添乱，只是铁青着脸说见过王子和，并说地下摆的玩艺儿叫油画，不是木匠抠出来的立柜门。王子和自觉失言，点点头，低头拼出月亮的签名"苍蝇"（CANGYING），并说想起月亮来了，"你干嘛喜欢老往厕所飞的小虫，叫这么个名字，有意思。"

月亮一下高兴起来，低三下四非要王子和坐在小艾身旁喝酒。我以为他这一百八十度的转弯叫出奇制胜，不想他认真起来。我能看出来，他身上有种很特别的诚恳，这种诚恳只有在他最迷狂的状态下才有可能出现，一旦他有了发现，不顾一切的冲动就会随之而来。他追女人是这样，热爱艺术是这样，保护自己时也是这样。他说他喜欢快感。这话听起来没错，我也是这样，可他为何对子和的一通恶心不上心呢？事实上他们开始投机了。

当我恶心的时候，忽然想起了萨特，才明白老月亮在王子和面前为什么从老太爷变成三孙子，也许王子和是无意的，但能叫出"苍蝇"这两个字，就足以慑服这个疯子。

按说金月亮和我交情还可以，该是知道底细的，我还傻逼似的把他当成苍鹰，也难怪他笑我，赶看到王子和跟圣人一样飞着唾沫星子和月亮做哲理抒情，才明白金月亮真正的用意。"苍蝇"这充满了存在主义意味的名字为何让这个自私自利的家伙沾沾自喜？要是换了胡然那厮，我会认定他瞎玩，可月亮不是，为了个女人，他敢毫不犹豫出卖最好的朋友。看来他是认真的，刚才不急着纠正我，说明他得意。他实在过于嚣张，什么都敢拿来蹂躏一番。可没多大一会儿，他又诚恳地流出了眼泪，弄得大伙儿都受到了感染，他说是为了让一位他喜欢的哲学家多活几年情愿献出一只肾。我小声对他说那样不够，应该献出鸡巴。他听后猥亵地笑了。胡然问我们笑什么，让他挺正经地给呲得一通，若不是有女眷，胡然准蹿。这时只能小声骂了金月亮一句狗娘养的。姑娘们对胡然是一盘压轴的菜，用不着别人侍弄，老小子品起来煞是在行。他逮着机会就不放过，这阵子和小艾贫上了，色呆呆的满脸下流相。金月亮拉上子和，撅着屁股指点自己的画，话里话外全是无情的谩骂。金月亮这套玩艺儿，我早就有所领教，惊讶的是一本正经的王子和不知中了哪路邪，居然容忍他这种没有原则的人身攻击。我脑子乱了，无聊之中不知从哪儿冒出点儿邪念，开始留意现在靠在窗前的阳阳，比较留意的是小姑娘两只发育不太完全的乳房，有点儿顾不上好朋友伟大的情感。金月亮真像只苍蝇嗡嗡叫个不停，拿王子和当个贴心人儿似的起腻。我怕王子和招架不住，不想他说以前并不十分了解月亮，以为他是个疯子，根本没想那油光脑壳里还有些东西。我暗示王子和，要是同金月亮交往，随时都得准备原谅他，或者说饶恕更准确，那家伙有时实在丑陋，要说他和社会格格不入，又好像他从来没吃过亏。他管自己叫苍蝇可真是恰如其分，把"苍蝇"天生的免疫力和存在主义联系到一块儿，倒挺真实，对月亮来说，也没有比用苍蝇来形容他更合适的动物啦！当然，月亮不是动物，他只是一只昆虫。

金月亮安静下来，听到我的话很得意。他一本正经地说："我是无意的，凡是留给别人或好或操蛋的形象都和我无关。我就纳了闷儿，我的自由不是大伙儿逼出来的吗？我的意思是我从不跟真的似的琢磨什么形象那破玩艺，我的责任感是生来就给自己找快活，别人真正在乎的并不是所谓的社会公德，有人在乎我泡女人吗？这帮家伙真正在乎的是我没假模假式哭丧着脸说我做了一件我喜欢的错事，而且还恬不知耻承认自己生理上的快感如何如何动人。操，想起来就挺好玩，不知不觉成了一种主义，奇怪极了，等察觉到后大大吃了一惊，才明白我以前的智慧是什么玩艺儿，那是悲惨到家的东西，但是比这更惨的是对这种悲惨的发现。我是靠着冲动来摆脱这类智慧，于是，我有时就有点无法无天，可一旦置身其中，那真是妙不可言，再后来我干脆就诚恳的没边，干嘛都认真享受这种存在——女人和艺术。其实我顶明白不过了，艺术是虚幻的人间天堂。"

我看着月亮漫无止境地神聊，跟真的似的，想到这家伙按捺着凡心，苦熬光景，还能玩他所谓的意境，就觉得人要是装起孙子来都能使出看家本领。他摇头晃脑，得意非凡，就跟鼓捣出一门新科学差不多，弄得挺睿智。他用七老八十的眼神看着子和，眼角褶子里有少许眵目糊，眼珠红得像灯笼，仿佛装满了碰着火星就能点着的高纯度酒精。这家伙不会装相，总是最直接表达自己的欲望。他一通强调这样做有道不出的快感。

王子和开始认真了，缩着脖子，一会儿又抻长了，带着挨宰的表情。他说："太可怕了，动物凶猛啊！唉，我说这人要是老想着冲动，笃定是挺好玩的。我以前也试过，全然不像今天这么招人羡慕。那时糊涂着呢，不明白萨特，可身上某处器官的快感我想不会走样，没人逼我，放纵起来也是铺天盖地的。我现在有些悔，冲动让社会给瓦解了。敢情你月亮还把冲动当作主义膜拜也特过时了，你说是吧？"

金月亮："别逗了，这样可没有什么不好，活得绝望的人大都对片刻的快感表现出满不在乎的样子，完全是给别人看的嘛。真实是什么？咱们谁能准确无误地做到这一点？"

王子和："那样太过分、太丑恶，对社会和个人包括自己都是不负责任的说法。真实是限度问题，说人类是高级动物，有智慧，莫不如说，人比动物更有办法，能合法化地满足自己的欲望。不同的人做到不同的程度。存在主义本身是强调个性的，真实的快感不过是本能，最没有个性，你以为那种冲动很可贵，实在是一种误解。"

月亮说他依然辉煌，跑来跑去挺快活。

我昏昏欲睡，尽量听他们臭聊，那嗡嗡嘤嘤的话语，其中还弥漫着甜丝丝的酒精味。我强打精神，想得挺多却切不进话儿，细琢磨这些扯臊全是贫气。令我奇怪的是，金月亮这满脑袋都是性的家伙，弄出点儿深沉还真像那么回事。忽然我觉得脸上凉丝丝的，抬眼见金月亮满脸浮肿地冲我淫笑，手里的啤酒仍源源不断往我脸上浇。他说他不想让我假死，让我参加他们的争论。我知道他在犯疯，已经醉了，掉过身，踹了他一脚，然后到洗脸间，拉开门却见阳阳冲着镜子流泪。见到我，她不以为然笑了，猫洗脸似的用手一抹，没事人一样，说什么事也没有，不知为什么只想一人悄悄流点眼泪，心里就好受些，再说压根儿也不难受。阳阳说着又笑了，笑得还挺甜。这样就好，我笑着表示理解并带着虚伪的神情凝视她片刻，效果奇妙，刹那间，她的目光变得特别温柔，令我心旌摇荡，没有"宜将剩勇"，不是没想那样，而是有点儿忧头。

阳阳说："我觉得你挺深沉，看上去就显得很有经历，是饱经风霜吧。我就怕在你这样的人面前露怯。我看上去又单纯又幼稚，你是这样看我吗？"

我笑着摇摇头，说："我看你很忧郁，脸上全是痛苦，比我的皱纹还要多，我喜欢。我顶讨厌天真了，一个天真的姑娘必定是蠢头蠢脑的。"

"有时我觉得自己就是蠢头蠢脑的。"

阳阳正说着，王子和忽然扒开我们，趴在池子上吐开了。月亮也晃晃追过来，身子倚着盥洗间的门，瞅着狼狈的王子和哈哈傻笑。不一会儿，他拽起子和，又将其拖到屋里，我和阳阳也随着出来。王子和说今天空肚喝酒有点儿扛不住了，不过自己并没醉。他这话我倒也信，刚刚瀑布般翻江倒海，一坐下后神志就清醒了，借着酒劲儿，和月亮又开始神聊。我环顾四周，胡然在旁竖着耳朵，顾不上犯色。小艾和阳阳嗤嗤地笑。金月亮也许真醉了，也许装疯卖傻，但不管怎么看，这家伙显得相当幸福，是那种别人看着呆傻自己挺着迷的表情。他溅着唾沫星子，听不清在说什么……

我有点儿没劲，端着啤酒来到阳台上，脑子一片空白，往下探头瞅了瞅，楼下没有人。这种时光，我一般开始假模假式思考？我把啤酒罐扔了下去，看了看表，两秒钟后传回啤酒罐触到水泥路面的哐啷声。要是我纵身一跳，没有人拦我，按照意大利那位科学家著名的铁球试验，"两秒零点"我真是一片空白了。能这样想想我相当高兴。有时我觉得我太平淡、太无聊，只要能这样想想就能勾起我一会儿生活的勇气。遗憾的是，这个世界和我一样也太平淡了，外面的世界好像还没有我的斗室里有内容，而生活的内容，你只有偷窥才可能看到其真实的一面。

有人轻轻碰我，回头一看，阳阳正冲我笑呢，笑得有些难为情。我没话找话，把刚才的一闪念讲给她听。她说她无意间已经观察我一会儿了，而且似乎猜到了我的想法。我赶紧表明，我的胆量只敢这样想想，实际上我挺贪生怕死的。阳阳只是笑，过了好一阵，她说她喜欢我，尤其喜欢我随时准备跳楼的表情。我知道这是个试探性的玩笑，不置可否地摇摇头。很可能我的表情弄得不生动，阳阳说我还不如痛苦一些，会更让她着迷。我呵呵笑了！

我把阳阳一个人留在阳台上，我觉得她是个小姑娘。

小艾也喝多了，躺在床上像是睡了。我拉过此时头脑和手脚都极为敏感的胡然，让他坐在我那张破藤椅上，我靠着床头歪在那里。我头有点疼，很长时间没这样胡闹了。不过，我特别焦躁，晕晕乎乎听月亮对子和说："谁傻头傻脑？责任感不过是限度的一种形式，我早想开了，并不是读一大堆书才闹明白，而是参照很多历史上我们认为英雄或是混蛋的行为。我在这些人身上的确受到启发，人们可以推崇这些人的辉煌一瞬，可平头百姓的快感就得控制，攒起来留以后用吗？"

王子和说："就是淫棍也不愿为一时的快乐献出自己的小命。"

金月亮："你还别讲，看着没有，挨着希圣那姑娘是我的朋友，要是谁给我们俩扔在太平洋某个没人烟的小岛上，我就是知道她有性病也敢和她动真的。我这是打比方，事情不会那么玄。平常是看不出来的，要是赶到那会儿，大都不会论秧子。我明白这个理儿有点儿晚了，你我骨子里还不是个货真价实的无赖，实际上全靠着那点儿虚荣心撑着。我上大学时可不这么想，满脑子都是希望，觉着图一时快乐是全世界顶操蛋的想法。"

"你在哪儿读大学？"

"北京一个很操蛋的学校，二年级时让校方开除了。因为一个姑娘，我和她交朋友，她硬说我要强奸她。不过我确实那么想来的，但没得逞，当时也不敢。"

我头沉得要命，知道金月亮嘴里又开始跑火车了。他为了高兴和虚荣什么履历都敢编。我闭着眼，也没笑出声，都习惯了。王子和听了连连念叨可惜。金月亮心血来潮，变本加厉接着说："在大学最后一个学期，出了一档事，给我启示特大。记得我和几个男生牛逼，有个三青子犯葛，其实我顶懒得和人叫板，大伙儿一起哄，我们上了四楼，看到凉台上横着金属杆，说好我们同时把身子悬在上边，谁先喊救命，谁就是婊子养的。我看着那孙子抖着一身腱子肉，满脸得意，听说他正儿八经练过，真想认了。可面儿也不能栽，咬着牙攀了上去，心想从上边掉下来不死也是一半残。在这时，我顿生一计，等他攀上去，我一个纵身抱住孙子的后腰打起了悠悠。我告他有本事别喊，支撑不住咱俩一块儿完蛋，反正我命也押在他身上了。到了他喊救命，哥儿几个把我们俩拽下来。我连骂他三声婊子养的，顿时就把他气哭了。哥儿几个也都不理我了，告我太阴损。操，这事我细想，敢情我们叫作责任的那玩艺儿是另一种形式的虚荣，逼到绝路上去，我们就会明白那玩艺儿是个枷锁……"

甭管真的假的，月亮的编排倒是挺令我着迷……

金月亮把我叫醒时已经是夜里一点多了，阳阳、胡然、子和都走了，屋里就他和小艾，他倒他妈挺会调养，熬了一钢精锅小米粥，唏唏溜溜喝得正香。我看着满屋狼藉的样子，搓火大了，再听金月亮和他那没心没肺的小情人把粥都喝出节奏来了。他让我加入他们的战斗，说困极了，让我喝完粥赶快搭地铺，他们今晚不走了，和小艾住我这儿，而且要睡在我的床上。我只能求他让我先睡着了，他们再干其他事。他嬉皮笑脸问小艾我讲的"其他"是什么意思？

小艾说："你不是管这叫性预谋吗？"我一乐，嘴里的小米粥没把我的肠子烫穿。

他说小艾有时特别不要脸，我故意犯傻说一点也不懂。

小艾看了我一眼，又瞅着月亮淫荡地微笑……

我根本无法入睡，隔着一层布帘，月亮和小艾睡在我的双人床上，俩人唧唧咯咯逗贫，迫不及待渴望我进入梦乡。我也想那样，可神经警觉得像条受过特训的军犬，任何细微的动静都足以令我浮想联翩，很惭愧，觉得怪对不起这对火烧火燎的男女。我开始数数，数到八百下时，小艾忽然说："你别这样，希圣还没睡着呢。多不好呀。"月亮说："他又不是小孩子，给他点儿刺激睡得更香。"

"得了，你今儿忍会儿吧，我累着呐，头昏脑胀的没一点儿情绪。"

"这不行，太原始了，是生物学的姿势？"

"你小点声！"

"他睡着了，没事。"

我真想大喊一声，给金月亮吓出点儿病来。我弄出点儿动静，月亮低声骂我，索性我起来说我找地方逛逛，马上就走。比较过瘾的下流话碍着小艾的面我没说。这时的金月亮老实得像只小猫。我想他笃定屏着呼吸盼我走，我要是直接从六楼跳下去，他会更开心。我磨蹭了几分钟，穿好衣服，临出门我又瞥了一眼我的房间，够让我痛心的。我带上门，还在楼道里，我冒出一个很坏的念头，忽然返回房间，扭亮灯，撩开布帘，那月亮和小艾将会是怎样的嘴脸？

这个坏念头在黑夜里真让我有点儿心旷神怡。

我骑车逛了半拉北京城，有点儿乏了，真想回窝忍会儿。傍夜里三点多钟，我让警察给截了。他问我半夜三更为什么瞎逛不回家？我说家里来了一对新婚朋友，瞎逛是为了友谊。警察看我不顺眼，要去身份证看了两眼，还给我时让我别那么贫。我沮丧极了，任什么也不能逗乐我。我像坏人吗？笃定是像，否则在马路上逛的有几个人，警察为什么专找我茬口。我说我瞅自己也不顺心，一般坏人瞅坏人都不顺心，不过，我瞅警察就不一样。那警察皱着眉，这时，从警车上下来一个年轻的，乍着膀子往前凑，我没再敢接茬。等警察走后，我想这都怨金月亮，如果他提议小艾在地上搭铺，我们俩在床上就好了。我实在有些扛不住了，翻墙跳进陶然亭公园，找一长椅睡着了。让蚊子叮醒时天已大亮，便跟着遛早的老老少少在公园转了转，玩了一次"朝气蓬勃"，挺不错的。

4

日子过得没什么情绪，每天晚上几小时瞅着电视机犯呆，偶尔也笑笑，时不常也盼着来个狐朋狗友侃侃。文惠一直没露面，我猜她也忙，为了逃避卖酱菜的厄运，准是在一本正经地努力。我想我还是一个知趣的家伙，她在电话里很委婉表示在不耽误学习的情况下尽量"满足"我。听到这话，我差点儿没感动得哭出声来。在电话这头，我声音哽咽，如诉如泣坚定不移让她一定要打消这个念头，我说我能忍着。她在电话那头笑了，给我一尴尬。我笑道，她那头可别有人，说话有些肆无忌惮。我承认我有时是挺无耻的，庆幸的是一直停留在口头。我还没贫完，她那头把电话给挂了。这些天，值得回忆的事儿也就这几出。在马路上瞎逛，看着形形色色像工蜂一样的勤劳人们，让我觉得自己更下作。细细分辨开来，我也是假模假式这样想。没事孤魂野鬼似的坐在马路牙子上胡琢磨顶多闹个解闷。这种生活跟个饿汉嗅一顿油焖大虾是半斤八两，事后更他妈没劲。我不愿这样，想让王子和给我找点儿外快，编个路易十四性变态、叶卡杰琳娜几大面首、武则天风流艳史什么的，子和说我堕落的不慢，虽然都快新世纪了，《华夏文学》还停留在"和谐社会"的水准上，刊物一般是从印刷厂甩出一部分给老订户，剩下直奔造纸厂，要我好好在书店干，不要枉费心机。我沮丧极了，看来这个社会想凭艺术良心吃饭是不行了。我同王子和闲扯，其实他真答应，我也不会干，倒不是我有多纯洁，因为我老想着文惠。说实话，有一次我在朋友家看A片，并没感到有多么强烈的刺激，而是感到异常凄凉，使我领会到一种对女人的新概念。这其中包括文惠和我熟悉的其他女性。我把意思和子和讲了，我倒是更想同金月亮聊聊这事儿。

他们这个不挣钱的编辑部，弄得还挺忙，约了几次，才把王子和约出来。他问什么意思？我说这段时间挺没劲的，想说说话消磨点儿时间。他看我花钱有点儿不落忍，又掏银子添了两菜后说："你真是一棵资产阶级自由化的苗，一遇到合适的温度就能马上茁壮成长，不带一点儿折扣。"

"我是和你开玩笑，要是文惠乐意，我都想结婚了，不瞒你说，我甚至都安排好了以后的生活，她主外我主内，不要孩子，白天她是男人，晚上再变成女人。我读读书，学些历史，成不成反正为了生活呗。"

"真会编排，你拿什么结婚，你就真相信你那个文惠肯和一个真正的穷光蛋去办事处登记？看你倒让我想起了金月亮，那类人倒是符合姑娘们的想象，以为他是一泓清水，呆头呆脑。可你就不同了，看上去，嗯……深沉、潇洒、有学问等等，诸如此类所谓男子汉应该具备的品行你差不多都有。但这些愚蠢的女人绝对不会认为你的'假'是真的假，以为你离她们的生活太远，太天方夜谭，你显露出真实的东西正是她们极力要回避的。你要是把人类丑恶的本质用平易近人的道理讲出来可不行，大伙儿心里肯定不会原谅你。我有时想你和月亮，你们俩一个是行动上的真实，一个是思想上的真实，让你说，虚伪的公众更容易接收哪一位？那个月亮长得像个鸡巴似的，哪来那么大魅力，让我看他最招人儿的地方是他从来不肯闲着。你不信就试试，到大马路强奸十个人，我敢保证得有八个不反抗，更不会到派出所报案。这个蹊跷不是挺耐人寻味的吗？傻瓜，你还做梦和文惠结婚后有什么所谓幸福可言。"

王子和一沾酒人就变样，满脸债权人的表情。我还没跟他说起我和马兰花的事。他要是知道那个婊子拿走了我一辈子的存款，肯定给我个耳刮子。不过，王子和的实话很招我烦。我说："瞧你这操性，是不是觉得生活亏待了你，晚上和你老婆做爱是不是幸福？你病了，有个女人给你端屎端尿是不是幸福？有人关心你的饮食起居是不是幸福？"

"你别让我吐喽，这一切能给你留下什么回忆？老实说，比起月亮来，我更喜欢你，我甚至有点儿厌恶他。对你和他来说，没有成功或失败。当然从人类这个意义上讲，我们都是天体中飞来飞去的流星。你都奔四十岁的人了，可看起来还怪纯洁的，要不你就是装的。"

王子和这话倒是个台阶，仗着酒劲我假惺惺地接受了。

实际上我相信自己的感觉，多少还是渴望和一个我尽量喜欢的女人组成一个哪怕有点儿裂痕的普通家庭。我比较了解文惠，一个大女是没什么退路的。我也不怀疑，她在我不名一文时，照样能乐呵呵钻进我的被窝。我很自信地笑了笑，尽管在朋友面前公开为个女人争面子有些丢份。王子和以为说服了我，开始碎话连篇语重心长，意思是话虽这么说，做起来倒该有自己的章法。他接着说："前几天月亮到杂志社找我，明说让我想办法上几幅画。我劝他要是不缺这壶醋钱就算了，我们这里真正操刀的全是老头，大都患有老年痴呆症，弄点儿工农革命、金黄谷穗什么的还凑合。不知是真是假，金月亮把我的话当真了。说他最喜欢的颜色是红色，和马克思的观点接近。他画中的主题全是血红，象征生命和暴力。我看他越侃越玄，屋里几个老家伙全张着嘴，冲他一个劲儿点头。这小子受到鼓舞更是口若悬河，拿起他的画儿指着画中像是白光的几道笔触，说那是一群精子正奋力在子宫内游动，体现着人类辉煌而强烈的瞬间，我真纳闷这个下流坏子竟还洋洋得意以为是他发现了新大陆。我没辙只好模棱两可打发了他，临走他让我把稿费给你，说你连裤衩都穿不上了。你说他的话有多损。"

我说："我一点儿也不吃惊，他把那种比较呆的傻笑忽然凝固在脸上，然后迅速离开你，走到门口还能假模假式停留片刻，带着很成熟的深沉从你眼前消失……是这样吗？"

"没错。弄得像个受了刺激的贵族，让我看他有点儿不正常，太神经质。"

"错了，他一本正经傻笑过后，就能把一切忘得一干二净。他的一大堆画还在我那里，我没把它们扔掉是因为我还得拿着这些破烂下楼。算了，甭提月亮，咱们都在开玩笑，甚至弄假成真。我说王子和，你说你真讨厌月亮吗？我看也未见得。你一直在讲他，尽管他像条蛆，可他自由得让我们都他妈有点儿眼红。我有时想，我们所谓的责任究竟是什么货色的内容？真答不上来了。"

"别操蛋了，他那是瞎掰，人怎么都是累，你现在没家室，处在风口浪尖中，看什么都有点儿新鲜罢了。我觉得自己是个过来人，我比你大十多岁，可好像比你大一代。你说月亮影响我纯粹是胡说，他不过是个下流点儿的大孩子。饱读诗书的人能愿意返老还童吗？"

"你没懂我的意思，我是说……"

我忽然枯竭了，脑子空空如也，怔怔瞅着王子和。

后来王子和说我那天像个梦游者直呵呵抛下他，径自走开，可我一点儿也不记得，回去一个劲足睡，醒来时颇有"山中方七日，世上几千年"之感，对文惠那般强烈的欲望也消失得无影无踪。再后来，王子和来电话说月亮输了一笔钱，到杂志社把画又取走了，要到琉璃厂碰碰运气，让我别指着那笔稿费。我知道王子和是和我开玩笑。有些事我就不敢细想，幸亏天空红得像曲《国际歌》，稍给点儿自由，甭说金月亮这主儿，我看王子和一准也得动摇。我弄不懂怎么叫好，金月亮老早就跟我争执那个比较敏感的字眼，一般不叫"制度"而叫"国情"的东西，到末了华夏大地又多了俩糊涂茄子，顶多也就像一对撒欢的兔子，不定哪下没蹦好踩在夹子上。金月亮曾经对我的比喻极为反感，说自己是条狐狸。看他正经地傻笑，我说，那也是一条没脑子的臊狐狸。我冷不丁想起这档子，是希望在他身上找到些佐证，真希望这家伙干点儿什么都是有意识的，那样生活透着有哲理。我也曾把我的意思讲给他，后果是他的一本正经的傻笑愈加显得呆。

真是扯臊。我常常失望极了，连我也弄不清我现在有多大程度的焦躁，许多空闲时间不知该干些什么。最无聊时我死皮赖脸找文惠，可她听不进我的话，很得意地告诉我这次考得不错，通过了成人高考的英语单科，用不了多久，她就拥有大学英语本科学历了。她抻我几天，才快快跑来，买了很多我喜欢吃的东西，还特地带来一条鬼子烟。对这些我没有兴趣，怀着特强烈的冲动一通诉苦，什么寂寞痛苦孤独压抑……赶到最后诉得连我也不信了。我想起王子和讲过的话，如数家珍又端给文惠。她假装疯魔嗔怪我没有理想还交什么女朋友，然后就开始说这段时间怎么怎么用功，天天凌晨睡觉，有多么的不容易，我又不能给她点儿帮助。我想到最后怕是她也不相信自己的经历了。

我被欲望冲昏了头，身上有点儿发烧，什么话也听不进去。当时是下午四点，文惠忽然像个生人一样问我想干什么？我怯生生却装得胸有成竹地回答：上床！她让我放规矩点儿，这样赤裸裸多不好。我发现感觉不对头，乐过之后，有些伤感。这样一来，她倒由被动为主动，还说了好些不着边际的疯话。

文惠非常勉强，把自己从拥有"大本学历"的高考者变成卖酱菜的北京大妞儿，接受我的爱抚……

事毕，我们躺在床上休息。

我留意到我和文惠像本流水账一样的生活，偶尔翻出个迷人的漩涡，来得很突兀。她从以前的不大情愿一下变得如狼似虎，让我好吃惊。

躺在凌乱的床上，风暴已经过去，驶入并非温情脉脉的港湾。我每次都迫使自己把责任感表现出来，装成陶醉于刚才和她云雨之欢的回味状。尽管是做个样子，但为了下一次也该摆摆姿态。她不再注意我，而是直勾勾瞅着年久失修显得斑驳花哨的天花板，像是在幻觉中经历了一场梦。好啊，她从人间的爱又飞到天上的爱去了。这也正是我的企望。她没察觉到我在注意她，就好像身旁没有我这个人一样。我为自己的敏感有点儿心惊肉跳，分析感情中的细微变化本来不是我的强项，但此刻我肯定具备了像著名的普鲁斯特一样的敏锐目光。我挺阴险地先剖析自己是不是太理智了？这是大白天，我在堵得溜严的房间内和文惠做爱，完事后愣愣盯着一道从窗帘破窟窿投射到床上的光束，怪怪地想着那些翩翩飞舞的发亮纤尘，觉得我和文惠不过就是两粒尘埃，那光束划过后就完蛋，刚才的快感真不如说是疯狂。我这样想着想着，又半真半假入了境，可我还挺欣赏这种假模假式的深沉。

我瞅了瞅文惠，她依然故我。不知过了多长时间，她把脸扭向我，说是在考虑调动工作，不愿卖一辈子咸菜过下去。我嘲笑她太实际，我说我狗改不了吃屎，无论怎样启发自己都不能找到适合我的生活方式。

我一方面嘲讽文惠俗气得像市侩，一方面又找不到自己身上的崇高，支撑我的全是书里的梦。我绞尽脑汁，不要说别人，连我自己也说服不了自己。我一痛苦，文惠就嗤嗤笑。我弄不明白她的意思，或是我的痛苦太虚伪，根本就感动不了她。我起身，她又拉住了我，很诡秘地告诉我，说她调动工作大有进展。我不明白她要干嘛。

"是国家旅游局。"

我想到她一直啃外语，不像是笑话。"是真的?"

"这事倒让我得出一个结论，人还是该行点儿善，多积点儿社会公德。"

她的话有点儿不着边际，弄得我直犯愣。我也爱把行善积德和雷锋往一块儿联系。多少年就学了这么点儿干巴概念，打小到大一直没用上。这阵子像汽泡一样冒上来，顺嘴咧咧，和文惠逗贫，让她今晚就学习雷锋给我点儿温暖得了，雷锋如果是女同志，一定会体恤欲望横生的老单身汉。她说："干嘛老这么贫，我是和你商量正事，你要是不想听就算了。"

"别价，我想听。"

文惠开始讲故事，好像是去年冬天的事。我拉了拉嘴角，点点头鼓励她往下讲，可说心里话，我实在没什么兴趣，仅仅是为了和她下次顺利做爱所做的一种牺牲。直到这个故事插进一个叫老张的中年男子，我的耳朵才竖起来。看来，文惠也撞到她的"马兰花"了。

"……我也没想到结局是这样，那个七八岁的小姑娘来买酱油，出门就把瓶子给摔了，手也让碎玻璃给划破了。我心疼这孩子，叫进屋把伤口给包好，把她送回家。敢情这家就爷俩，没有女人，像是挺有钱，家里什么的都有，可是乱得一塌糊涂。小姑娘的爸爸是旅游局的头儿，待我很热情，还给我冲了一杯咖啡，聊天说他是老三届的，老婆跟人跑到国外去了。说得我怪难受的，看着小姑娘愈发觉得伤心，就告辞了。打那后，老张总到店里买东西，其实以前也去，我只是没留意。帮我调动工作是他提出来的，听说我就要拿到本科文凭，学的又是英语，和我一聊，说我的口语比他们单位专业的都不差，说要是赶上机会招聘，去他们局里也是可能的。"

我说："老张他们家那么有钱，八成都是受贿来的，他没跟你开价？"

"我发现你这人平时像是不食人间烟火，要是俗起来也是没边。人家老张是研究生，出过国，写过书，人很正统的，和我握手好像都不自然。"

"唉，也难怪他老婆和别人跑。"

"没法跟你说话，你不是对我好吗？我发现你一不如意就拿我撒火。我还傻乎乎想真要能调到老张他们单位，待遇好的话，我来养活你，至少不让你满街蹬三轮拉书，受那份死累。这有什么不好。"

"很好，我有灵感了。一个自尊自爱的老姑娘，无意中帮助一个小女孩，不成想这小女孩的爸爸有一个不幸而破碎的家。但这位自强不息的男子汉勇敢面对生活，过着封闭而深沉的生活，就这样他们成了好朋友。那老姑娘也常去男的家，终于有一天，那位老姑娘抱着小姑娘问他为什么不给孩子找个妈妈，没等男的说话，小姑娘大叫着'我不要妈妈，我要阿姨'得，定格。"

我很得意地说着，当瞅到文惠时，不禁大吃一惊，她满脸泪水直勾勾望着我。我强调刚才是开玩笑，悄悄幽她一默。"本来也不是悲剧，干嘛饱含热泪满脸深情凝望夫君？"她不吱声，下地穿好鞋，留给我一个委屈背影往门外移动。我光着脚下地也没拉住她，只好趿着鞋追到楼下，嬉皮笑脸把她劫持到便宜坊，花六十多块钱她也没动一筷子。她从来没动这么大的气。我窝火极了，真想就此罢休，埋怨她太过分。即便我吃点儿醋也是正常的，没有什么不能原谅，干嘛这么不依不饶、没完没了，要不就是让我给扎到疼处恼羞成怒。我们出来后，在天坛东门，她说什么也不让我送了。看着她那副犟眼子相，我也够头疼的。我早就忘了究竟是哪句话伤害了她。不是我贼心，文惠这次动怒和往常有些不同，颇显出心计，泪水也是慢慢从眼眶往外洇。我心想何不大哭大闹，刚有点儿起色，犯葛都显出章法来了。我不再强求了。临了她叫住我，问我爱不爱她，挺急赤白脸地追问。我说："我刚才发疯，你该明白为什么。你这问题也太没劲了，不知问了多少次。你老说让我别把好话都说绝了，干嘛非逼我往嘴里抹蜜呀。"

文惠也没听完，就跑掉了。我也没追，已经够惨的了，混到这步田地还讲什么自尊心。她问我爱不爱她，可我问谁去？我只能对自己承认，我并不爱她，但所有女人如果让我挑，我闭着眼还得挑她。我不知道这是哪家的逻辑，我自己也解释不通。天地良心，我在出卖道德和爱情，我觉得事实真是如此。

我一人在天坛公园挺认真地晃荡，大部分时间在西北角露天舞会那儿，抻着脖子瞅那些色眉瞪眼的老帮子，个个舞跳得可真棒。我弄不懂这帮舞皮子是想发发余热还是让裆里的玩艺儿给撑的。一曲探戈，我跟着叫好，假模假式发泄一通，哄了哄秧子，臊不奋又溜了出来。我以前好像不是这种没劲的人，浮躁，就跟全中国的知了一块堆儿冲我这只"勤劳"的蚂蚁聒噪差不多。我往家晃时，发现我也像我同类一样特别喜欢谎言。我说我爱文惠是明摆着不诚实，可是我们又都喜欢这种说法，让我们说实话反而不习惯。文惠心里肯定也是这样想的。我死死记住临分手她那柔情的目光。她分明在说：我会报答你的。我尽量相信我自己的感动。

我吼了一嗓子，真是痛快淋漓，干过不止一次。这次显得猥琐。

楼道的灯泡憋了，黑灯瞎火的。我回屋后接到路经理的电话，说他儿子让同学开了瓢儿，怕留后遗症，让我明天早晨到天坛医院站队挂号。我窝着满肚子恶气，进屋拉过椅子，还没来得及坐在上面搓火，楼下就开始敲暖气。我索性跺了几脚，把楼下那位倒霉蛋当成奴役我的路经理。楼下到底安静了，我却很扫兴。

5

出租车里极是憋闷，司机也不开空调，路经理又不让放下玻璃，和他的黄脸婆像对儿守护神护着他们的宝贝儿子，怕凉着，怕风吹着。我掉过脸看了一眼跟个大号熏鸡差不多的小伤兵，想这小子平日仗着有钱很是目中无人的劲，这阵也瘪茄子了。我给这孩子排了两个小时的队挂号。路经理一来便掏出一百块钱让我买些早点，并说不要找头了。打小我就特羡慕威武不屈富贵不淫的人，受的教育也是往敌人脸上吐唾沫摔金圆券，所以我买了早点又把找回的钱给了经理的老婆。当时我还觉得自己挺了不起，细细一想，我都快吃不上饭了，真是瞎掰的事，全是让那个倒霉的虚荣心给闹的，鞠躬道声"谢谢"，完全可以合乎情理把剩下四十多块钱装进腰包。可一看到那只小病鸡似的孩子，又顿生怜悯之感，心想那也是咱祖国的花朵，就当是做了回园丁吧。不过路经理应该换一种方式把这钱给我。他妈的，我脑子里不停地冒出这件事，完全是因为近些日子的窘迫。人在绝望的生活中常常冒出点儿无耻的念头。我拿路经理当小人看，可能是我骨子里那点儿尊严，被无意中出卖了，就因为我目前不太如意，只能这样，等挣了钱再想办法从别处把尊严捞回来吧。账算过来，才后悔那一百块钱没安安静静躺在我的兜里。人是不该细想的，这样一来，我从精神到物质上都是赔。我心里犯着嘀咕，可也只能偷偷自个跟自个角逐犯劲。这阵子一过，我又会变得深沉，刚才发生的就像是我在构思小说。

车让警察给截了，司机三孙子似的连跑带颠往警察身上凑。瞪着牛眼的警察，看着蛮不讲理而实际肯定是在讲理地比画。路经理在车上骂司机笨得像头猪。等司机回来俩人伙同一起把警察骂个底掉。人都这份德性，着实让我大惑不解。因为杀出一名警察，路经理和司机开始抱怨各自职业的不易，最后发展到谩骂社会。我听着挺好玩。他似乎是读过几本书的，满口全是世态炎凉或活着没劲的感慨。路经理看着怀里的小病鸡缓过来，情绪显得好些，和司机一前一后乱搭讪。

那司机摇头晃脑说："操，这年头全是假的，就那么回事。你甭认真，我每月弄三四千，全造了丫的。不过有些事我还是想不开，要是论牢骚，我满肚子都快长虫子了，可说给谁听去？这世界一阵阵子公平，一阵阵子又不公平，讲不出理来。我以前也特较个真儿，现在去他妈的，没良心。你看那警察训我跟训孙子似的，我在他面前连王八蛋都不如，可我低声下气没让他罚我，关上车门又是爷爷，也挺不错的。我说那电视剧叫什么来的，有个资本家说有钱就是进步。这话没假，你说呢?"

不知司机对我还是对路经理,反正我挺腻歪,不爱搭理他。

没大工夫,路经理说话了:"嘿,我说你这话有点儿过,我看金钱不是万能的。你这话听起来不大对头。这么说吧,你旁边这小伙子一早晨起来就给我儿子排队挂号,这事能用金钱衡量吗?假如我一分钱没有,想请你帮我把儿子送到医院急救,你能袖手旁观?"

司机一乐说:"让你给说着了,我还真不管。我没到那份儿上,到那份儿上我也不装孙子说漂亮话。"然后,他对我笑了笑。"你说是不是哥们儿?"

我不该吃里扒外,现在可还是吃着路经理的饭,可他的话听着刺耳。我苦笑着说:"这年头装孙子也挺过瘾的,都养成习惯了,还有什么可计较的。"

司机说我的话他爱听,人就得实在,至少对自己得实在。他爱听路经理肯定就不爱听。这个三青子也是没立场,刚才和路经理还一唱一和,想必是哪句话刺着他了。这会儿司机对我说:"你看不出吧,我就是混入党内的一员。别不信,下海后和组织失去联系,一段时间真像没娘的孩子,见天哭天抹泪,可后来当孤儿当惯了,也就不哭着喊着找了,反正咱党还坐着江山嘛。"

路经理在后座说:"你太不严肃了,别挣几个钱就不得了,你要真是党员入党动机也不纯。世风日下,往往是一个能影响一片。"

"别逗了,我听你们一块儿的叫你经理。你要真是经理,不管我怎么操蛋,也准比你干净。"

"你这是什么意思?"

"我从来不偷税,倒不是我纳税意识强,是没法偷。当经理可就保不齐了。"

"行行行,好好开你的车吧。"

"你丫少跟我犯三青子。"

"犯怎么样,你小子思想有问题。"

司机给了脚刹车,把车靠到路旁,铁青着脸。我怕滋事,抹了几句稀泥。路经理并不领情，拨开他老婆，颇有些叫嚣："你少说话，原则上的事我不能让步，他能把我怎么着。这是共产党的天下，甭跟我抖机灵，我见过。你开车，不然我投诉你。"他的京腔并不地道，却成心弄得挺尖。

"哎哟，我操……"司机把门打开。"我不能把你怎么着，你丫给我下车。说老实话我还真没见过像你丫这么事儿逼的主儿。"

车走远了，他才想起记车号，问我记下没有。我说没有，我就是记下了，也不会给他。他路经理来了劲，骂了一通，还追了几步，嚷嚷说那个的哥才是真正的傻逼。我知道他是指省下来的几十块钱出租费。我想那的哥笃定也是个窝里横的，要不是路经理说他讲反动话，非要报警，那家伙也不会跑的。好在离家不到半站，他们两口子相互照看着孩子回家，打发我先回书店。路上我寻思那贫了巴唧的司机是不是党员，觉着没劲，便想到有些形式上的东西本是无关紧要的，对我这闲得发慌的"思考者"来说，只有像不像的问题。我有点儿饿了，在路边小吃店买了俩牛肉烧饼，又灌了瓶啤酒，才慢吞吞往书店走。我尽量想突然阴得有些倒霉的天气，看着熙来攘往的行人，特别疲倦，更因为满目都是四处奔食儿众生相。到了书店，我努力笑了笑。小白脸正指手划脚，告诉我路经理打来电话，让我腾出两个书架准备上新书。我请大学生帮忙，她小声对我说："你看小白脸有多美，肚子都快起来了，好像这个书店是她们家的。"我故作惊讶，成心犯贫，说是真的吗？大学生赶忙低下头，狠狠瞪了我一眼。

过了会儿，大学生说活着真没劲。她说她特烦。"希圣，你说世界上真有爱情这东西吗？我就是一直弄不懂，我看准是文人瞎编的，要是有，也一准是让人烦心的勾当。"

我特爱接这类话口，放下活儿。"你是怎么了？平时乍乍乎乎，一下变得柔情似水。我劝你亮亮荡气回肠的大嗓门，一吼全好了。我常这么干。"

她凑过来说："你看我脸上有什么变化？"

"我看看……一点儿不憔悴，而且特妩媚，皮肤很有光泽，比我那位细腻多了。不过你可别认真，我说的是反话，你八成失恋了吧？"她流着泪问我是怎么看出来的？"没看出来，是瞎猜的，本来是个玩笑。是常找你来的那个没屁股的男孩吗？多可怜呀，他连屁股都没有，你还为他伤心。咱们歇会儿，我特爱传授类似的经验，实际上我也失恋过。你想听听？故事不精彩，但很动人。"

"我不听，你只会瞎逗。可你比我大，我还是想听听你的意见，你说我还应该找他谈谈吗？他又找了个姑娘，我也认识的。我想把事情挑明，我们俩都那个了……你懂我的意思吧？"

"哪个了？噢，我知道了，你的意思是那个了……"她点点头，我接着说。"算了吧，和我以前一样，让别人给插了一杠子。我劝你自吞苦果，睁大眼睛找个屁股大点儿的男孩。你千万别去找他，你没理可讲，要是糖衣炮弹你能讲明利害关系，可他怀里那可是个实实在在的大活人。你没道理可讲。"

"没救了？"

看着大学生，我心里忽然很难受。我点了点头，继而想起我那活泼奔放身材极是地道的敏，一双月牙眼和努力往前的小嘴似乎充满了对异性的渴望。除了满嘴芝麻牙外，在姑娘堆里还算是说得过去的女孩。当我美滋滋表示一定要和比我小十一岁的敏结婚时，王子和特预感地摸我饱满的天灵盖，碰巧我吃了好些拌蚶子，有点儿低烧。他义正辞严地劝我拿敏败败火，万不可动真的。他断定我们成不了。事情发生后我问王子和怎么看的那么准。他回答是敏刚上大学，胯骨完全劈开了，眼圈又那么黑，意味着什么？我觉得他瞎侃，他强调性欲旺盛的女人大都是享乐主义者。这差点儿让我急，拿出敏给我的"泣血"情书当佐证。王子和更是笑，说三张多的人躲进被窝里五迷三道读个小姑娘的呓语，本身就是不成熟，以为对方为了爱能放弃一切其他因素，首先就是不负责任的冲动，那种原始的爱最终导致悲剧。当时我并不知道有个清华大学的硕士生插进来。敏那天坐在我的床上悄悄啜泣，伤心之极，抬起头，不禁吓我一跳，她流出的眼泪全带着颜色，我还真以为她伤心到了双目泣血，细细瞅过全是靛蓝，方知是这个小混蛋涂的眼影。我递给她一面镜子，她竟还能嫣然一笑。我把这个"典故"讲给痛苦中的大学生，事情过去好久我也不在乎了，尽其绘声绘色，最后端出我和文惠现在是多么理智多么和谐。

"你太笨了，可我咽不下这口气。不抓烂那个骚货才怪呐。我做了两次人流不能白做，反正我和他也抓破脸了，过两天我就搬他们家去住，谁也甭想说服我，把医院的诊断书让他家老爷子看看。想白玩我，世界上哪有那么便宜的事。"

大学生的这番话让我傻了半天。

热得透不过气来时，我手脚逐渐放慢了干活的速度，抬眼瞅着澳洲风光的挂历，顿生好些联想，我本来是有机会去澳洲的。我这样说时心里就觉得凉快些，大学生说我吹牛，我说我从来不牛，没去成是因为我当时拿不出几万块钱。况且，人凡事要都悟透了，住哪儿哪儿就是天堂。我过了那种认可在美国太阳底下暴晒而放弃大陆装有空调房间的年龄。我只是想寻点儿实惠，在哪儿对我这类人都是味儿事，得靠自己救自己。眼前我是个真正的自由人。我问大学生自由是什么？她傻张着嘴愣呵呵望着我，她的表情像是说我在犯傻，哪有自由啊。我们不是都得努力干活儿，讨好老板，其实，别人如果真不理睬，还真受不了，怪了，处处想惹别人注意，否则就会感到委屈。

我问："你觉得我是这样吗？我想我现在足够自在的。"

"瞎找感觉，你以为没有工作就是自己的本钱了。你根本就没察觉，你和经理说话时的那股劲，真是说不出来。让我怎么说呢，反正也有讨好之嫌。"

"你是瞎说。"

"当然还不是百分之百的讨好，表情里还有种暗示，好像你是虎落平阳，不得不这样。说真的，你要自由干嘛？我也问问你，什么是自由？"

我模棱两可侃几句套话后，开始找词儿，找不到也是我意料中的。我们常常喊在嘴边所谓的"自由"肯定是逮谁跟谁上床，不是无政府主

124

义，更不会是像我这般无固定职业漫游社会的倒霉蛋的形象，笃定是个很自在的境界。世界上有很多貌似简单的问题，实际上是很深奥的。究其本质，才知我们根本什么都不懂。

"我想真正的自由该是在妈妈肚子里睡觉的时刻。"

"唉，好好聊着，怎么说着说着就下道。够流氓的。"

"流氓？"我从很浑沌的境界中醒来。不禁生出不知对谁的怜惜，假如从她裤角下掉出个婴儿，光看她的表情我也不会吃惊。我不过是提了一个叫"肚子"的名词，怎么就跟捅了她的处女膜一样。我笑着问："流氓该是什么样？"

"就像你这样。"

她说着还嗔着脸像是套近乎一样搡了我一把。我知道她这是无意的举动，就跟月亮的妹妹阳阳差不多。在成年人面前试探自己的魅力，是愚蠢姑娘最明显的标志。她喜欢这样，我也只好犯傻。"说正经的，我也喜欢平时正正经经的，可能身上的杂质太多，要是那样你可千万别见怪。咱们接着聊刚才的话茬……我说自由大概说是我们常常渴望的那种不着边际的幸福，反正不会是摸不准的东西。只要我们一认真，自由就会逃得老远老远。是这样吗？"

大学生没弄懂我的意思。"你说的是什么呀？好些事我特奇怪，怎么一认真就完蛋？我不大明白你的意思，可不过平时好像也真是这样。不去想时，稀里糊涂得过且过，要是细一琢磨，真是没劲。我要是不这么认真，像以前在学校交朋友玩，也没这么多烦心事，等真要踏下心来就跟一个吧，新鲜劲就没了。就我那个男朋友，你别以为我怎么着似的，拿他当个宝儿，我只是窝不下这口气。"

转来转去又转到男欢女爱上。我知道大学生是把我的意思搁浅了，人生不就这档子俗乐。我就着话茬往深了侃，逗不起兴奋，末了连我也弄不大明白自由究竟是什么，只要感官舒服，所谓自由的标准该是没什么是非曲直的。我说我的一个哥们儿堪称你的代表，人是不大喜欢标准的，不论在地球的哪块大陆，你一生都将渴望挣脱道德和非道德的束缚。我提到这些仿佛很抽象的玩艺，就想起了老月亮。这家伙时常在我脑海中，就同一个飘忽不定的影子，有时又同一个恒久的概念。我有点儿怵，做不来他那一套，为此我又常常着迷。"最好抛开七情六欲，至少别在欲望中挣扎，该落水的一定落水，坠落也是挺惬意的速度，怎么想都好，就是别往政治上连，能做到这点起码就抓到一半自由了。"我把这些连自己都模糊的思想一个劲往这个小雏耳朵里灌。人的本性都有点儿好为人师，蹚过不管什么泥泞小河沟就都以为闯过了大风大浪。我压根儿不知道路经理什么时候跑到我身后包书。

他说："我说希圣，你的思想很有问题，我这书店可有原则，你大讲那些什么自由不自由的，招人不爱听。"

我说："你干嘛那么敏感？自由跟政治有什么关系？"

"你讲话还是留点儿神，你要聊些乌七八糟的外面聊去。"

我忽然控制不住自己，打着哈哈说："嘿，我就纳闷了，要是瞅冷子让逃犯给你打死了，你这几百万是不是当党费全部交给组织？我刚来就看你不俗，满脸党务工作者的表情。"

"你给我滚！"

"我不是开玩笑嘛，你发那么大火！真是的，把账先给我结了。北京城那么大，我哪儿不能混饭吃。说实话，我挺瞧不起你的，你让我走，是帮我下了个决心，不是因为别的，是看你口是心非，为国家捐款你掏几块钱还跟那帮老太太贫半天，至于嘛。要是那样，以后就别挂羊头卖狗肉……"

我没动气，可他气得说不出话，油腻腻的肥脸只是在抖，铆足劲又送给我一个"滚"字。我没想到，事情这么快又结束了。我满以为路经理看着王子和的面，怎么也能舍下脸请我留下别走。他没言声，倒是他的老婆从里屋跑出来拉住我。他不耐烦进了里屋，不一会儿又出来，说自己脾气急了些，过去的事就算了。没等我吱声，匆匆骑车出去了。如果这算是一个坑坑洼洼的台阶，好歹我厚着脸皮走下来了。我绷着脸，拿着劲，心里却长长舒了一口气。

大学生又把我叫过去。我再懒得言声，一气发狠地干活。路经理毕竟已经喊出"滚"了，心里特不是味，老觉着对不起好多人，最多的当然是文惠。我挺委屈，真没勇气做个大丈夫。如果她知道会怎样想？我发现人有时根本就不可能为自己活着，全是这个那个的责任。这张脸皮什么时候让多灾多难的生活给砥磨没了算是完事。当人让生活给强奸得忘了自尊，也就不顾别的了。就这样下去，那种日子对我也不会太遥远。

我无意间抬眼看到路经理的老婆，她友善地冲我微笑，让我生出些愧疚。

不久，王子和来电话劝我。

这事他听路经理讲了。人家当老板的，不找茬就得了，让我先在那里忍着点儿吧。他也嗔着我干活时瞎说八道。其实我根本也没说什么。我从子和那里知道，因为点儿事，路经理的党籍是挂起来了，具体原因不清楚。他老觉得自己委屈，到哪儿都想把组织问题解决，就好像电影里那些打进敌人内部的特工，和党失去联系仍能以身作则。我向王子和表示，不会再给谁找麻烦。我精神上还不敢那么奢侈，他是老板，我是员工。王子和说我明白这些就好，"你这点特操蛋，剩下的话是不是将来又要争口气，出个风头，让他们丫都瞧瞧？希圣，该认真的地方你犯傻，不该认真的地方你一根筋。老弟，你的梦该醒醒了，别弄大发了。"

去你大爷的。我把电话撂下后在心里嘀咕了一句。我不做梦怎办？这人都好指点迷津，弄得我跟傻逼似的。我清楚自己半斤八两，拆吧拆吧也属于没有什么精肉的主儿，哪里敢扛硬。好朋友想挽救我，我不给他这样的机会，不是我不想堕落，而是有一种追求所谓美好生活的惯性逼着我升华。

在我家的楼道口，我看到那辆直漏油的老本田摩托车，知道月亮来了。我踢了一脚他的老破车，脚震得生疼。天色渐暗，一丝风也没有，楼道口还稍显凉爽些。田大妈正从楼上下来，见到我她扔掉牙签，迈下两个台阶，煞是神秘地凑到我的耳边，说我家进去一个带钢盔的男人。我劝大妈别忙着提高警惕，那带钢盔的主儿除了能吃能拉能喝之外就没有特长了，安全局谁也不会用这种饭桶，而且用只母狗就能把他智取。

第二章

偷窥背后
TOUKUIBEIHOU
长篇小说

她差点儿跟我翻脸，嗔着我拿老太太开涮。我笑呵呵闪开她，跑上楼，怕月亮领来女人。先敲过门，屋里就月亮一人。他反客为主努嘴让我坐下，头也不抬继续专心致志画画。我坐在他旁边。二十分钟后，他丢开画笔，把画拿过来问我像不像。那画画得异常夸张，画中人撇着大嘴，叼个像生殖器似的玩艺皱着眉，狠叨叨的样子怪他妈的吓人。我问他画的是谁？他让我再细瞅，的确有些眼熟，乍猛我抬手给了他一下子。这不是我吗！还别说真有点儿像。我端详着这幅未完成的作品说："你还改改吗？其实你早就答应为我做幅画。只有我才这样抬举你，给你这样的机会。不过，你让我咬牙切齿叼个鸡巴干嘛？"

"笨蛋，那是一管变形的铅笔，瞧都让你给咬折了。"他把画又拿过去。"看上去你就像是一个背运的家伙，象征你一生都是个倒霉蛋。这画只能卖给你，不能送。看在朋友的面上，你给八百块钱吧。"

"哈哈，你穷急生疯了？那你扔在我屋这些画都作多少价？怎么啦，完全瓢底了？"

"少点儿也成，快救斯民于水火之中。好了，我嗓子都快冒烟了，我今天要是看不到你，保证堕落。你屋里有什么，我敢卖什么。"

"真得提防你这家伙。你是怎么进屋的？"

"从啤酒箱底下拿的钥匙，光棍汉一般都不随身带钥匙。"

"不过，下次我该吸取教训了。"

我给了月亮六百块钱。他连谢都没说掉头就颠。我拉住他。"你怎么了，急三火四的，出事了吗？"

"小艾跑了，把我席卷一空。她又哭又闹回南方老家去了。你别像个犹太人一样盯着我，这钱我加倍还你。以后再聊吧，晚上我有个约会。"他走到门口又转回来。"我这些画你随便处理，每笔交易你提取百分之十。"

"二十。"

"十五。"

"二十。"

128　　　"当冤大头！我认了。"

我哈哈大笑说，别装了，好像你是毕加索。月亮冲我一本正经，嘿嘿地笑着跑了。

我把门踢上，抄本书倒在床上，不知不觉地眯盹了一觉。

当我醒来时，发现文惠坐在我身旁。我说难怪在睡梦中一个劲地冲动。她表示今天绝对不行。我装得像个规规矩矩的病人，请她审查通过，遂决定俩人过一个充满理性的仲夏之夜。我并没有太明显的欲望，生活问题使我不用较劲就能有效地控制住自己。文惠乐了。我弄不明白她是不是真心喜欢我这样，她仿佛在极力掩饰什么。傻呵呵的文惠瞒不过我，现在的处境让她厌倦也是顺理成章的。不过我们俩都是特别相信美好生活即将实现的梦幻者，缺乏深刻的清醒，虽然彼此在心底笃定起劲地相互诽谤，但最终的目的不过是让一个相信另一个的所谓的真理，没有恶意。我没有婚姻的体验，人要三十未成婚，只能唯唯诺诺活得像个标本，可不敢当人张罗出丝毫情欲。我和文惠名正言顺放荡时都不好意思点灯，说留点儿自爱给自己，还不如承认是假装出点儿尊严给刻板的日子找些平衡。我借着热乎劲，就着她给我的零食灌了两瓶啤酒，而后频频传递热辣辣的感情信息。她倒好，像个石女一样没有任何反应。我也只好做罢，矫正邪念，搜肠刮肚找点儿我们感兴趣的话题。此刻，我才生出莫大的悲哀，敢情该聊的好像都重复过，剩下全是忌讳的事，比如聊未来，那就要牵扯到婚姻。看着老文惠那份厌倦，我也惭愧呀。

文惠满脸不悦，左右端详老月亮给我画的那幅油画，声称这幅作品并非抽象，看上去又肮脏又无耻。我不明白。她把画举给我看，也难怪，她将画拿倒了，看上去我那咬着铅笔簸箕似的大撇嘴很像女性的生殖器。敢情人的潜意识里都不怎么干净，她怎么就不把那沟沟坎坎当成咱中华民族的黄河长江，不把那圆柱体看成喜玛拉雅山主峰呐！老月亮要是知道有个异性从另一个角度对他的作品进行性意识剖析，不定牛成什么样儿。我并不觉得好笑，走过去把那画掉个个，问文惠像不像我？

像个屁。她把画丢到一旁，妩媚得很矛盾。我有些痛苦，把她搂过来，却被她轻轻地几乎是不易察觉地推开。她要我坐好，然后低眉弄姿，显出些羞臊，说要跟我谈件事。我没太当真，一脑瓜子邪念，想到现在大街小巷公共场所那些二十郎当岁当众接吻，一个个死去活来的劲，很是羡慕，本能的冲动忽然就包含了某些社会色彩，此刻，对文惠的冲动就有点儿像报复。瞧瞧，无意间她倒成了牺牲品。我二十郎当岁正忙着当作家，急于生活却不知感受。我很快控制住自己的欲望，甚至还向文惠解释了一下我刚才的想法。她没在意，也像是不愿弄懂我的意思。如果她用心，可能是她发现我真正的机会。我动物式的蠢念固然很是骇人听闻，我心安理得地裸露自己却未让我生出快感。文惠管诚实和直接叫作"不会来事"。她振振有辞，像是经历诸多生活的磨难。她说："我并不认为你这样是傻。你愿意寻求与众不同，多没意思。现在没人看重这个。"

"你要暗示什么？"我和文惠一严肃，显得有些假模假式。"我根本不追求什么，也不稀罕别人看重不看重。"

"行了，求求你了行不行，别那么敏感成不成。"

看着文惠又开始往外洇泪花，我有些焦躁。"我心里怎么想的不愿往外说，其实我对你很知足，别逼着我表白，日子够白了。我感到特没劲，不是我没有退路，而是我不愿意。你要是管这个叫寻求与众不同，真是大大的误解。"

"你是够累的。我不会逼你。"

"你有什么事吧？"

"老张要和我好，他知道我和你的关系却还是提出来了。"

"那样好吗？"

"他条件比你强百倍。"

我成心恶毒。"你怎样选择都不错，真要如此，我的确会伤心的，可我不会怪罪你。我都惯了，你也得承认，在我的黑暗生活中你不是太阳，充其量也就是只受伤的萤火虫。"

"我不在乎。你别得意，我这样是没有退路了，你知道我没辙。老张从我这里知道你的情况。我告诉他我还是好好在这里做吧。他很是恼怒，说我小看他，表示还要帮你找工作。他是个好人，是咱们的朋友。"

"是你的朋友。文惠，你让我说什么？我要是向你表示谢意，你会感动吗？我还是别说了吧，让事态任其发展，也许我们都会满意。"

我说不出别的，只是别扭。我知道老张一准是个采花高手，他这种近似父爱的宽厚形象，在一个没见过世面的卖酱菜的傻姑娘眼里笃定是灿烂辉煌。我懒得挑明，那样显得我不太厚道，同时也会衬出老张的高大和我的渺小。我动情地瞅了瞅文惠，她乐着凑过来，我们顺理成章扭到一块儿。她没坚持"今天绝对不成"。她是个务实型的女人，死心塌地跟我，而我此刻却有"得手"的感觉。

事毕就是困，困极了，只想睡觉。不管文惠怎样求我送她回家，也睁不开眼。我不想说话，不愿想现在和将来令人糟心的勾当。她又哭了，烦死了，她说不愿伤妈妈的心。我醒了，仿佛过了一个世纪，像以前那样丝毫不差把她送回家，自己又丝毫不差返回来。回来后，我把金月亮的画挂在墙上，怎么看怎么觉得他的油画技法不是一般的低劣。也许他真棒？我躺在床上想。

几天来我恍恍惚惚，丢三拉四的。比如说我在一个胡同的女厕所撒了泡尿，等系好裤子出来，见到一位妇女急匆匆往里跑，周身才冒出冷汗。关键时走神可不是一回，一张十三块八的发票让我写成三十八，还郑重其事觉得这本书太贵。路经理不时用他的猪眼黑我，我也只能低下头忙碌，可我心里想的却是另一回事。你干嘛非得认输，你心里不愿输的，不想让任何一个家伙把你打败，不过一旦事到临头，你自然而然就低下了高傲的头颅，美其名曰为什么鸟责任，实际就是为自己求得暂时的安稳。一根筋的家伙都是真正的好汉，把事做绝。人是不该后悔的，有不尽满意的行为，超越或者被摧毁，你尽管修正自己，那么最后完蛋，你就是别后悔，人生来就是不该后悔的。

我往外瞥了一眼，见下起了小雨，登时周身松懈下来，坐在书垛上再懒得动弹。凝视着浅茶色玻璃上溺满了细密的水珠，滑落下来时结成一片糖稀状，室内的光线暗下来。我在这种潮湿迷离的氛围里挺是滋润，思绪一下变得没了逻辑，瞅了瞅屁股底下这些花花绿绿的封面，全是刀光剑影肉色迷人的破小说。后来雨大了，并伴有隐隐雷声，我有些

第二章

偷窥背后

长篇小说

TOUKUIBEIHOU

腻了。正打算出去喝两杯，听得前台有人嚷嚷，奔过去见两男一女三个书贩子正和大学生臭贫，好像是他们浑身的雨水弄脏了一包书还坚持要换。僵持之下又有一包书掉到地上。我没多想，捡起那包书插到他们中间。"你丫闲的？我让你捡了吗？"其中高个的弄了我一脸唾沫星子。

我把大学生推到柜台内，伸手把那包书拨拉到地下。"我操你妈！"高个指着我的鼻子。

我绕出柜台，指着他们同来的那个女的说："她就是我妈，你们随便操。"

话音未落，稍胖的同伙瞅冷子抢过几个王八拳，其中一拳正擂在我耳根子上，打得我直犯晕。两个人一前一后截住我，我没有选择，只能对付迎面来的高个。我先是一脚踹在他的关节上，跟着一记重拳，本是想封住他的左眼，不料他一闪，正中鼻梁。他捂着脸吭哧。没等我回头，后面那个家伙将我拦腰抱起，重重掼在地上。这下他们可是得了势，骑在我身上一通抡圆了捶，鼻梁骨挨我一下的高个也缓过神，四处找家什。大学生叫来路经理，但他也只能在旁边喊叫，根本控制不了局面。我被压到底下，感到很虚脱，伺机反扑，直到让高个子狠狠踹了一脚，明白很难有机会赢了。路经理嚷嚷着，紧紧抱住高个子，我见这小子满脸是血。此时我还被稍胖的家伙压着，怎么也起不来身，费了很大劲腾出一只手，薅住他的那玩艺儿。他嗷嗷叫着从我身上滚下来。我说："让你的朋友老实点儿。"他带着哭腔叫他的伙伴住手。我也从地上爬起来。两男一女退到书店门口没有要走的意思，牛逼哄哄要摘我脑袋，砸了这家店。我懒得听这些杀气腾腾的大话，正要抽身回屋洗洗，却见路经理上前给这俩痞子上烟，下三滥劲大了。我心想你也太操蛋了，我胳膊让玻璃划破他像是没看见。他说了多少好话我不清楚，最后那包书也给三个混蛋换了。三个家伙不依不饶，其中高个的，非要三百块钱，不然没完。

路经理忽然回过头对我说："我是让你干活来的，不是让你打架砸我牌子来的。"

"路经理，你是不是也太没人性了。你怕这几个小痞子，我可不怕。"

我要上前，不想被他重重搡了一把。

路经理好像还低声骂了我一句，并迅速从钱夹掏出三张大票子递过去，满脸堆笑说，这钱从我下月奖金里扣。他让含泪的大学生端过一盆清水给那小瘊子洗脸，等水端过来，让我一脚踢翻了。我看他强忍怒火心里非常痛快。三个家伙得了便宜走了，路经理也进了屋。雨没停，我伫在门口。不知过了多久，路经理又出来了。说今儿天气不好，大家提前回家吧。我像是没听到。他叫了我几声，说要请我喝一杯，我说没有兴趣也懒得动弹，呆会儿雨小些就回家了。他沉默片刻，递给我两千块钱，样子很动人。我知道日子到头了。他请我理解，说那些人是这一带有名的书贩子，很浑的，他不想因为我开罪他们。道理也很简单，他得开店，做生意餬口。如果今天的事没化解，怕惹出什么事来……我没让他再讲下去，反正我也有点儿烦了。我们俩对坐着，也没点灯。小雨仍是刷刷不停地下着，街面积成一泓泓镜子似的水洼，在路灯的反照下，很亮很亮的。我生出一种凄楚，默默从两千块钱中拿出六张扔在柜台上，站起身走出书店。我只要我应该要的。

我想路经理可能在后面喊了我。一切就这样无声无息过去了。

我总是有意无意生出比较没劲的感受，像黯然神伤萎靡不振丢魂落魄似的，心沉沉的在雨中漫步，难受全是生理性的，思想却是一片空白。雨愈加恣肆，我将手插进裤兜里望天，约莫十来分钟，只好花二十块钱从小贩手里买了一把号称最新式的手动都费劲的自动折叠伞，开始打西往东走。长安街华灯初上，雨线像无数根小银针，将各式各样的路灯装饰出炫目的光芒。穿梭不息的车轮碾过湿漉漉的长街，发出滋滋怪叫。我打着伞，困在路边，感到无聊，登上公车奔了北京站，本打算再转乘车回自己的窝儿，见到一家临街的小饭店，便进去了，反正回家也是空房冷灶。我满以为从玻璃窗往外看，能觅到几分情调，也算是给我今儿的倒霉生活添点彩儿，糊糊涂涂一气胡灌，后来是怎么回的家都不知道，印象特深是淋一透湿，那把全自动的折叠伞也丢了。不过，离开书店也不能完全算作不好的事，我又有时间好好休整休整了。我想不踏实，可生活逼着你踏踏实实在家里忍着。

头疼的是无法向文惠讲明这一切，再说还得和王子和说，怎么讲呢？说和人打架被经理辞退，讲起来也不可能理直气壮啊。

算了，根本就甭想，爱怎么着就怎么着呗，先弄一舒坦再说！

第三章

1

天变本加厉的热，路面让太阳给晒得跟果丹皮似的，树叶打卷，云彩犯蔫，人都在热气腾腾中走来跑去。

这是七月一个没精打采的中午，我在小热火盆般的阳台上寻觅感受。

我的对面什么也没有了，那曾经给我很多激情和想象力的"窗口"，仍然没有人住。看了看那架望远镜还在，有点儿物是人非的感觉。谁知马兰花是不是在欺骗我，她仍然没有一点儿消息。我也能看到她押在我那里的那辆破吉普车，就在我的眼皮子底下，很长时间了，也没人动，前几天我还下楼将车清洗一番，邻居都在看，我还发动一下，还成。这些日子，我几乎闲着，像以往那样无所事事在阳台上站了会儿，又钻进屋，拉上窗帘在阴凉处忍着，和昨天前天……差不多，我也懒得下楼遛达透口气。不过在楼上，看着匆匆走过的各类人，心里也生出挺深刻的难受。我躲在蒸笼一样的小屋像个救世主，仍关注太阳下的芸芸众生，我想全中国跟我抱有同一念头的穷光蛋一定不是很多。我把自己逗乐后，发现我根本不像少年时代对自己所期望的那样，我的所谓思考，充其量也就能动点儿小心眼给自己找点儿平衡。正像老文惠说的傻起来也是没边的主儿。还在很小时，我就生出个有害的念头，老以为自己将来笃定是个举足轻重的大人物。真让人苦恼极了，整个让人失望一世。当时我管那个倒霉的念头叫"理想"，所有的亲人朋友还都鼓励我那么干，一路走下来不是满寻常嘛。无论条件多么严峻，我抱有处世良策，躺在床上出汗时开始琢磨眼下的处境。如果我能继承一笔遗产，一切可能就简单多了。不过现在很多人并不懂绝望是怎么回事，当你平日表现出这种感情，周遭的同类肯定以为你的绝望来自穷，来自没有女人，可那些空虚的有钱人跟你有同一感情，势利的人群就会另有一番议论，那就是哲学式的，把叔本华的"痛苦"，尼采的"疯狂"，萨特的"恶心"，加缪的"荒谬"……一通胡渲染，说你从积累的财富中看到不平等。其实哪有那么多，你有了钱，生活复杂思想简单；你一贫如洗，思想复杂而生活简单。

一阵阵我头疼到家了。

我的处境越来越不妙。打从新新出来，文惠就没忘了挤兑人。在她眼里我早从对等的地位跌到深谷，瞅眼前的行情，我现在还不断地往深渊里坠落。我从新新书店出来那段日子，她正忙着往旅游局调工作，而且成功了，却一直没露面。老实说我有点儿妒忌。好价，老文惠从卖酱菜的一下变成国家旅游局的白领，嘴唇透着红，眼圈也见深，只是那雄赳赳的步伐依然傻，离猫步还有些距离。我挤兑她两句也是因为心理不平衡。她现在和老张对门办公，钱挣得也很多。我心里犯酸可没表现出来。那样没什么意思。

文惠有时也挺灵，也学会了旁敲侧击，只是我太明戏，不给她以回味，彼此特没劲，无意间也闹了好多不快。比如她就说过有的老爷们儿特别有本事，让老婆披金挂玉的，女人家瞎张罗什么，折腾到头还不是图个踏实，现在瞅着自己也挺美，可没一点儿安全感。

我挺不落忍地说："你以前可雄心勃勃，待人接物也怪彬彬有礼，现在闻着你有点儿怪味，根本就没有过去的酱香型透亮。文惠，我不傻，你要是挤兑我无能最好明说，无能也不是什么丢人现眼的事。你也知道我在文人堆里混时也有年轻的大学生暗送秋波，当时我可没老是提醒你是卖酱菜的吧。《三十六计》混战篇有一计就叫釜底抽薪，我走背字时你最好别拔小肠，我顶腻歪了。"

听了我的话，文惠急赤白脸说我不过是个小心眼的好色之徒，根本不配当个男子汉。我一通傻笑，她娇喘微微，摇姿弄色，把事给压下去了。类似这样的"雷"布了不少，要是关键时刻我能扛住，给她的吸引力还能持久些。可越是寂寥，我的情欲就越旺盛得不行，她再跟我拿糖，准让我烦，最后勉强成事，我后悔不迭，她委屈。有次我问文惠是不是有被奸污的感觉，她泪水涟涟，起手给了我一个嘴巴。我心想不是那样最好，特别当真我反而不安。看她直愣愣盯着我，冷不丁从尾骨窜出冷汗直到后脊梁。我特别忧伤，心很沉，小时上学和一个我很崇拜的黄毛丫头握手时就有这样的感觉。我没对文惠隐讳这点，她有些气恼，嗔着我太直接表白自己。本来也没什么意义，偏要夸张。她知道我有时的情感相当猥琐，但她不认为这是我的弱点，只有我自己是清醒的，平日被带有喜剧色彩的深沉所掩饰，不过我也敢肯定，她骨子里还是认为我有点儿了不起。她成心这样。我可以卑琐、放荡、下流、牛皮哄哄，可就是不能显得平凡，就如同在天上过日子，老远老远看着人间烟火。我也告诫自己，你没法平凡，你显得不普通是因为你比普通人还普通，身上的弱点使你变得不那么纯粹，却能让你多少显得与众不同。你从娘肚子里一露头就开始挣扎，挣扎来挣扎去等你懒得挣扎时却养成妄想出人头地的坏习惯。

我想文惠对我这点看得很清。她说："你粗俗时还有点儿男子汉劲，真怕你弄一哲学家的表情。每当那样做时，你是不是给外人看的？"

"哲学家的屁股难道不也疯狂摆动？"我装没明白她的意思。"当然除了叔本华和尼采，因为他们恨女人。我对你讲实话，你别太细想，我有时是给别人看的，弄一痛苦沉思状，是想给幸福传染点儿不快，你看我几乎做到了。我能感觉到他们眼里怜悯的光泽，让他们发现比我活得美并非那么容易，故而晓得珍惜，别假模假式也别牛逼没完。可实际这也是一种空虚。你一来我就特恨我的冲动，弄得你也挺不愉快。你该看出来，我差不多天天都在求索，悟世间真谛，有时真接近成功了，脆弱的交感神经就开始不争气，只要来一点点感官刺激，一切就像吹破的气球，瘪茄子了。也有的时候，我克制自己各方面的欲望，让一执著信念在我心里生根发芽。事后呢？老实说，我很懊丧，好像做错什么事似的。你有这种感觉吗?"

我拉过她的手。她问我要干嘛? 我也不知道,只是这样心里好受一些。我说闭着眼睛在她怀里吃奶一定不错。我可能看上去相当伤感。文惠紧紧握着我的手,那染过的指甲几乎在我手背上抠出印儿。

她说:"你别这样好不好,反正我觉得社会有时挺不公的,可人也该想想自己。你不愿这样是不是? 你是有点儿不走运,实际你对生活要求得太高,对人也是那样。我发现自从我一开始调工作你就变得反复无常,其实我完全是无意的,事情成了连我都出乎所料,周围的同事都羡慕得要命,好像我付出多大代价。我真不希望你也像他们那么俗。你告诉我,我有个好工作你不会眼气吧?"

"你真是个娘们儿,婆婆妈妈的。咱俩谁有些变态? 我从来没多想你的事。"

"真的吗?"

"真的,你仍然是那个酱菜园的姑娘。国家旅游局的小白领不会用这种小人得志的口吻和我喋喋不休。"

我说完有些后悔,马上矫揉造作地哈哈大笑。

"落到这步田地还忘不了挖苦别人,你真成啊!"

文惠甩开我的手,独自对着镜子顾影自怜。她神经质地从皮包里掏出化妆盒,一个劲往脸上涂。这个举动给我的印象是奇特的。我发现很多女人都有这个习惯动作。我想她们一旦无所顾忌拼命往脸上抹乱七八糟的化妆品时,准是怕放荡的血液涌到脸上。马兰花也是。这个信号纯属天真无邪。

我说话,她没有回头,表情很认真。

我的声音化成空气,也许她根本就不懂我的意思。一阵阵我也挺复杂,复杂得有些小气,跟她斗气我并不上心。有个哲学家说男人喜欢冒险和游戏,真是地道极了。我没机会冒险,也只能玩玩这无聊的游戏,我完全是无意的。我开始装成猥琐下流,我说装成猥琐下流是我特理智,异性间的动人激情和纯洁冲动都是动物的表情,性过程一旦理智便有下流之嫌。我说我本质是个想吮吸母乳的大孩子，妈妈不在身旁只能有劳你文惠，待她狡黠一乐，似嗔非嗔，我们便开始逗闷子，把刚才的事搁在了一边。这时楼下田大妈送来张关于爱国卫生运动或灭鼠之类的书面通知，她一见到文惠就夸这姑娘如何如何漂亮，对这个弥天大谎我很难为情，看着文惠假模假式毫无愧色地接受，一个劲儿说田大妈看上去如何如何年轻，我忍不住说她们谁也不该谁，正好打一个平局。瘦小的田大妈不明白我的用意，鬼头鬼脑笑了笑，走了。

老太太是个很安全的人，只是在多年巡逻中无意养成退役警犬的本能，给人有种老爱嗅来嗅去的感觉。我和文惠笃定因为没有什么生活内容，为这个对田大妈该有些内疚的形容笑了半天。

不知过了多长时间，当我们聊天像往常那样进入一本正经的阶段，老文惠弄一至高无上的表情，活像动物世界里的母豺就要给幼豺反刍出一团红红的救命午餐，充满了厚爱，差不多就要用舌头舔我脑门。我知道她要拯救我了。她告诉我老张有个弟弟在黑庄乡当乡长，那里缺小学教师，她已经替我答应下来。如果我觉得没有问题，后天就可以跟乡长见面谈谈。我没太当真，说我怕误人子弟，现在差不多完全适应了这种生活，再说除了文学，我差不多就会吃饭。文惠开始求我，一方面别辜负人家老张一片好心，另一方面也该为俩人的将来想想。说着说着她又要掉眼泪，我看着心也跟着软了，心想老师也是一门职业，在我眼里差不多还是挺光荣的。

后来，我真见到了老张的弟弟，当着文惠的面我没敢太过分，但肯定给这位乡长留下比较特别的印象，弄来弄去还怕我屈才。文惠开了一顿饭，虽然破费，可我看出她挺美，脸上也显得很有光彩。我又开始难过，因为我差不多在跟乡长胡说八道，无意间给了文惠一个毫无价值的虚荣的机会，让她觉得我还不是一无是处的人。假如反过来我要认真，她不定多反感呢。老实说我打心眼里不愿领老张这份情，至于当不当老师我倒无所谓。从繁华都市躲到乡下兴许是一种解脱，而且事情本身也多少有点儿浪漫色彩。

我说："真要是那样，我觉得自己倒挺像《早春二月》里的肖涧秋，

第三章

偷窥背后

长篇小说

TOUKUIBEIHOU

离开繁华都市，倡导教育救国，到乡间寻求救国道理。假如学校再有个像陶兰那样的女同事，我的学生中有一个漂亮的独居的妈妈，我准扛不住。反正现在也是太平盛世，我也不打算投入到滚滚的革命洪流中去，就和陶兰在黑庄乡过日子忍了。"

文惠当时就露出了獠牙："你敢！"

我乐了。我不敢是不可能有这样美丽的机会。文惠再三叮嘱我千万别耽误了到黑庄乡小学和校长面谈的日子。她实在太忙，否则是不会放我单飞的。我心想别太认真了，又不是到哪个超级大国的使馆面试。我沦落得也快到头了，装成不甘心堕落，而实际在这热气腾腾的日子里往下俯冲该有多来劲啊！

刚送走文惠，就让我觉得有直升飞机在轰鸣，而真实的情况是金月亮那辆放炮似的破摩托车击碎了我的"陶兰"梦。月亮像是从非洲跑来的难民，黑了巴唧闯进我的房间，进屋就张罗喝啤酒。我告诉他现在准备装修房子要节约开支，你要是有钱自己下楼买去，我也想喝。他没吭声，退出不大时间搬回一箱啤酒，累得他跟蛤蟆似的张着大嘴喘气。我几乎把冰箱塞满了啤酒，才见他西瓜般的大脸有了笑容。他脱下衣裤，浑身就留下一个三角裤衩。看着他不说话里里外外忙活，我心里特烦。"你别摆忙，我看着心慌。"我希望他能尽早安静下来，我见他在他为我画的那幅画前停顿片刻，回过头来显得有些悲伤。

我笑着说："月亮，常常自己感动自己一定是很过瘾吧。很久以前，你就养成这个毛病，看情景你是不想改了。"

金月亮也乐了。我们瞎扯了一会儿，他说："完了。刚才我很悲伤吗？独处的时刻，这样很美好。我曾有意试过很多方法，比如说特烦特无聊时，放声傻笑或假装疯魔，跟电影里傻逼明星在沙滩上瞎跑什么的，都不如悄悄感觉一下死亡。你说的悲伤那是我无意的。你知道我很认真做好眼前的事，这对我已经够了。"

他的确很认真地启开第五瓶啤酒的盖子。

我说："你真自在。我羡慕的人不多，可我还是觉得你挺自在。我这样说不是为了让你得意，是提醒你仔仔细细留意一下周围的生活。也许你忽略了某种你想都不敢想的体验，比如说和小艾正式结婚，过一种正常的生活。反正我是有点儿厌倦了，只是没有条件。"

"你的老姑娘看上去不是挺不错嘛。你要是过那种生活还不是易如反掌的事。实际你骨子里跟我也差不多。不过，有一点你可能理解错了，像小艾这样的姑娘除非给逼得走投无路，否则，她可不会把命运放在我身上押宝。我太靠不住，连我有时都不太相信自己。我时常扪心自问，我是谁，明天还有可能有这样的生活吗？"

"你真操蛋，是犯傻还是真不明白？从来就没渴望过？"

"喊，只有一种生活才是真实的，就是现在的生活。"

"你美吧，也许你是对的。不过，人是比较贱的动物，他之所以比其他动物显得聪明，并不在于他能控制别的动物，使人类繁衍兴旺的原动力是他们太能自己欺骗自己。他们把一切设计得天衣无缝，其实不过都是自己蒙自己。他们偷窥自己，也偷窥其他动物，然后找到自己的平衡点。我明白你那种下流的快乐方式，我也喜欢，可我做不到，从这点上看，我好像比你聪明点儿。实际呢？得，我不说了，没劲。"

"何必那么累，你能做到说瞎话不动声色，才能从地球这个作坊出徒。反正我也不想混个大师级的白话蛋。要说咱俩都是这个世界上的聪明人，只是用劲不太相同。好的梦想和坏的梦想……这么说吧，凡是梦想一概与我无缘。就这样走来走去真不错，还指望什么呐。"

"还是应该过种正常的生活，和在大马路上匆匆忙忙跑来跑去奔食的一样，我也得为别人负点儿责。我常常这样想，所以我也老想试试。"

"操，你真奇怪，不跟你臭嚼了。"

"文惠在郊区帮我找了一个小学教师的差事，都说好了……哎哎，你别呛着，瞪什么眼。我准备后天去那里看看。说老实话，我对城市的生活多多少少有点儿厌倦了。"

金月亮赶忙用手捂住嘴，雪白的啤酒沫子从指头缝里往外汹涌澎湃，弄得他满脸都是，脏极了。月亮他当然不晓得我在家赋闲的苦衷。我不愿解释，也不想再听他瞎嘟啵，找了个辙，就这样把话岔了过去。

这酒喝了有四个多钟头，其间月亮还打发我下楼拎回一瓶二锅头，也在不知不觉中给灌了。我有点儿热血沸腾，觉得自己挺屈才，脑袋一大，把世界看得很渺小。我没醉，只是有点儿牛，弄不明白为何满世界遭人挤兑，咱就不兴挤兑挤兑别人。金月亮脸红得像只蒸出来的大虾，也一通帮着我喊屈。他看上去是美极了的幸福挣扎的表情，深深感动着我，让我感到他是对的、幸福的，能给人以信赖的。

我没找到问题的答案。对于一个成熟的人来说，挤兑别人并非简单骂骂咧咧、弄点儿猫尿犯乍，而是该找些荣誉装潢一下门面，玩同类于股掌之上，做一沉痛的悲天悯人的表情，听着大伙儿叫好。是这样吗？我问月亮。

金月亮说："你对生活的深刻剖析快赶上我了。"

我清楚他的用意，可还是高兴地接受了。打小我就渴望有个正经的机会谦虚一下，比方说，你往高处一站，满脸微笑做投降状，念念有词说不行不行，说不合适受之有愧，可你实际巴不得这样，嘴里却不承认，偏说这是大家给你的厚爱。你是不情愿的，只是无意中做了点儿有益于人民的小事，便被大家寻死觅活地关注，死乞白赖簇拥着。你打心眼里高兴，嘴里却还是说"高处不胜寒"。

金月亮问我在富贵乡里和谁神交呢？

我说和你妹妹。他像真的一样很痛苦，我才想起他确实有个妹妹叫阳阳来的，反正我越解释越没劲，怔了半晌，我说我很后悔刚才的直率。我被自己逗乐了。他骂我乱伦，下不为例，不然的话把文惠劫持到红灯区去。看着他毫不掩饰自己那点儿怯弱的兽性，不知为什么，我又有点儿难过，说他怯弱的兽性，是指他凡是在任何场合犯乍都和我儿时豢养的一对红眼兔子的性行为极为相似，胆怯而又不管不顾。闹不清他是怎样把这种操蛋的个性修练得如此炉火纯青。他闪着两只极亮的小圆眼睛，特别不满我的修辞，并趁机摔碎了一个酒瓶子。

"我是出于纯粹的沮丧。"他向我解释道。

"该收摊了。"

　　我们已经持续了六个多钟头了。金月亮穿好衣服，说大后天一定陪我去黑庄乡。他还差不多很诚恳地称赞一番我的本分。我说你又在骂我。

　　很晚了，我醉眼惺忪。看他也够呛，不要犯在交警手里，让他住在我这里。他不干，说又搭上个主儿，还冲我亮了亮金光闪闪的铜钥匙，而后他吹着响亮的口哨咚咚下楼去了。我看了一眼床头上的表，快到凌晨两点了。也许，这个时候，警察都睡了。

　　月亮摩托车的轰鸣声，一定让全楼的居民都在低声诅咒我早点儿完蛋。

　　不到两个小时，老月亮又转了回来，手腕上带着伤，发黑的血已经凝固，像几条蚯蚓趴在那儿。我有点儿不安。他一反横冲直撞的劲，甚至有点儿细腻，先是到厨房一通冲洗，回来后告诉我他刚才险些把小命搭上，做个风流鬼。我不希望他给我找麻烦，虽然很不情愿，还是耐心帮他敷上创可贴。一抬头，心像给什么锐器扎了一下，见他六神无主，热泪盈眶。他对我说他不该动真情，可那婊子居然锁着门不让他进屋。他又说对不起小艾，不该轻易离开她……

　　金月亮抽疯似的折腾一溜够，又用那可怕的一本正经的态度凝视着我，好久默默不语。我心里直犯怵，也有点儿累了，劝他睡觉，明儿该干嘛干嘛去。"你甭想睡，我烦着呢，这股火没泄我绝对睡不着。要不咱俩上街转转去！"他急赤白脸，声音越来越大，就好像我欠他的。等他情绪好了些后，问我是牛色闷着，还是压根儿就性冷漠？我不知怎么跟他切入话题，反正是呵呵笑了。我说他饱经情欲的沧桑，磨练出不屈不挠的驴性，从一开始我就望尘莫及。他听了不但不急反而还很得意。他情绪稳定后，喝了瓶啤酒。这时我觉得月亮让我反感。我问他那婊子是谁，让她爷们儿追了几站？

　　"别操蛋了，手是我自己弄破的，她不给开门，又换了把新锁，我没弄开，结果倒把我腕子给划破了。一说你也许知道，她丈夫就是王子和的同事，那个倒霉的美编，就是因为她我才跟小艾有些生分。我当时没想那么快就得手了。她真是个美人儿。我砸了半天门没开，听到有个男的喊，我就跑了。"他显出伤心的样子。"听那声音不是她男人。"

金月亮意犹未尽，满怀深情，可给我的印象特别假模假式。我把灯关了，让他老实睡会儿。他又把灯打开，挺痛苦地望着我，看着这孙子火烧火燎，我生出莫名其妙的心疼。他毕竟是个五尺男儿。他起身坐在我的破沙发上，半真半假陷入了沉思，就像他踩估我一样，这番作态也是在我这个单身男人面前找点儿平衡。我特能理解一个人无着无落时所迸发的那种傻里傻气的激情。

他说："聊会儿吧，我跟男的一屋睡不着觉。"

"那是你闲的，不困。"

"不是，我琢磨现在的女人怎么都那么水性杨花，你觉得我这人见到姑娘跟苍蝇似的围着嗡嗡个不停？实际我相当投入，跟谁都是真的。你说这有错吗？"

"十足的混蛋逻辑。"

"得了，你逮个傻文惠就觉得自己是全世界最了不起的男人，好像是忠心耿耿，可谁敢说你骨子里就不那么堕落。实说吧，你是我朋友中最实在的或者说是最不错的哥们儿，但要是把小艾放在你床上我照样不放心。我是操蛋，可我不掩饰自己的欲望。我不会去强奸哪个姑娘。不过我直率，我告诉我喜欢的任何一个妞儿我想要她，这和花钱找女人不一样。我充满人性挑逗生活，说明我热爱生活。再说你那个文惠吧……"

"操你妈，你再说文惠我真和你翻车！"

"你随便，再见到文惠我认她做干妈。"

我们乐了，声音很大。夜很深，小小房间显得异常空旷。四目凝视，不知月亮是怎样想的，反正我确实感到巨大的失落，一下跌到凝重的肃穆气氛里。我没想改变这种情绪，盯着他，这样一来弄得我们俩都有些难为情。我们现在是一对空虚到家的难兄难弟，我知道金月亮用不了多一会儿就能轻松地从思想的墓穴中走出去，过起他那充满动作的生活。可现在，他仿佛受到感染，恬静地陷在沙发里，目光全没往日的透人的光束，显得很虚无，像是罩上一层迷蒙的雾。

我问他在想什么。

"我都快把你忘了。我想起那位进行永久性欺骗的艺术大师毕加索。他说不管发生什么事，只有爱是重要的。人们为了使金翅雀唱起歌来更动听，便把它们的眼睛弄瞎，对画家也不妨这样做。可他自己是个充满情欲的老家伙。我的确有些费解，所谓的艺术究竟是不是一个骗局？按照我自己的理解，差不多就是那样，当我感到委屈孤单和压抑的时候，开始进行的思索，并不快活，可那些低俗的行为、劣等的酒精，却常给我最大的动力。这是为什么？"

"那是我们素质不行，不能还其艺术哲学的真面目。"

"我操，哪有那么多讲究，只要快活，就是最好的感受。谁能真正理解拉斐尔和提香？真正的个人主义者最能假借民众的名义，现在的冒牌艺术家全是这号人。我自己封我自己，看上去挺傻的，可干嘛非得让别人叫好。找不着太合适的比喻，就像演艺界那帮忸怩作态的歌星，让虚幻的荣誉折腾得五迷三道。"

"你别这样，人都有自己的生活目的，你不愿意那是你的事。"

"我们说的是两码事，讲的不是追求和事业吗。"

"你得不到或是反感的都没劲？"

"差矣，我从来没感到没劲。只要一股劲的冲动，我就感到很给情绪。真正的没劲是你老细琢磨，凡事要是仔细琢磨可就没意思了。别聊这个，太累，只有纯洁的傻瓜才把我们小时玩的游戏拿出来当真。我承认我实际是另一种形式的懒惰，纯朴和直率都不用脑子，骗自己还不欠良心账。这是十足的寄生，至少是思想和追求的寄生，没有自己的玩艺儿。"

我说："你的玩艺儿是什么？难道到老了都跑来跑去像条公狗一样到处冲动？"

金月亮说："别以为这有什么不好，只要能跑动，只要有情欲，我所害怕的正是许多人追求的，大多数人醒着的时刻，忙忙碌碌编织希望的网，睡梦中收获白天被警察和理智保卫的果实。这个骗局从五千年前

第三章

偷窥背后 长篇小说

TOUKUIBEIHOU

就开始了。"

"但你也没成正果。"

"我情愿做个花和尚，我想你也差不多吧。你不断向我兜售你追求闲适，可我一点儿都看不出来。我顶厌恶世界观充满矛盾的人，我读了你借我那本凯鲁亚克的《在路上》，真有做爱般的淋漓尽至。老实说，我也喜欢主人公莫利亚克，地道，干嘛不冲动呐，只有在最强烈的欢乐面前，世界才会匍匐在你的脚下，反过来你不过是一只自以为是的蚂蚁。我感到难堪时也是我真正发现我是一个人时，温情脉脉的，所干的一切都是那么平庸……"

月亮好像没睡，我一觉醒来时他已经走了。我在屋里没听见什么动静，有许多纷乱如麻的念头萦绕脑际。我想摆脱它，便给王子和拨个电话，转弯抹角问了问那个美编。子和却讲人家两口子在杂志社有口皆碑，一直就跟度蜜月似的。

王子和问我找那美编有什么事，最近他出差去了。我岔开话，聊起自己还在家忍着。他告诉我有个哥们儿在Ｓ部抓到一大笔赞助，准备筹拍一部Ｓ体裁的电视剧，估计得跟组三四个月，问我有没有兴趣，反正能挣点儿辛苦钱，养活自己呗。我有点儿二愣，电话断了，我也没接着拨，心想等小教的事踏实下来再跟子和联系。真真感到百无聊赖，跟拍电视剧这帮人混混也许挺够味。

不知道自己该干什么，真不知道！

2

对干什么都没有信心，因为我已不太相信信心这玩艺儿能给人多大动力了。

一开始我跟挂满露珠的草本植物似的，醉心辉煌的未来，没出现奇迹是我命运多舛，更多大概是我从小养成的那个自以为与众不同的坏毛病弄的。到现在我也弄不清是越活越傻，还是越活越精，三十岁往上我开始管信心叫作漂亮的蛊惑，看上去像是有点儿悲观。我带着半真半假的忧郁做哲人沉思状，就想起金月亮这个活宝。他一定念念有辞说我事儿逼，他从来不否认他比谁都更敢无耻地进行各种感情欺骗，他比好多人强的是他好像从不欺骗自己。实际上，和金月亮做朋友倒不必有什么责任感，为他两肋插刀和把他出卖给敌人结果都是一样——瞅着他傻笑或张着大嘴冲你痛哭流涕一场。他对别人也是这样。他说凡是这样他都能得到纯肉体的快感，哭或笑的理由完全出于意志，实际上哭或笑并不像理由本身那样复杂，是单纯的、盲目的、不计后果的。

有一次，月亮煞有介事对我说：

他的想象力是很乏味的，差不多就是动物的水准。一个人过动物的生活特别容易。当然你别认为他的意思是指满街交配的猪狗，而是指它们对待事物的本能感受。这些话从人嘴里出来有点儿无耻。他也明白什么叫道德准则，他那样干那样想那样感受是因为有个天外的意志主宰着他，如果说他无法抗拒不如说他根本就不知道抗拒是怎么一回事。他太喜欢肉体的冲撞了，外界给他任何喜怒哀乐的信息最先接受的不是他的大脑，而是他的肉体。他知道这样讲是言过其实，不准确的，让他无法接受的，可他妈为什么他就有这种感受呐？他的精神像是麻痹了，是那样的冷淡，仿佛拼命抵抗外界压力，把一切都推给他超负荷的肉体。比较奇怪的是，他的肉体对这些快感和非快感的感受一向能接受，如同在呼吸。只有这样，肉体才是完美的、动人的。举个例子说吧，音乐是所有浪漫主义形式中真正的浪漫主义。一段动人的音乐笃定不能等同于搂你一巴掌，或是饿上三天再饱餐一顿。可令人惊诧的是，在音乐厅，当他沉湎于醉人的旋律中，游动在美丽动人的不断重新排列组合的音符里，他没有飘飘欲仙飞越九重的感受，而且离那些所谓的"境界"倒是越来越远。比较真实的感受倒像是参加一场盛大豪华的宴会，他衣冠楚楚，相当豪迈，就是举步在这样一个特别真实的环境中。他喜欢把一切全部凝固在冲动的瞬间。他讲不清他的意思，可他真希望你能感受到这些。他读过一些书后才明白，越是素质高的家伙越是害怕真实。有时他觉得自己不该这样，因为他差不多是个对周围朋友有点儿用处的人，这就怨他一开始死乞白赖非要当个艺术家，而这些年所做的一切好像就他

第三章
偷窥背后
长篇小说
TOUKUIBEIHOU

妈为了虚构自己。

月亮当时披着毛巾被，在屋里来回走，跟西塞罗似的。

我这样想当然是抬举他，出口却说他像个蹩脚木匠在立交桥底下兜揽生意。

我常常以为自己很精彩，而这特别容易让旁人生出悲哀和怜悯。自以为精彩也就罢了，傻得无以复加的是我不但一本正经重视旁人这种见解，还很天真地管它叫"误解"。只要我煞有介事怀着沉痛表情仔细一想，就不得不躬身自问，好像没有人这么累。他误解你是他愿意误解你，因为把误解变成一种理由是为了事后摒弃前嫌的最好托辞。我有些兴奋，仿佛找到了一个真理，试想最可能误解我的只有文惠，但我从来就不怀疑她是有意这样做的。当然，弄不好此时此刻文惠也这样想，要是那样我们都没错。

电话响了，是第三次。每一次我都不希望是文惠，可每一次都是她在耳机里跟我絮絮叨叨，嘱咐我明天去黑庄乡小学和校长面试的事。她怕我耽搁了。她是为我好，不愿看我在家无所事事，当小学教员也是很光荣的事。如果成，开始是民办的，慢慢也能转正。到时各方面找找教育局的朋友。我哼哼哈哈打发了她，再回到楼上，刚才的兴奋劲儿全无，生出些太多太多的感动，竟然像个娘们儿似的想流点儿眼泪。我着实有点儿心沉，也就是文惠还能让我觉得目前自己是个有点儿实用的动物。"误解"的感觉又浮上来。兴许我们这对儿俗人正是靠着误解才能找点儿内容，加深对生活的理解。

晚上我有点儿低烧，很早就睡下了，早晨胸口压得透不过气来，一大堆小光瓢儿在我眼前晃来晃去。我张着嘴讲不出话来，以为要玩完了，好一阵挣扎，直到有人把我弄醒，睁开眼一看是金月亮。我说我以为自己快完蛋了。他乐了乐，看到桌上剩的半碗炸酱和一截大葱，便到厨房找酒。我告诉他没有。他却乐呵呵举着一瓶料酒问我这是什么。我真是哭笑不得，看着他跟兔子似的咔嚓咔嚓嚼大葱，真让我恶心。

他说："我来时你还说梦话呐。昨晚你炸酱面吃多了，撑成这样，是不是盗汗胸闷，喘不上气？典型的消化不良。可我昨晚滴水未进。你看这世界多不公平。"我要给他下点儿面条，让他拦住了。我起来后，真是强颜作笑，心里可是腻歪透了。月亮一门心思喝那半瓶料酒。我在阳台上站了会儿，看着急飕飕奔来奔去的行人和汽车，直犯头晕。

太阳像是患了感冒，红赤赤悬在眼前。我趴在阳台上的水泥护栏上犯起了小心眼，不明白文惠干嘛非要我找个正式工作。我说自己小心眼只是在某种形式上的，实际上我是个自以为是的敏感的思考者。这个念头把我骗得心花怒放，顺着思路下去，我发现我是心里没底。假如人家黑庄乡的校长真看重我了，对着那么多满脑袋顶着麦秸儿的农家子弟，我能给予这些孩子什么呢？我怎么可能坐在昏暗的灯光下给那些梦想成龙的孩子们灌输符合我们这个时代的精神，比如怎样做一个十足的傻瓜等等诸如此类的荒唐信条。我满脑子尽是用哲学语言调侃出来的比较能迷惑别人也能迷惑自己的性和金钱，怎么可能一下子变得纯净洁白？不过，我还是愿意很高尚地牺牲一下自己，因为我希望文惠快乐，至少不能让她因为我痛苦。

笑嘻嘻的月亮一直扶着门瞅我，弄得我有点儿不好意思。我记起月亮今天纯是为了送我到黑庄乡才来的，尽管我也知道他真真假假蔑视那么很小的礼节。

月亮从我家里拿了一个暖壶塞，下楼后又从裤兜翻出一条肮脏的手绢，缠巴缠巴塞在他摩托车的油箱盖上。他说昨晚油箱盖让人撬了。我不明白贼为何不偷车。他笑了笑，告诉我他车上的油箱盖也是从别人的车上撬来的。

我说："你当时特得意吧？"

他说："没有今天得意，今天是脱胎换骨的日子，还清了良心账。"

"成全自己，可又造就了一个贼。"

"算了吧，我的作家，这叫相互制约。真希望全北京人都陷进这个游戏里，真的，我真希望那样。"

月亮启动了车。田大妈从远处很机警地盯着我们。我冲老太太打了个手势。月亮让我坐稳，便从马路牙子蹿到便道上，很熟练地兜了个小

第三章 偷窥背后 长篇小说 TOUKUIBEIHOU

弯，往城外驶去。我让他慢点儿，他倒越开越快。眼瞅着有个警察向我招手，我估摸着可能因为我没带头盔。金月亮掉头让我把眼睛闭上，甭理丫的。我按照他的要求，把小命押给他，好在警察也没追我们。车一到郊外，才发现自己实在也不现实，这也太远了，月亮一阵风驰电掣，好像刚走了三分之一路程。有个很伟大的道理是人不能半途而废，也有个很现实的理由是免得文惠回头跟我闹。我咬着牙决定无论如何也要见到那位校长，顶多让他烦我，然后把我打发走完事。说心里话，这事对一个三十多岁的人来说，有点儿近似胡闹。我奇怪月亮对这件事没说三道四。多年来他漂泊不定的生活和充分享受自由的乐趣，倒是养成这种不伤害社会也比较理解人的美德。无论你干什么，他除了怂恿决不会阻拦你。哪么你打劫扮蒙面大盗，或哭着喊着要跳楼，他也照样能用他那双出众的环眼在人堆里寻来扫去，才不在乎呢，有时我觉得世界不过就是他寻欢作乐的大游乐场。这也是他顶顶厌恶形式和责任的特征之一。我还是怀疑他是无所谓的，他很难明确表现出爱与憎。我想说他同女人的亲昵出于本能不如说出于他的记忆问题，因为他也可能为一个土娼出生入死。这是那些在电视里系着漂亮领带兜售理想的德育专家所不能理解的。月亮的车速得在七十公里以上，在郊区这些坑洼的窄小柏油路上真是疯狂的举动。我闭上眼睛，风把我脑门吹得生疼，每一次同震耳欲聋的农村破拖拉机错车，都有当场毙命的感觉。疯狂的老月亮，我在他背后等死。

　　事物有时很奇特，车开起来时万物跟着旋转，而我却有凝固的感觉，包适我的思想也是死一般的安静。一旦停下来，万物倒好似重新复苏，琤玖渠水，蝉歌蛙鸣，树影婆娑，刘过的麦田又添新绿。我表情有些夸张，完全是这段日子把我憋闷的够呛。浅褐色的云很低。我说要是再有几棵善恶树，不就到了伊甸园了吗。月亮把火熄掉，在路边哗哗撒起尿来，等再启动时，怎么也打不着火了。他不停地踹，弄了一身汗。我开玩笑劝他趁着没人把这破玩艺儿扔了，如果我高兴，没准送你一辆吉普车。他当然不信，还要跟我急眼，让我一边呆着去。我悻悻走开，找一平整草地躺下，像电影里演的那样，揪了一根草茎放在嘴里细嚼，有股涩丝丝的甜味。月亮半跪在路旁，冲我翻着痛苦的白眼，"都是为了你丫的。"我笑着说，去你的，让你找个没人的地方扔了你不干啊。他咬牙切齿拆来拆去。这样过了有三十分钟。我先是还很惬意，可后来有一团不知什么乱七八糟的小虫钻进衣服里，咬得我坐立不安，浑身痒痒极了，脱得就剩个内裤，好一阵抖落。我本来就烦，现在可真是有点儿气急败坏了，什么他妈的鸟地方，那些有同性恋倾向的傻逼导演尽他妈让情人们往草棵子里钻，到底有没有生活？真是瞎掰，全是老文惠搞的鬼，跑到这个破地方当哪门子小学教员，还是民办的。再瞅一眼刚才还是充满诗意的原野，也被规划整齐颇有秩序感的田地弄得透不过气来，看上去完全是50年代老黑白电影的感觉，整个一张假惺惺的幸福笑脸。我才不管文惠会怎么想呐，又不能为一个娘们儿炮制出来的幸福前景丢掉自己。我快步走到月亮面前，让他快修车。我说他笨得不行，他还强词夺理。就这样鼓捣来鼓捣去，忽听"呼"的一声巨响，吓得我们俩脸全白了。定睛再看月亮，溅得满脸是油，手拿着暖壶塞儿，骂骂咧咧说毛病找到了，全是因为那个暖壶塞堵得太紧，油箱真空后，汽油下不来。这一响，我也冷静下来，决定让黑庄乡的事见鬼去，我不适合干那玩艺儿。月亮把乱七八糟的零件安装好，踹了一脚，摩托车"噗"的一声启动了。他给了一口油，让我上车。我说："打道回府。"他怔了怔，也没问，掉头就往回开。

走了一程，在机井旁我让他把车停了下来。我们俩人洗洗手擦擦脸，就势坐在堤旁歇了一会儿。月亮问我犯什么神经？

我说："忽然感到没劲，北京那么大还养活不了我，我总能找到事。"

他说："你是害怕寂寞吧？"

"也许有点儿，我阵阵感到很荒凉，不像开始想的那样。"

"好多人倒霉，并不是这些人运气不好，而是想象太丰富。那玩艺儿最他妈坑人。以前我也有这毛病，现在改多了。"

"其实，我就去了，人家也不一定能看中我。这差事在乡下还属于皇亲国戚的。你笑什么？我说的不对吗？"

"对不对我不知道，可你这想法够傻的，我原以为你六根清净。置身大自然的怀抱该是相当幸福的，你拥有这里的草木鱼虫，与蓝天白云大地为伍，抒发自己的情怀，可你只能泛泛而指，用智慧使眼前一切虚无飘渺。不是有个名人讲出一句名言，人的一半是神，另一半是野兽。可悲的是作为人当野兽的时候要比神长一些，只要面对实际你就受不了了。刚才让蚂蚁给你咬成那操性就是一例。这就是乡下的梦，它真实的一面是日出而作，日落而息，你会以为日子将是平淡无奇的。相比起来，都市的凶杀、贩毒、色情活动的真实，更容易让人接受。当然，都市也有它梦幻的一面，像爱国卫生运动、灭蝇、助残、普法、红十字组织活动什么的，又让你感到假惺惺的不好受。我告诉你吧，把记忆的神经砍断，一了百了。"

我就怕金月亮毫无逻辑地胡侃，瞅着他暴出的环眼，像一只呱呱叫的发情的雄蛙，可真是自在极了。"我多少还是个有责任感的人，你那套王八哲学只适于混吃等死的人。"

金月亮半真半假跳将起来说："嘿，看着你，就发现你特高尚特纯粹，又特不愿为人民服务那路人。我以前怎么没注意呐。"

月亮正说着，一只特大土蚂蚱从月亮脚下的渠埂飞到刘过的麦田里。他去撵，把我叫上，反正也是无聊，我们在麦茬田里折腾一阵，居然很有收获，逮了两大串蚂蚱，少说也有三十多只。跑动时，我的一只脚陷进水沟里，走起路来呱唧呱唧响，情绪倒是不错。这些小动物让我们忘了其他烦心事。金月亮干起活儿来是个很认真的家伙，他找了些麦秸，就这样在机井房旁升起火，将那些可怜的不断挣扎的蚂蚱投进火里。阵阵噼啪作响后，那些刚才还欢蹦乱跳的蚂蚱，登时全直了身子。金月亮说我们将来都逃不过这种命运，但不是被人吃掉，而是让大地吃掉。现在坐在这里争执谁是谁非的家伙，百年后不过是两撮粪土。他这话，讲得挺伤感。我很少看到月亮这样，除非是被哪个姑娘给甩了。

烧熟的蚂蚱有股特别的香味。我和月亮吃得满嘴黢黑。正要走时，掠过一股小风，将灰烬重又吹出光亮，我赶忙用湿鞋把余火弄灭，跑到水渠旁洗洗脸，抬头见越来越显低的云霓已变成深褐色，跟多年没拆洗过的棉被套一样。月亮也洗过脸，却蹲在水渠旁不动。他扬着脸问我有没有想法。我说我想刚才那些在火里乱蹦的蚂蚱。他惊讶地瞅我，像是不认得，然后显出不耐烦的劲，说让我留在这里为这些蚂蚱写篇祭文吧！他走到路旁启动摩托车，我猛一机灵，本能地追了上去，真怕这个混蛋大脑一热把我扔在这荒郊野外。我发现我不知不觉中养成一种很难克服的习惯，比如说陷入沉思，或给自己和别人提一些没有实际意义的问题。当然有人管这种行为叫"教养"，也有人管这种行为叫"傻逼"。

金月亮好像从来不这么看。

整整折腾了一天，我们在广渠门一家饭店泡了会儿，月亮毫不吝惜地又叫虾又叫鱼，倒是一通足开，还灌了十多瓶啤酒，最后一结账蚂蚱眼儿了。我告诉月亮兜里就五十多块钱，钱包忘家了。他听了要跟我翻脸。我说你活该，不然把那辆破车押这儿吧，谁让你胡点，我还以为你有银子呐。他说我吃瞪眼食，给我办事该我掏钱。服务员小姐递过一张单子，小百十块钱，站在那儿笑眯眯等着我们结账。金月亮把人家呲得开，跟我挣犟，嗔着我出门不带钱。我没想到他会这样，太没意思了。我说我没有工作，钱得计划点儿花，再说也确实忘了。我们总不能坐在这里干瞪眼，便把身份证压在这儿，明天用钱来赎。他拦住我，也不知从哪儿摸出两张揉皱的百元大钞。我看着好朋友动心眼，心里很难受，一时语塞。结过账，我们默默坐了会儿，他站起来晃晃悠悠要送我回家，我拒绝了，现在血液里全是酒精，还是乘车更安全。他察觉到我的不悦，反倒说我是个小心眼，太好幻想，把一切看得很完美。如果我换在他的处境也不知能做成什么样。我记得他还欠我八百块钱呢，便说："友谊难道不是一种责任吗？"

"放屁，"月亮装模作样抱住脑袋。"我真他妈痛苦。"

然后他像一只醉猫跨上车，一加油就把车开跑了。孤伶伶站在还算灯火辉煌的饭店前，我沮丧极了。我知道金月亮实际是个很聪明的人，干嘛要点破这些呐。他是个很直接的人，从不掩饰自己。按照他的生活准则，他那样做就有那样做的道理。一路上，我尽想着这件事，也许是这些日子生活太贫乏。不管怎么说，有一点我放心，我无论怎样做都不可能伤害月亮，他是一只苍蝇，一只比较走运的苍蝇，不定哪天他又嗡嗡朝我飞来。他现在又漂到哪儿去了？回到他第一个老婆那里，去找小艾，或者醉醺醺去搞那位美编的妻子？都有可能。反正他会不失时机地寻欢作乐，处处耕云播雨。这就是幻想的好处，想到他至少今晚要比我过的自在，也算尽了当哥们儿的义务。

凭着感觉，我也喝多了。在家门口，又是田大妈在黑暗中闪出。酒精弄得我晕晕乎乎，有点儿天不怕地不怕，我跟田大妈打趣。她递给我一张明信片，狠狠瞪了我一眼，说我不知好歹，大妈这把年纪还不是为了咱这些居民。我自知失言，忙作揖使劲抬举她了不起，是咱老百姓的守护神。我没敢再多说，怕她絮絮叨叨没完没了，和这些具备高度警惕又进入永无止境更年期的老太太逗什么闷子。我赶忙让田大妈打住，神秘兮兮地指了指黑洞洞的楼道，在她犯怔的空间，我从容地上了楼。

推开门我就愣住了，你要说现在充斥影视胡编乱拍的导演没生活还真过分，地地道道的蹩脚场面就在我眼前。文惠正靠着床眯盹，桌上摆着几个菜，就是说不争气的男人在外面喝得醉醺醺，而贤惠的女人做好饭菜苦苦等待，剩下的不是紧紧拥抱乱啃一气，就是成串的鼻涕眼泪。我没料到文惠如此上心，尽量不出动静，她还是醒了，开口问我事情办得怎么样。我说没去，她乐呵呵以为我开玩笑，没上心，开始张罗吃饭。我告诉她吃过了。这时，电视台的播音员很内疚地播报我某公安机关在当地群众协助下捣毁数个制作盗版光盘的地下工厂。我对她讲当地群众一定是指田大妈这种人。

文惠把电视给关了，笑嘻嘻地不让我看，让我把事情经过讲清楚。

我说我真没去，我不太适合那种工作，想了想，走到半道又回来了。

奇怪，文惠很平静地坐在饭桌前。我正要打开电视，她"啪"的扔到地上一个瓷盘。那盘子，滚了几滚，摔出几道纹却没碎。

"你这是干什么？我喝酒了，有点儿高了，你别惹我。"

　　"什么高不高的，我不懂你的流氓语言，难怪下午两点打电话说你还没到。人家老张他弟还为你准备了饭，你说你到底有良心没有？"

　　我想打个圆场算了。"谢谢老张他弟了，真对不起，我今天真有点儿喝多了，你也少说两句。文惠，我十二万分感谢你，你先吃饭，要不然我再陪你一块儿吃点儿。"

　　"你少说废话，就这样完了？楼下的田大妈说你和一个骑摩托车的秃子走了，是金月亮吧。我就知道你会把人家搁那儿。你干嘛老和那种人一块儿搅和，看着他就一副下流相。"

　　"得了，人家金月亮是画家。你没看见他的画吗？"

　　"我看了，全是流氓画。"

　　我知道她现在什么也听不进去，便把小放音盒的耳机插进耳朵里。不想她上前一把就给扯断了。我有点儿吃惊，我从来没看过文惠这么泼，以前她只会默默流泪，顶多也是骂我几句，今天又摔盘子又动手的，让我生出一些警觉。我说："至于吗？一个破小学教员的差事，你干嘛动这么大气。离他妈城里一百多里，你那么热心让我去干嘛。城里的机会总是会有的。我都没急，你看看，你今天跟泼妇似的。对，我知道你做饭等我，我又没回来，事情没办成，心里挺不痛快。可让你说，人家月亮开车驮我跑那么远的路，还不该在一块儿喝点儿？再说，我们压根儿就是好朋友，你当时要是告诉我，我不就把他领家来了，还省得人家花那么多钱请我吃饭。行了行了，就因为是老张的关系，说老实话，我还不愿领他情呐。"她脸色有点儿变。"声明一下，不愿听的话，就当是玩笑。"

　　事到如此，我不得不皮笑肉不笑一下。

　　文惠很生气地瞅了我一眼，独自坐在镜子前。过了好一会儿，她说："不是玩笑话，是实话。"

　　"你别那么小心眼，算我说错了还不行。"她一对着镜子梳妆，我心里就犯怵，上前搂住她的双肩。"抱歉，好多时候我有点儿控制不住自己，你要是伤心，我很难受，现在我有点儿想……"

　　"你滚蛋。"她将我的手从肩上拿开。

讨个没趣也在我意料之中。我很高兴我用不着恼羞成怒了，也很高兴在文惠面前可以把自尊甩得远远的。我管这种恬不知耻的行径叫真实和信任，宜将剩勇，化干戈为玉帛。可老文惠依然用奇怪的目光盯着我，不言一声。我早烦了，抄起一本书往床上一躺。她上前夺去我手里的书，说我不能这样，得把事讲清楚。我以为全楼道的居民都能听到这个曾经卖酱菜的老姑娘的细嗓门。

我有些气恼，说："你有完没完，该摔的你摔了，该喊的你也喊了。我就特奇怪，我现在是靠你养活吗？您看您自己弄一旅游局的小碎催，是不是有点儿不知天高地厚，鼻涕泡都快美出来了。"我看她眼睛瞪得老大，好像不信我能说出此等话。"你是不是特愿意左右谁的命运。我实话告你吧，那个差事我看不上。你真有道行就帮我往华盛顿驻北京联络处办办，擦皮鞋奶孩子我都认了。"

"北京真有这么个机构吗？"她弄一极认真的表情，然后又抖落个包袱。"你要真争气，我弄一裸体请愿也敢给你争取，可我早打听好了，人家什么都缺，就是不缺像你这样没有本事的牛逼人物。"文惠以前说话很少带这种脏字。

操你妈。我在心里狠狠骂一句。老文惠到旅游局上班才几天就变得这么痞，今后真得加强防范。同时我也开始有点儿怵头，怀疑自己各方面的生存能力，未来能否达到像我预期效果的一半。酒早醒了，虚幻的境界美化了我现实的处境，眼前这个俗气的娘们儿正逼迫这个倒霉的男人就范。她让他回到她生活的圈子，把他从神圣的领域拉到琐碎无聊的生活里，磨砥掉他的个性，不让他属于自己。我绞尽脑汁尽数历代圣贤，寻找和自己相似的地方，差不多挺成功，不知不觉加入了伟人的行列。再瞅文惠，竟然无耻地把她当作性符号，飘飘然不再多想，肉身也好似腾云驾雾，好一番自在。我不知自己何等尊容，兴许满脸圣洁，纤尘不染，想来至少也是一副超然度外的表情。文惠在刹那间丢开疯泼，老练吻来，断了我的仙气，重又跌回凡尘。我的冲动很强烈，但我知道这种情况下是不可能的，我不想放弃努力，但也没敢造次。我说她这样使我很不好受并不是真的，真正的感觉是麻木的发泄。听完我的话，她像条机灵的小鱼又从我眼前滑开了，说我其实并不爱她。我很费解地瞅着她，看上去挺不自在。她开始默默收拾桌子，包括她摔到地上的盘子。

我勉强地笑了笑，拿起被文惠丢开的小说，以为风波过去。读书并无其他意思，我读书纯属生理的冲动。哪成想这又冒犯了她。"你成心是不是，我怎么没发现你这么坏。我现在想和你说话。"

她又夺去我手里的书。我把书抢回来，其实我也不想再读了。

我说："说什么，你神经兮兮的，小学校那活儿我不想干，这你满意了？"

她说："那我怎么和老张交代？太不近人情了。"

"行了，有什么呀！你当我是陶行知呐？你就说我这人堕落差劲，不分美丑，真要把一群农家子弟变成小流氓，那不是耽误人家，到时再让人打一个教唆犯什么的，岂不是连介绍人都坑了。你就这样对老张讲。"

"你瞎说什么，烦了是不是？"

"真他妈烦。"

"这段时间你有点儿变。"

"不变？咱们还是猴子呐。"

"少贫嘴。"她把书往我脸上一推。"你看你看，看出个黄金屋颜如玉也行，省得下辈子穷酸。我这是干嘛呀，犯得上嘛，倒好像是给我找工作。对，人都在变，我是越变越丑，有的人可不是这样。"

文惠开始自言自语，我没上心，让她神经兮兮叨叨去吧。

我以为她会老，那样也符合我的想象，也符合自然的规律。不是有很多文艺作品中的女主人公，抛弃了真正的爱情，跌入世俗的泥淖，最后变得俗不可耐，臃肿不堪。我倒是希望她也那样，然而当我偶然碰到她时，我不得不惊讶地承认，她依然楚楚动人，飘逸而有些纷乱的长发，增添了她几分忧郁，也许她有难言之隐。我从她眼前走过，她没注意到我。我并不怪她，甚至希望她这样，其实她眼睛高度近视……

老文惠忽然泣不成声，我机灵一下，才发现这个混蛋偷看了我的日

第三章

偷窥背后

长篇小说

TOUKUIBEIHOU

记。那是一次无意中看到敏时写下的。我甚至连招呼都没和她打。

文惠像只母老虎一样瞅着我。

我说："你真没劲，没教养，太卑琐。"

"我要是不卑琐有教养，还不知道你是个骗子。"

"你别瞎说，那是日记，不过是一种真切的感受。你往下念，不是还有别的嘛。"我起身找到那本日记。"你听着——因为我现在很知足，一种责任感，使我们彼此认识到相互间的重要性，见到她，我觉得我目前拥有的就更可贵了。听到了吧，这你他妈的怎么不念了？"

"行行行，谁知你所谓的拥有指的是谁呀，我还不知你那杆破笔加上你那张破嘴，就是让小婊子看了你也能解释。实话说，我都能解释，你所拥有的是事业，是什么广义的爱。"

"你变得这么聪明，我真吃惊。"

"你别吃惊，还是'惊讶'吧，我都替你丢人，又是'飘逸而纷乱的长发'，又是'楚楚动人'。这回我也明白了，敢情你的文学都用到这儿了，难怪你写的小说卖不出去。"

"你给我滚蛋。"

"走就走。刘希圣你放心，没有人再限制你自由，当你的大作家吧。"

文惠边说边走。当我想抱住她已经晚了，门重重地关上了，几乎碰到我的鼻子。我陷进沙发，真是烦透了。过了一会儿，我翻看那篇日记，发现让人给撕掉了。我觉得文惠也是个有文化的人，应该看出我的情感，况且都是三十往上的人，不该这样的。

"笃笃"有人敲门，我心沉了一下。她总是这样，疯劲儿一过又后悔。反正我不能再失去她，我差不多没有退路了，只有像平常人那样平淡地生活下去，尽管和我的梦想大相径庭，但这是命，无法更改。开开门后，进来的是满脸诡秘的田大妈，问我刚才上楼时是什么意思？我反问她，这么长时间老人家就一直站在楼道口吗？她很自信地点点头，然后又告我文惠哭着跑下楼，打了半天的电话。

158

田大妈说："她怎么不在家里打呀？我一直瞅着那姑娘。"

　　我真真假假称赞一番，把老太太打发走后，重又忧伤地陷在沙发里。

　　文惠显然在诉苦，可她的电话打给谁呢?

3

　　跟着几个连阴天，我连楼都懒得下，开始动手写一本正儿八经的小说。老实讲，我渴望在社会上给自己树立形象，就是想靠写字谋生，甭管谁怎么挖空心思告我修鞋扫马路焚尸什么的都是为社会添砖加瓦，我还是愿意给咱社会添点儿大理石加块琉璃瓦。我写得很顺手，顾不上出版社能不能接受，一鼓作气写了十大章。半个月头上，有个朋友约我去密云钓鱼，是陪南方一个客户尽兴，拉我做个伴儿，有吃有喝还能玩。挡不住诱惑，去过了几天"资产阶级"生活，回来时还捎上几条鲤鱼。玩了一趟，把我的创作兴致扫荡得所剩无几，我索性撂几天笔，忙着给文惠打电话，想邀她来乐乐。我太粗心，都忘了她是怎么从我家离开的，她在那头爱搭不理的。我问起她那天从我这里出去给谁打电话，她直言说是给老张打的。我忙接着说是解释我们吵嘴的事吧。她说那可不一定，然后就把电话给挂了。

　　我想文惠这次可能是动真格的了。

　　那天，我给文惠打了个窝脖的电话，又收到一张明信片，是阳阳从她们学院寄给我的，这使我想起前些日子田大妈转给我的那张明信片。我在要换洗的裤兜里找到那张明信片，果然也是阳阳的。不同的是，上次只有简单的问候，而这次有她们大学校址和她所在的班级。阳阳希望我能给她写封信，谈谈近来的情况。我下意识地算了算阳阳的年龄。我得承认，这两张明信片让我多了些莫名其妙的烦恼，不同程度上也缓解了我暂时的空虚。此刻，我很需要有个异性同我在精神上沟通一下。我面对的生活实在太乏味，但没想到这个异性是老月亮的胞妹。她本该大一些或小一些，反正这是个让人垂涎欲滴欲罢不能的年龄。我不敢再往深了想，不得不像那条著名的受到挫折的狐狸一样，弄个赏心悦目也就完了。

不用很费力，我便把阳阳那两张明信片丢到了脑后，不遗余力争取文惠和我结束冷战。这次冷战时间之长是我未料到的。我想她肯定是有外援，要不她傻乎乎的不会这么有主意。我打电话和她贫，她不让我烦她。我说无产阶级不去占领资产阶级就会乘虚而入，我一语双关，暗指老张比我有钱有势。她说她什么都不要，就要自由，问我是不是给得起。我周身一激灵，没敢应允，垂头丧气地放下电话。看样子她现在是紧着往河边遛达，只是现在还没找着地方"下水"。

我真的生出点儿怪沉痛的情绪。

我挖空心思琢磨"自由"的实质性。这么想完全是摇笔杆的未泯野心，苦等哪个饶舌部门约我捉笔。我把自己理解的自由称之为吸毒嫖娼聚赌杀人越货，顶多也不过几只蚍蜉腐蚀大树的一种个人主义的颓废表现。敢情等我从田大妈那里找到一本叫什么来的小册子掰词拆字这么一读，了不得，难怪文惠都张罗着要自由。也罢，不像我寻思的那么下三滥。我给她发了一封信，解释"日记"之事。

在此期间，我耐心等待文惠的回音。

现在除了渴望物质享受，我开始像唐璜时代的贵族青年那样打发时光。全中国没有辙的人多了，绝对没有一个像我这样不走运的家伙对"传媒"能生出情人般的眷恋，一天到晚冲着电视傻笑或臭骂。一阵阵我真有点儿可怜那些正襟危坐的播音员和装疯卖傻的演员，他们多不幸啊。在一部著名的电影里有句著名的台词，用在这里正好：男的说，看着你就是一种痛苦；女的回答，可你刚才还说是幸福；男的又说，既是幸福，也是痛苦。我这是把自己上升到理性了，每到这时，我就写小说，好在我挺能给自己找平衡，很没劲的时候反而沉着。

"……你独自坐在阳台上，伴着你的是悠然自得的闲适心情，像他妈老月亮抛开过去和未来，丢掉疯狂的梦想。朗朗夜空，繁星闪烁。你尽情玩味你心目中的世界，那颗或许破碎或许充溢幸福的心是同样的颤栗。你打着哆嗦溶进深蓝色的夜空里，顾不上什么幸福或痛苦的感觉。四周是唧啾的虫鸣，是一种你叫作人的动物弄出的各种声响，只有这类动静才在你心灵深处引起共鸣，那是真正的音乐，用不着深刻艰涩之类的求索。这时你成为一个氧分子，在天文学家称作宇宙的这个小方框里游荡……"我就这样对着夜空胡叨叨，像呓语，可充溢身心的是极难体验到的放肆的感觉。只可惜，这种情况很少，更多的时间，我是一个无情的傻瓜，逼真地对自己进行嘲讽，居然能恨自己不争气。我弄不懂我身上都是什么杂质，被氧化的思想常常又重新聚合。我巴不得跟谁放肆一下，不过胆小。天大的本事就是瞅冷子对空荡的夜空精神一番，想着将来要是有机会写自传，笃定能掺和些诗情画意什么的。将来是没有指望的，我多么想实际些，那意思就是把文惠娶到手。这可能就是所谓的生活内容，由此引申出来的超脱连我都弄不清是真是假。每每如此，我就能想起马兰花，想起偷窥的日子。

无事可做，记起胡然那厮，他住得离我家不远，从留给我的地址看，骑车不会过二十分钟。实际我仅用了十分钟就跟他们楼开电梯的老太太聊上了。

胡然强奸了小保姆把老婆气跑了，这事我听着有点儿邪性，若没有丁点儿事实为准绳，顶到头也就敢编排点儿偷看女孩子洗澡摸人家之类的，传说一旦达标到耕云播雨的"季节"，编排也是要吃官司的。我怀着无聊的好奇心往下听，胡然出事后，小保姆家乡来了人，弄来弄去弄一私了。原配的得点儿实惠卷铺盖走人，乡下小村姑得一浑身精肉的白马王子。开电梯的老太太还对我说，胡然没工作，四处乱骗，不是块好饼。我瞅着老太太，心里也挺不得劲，想这老英雄嘴也够损的。我再三谢过她对陌生老百姓的信任。她指过胡然家门，示意我不要说，心里明白就成，免得受骗。

我叫开门发现，这厮的家远不像我想的那般堂皇。他的大写字台上像那么回事似的扔着一把秃笔，一台破电脑，涂抹得乱七八糟的废纸摆了一桌子。再看那小保姆细皮嫩肉，眉清目秀，着了色的朱唇老是微启。难怪他五迷三道，小村姑是挺撩人，更别说那滚圆的四肢，看上去就像匹劲头十足的小骒马。我悄声对胡然这般一说，他美得不行，说除了没户口，哪儿都没挑，不过，根据政策也快解决了。他问我最近干什么。没等我张口又开始牛，说是在新街口一带准备承包一家中档餐厅，年流水七八百万，问我加不加入。我懒得拿这事开涮，想把话岔开。不想这厮一本正经来劲了，非让小保姆弄两菜，痛快痛快。反正我是一闲人，也没过多推辞。他以为我这些年该有些积蓄，一个劲儿拿话套我，让我出点儿血，哥儿几个一凑合，这事就成了。我对这种事没兴趣，再说看着胡然油屁似的也让人不放心。再往深了说，我真没钱，要是马兰花把钱还我，也没准会动动心。我说你要干自己干得了，我的钱都借人了，心里正起急呐。他听到这事，便撸胳膊挽袖子的要找几个黑道上的朋友为我铲事。我笑了。他说我有悲剧色彩。看着他我觉得特没劲，有点儿后悔跑到这儿来了。

桌上最后一盘菜就是不知胡然哪辈子留下来的发臭的白虾仁。吃白食我也不敢过于挑剔，喝过一通，胡侃倒成了一道主菜。他牛逼劲大了，意思是明年这个时辰不置辆奔驰，也得弄辆奥迪。两口子乐得嘴都拢不上，到后来我也差不多相信胡然明年能摇身变成大款，好像还说了发财别忘了穷哥们儿之类的傻话。当然，得到的都是最好的答复。可说来说去，却是王子和的关系，原来是王子和一朋友办公司挣了点儿钱，想找个饭店，托子和帮着留意，转来转去到了胡然那儿。这下我倒有点儿明白了，可见胡然混得也不怎么样，肯定是求到子和头上才有了今天这充满希望的光景。这时，电话响了，他说是个重要的电话。

我急起身告辞，胡然要送我，被我拦住，让他赶紧接那个重要的电话。他说没事，让那个小村姑先接，出来后，我见开电梯的老太太挺贱地跟他打招呼，心里挺奇怪。他说这些人事儿妈着呢，对他还行，以为他是大报的记者。末了，他还搭一句"懒得理这些人，俗着呢。"

最后分手时，胡然让我想想，说过几天他来找我。

甭管真的假的，看着胡然摆忙的样儿，我还真有点儿羡慕他。

回家还真睡不着了，有点儿动心，按照胡然的设想还了得？我知道他靠不住，也明白这般美下去正是我往日恨之入骨的俗气。可他妈既然美梦不能成真，先弄一快感再说，曲线治家正是咱这路半吊子文人的特征，况且老实巴交的王子和不也掺和进来了吗？我摆平后，决定试试，大不了转一圈再回来。我躺在床上构思好些不切实际的目标，而且信以为真，不过最终使我相当沮丧地又回到原来的懒散状态，但并非是我缺乏信念。我说过打小就野心勃勃，我的早熟没体现在生理上，如果照现在的说法是表现在心理上了。成人后我才得知，当我的小伙伴大都忙着写漂亮的作文时，我对死亡的恐惧简直到了病态的程度，常常躲在被窝里啜泣，是不是悲剧意识我闹不明白，但对死亡的恐惧改变了我的性格。我好像从来不相信成功，甭管真的假的。而我不知为何对好事天生就有种恐惧感，害怕这孙子发财后把我涮了，害怕成事后与人引起某些冲突。总之，赶到天亮时，我觉得那叫没劲，就是老天爷瞎了眼，叫我挣了几十上百万，又能怎样？

天完全亮了，我开始呼呼大睡，居然没做一个梦，美极了。该愁的事太多，我反而不愁了。我饥肠辘辘从床上爬起时，特别想吃点儿顺口的，弄了只鸡啃，边吃边想自己必须得养成计划开支的习惯。好了，想痛痛快快活上几天，就得相信不久的将来能有一笔进项。为何不相信胡然呢？现在最好是把对人生的玩味赶得远远的。如果饿得两眼冒花，兜里的银子又不足以扭转乾坤，干嘛不去花个精光，然后再回来面对美梦呢？我充满理性地欣赏这个上乘的灵感，而且我差不多说服了自己，相信不远的将来，就有可能在人民币堆儿里打滚儿。不管别人怎么看，这个天方夜谭目前对我很重要，使我得以非常自信地像只埋进沙堆里的鸵鸟，逃避一下现实。酒足饭饱后，我没像往常那样生出"没劲"的念头，而是踌躇满志去找王子和打听个究竟。真希望胡然的美丽设想能行得通。他也算是个能折腾的主儿，和子和没见过几次面，就能搭上生意。自己的下流小说又照写不误，挣钱的事也不耽搁，小妞一个接一个泡，可谓现代人生的一种韬略。我敢说老月亮的行径跟胡然一个操性，可是后者给我的却是种虚饰，兴许和他写小说有关，多么操蛋的故事，都得和正义有点儿牵联。现在我已经不用试着说服自己不要厌恶胡然，实际上还多少有点儿欣赏。他很会谋生，他的油腔滑调胡贫乱侃，使他

第三章

偷窥背后

长篇小说

TOUKUIBEIHOU

在社会上显示出他的某种才能，谁都可以瞧不起他，但决不会被小视。

今儿天不错，像我写作时描述任何季节都用的话说属于"湛蓝的天空飘来几朵白云"的日子。也怪，儿时在脑袋瓜里转悠的全是挨不上边儿的诗意，现在却异常真实。顾不上那么多的动人字眼儿，走在马路上全无半点儿负担。我悠哉悠哉往子和那里逛。细想我也没什么事，有点儿无事生非的劲头，但一细想就有点儿害怕，原本我是个怪深沉的家伙，至少是半真半假的深沉，假如最终沦落个浅薄之徒，那也该怨我的周围。每每至此，我便愁眉紧锁，显得满脸不屑的样子。我奇怪的是这种表情常常让人误解，根本不似旁人认为诸如坚毅沉着、自强不息、愤世嫉俗之类的，而纯粹是出于过度的沮丧。

子和见到我没喜出望外，甚至连头也没明显点一下。窘迫弄得我特敏感，掉头要走。他忙不迭起身叫我。我只好说是怕他忙，见他越发来情绪，才注意他身前规规矩矩坐着个瓷娃娃样的女孩，膝上摊着记事本，诚惶诚恐地眨着水汪汪的大眼睛。我想子和不定怎么跟她表演呐。她起身鞠躬说稿子先带回去想想，谢谢老师。他送女孩到门口，回来后，我对打扰他培养文学青年表示歉意，说老给文学幼苗施肥也当心点儿身子骨。他苦笑着摇了摇头。接着，他还没等我提胡然的事，就迫不及待地告我金月亮和他们编辑部那位美编的老婆私奔了。子和说："你一点儿也不吃惊？我们单位这主儿寻死觅活，弄得全社人都跟着伤心。那女人也够绝的，连个招呼也不打就颠了，说起来也太过分了。"

我说："月亮干什么我都不吃惊。全跟真的一样，要是现在能见到他，一准敢跪在地上痛苦异常，让你觉得他是受害者，是个少年维特，没有比他更纯的了。唉，他爱怎么着就怎么着吧。"

"会出事吗？"

"不会，他看着玄，可比谁过得都踏实，眼下不定在哪家低档旅馆玩花活呐。我也很长时间没看到他了。"

"叫什么事啊。"子和把一杆铅笔丢在桌上，有点儿不平。"你怎么跟这家伙打得火热。要是没咱们，那个倒霉的美编也不至于当王八。你要是能找到他好好劝劝他，那女人也比他大。想到金月亮这家伙，我有点儿后怕，谁知他会发什么神经。那天我看他就不对头，就差当众把那玩艺儿掏出来了。哼，你没看到，那美编跟丢了魂一样，也不上班，可怎么弄啊！"

"也不见得一准跟月亮跑了哇。"

"那还能有错，有人见到那女的和一个黑巴溜秋的秃子在一块儿。除了那个疯子，还能有谁？"

"你的口气有点儿不对头呀，听来听去怎么有酸味，别假公济私。我可记得你说过那娘们儿相当出众。"

"我看你也完了。这事我有点儿奇怪。你说呢？"

我当然不能说"只要有胆量，见着漂亮姑娘就给摁倒，十次准有八次得手"。王子和本质上还是挺传统的，别说和月亮，和我都不是一路子人。他刚想说什么，编辑部进来一位女同事，我们就把话岔开了。我觉得累，况且我现在所关心的是眼前的事，便问起胡然承包饭店的事。他肯定地点了点头，确有其事。这让我心中一阵畅快，照本宣科将胡然那厮的鸿鹄之志讲出来。说白了，按胡然的说法，就是两年后哥儿几个顶不济也能弄辆夏利开开。王子和嘱咐我天有点儿凉了，当心身体。见他老大哥似的语重心长，我差点儿落泪。待我察觉他的微笑有奸佞之相，不得不再三追问。他却劝我尽早退烧，一切不过是纸上谈兵，八字还没有百分之一撇呢。

实情是胡然到《华夏作家》送一篇稿子，偶然撞见同王子和一块儿在兵团的朋友，聊天聊出苦于烂在手里的几百万块钱，找不到合适的投资项目。胡然立马打探到有家中档餐厅要出租的信息，便请人家吃了顿饭，然后手舞足蹈地跑了。事后赶王子和一细问，那笔钱趴在他朋友连襟的妹夫的大舅哥账上。我跟王子和瞪眼说，这是他妈何等鸟人，如此大言不惭也太过分了。尽管胡然那厮不是多地道，可这类骗局设得也太没意义了。王子和说活该，谁让人都这么认真了。这帮人无非也是从中盘剥，事儿还是有影的，但真要是那样，落到胡然头上也没什么戏。他让我装不知道。

王子和着重表明，这道是他朋友摆的，与他毫不相干。

我问王子和坐机关的是不是都这么割草？他说草没割着，饭倒赔了好几顿。最后，他眉飞色舞地说："这次赔饭的是胡然，看来他不像长得那么鬼道。"

临别，子和给了我一堆材料的复印件和一枚蛋雕，说让我抓紧时间赶个大特写，是写一位老蛋雕艺人。过两天让老艺人去我家。我像个碎催一样把王子和谢个舒服透顶。

晚上，我把那堆破烂玩艺儿看了看，最有份量的是老艺人自己写的大约有四万字的简历，把自己吹个天花乱坠，神奇无比。奇怪的是，我不仅没生出厌恶，反而有些感动，倒不是他的玩艺儿多绝，而是觉得我跟老家伙有些地方很相似。

他叫高亮晨，不到五十岁，可看上去跟七八十岁差不多。他进门就告诉我今天是他的诞辰日。我说你是不是在有机会混饭吃的情况下都这么说。特别巧的是，文惠也来了，她见到生客，大脸一奋，问是不是我爷爷，就好像她才是这里的主人。我偷着亲了她一下，也算是"摒弃前嫌"吧。我冲她乐，我知道我们俩的事算是化了，至少是暂时和解。我很高兴。文惠还是给面子的，听了我的介绍，表情一下温和起来。老家伙有点儿不自在。但我看得出来，他有点儿喜欢文惠，不是我骨子里淫，反正他的老眼不失时机瞟着文惠。我本想像个正人君子那样和他一本正经聊聊，可出口的话相当调侃，一点儿正经都没有。出乎所料的是高亮晨就那么谙熟我在语言上做的下流手脚，他甚至和我默契到得心应手的程度，一唱一和。我喜欢这样的放肆，我说："你这把年岁看女人也不落一个细节，真像你材料里写得那样，像打量母亲一样怀着崇高的情感吗？老实讲，瞅着你的贪婪，我有点儿难为情。这文章不好写，不，你别不好意思，我只是这样说说，其实也没错，都不是圣人嘛。"

我这样一说，高亮晨显得很不安。他面部充血，吭吭哧哧就像是爬在女人身上，完全一副痛苦不堪的样子。我心里这么下流地形容他，是出自对老光棍的理解。如果我有条件，是想帮他找个伴儿。真可惜，他干嘛要用恼羞成怒来掩饰不安分的春心？还好，他没和我翻脸。

高亮晨说："希圣，你这样说我，就因为我多看了几眼你的情人？其实她长得不怎么样。刚才不是和你讲了吗？我弄不清下流和爱好的区别，你可能不信，讲出来对自己都是亵渎。我从来没和女人睡过觉，十几年前，我如果有条件，真没准冒着风险干点儿蠢事。看样子你挺有经验，可你说你还没结婚，我不太了解城里小青年的生活，兴许是把男人和女人往一块堆儿搅和，就叫只有你们自己才明白的什么情感或爱情。我不懂，真的不懂，一点儿不装。你是个实诚人，和你讲实话。我偷着买了好些这方面的书，好像是写给半大小子的，我读起来脸倒是红红的。不管怎么说，生活中老出现说不清的东西，比如说明天可能比今天更有盼头。我这么说你明白我的意思吗？"

我想顺着他的意思胡说点儿什么，可老是想着没有女人的老光棍有多么多么的难，尤其是平日懒得不行的文惠带着满面春风出出进进，给人一种温馨和谐的感觉。我很难把自己这种感情叫作"善良"，下流的情欲一直征服着我，使我对一切事物的看法都有点儿歪。我向高亮晨承认说："我常常心术不是特正，甭管我怎么解释，就因为我的生活中出现个女人，便把自己的体验强加在别人身上。不用说，我明白这很操蛋，假如我像你那样纯光棍一条，感情可能不会这样细腻。我说的是实话，没别的意思。"

高亮晨说："我知道自己挺可怜，可怜只能自己施舍给自己，一旦别人把这玩艺儿塞过来，就没有意思了。那种眼神我领略太多了，连根鸡巴毛都不值。"

这句话让端菜进屋的文惠听到了。她皱皱眉，脸可没红。这会儿工夫，她弄了几个家常小菜，热气腾腾的，味道不是很鲜美，因为按高亮晨的说法今儿是他的生日，气氛还是蛮地道的。他的眼睛一直没离开过文惠，本来不胜酒力，架不往我愣劝，几杯酒下肚，便开始向文惠叙述他的流浪生涯。说来就是他一直过着牛马不如的生活。由于语重心长和频繁使用感叹号，这顿生日晚宴弄得跟忆苦思甜大会差不多。

第三章

偷窥背后 长篇小说 TOUKUIBEIHOU

没一会儿，高亮晨变得像个上访者，把我和文惠当成国务院办公厅接待站的包青天。我闹不清他为何对我感恩戴德，我总是直接表达自己，告诉他我现在跟他一样，都是国家的闲散人员，只是受杂志社之约，他再装出感激涕零，我们会折寿的。文惠很不满意我的话，加重语气表明自己是旅游局的。她神情很认真，仿佛受最高当局领导委派，能把高亮晨的状子送到高层领导的办公桌上。我找机会让她别这样。

她说："我们给陌生人留点儿好印象有错吗？"

我说："没错，可是人家并不在意。"

"你从来都是按着自己的理解。我讨厌你所谓的真实。你要无可奈何地活着，别拉着别人。早就说过，我最看不起你就是这点，明明比谁都有信心相信未来，却老是拿着劲。国家不该你的，社会也不该你的，我更不该你的。甭弄那套苦思冥想的样儿，让你对自己说，有用吗？"她声音越来越大，还当着高亮晨的面儿，我脸有点儿热。要真像泼妇糙汉逗逗话，也没什么，可当着生人面弄这酸不溜丢的情绪，真让人反胃。我瞅了一眼高亮晨，见他眯缝着眼，显出怪欣赏的表情。我不再多说话，只是暗示文惠老实点儿。我不愿意发火并不是我不想发火，那个倒霉的"君子风度"的确根深蒂固扎在我心里。她毕竟是个娘们儿，尤其现在很得意，口气相当大，看我浑身哪儿都不顺眼。我非常明白她的这点儿浅薄心态，想当着这个老流浪汉弄点儿家庭主妇的威严。吃饭时，忽然她假装疯魔心血来潮，劝我少喝酒，当心别着凉。我却觉得她特小家子气。也许我天生骨头贱，愣是觉得充满秩序的行径比不上流浪汉的盲目梦想。衣冠楚楚把破商标从脑门贴到脚底上，别提让我感到有多假模假式，他们怎么能比得了那些把责任扔到九霄云外，快快活活生存在法律间隙中的人。

我说："文惠，你别乍乎，你从来就不懂闲人这两个字后面所包含的意义，我也懒得和你解释这些。我所热爱的自由并不是你认为的那样，也不是你所谓的真实，而是我自己的感觉。你就是喜欢让别人摆弄你。"

文惠当时就炸了。问我在说什么。

168

高亮晨这个老光棍乐得直往外喷饭。好一阵我才弄清文惠冲我发的这通无可名状的火。中国语言的了不起还在于它的纯洁性是那么难以维护。我让文惠别误解我的意思。对高亮晨的笑，我特反感，出口的话也更加猥琐。我说我不是指异性之间某些不正当的关系。"摆弄"在我的含义里不过是一种把握，谁也别瞎联系。因为我挺严肃，脸色也一定铁青，一段时间我们只是默默咀嚼。文惠也不再劝我少喝，她根本就管不了我。这工夫，我有点儿高了，迷迷糊糊感到高亮晨又开始给文惠"痛说革命家史"，隐隐听到老家伙标榜自己，说是为了追求艺术，不惜偷窥女厕所，以获得灵感，再在鸡蛋上刻起昭君文姬之类的女性，以便更好掌握她们的线条。他的故事不长，结尾相当悲惨，代价是三条肋骨被人踢断。讲到这儿，有些泣不成声。当然，他娓娓动听的陈述听起来那绝对是大师在艺海遨游，差不多跟刘海粟的人体模特事件拉成同一水准。文惠哭了。可我并不太在意，他的理由的确太多了，无论从哪个角度讲，社会对他都是不公平的。当一个成熟的男人干熬过最旺盛的季节，行将朽木时带着对女人的神秘渴望，跋涉人生最后的路程，他的伦理观念受到点儿冲击也是理所当然的。我从王子和那里拿回的材料中，他对"偷窥"的事曾有过生动的剖析。可他干嘛和文惠讲呐。傻里吧唧的文惠还真哭出声。我醉眼惺忪，思想还是有条理的，细细打量发现她用母性的眼神鼓励老高亮晨把话讲下去。她很被动，也可能是我渲染了她善良的一面，不管怎么说，我真感到她是个非常可爱的女人。高亮晨酒有点儿醒了，可能有点儿不好意思，用吃东西来掩盖刚才的失态。

我知道这种时刻最好是什么也别说。大约过了有十分钟，我很婉转地表示要好好写写他的经历。如果他觉得自己是个真正的艺术家，所谓的"偷窥"，也没什么错。

在厨房收拾碗筷时，文惠小声对我说："老头真可怜，我一点儿不懂他的鸡蛋雕刻，可他的执著真让人感动。人家在这种情况下还能有所追求，你能做到吗？"

她说着，眼泪又流下来。

已经十一点半了，高亮晨蜷在沙发里，仿佛睡着了。我不能理解的

第三章

偷窥背后

长篇小说
TOUKUIBEIHOU

是四处漂泊的老家伙为何能带着如此安详的微笑进入梦乡。他很平静，没有痛苦和矛盾。我多少有些妒忌。我看到文惠呆呆凝视着他，心不知往哪飞。按照目前流行的理解，我和文惠属于没有什么退路，可也不能算灯枯油竭的黄昏季节，彼此仍然怀揣着各种强烈的欲望，如果没有节外生枝，平静走下去，一般说法叫结婚或打伙，彼此依偎着，天天钻进暖烘烘的被窝悄悄做爱，把这个肮脏的老巢打扮得利落点儿，就不能算是枉费心机活了三十多年，尽管一切离梦中的幸福还有段距离，但的确该叫高亮晨这号人羡慕得眼红了。不过，眼前的情景真是挺绝妙的讽刺。不用细想就能得出结论，刚才酒酣脸热时从老高亮晨身上找的那点儿平衡实在一钱不值。老家伙没有责任感，照他的说法还没有品尝过女人，可一切都是美好的，他相信自己就是中国的皇帝。我不晓得文惠是怎么想的，反正此时此刻我似乎明白往日身上某个器官上的满足非但没有给我带来慰藉，相反却让我对一切都有点儿司空见惯。我本想悄悄和文惠聊会儿，不知怎么把他给惊醒了。他使劲揉着眼睛，好像不明白这一切是怎么发生的。

就在此刻，全北京城肯定有许许多多的角落正在进行着感情、肉体、灵魂的交流。这是做爱的时间。有多少人在忙活？这样一想，眼神就有点儿不对。大概因为这，高亮晨执意要走，并很诡秘地冲我使眼色，显然是想成我好事。我鼓起天大的勇气留他过夜，其实心里百分之百不乐意。他很明智，说还是走的好。我浑身有点儿发飘，顾不上这玩笑所包含的下流成分。我可是有日子没碰文惠了，否则，我们的一切将越发干涸。

看着老高亮晨慢慢腾腾打点东西，我心里很不是滋味，甚至有点儿内疚。本来也挨不上，偏偏是我自己爱往一块儿想，等会儿我和文惠钻进被窝，孤老头子踽踽独行在柏油路上。凄离迷蒙的远方，灯火阑珊，都是昨天的梦，而前边又是什么呢？

他将我需要的材料留下，不用说，我明白他渺小的希冀完全寄托在我身上，言过其实地把一个小人物编排成个性突出的大艺术家，塞进全国成千上万种以胡说八道为己任的报纸杂志里。他把一张献媚的脸送到我面前，我不好说什么，只有巨大空虚，俄而又生出些怜悯。我想说老家伙你可真够没劲的。他感觉到的。明显的装腔作势的幽默感除了更让我伤心，简直没有丝毫轻松效果。我脑子尽快转动，把他送走后，我将迅速把文惠抱上床，但我想我肯定会忽然停下来，一个老光棍的辛酸背影说不定让我作病。一点儿都沾不上的事，偏偏这样一想，倒好像社会把无辜的高亮晨蹂躏一番。他说，真的要走了，让我无论如何也要把那篇稿子发出来，泪汪汪地表示早晚会感谢我的。对这种彻头彻尾的虚荣我没表示惊讶，更奇怪的是深邃的念头一下飞得无影无踪。我没再留他，勉强点点头，就势送他下了楼。

文惠不知犯了哪根神经，傻呵呵也要送高亮晨。我把她堵到门口，假模假式说外面风硬别吹着，借着楼道幽暗昏黄的灯光，我见她眼里有晶亮晶亮的东西。

我不让她送，也是怕她溜走，我们的冷战还未完全结束呢。

不知什么鸟灯光，把代表北京现代文明的立交桥晃得像个孩子玩的大模型。几个联防队员和我们遭遇了一会儿，放行后，穿过桥洞，高亮晨很诚恳地让我打住，他说自己已经习惯这种生活，用不了几个钟头，也可能登上南下的列车，也可能睡在京都某个阴暗的旮儿，忘掉过去发生的一切。他表示对"家"的含义就像疯狂的帝国元首，永远不会拥有实际意义的疆域。弄得还挺抽象。他很悲壮。我受到了感动，鼓足勇气请他留下，同时所有的神经系统开始有条不紊，从头到脚圣洁了不少，就仿佛一下脱去卑琐，伟大得不行，他没再唠叨什么，像写字先生所描述的那样，迈着大步踏入滚滚生活洪流中去。我伫在桥洞里，生出些许悲凉，没得过脑膜炎的大脑里涌动的全是类似"生活有多不易"的感慨。我看着他微弱削瘦的背影，很快就溶进夜色，将从一处走向另一处，一介山僧野叟晃晃荡荡炮制着根本就不存在的成功和幸福，活得倒也自在。此时我真想追上老家伙，抛掉身后的一切同他浪迹天涯。不管怎么说，我有多羡慕这种简单的流浪生活。我傻傻站在原地不动弹并非是我惧怕什么，而是从骨子里生出的懒惰。我知道这样讲是没有说服力的，凭心而论，我太厌恶眼前的生活，流浪至少证明你的旅程是一种速

第三章

偷窥背后

长篇小说
TOUKUIBEIHOU

度，是个新鲜的开始。现在，除了文惠能给我片刻的梦想，我的生活还有什么真实可言。

几个联防队员好像有点儿怀疑，感觉也在向我逼近。我下意识和他们开了个天大的玩笑，撒开腿便跑，可奇怪的是他们并没有追。在楼道口，我像条狗一样喘着粗气想，这场游戏真没劲。

这一宿，文惠从来没这般好调理，那般迎和，那般自如。我们俩像一对受伤的鸽子依偎在一起咕咕地描述惊心动魄的未来，尽管我心里没有底，她倒像个男人俯在我身上缠绵个没完。最后好像时间强迫我们必须接受自己编造的童话。这个根本不容置疑的夜晚却让我感到很虚幻。我们谁也没提高亮晨，不过，我心里十分清楚，这都因为他的介入，使我和文惠同时生出非常庸俗的感受。我们的同情包含更多的是怜悯。实际上，这个老流浪汉救了我，帮我找到了平衡。我和文惠不知不觉利用一个不走运的老光棍的痛苦经历，给自己毫无激情的生活注入一点儿我们所认为的"爱情"，好像美得不行，实是愚不可及。

黑暗中，我瞪大眼胡思乱想，倏突间想起了金月亮，很长时间没有他的消息了。此时此刻他在干些什么？想些什么？会想起我来吗？

4

一连几日，淫雨绵绵，落落停停，让人特别腻歪。我干脆连楼都没下，一直用方便面扛着，弄得阵阵直恶心，好歹把王子和要的稿子划拉完，丢笔得空，灵感和食欲全上来了。我端端正正在扉页上写下《铁笔走乾坤——记民间蛋雕艺人高亮晨》，浏览一遍还算满意，收拾些零钱准备下楼喝杯啤酒，拉开房门迎面却碰上胡然和他的小村姑。这阵子我烦得不行，所以见到这厮身不由己地倒有些喜出望外，他听到我正要下楼吃饭，便让那女孩先去弄些凉菜和啤酒，然后上楼来找我们。我说一句要是钱够的话再买只鸡吧！他不怀好意冲我笑了笑。进屋后，他小人得志地用金光灿灿的打火机点了根烟，并朝我晃了晃手里的公文包。我问那里面是支票还是现金？他用青年诗人的激情跟我朗诵："这里是未来的生活、希望，以及我们在而立之年才敢向往的百万富翁之梦"等等。看着胡然的神道劲，我带着讪笑，以为这厮找着了邪财，我真希望那样。俗话说穷极生疯，要是自以为学赋五车的文化混混儿带着满脸深沉为饭辙转腰子，他一准得沾点儿无耻的自相矛盾，比如说他骨子里就没准希望一个他根本就瞧不起的家伙一夜之间成了百万富翁，扔给他几万还请他赏脸收下。反正我是这么在脑子里过了一下。可得知他惦念的是我早从王子和那儿打听到已经死了的"饭店"之事，心里倒有些不平。王子和讲人家单线联系，把他凿凿实实晒到一边，他还满面春风以为撞上摇钱树。不过，我还是把话咽了。

　　胡然打着一条高级灰领带，瞅情景把他也勒得够呛。他边嚷嚷热，边打开我那台除了蒸发器结的白霜里边空无一物的破冰箱，又沮丧地用脚把门踢上，直嗔着我大热天也不说准备点儿饮料。没过一会儿，他满脸微笑对我说："希圣，咱们苦日子到头了。这几天我在家就想，这年头挂笔算了，干什么也不如干点儿实业。上次我和你说的事你想了吗？这饭店我干定了。你跟我一块儿干吧，好歹咱们也算知根知底。"他说着，从皮包内取出一沓文件，上面赫然写着：关于×××饭店试行性营业报告总览。好价，洋洋万言，白纸黑字，打印的整整齐齐，其中包括各类细则，事无巨细，从董事会原则到市场调查报告以及总经理权限职能、财务制度……当时我就晕了，做梦没想到胡然这厮不仅下流小说写得棒，经商看样子也不含糊。我实打实奉承了他几句。他飘了起来，直要给我封号，我赶紧让他打住。他用不着我的鼓励，他说他早烂熟于心，半年后在哪哪承包一分店，往连锁发展，奔人家美国肯德基和麦当劳的路子。我懒得言声，连爱听他侃的表情都装不出来。这时，遭胡然"强暴"的女孩拎着吃食娇喘微微倚着门框说她好累好累哟。我打个征，说这是哪儿的口音？胡然说："港澳串秧。"我们俩乐了半天，可人家女孩子一点儿也没臊眉耷眼，闯入自家一样弄厨去了。胡然告诉我这位也长不了，前任老婆玩着命追房，法院已经传过他一次，没调解成，只要那女人不再结婚，也可能把房子先判给对方。我也不知从何说起，冲着小姐那副俊俏模样，吃苦耐劳又能忍屈受辱，劝他断了花花肠子。

　　胡然受了挺大委屈似的说："倒不想断来的，也得行啊！我说希圣，你这把年纪还打算什么呀，就这么孤魂野鬼往前混啦？不过真要是弄一个娘们儿除了帮你泄泄火，整天也是腻歪死你，没劲，现在我倒是好羡慕你，自由自在的。"

我说："得了你，我顶腻歪你们讲这些酸话，真是站着说话不腰疼。你左一个右一个的，我这倒是闲着，真是谁难受谁知道。婚姻是有苦衷，可到头来还没弄个'过来人'当当，算不算枉活一世啊。"

"倒也是，行行行了，我也看透了，说别的也没用，全是假的，咱们还是干点儿实事，最不济还累一痛快。这一天天阴死阳活的，钱全让别人挣走了。"

胡然的焦虑，也感染了我。不过，我也只能干着急，现在这年头最便宜的就是痛快痛快嘴，反正都不上心，胡说八道也是解闷的一种方式，全中国像我这号人一定成千上万。他的小女人，早将扒鸡拆成盘，又添些松花、泡菜之类的小碟，她努着小嘴毫无怨言，一下下抹着我那张油渍麻花的圆桌。想胡然到哪儿都带个甭管什么品种的女人，也能在朋友前稍稍体面一下，心里还真有些羡慕。自始至终，女孩没说一句话，光听我们的。我和胡然喝了半瓶二锅头，挺没趣的，闷头吃喝，不知为什么，和这厮在一起总像是没的说，兴许胡然过于精明，不像老月亮那般拙。可人家出钱出力还拉着我做发财梦，我搜肠刮肚想寻摸点话由却没找着，便虎着脸划了一气拳，把剩下半瓶酒也都灌了，眼皮子有些见涩。我突然见他脸色泛白，嚷着要回家，还没动地方，就从嗓子眼儿射出一道"喷泉"！我想全地球最不是味的东西就是用劣质白酒在胃里泡半小时乱七八糟的动植物，一股辛辣见酸微臭的气味立刻弥漫全屋。我不敢绷脸，还得笑着说没事，帮着那女孩把他扶到床上。他满口呓语，听来听去好像有点儿怀念前妻。我见那女孩，顿时眼圈有点儿红。不等她抹眼泪，我赶紧沏了杯浓茶，让他们在我走后把门给我撞上，我夹着写高亮晨的那篇稿子溜之大吉了。

我是去王子和家，也想细细打听打听，真希望饭店之事还没死。

　　　　路上我琢磨胡然这厮跟只醉猫一样，料定这人肯定不错，绝对不像我以前认为的那样。不过，现在衡量人的标准是什么呢？什么叫好与不好呢？一个俗人的生活有了波折，他准不以圣人为圭臬，因为那样他就不是人了。值得庆幸的是，在这个世界上想干点儿缺德事，能找到太多太多的理由。

在崇文门，感觉有人叫我，抬头寻摸。当我将个生动的女孩挪入视线，心底的欢乐就带着点儿欲望。我很激动，但没表现出来。女孩说我还没忘记她，和我说她还能在芸芸众走兽中挑出我来几乎是同时出口。我们俩开始显出比较受感动的样子。

她就是阳阳，带着处女的举止很有分寸地暗示我们应该聊聊，毕竟很长时间没见面了，问我是否还看手相。挑逗是女孩寻找幸福借口的本能，就像攻击是男孩的标志一样。当然我除外，在阳阳面前我的确感到老了，尽管如此，我彬彬有礼以及很亲切的节制连我都不相信能掩盖住我跃跃欲试的本能，给对方一种"我老了，我是个失败者，世界是属于你们的"印象，实际不过是希求怜悯的无力哀嚎。我有时的确想给世人一种我对什么都无所谓的错觉，所以也没过多解释为什么没给阳阳回信的理由。她好像不在乎。她穿着人们都穿的一种灰褐色名牌运动装，那上边落着一层参差不齐的雪白线头，宽松的服饰衬着一张稍显病态苍白的小脸，令我生出几许怜爱。我和她并肩走了一程，我想和她聊聊金月亮。

将近黄昏，我想也还算是大白天，我们走进一家红尖房顶的咖啡屋，室内把阳光隔绝开来，进去后我好像掉进葡萄酒池里，很是叫我浮想联翩。阳阳司空见惯挑了暗中见暗的座位，要过一杯咖啡，又替我要了啤酒。我没少听说，凡是暗无天日的酒吧或咖啡屋大都有色情服务的暗示，其实真要冒出个脱衣女郎我也不会怎么着。但我仍是悄悄搜寻服务中的每一个细节，最后我心里不得不遗憾地承认，在座的客人大都谈吐高雅。可我又觉得他们这帮孙子都是吃饱撑的。阳阳弄出动静提醒我，我发现她很在行地呷着咖啡冲我微笑，我只好以同样的方式回报。她问我为什么笑？我本来想说点儿什么，可没等开口，她说她一直惦记到我的住处坐坐。我明白"惦记"二字没什么特别意思，不过是她随口叨叨罢了，心里还是挺美。

阳阳接着问我："你还写小说吗？"

这话戳到我疼处。我说："我常常羞于启齿，就好像做错了什么事。这个倒霉的爱好就仿佛是我的私生子。你明白我说的意思吧，你不如问我是否还冲动更合适一些。我没别的选择，这梦省事又省钱，我可以整日价躺在床上胡思乱想。"

"我讲过你特深沉的话吧，今儿你怎么给我一个相反的印象呐。我觉得你是一个自强不息的男人。"

"你别骂人了。我没有那么要强。一开始这么干很简单，争口气靠智慧挣点儿银子，再用银子结交一位漂亮的小姐。我不知梦想过多少次成功的喜悦，光明磊落地说，倒不是站在领奖台上冲着镁光灯犯傻，而是偷偷躺在阴暗的角落里选读全国各地寄给我的情书。我将一一回信。"

阳阳笑得前仰后合，她以为我开玩笑。我说："真的，这不是幽默，我是这么想的。"

她问："后来呢，总不能默默想，你得行动啊！"

"你可真鬼，一语道破男人的蠢相，世间只有很少的家伙喜欢柏拉图式的爱情。唉，比较可惜的是苍天有眼，不让我成功，无意中保护了许多纯洁少女。"

"我不信，你讲的是心里话？"

"当然是。"

"我还是不信。"

我乐了。我很高兴阳阳不信。

人们常用疯狂形容铤而走险的失败者，把那些动人的词汇留给破釜沉舟的成功者。这种约定俗成的心态多像犯傻的女中学生，都那么喜欢谎言，以至于你稍稍真实一点儿就好像把所有的人逼到绝境。我看着阳阳仿佛是有点儿欣赏地打量我。她素手纤纤，轻轻搅动咖啡，金属和青瓷的撞击声很是悦耳。我无论怎样排斥下流的联想，总有种性意识荡漾开来。我察觉到天色已晚，使尽混身解数拂去淫靡的情调，起身给王子和打个电话，告诉晚上我去他家，赶我再转回来，怎么也找不到刚才纸醉金迷的感觉，咖啡屋浓郁的气氛倒很像一曲英国牧歌。其实一切依旧，只是思想往纯净走了几步。我如同一个先进生产者在表彰大会上那样对阳阳说我要撒谎了。

阳阳依然笑。而后，我们从咖啡店出来了。

我说："我有种责任感，好像从娘胎就带出来了。每当我一篇作品产生，哪怕没有读者，但我仍想到她是生活的结晶，是我周围的喜怒哀乐，刹那间就像是代表了一个群体，即而也陶冶了自己。我没丝毫的功名利禄思想，只是需要表达，尽量给后世留下一个楷模。只有很少的人能生成我这种境界。我似乎不属于自己，没有为自己的欲望，我太喜欢追求了，在此我能觅到永恒的欢乐。你可能平日也有这种感觉，在净化的宇宙间你无目的的漫游，可真是人类的幸福所在啊。是吗？"

我在大马路上对阳阳滔滔不绝，表情夸张，路人都像推敲一个傻逼一样推敲我，可这女孩依然如故，就是这一刻，我发现我真的有点儿喜欢上她了，我讲了好些废话。我这样说她不见得同意，但这样符合她的想象。阳阳说有些事她还弄不太懂，然后用小鹿一样的目光盯着我。我伸手撩开她披散在脸颊上的秀发，无意间右手的食指触到她细腻的肌肤。她问我："我的脸很热吗？"我那颗跳动正常的心脏像让什么给咬了一下，赶紧缩回手。我还得侃下去，以解除我面临的尴尬。她说她有点儿晕，咱们走走好吗？说老实话，即便让我放弃五百万的中奖机会也不想就此把阳阳这个动人的暗示打住。我乐了，满脸皱纹开花，肯定令人望而生畏，因为前后不到十分钟，她就张罗回家。如果没有我的老文惠，我身上的责任感肯定让阳阳迷人的小脸扔到九霄云外。我安静下来，也不想往前迈一步，装成很不开心的样子把她送到电车站，一直沉默，好等她问我为什么不讲话了，以便把刚从电视剧里学来的台词塞给她，那话是"男人从来都是知道了不说"。不过阳阳没给我这个机会。

我一直目送电车消失。阳阳坐在后排座上，别说是她，全中国任何一位女性都希望背后有无数个傻瓜关注。我不明白自己为何如此，只是希望她快乐，本是挨不上边的事，我倒也没往太深了想。生活在任何一

第三章

偷窥背后

长篇小说
TOUKUIBEIHOU

方水土，都有可望不可及的东西，奇怪的是我既然连他妈的边都沾不上，还有可能遭到一顿臭骂，却还傻里吧唧在心里默默祝福这种虚无。

这是心地善良还是无聊？

我抖擞精神摸到王子和家，刚进门就听到"哗拉"一声……

原来两口子正怄气。王子和的老婆很有外场，见我进来跟没事人一样打招呼。她拿我也不当外人，数落起王子和叫我听着耳熟，无外乎没本事不能赚钱之类的话。我暗示他们别抱怨，全中国像这种活法的人多着呐，比上不足比下有余，和我比起来王子和可算是有能耐的主儿。我知道这娘们儿挺三青子的，没敢太深劝，凑到门厅和子和坐到一块儿，打算交了稿子就撤。那女人也算是知趣，把小辉弄进卧室写作业。

王子和额上暴着青筋对我说："这娘们儿不可救药了，听起来都邪性，她老是莫名其妙地吃醋。我现在就不能动弹。你看她现在抹得像个妖精似的，我都不敢瞅她。你是不是喝点儿？"

我说："那就来杯啤酒吧。"

王子和把酒递给我，像个排字工哗哗翻着稿子："上吧，老家伙也怪可怜的。他和你讲了在厕所偷窥的事了吗？唉，老高也是白活了，摸不着女人倒也无所谓，可怜的是他拿所有的人都当神父，还满以为怪纯洁的。不是他让性这玩艺儿给挤兑疯了，就是现代人太流氓。你这段是怎么给弄的。可别太过分了。我们头儿是个老处女，会受不了的。"

我说："你也不想想，我要是不能把这种事的始末描写成有声有色的辉煌激情，这么多年不是白练笔了吗？再说老高亮晨确实不那么坏，比城里那帮搞艺术的不知好多少倍。"

"行啦，你就是不满，全世界没有你不攻击的。赶紧和文惠结婚吧，过起日子你就明白什么都不容易，自然而然也变得宽容了。你看我现在，那娘们儿怎么和我闹都逗不起我的兴趣，胡过呗，谁都知道没劲。不是说'上帝知道了都不说'吗，我看这挺好。"

"说起来我比你更能把真事不当真。"

我的意思是非常喜欢这种潇洒的活法。王子和以前可不是这类人，刚想把这个话题引申开去，卧室就有不满的动静。我说这是不是暗示你跟她上床？他乐了我也乐了，因而话就更添了放肆。"子和，这你就不说了，想想吧，我孤魂野鬼游弋繁华都市小胡同之间，懒得归巢，而你冲个热水澡，钻进暖烘烘的被窝，千恩万怨全溶解了啊……你懂我的意思吧？"

"吐出来吧，你不就是想说做爱吗。"

我们两人笑得前仰后合，看上去还挺开心。内屋传出他老婆对小辉做河东狮子吼，我知道这是冲我来的，胡乱喝完杯中酒。临别前，王子和告诉我先前讲过的那个电视剧组，钱基本到位了，制片已经答应到时给我个剧务差事。电视剧对我来说还是个神秘的领域，不管你怎样见多识广，利用人类的情感和科技手段作假，总是让人振奋。我当即假模三道表示不能辜负子和兄，到时一定去，哪么当个碎催呐，也算是体验体验生活。他说这帮人操蛋到家了。我记起他以前编过一个关于警察像亲爹亲妈无微不至照顾犯人的剧本，像是也跟过组。"我知道你是个真实的人，要不是见你不顺，还真不忍心把你往火坑里推。挣点儿钱吧，别的我也帮不上你。哎，对了，和金月亮私奔那女的你还记得吗？就是我们美编的老婆，前天哭着回来了，要痛改前非，可把我们那美编乐坏了。编辑部人都说他没骨头，详情我也不知道。你现在有月亮的消息吗？"

我摇摇头。王子和有点儿乏了，他岁数毕竟比我大。我本想再打听打听，见他没了情绪，也就罢了。听到这消息我很高兴。这说明金月亮又回北京了。

王子和让我暗示胡然别打那饭店的主意了，投资方和房主把他给甩了，并送给子和三千块钱作为沉默的代价。我立马想到胡然"洋洋万言的计划书"，心里有种说不出的滋味儿。王子和今儿喝了不少，但我没看出他的愧疚，再说他和胡然压根儿就没什么交情。他捂着我的嘴说："好些话别说了，现在社会王八蛋太多，也包括我，再说要是胡然得了逞，谁敢保证他不是王八蛋。"

我有点儿战战兢兢地问："子和兄，对我你也会这样吗？"

子和苦笑了，说："你别逼我，我知道你是个很直接的人，我说会和不会你都打鼓，遇着事再说吧。"

也是，三千块钱对子和来说也不算小数目。

我没再说话，就这样离开子和的家。

回去的路上我想我自己，假如别人塞给我一大笔钱让我出卖什么，我同样不知道应该怎样做才更符合生存的道德规范！其实，不少人生活在漂亮的谎言中间，我们一生听到的真话也是屈指可数，更准确点儿说，一个所谓有道德规范的人并非一生诚实，而是他生活在诚实和谎言之间这片开阔地上。我以前有种误解，认为爱憎分明是做人的准则，正是这段闲散的日子，让我有所收获，对人也不那么苛求了。

一辆摩托车迎面驶过，冷不丁让我想起老月亮。这家伙身上的缺点太多，有时是不能饶恕的，但他表现出来的认真，着实也让我吃惊。也许我们无意中都在演戏，都在拼命追寻片刻的真实，不过那干嘛还要卸妆呐！还要有对长夜空叹"便纵有千种风情，更与何人说"的感觉呢？

到家，我无意瞥到胡然忘在这里的十几页"计划书"，一时为很多朋友生出很多沮丧。我这小胳膊儿，乾坤是拧不过来了。不管怎么说，这厮的十几页"计划书"本来很可能与我休戚与共的。这下全没戏了，该怎么对他说呐。不能把王子和翻出来，那样会出卖朋友，可愣装不知道也够损的，真不知北京城有多少像这样的恶劣圈套，表面上看全都仁义着呐。我不想让胡然再添新仇，也只能犯傻，让王子和当个全和人吧。我睡不着，脑子转来转去全是这类事。人在孤立无援时，思想大都是有毒的，不会把别人往好了想。胡乱睡过去后，做的梦全是和新朋旧友翻车有关。占卜者都说梦是反梦，我也希望那样，否则我在世上是无法生存的。

睡到第二天下午，我的日子没有星期天。

田大妈率领一群讲大人话的小学生，为区教育基金会募捐来了。我掏了二十块钱，对我来说是不少了。大妈的脸上开了花，像要亲手绣面锦旗披我身上，那几个孩子倒是无动于衷。我不是想讨好什么，因为我尊崇倡导教育，我常像只小虾随波逐流，可倡导教育是我打小的愿望，也和我没怎么上学有关。我以为十几块钱能使几个小学生和我聊聊，可人家连谢谢都懒得重复，又敲第二家门去了。

田大妈没走，拉家常似的问我最近都干些什么。老太太和我近乎我就明白，一准是派出所又有人报案了。我说也就是往人大常委会跑跑，也算是没什么正事。老太太眼睛都直了，半晌醒过来，一通用眼剜我。我问大妈咱这片是不是又出事了？大妈说不该问的别问，径自走了。其实，老太太挺好的，我后悔和她犯贫，都因为我太烦了，想不出该干什么。

最百无聊赖时，我又接着写那部书，一开始有些焦躁，可实在没得干，写着写着也就入了港。我这人看上去笨拙得不行，却有一个良好的不容忽视的习惯，也就是我无论干什么都能特别投入，对文学和音乐有些了解的人都知道，能一连坐在桌前几个小时而脑子一点儿小差不开有多么的难，但对我来说太一般了。

没用太多的时间，加上前段时间写的几章，二十几万字的小说就剩下尾声了。我不想草草收场，给人一种浮躁的印象，决定先晾几天。随着休整念头袭来的是我忍了好久的几乎不可抗拒的情欲，我直截了当给文惠打个电话，希望她像逃命一样跑来。

文惠很不情愿地答应，却没有来。

晚上，我像只热锅上的蚂蚁忍受煎熬，瞅着天花板上两只蜘蛛勤劳结网，看样子小两口日子过得不错，令我好生羡慕！想到动物能如此自由散漫，不免为自己不敢随心所欲有些遗憾。我竭力排遣开富有诗意的浪漫联想，因为每当我不知干什么事好时，比如微风轻拂绵绵秋夜流曳星光等等老掉牙的词都能把我引向床第之欢。我多少有点儿害怕，常有突如其来的欲望，来势相当凶猛，根由也可能是孤独。但我每每床第之欢后，欲望却仍像大潮般久久不能退却，那狂风般的力量注入我的肌肤，使我生出浮肿的感觉，全身犹如一具千疮百孔的破帆，行驶在无涯的苦海之中。说得高雅一点儿，听我喜欢的音乐时也有类似的感觉。我害怕这道不清的玩艺儿，就像害怕恶性病灶一样，可怜的是我竟然相信婚姻和爱情也不能使我摆脱这种欲望。

能干的，就是握健力棒，出过一身透汗，骚动不宁的念头也跟着不见了。

大长夜的，反正也是没事，我抄起"计划书"奔了胡然家，免得见天瞅着腻歪，也想暗示这厮别再惦念当老板了。我虽然无聊，还是不愿把胡然当贴心朋友，他只是应急的那类。他若是晓得我如此心境，笃定也会把青筋暴上额头。不过，让我干出王子和那般勾当，我还是干不来。不管你怎么想，男人和男人的交情也是缘分。按说胡然从未开罪过我，从他的人际交往尺度讲，算是待我不薄，谁又知道是怎么回事，不是说弄人弄脸吗，交人八成也属于交脸的范畴，否则怎么看眉清目秀的胡然就显得贫气呐。

我在摊上喝了碗羊杂碎汤，就往他们小区遛达过去。月正圆，无风，街市可不清静，吵吵闹闹。他们楼好像是没电，一大片窗户跟鬼火似的跳，见是黢黑黢黑的楼道，往上爬有点儿犯怵，正是逡巡不前的空，黑咕隆咚中处闪出一个人来，我就知道一准是田大妈她们那拨儿老太太。她略胖，我记起是开电梯的。当时她话特多所以我印象也深。我忘了胡然住几楼，很客气地上前打探。

"你是他朋友还不知道吗？"

"胡然怎么啦，前几天他还好好的呐。"

"就是前儿晚上出的事。"她一副说来话长的架式，"他和媳妇闹离婚，人家的官司赢了，得给人家娘们儿腾房。"

"好像您上回和我提起过。"

"倒也可能，我也忘了，可那小子又勾搭他家的小保姆你就不知道了吧。"

"好像也说了。"

"噢，那小保姆弄不到房，他也不张罗跟人家结婚，娘家来人反过来把胡然给告了，告他一个强奸罪。可了不得！"

"不会吧？我见过那女孩，看上去挺高兴的样子啊。"

"说也是啊，这年头也不兴女的一告就赢，得有证据。"

我急着问："那胡然呢？"

"跑了，吓跑了。"

"我说您怎么知道这么清楚，您不是开电梯的吗？"

胖老太太冲我扬了扬胳膊，大红耀眼的袖箍晚上看是黑的。我信了，心想你老太太怎不弄件大红袄穿着，回头弄得跟老喜儿似的，来条西班牙公牛先顶你这个幸灾乐祸的主儿。她和田大妈比，品性差远了。她还冲我叨叨，我腻歪地扬手让她闭嘴，咚咚跑上楼，给我开门的是位挺秀气的女人。听我说找胡然，咣当把门给撞上了。我想这娘们儿是胡然前妻，还想拍门打听周详，有气喘吁吁的声息从身后传来。我都不敢信，是那胖老太太追上楼来。

我问她要干嘛？她靠着电梯说："不给你开门吧？"

我说："那是因为没电，来个生人谁知道是怎么回事。您这么大岁数不知好歹就算了，怎么也不嫌累呢？"我调头就走。她在我身后嚷嚷有电也不会给你开门的，胡然就没交过好朋友，这幢楼都知道。

老太太声音很大，弄得我特别的烦。我不知为何着急，临出门还绊了一跤。就这么一会儿，再回到街上，街市上安静下来。我抄近道回家，挺后悔来这里，跟咽条蛆似的。谁也不招我，生活也是一如既往，可我生出的没劲就恨不得往高压线上扎。操，真不是一般的没劲。在我家楼下小卖店要了一瓶啤酒，店主和我是个半熟脸，关切地问我是不是病了。我借题发挥使劲点了点头。

没想到晚上还就真应验了，那碗倒霉的羊杂碎汤让我蹿了两天稀。

三天后，人整个瘦了一圈。文惠到底来了，居然掉了几滴眼泪，令我好生感动，刹那间又发现生活特美好。我一点儿精神都没有，只能支着身子和她说话。她支支吾吾，好像不太愿意正视我，说话也心不在焉。我发现她脖子上挂着一条很细的项链，本来想问她，又忍住了。倒是她主动对我说那是个舶来的赝品，别人送的小玩艺儿。我懒得追问，也没权利追问。她走时给我买了好多好吃的东西，弄得我在心里又信誓旦旦发了一通烧，发烧的意思是将来我真要得了势，得如何如何……但我心里明白，这誓言看上去有点儿玄，借着生理上的那点儿不快，我一人躺在床上胡琢磨，想起胡然那厮，贫嘴油舌折腾来折腾去的弄一妻离子散，远走他乡。还有不知道胡来的金月亮此刻又在哪里寻欢做乐？说不定他们都比我活得更自在。当我呆滞的目光落在文惠留给我的那些东西上时，心里有一股道不出的酸楚。

此刻，我纯洁得像个孩子，但我也知道，待我的意志一旦复苏，又是一个愿意什么都不吝的主儿。

5

我没受过太正规的教育，老是弄不清概念上的东西，一直就把无聊和绝望混为一谈，因而使我能找到赖了吧唧混下去的理由。我挺认真地把我那本书写完，什么都不想，充溢我身心的是特别理性的快感。不管怎么说，我满意极了，对小说我没显得太认真，只是这种感受让我偷偷兴奋了好几个小时。我对自己不必隐瞒，是挺下流的感受，无论我怎么回忆小说中的情节，全是一本正经写出来的消极情感，可那种感受为什么就不能高尚一些呐。我完全忘了"行进"途中的感受，此刻的高潮已经平复，再回头追寻自己"行进"的经历，让我有些不知所措。写作大概算是另一种流浪的方式。如果没有老文惠，我倒是真想把那辆破吉普卖了，登上爱往哪开就往哪开的火车汽车之类的任何能动的交通工具。

就因为有了文惠，每每想到单身的朋友或按捺着春心瞧电视关于相亲之类的节目时，不知不觉常要生出可笑的优越感，好像自己怪幸福似的。实际满不是那么回事儿。

半夜，跟直升飞机盘旋差不多的动静震荡着我的神经，推开窗细看，一串啪啪脆响从那辆破摩托车排气管放出，我就知道一定是老月亮四处逛荡腻了。我兴奋起来，可不想让他不管不顾地把全楼邻居都轰起来找我玩命，把门悄悄拉开一道缝。不一会儿，出乎我意料的是他像条沉默的蛇一样游进屋，耷拉着脑袋，拎着我敢说全中国最破最脏的背囊，刚要往床上丢，却笑嘻嘻瞅瞅我，怪知深浅将其塞在门后。我乐呵呵给了他一拳，别的话没说也没问。他看上去相当憔悴，贴着头皮生出一层又细又黄的头发茬儿。我似乎有点儿明白他不留头发的原由。他闷闷不乐冲我打了几个嗝，一屁股陷在破沙发里。我生怕这家伙遇到什么麻烦，跑到我的窝里做负隅反抗的据点。老实说我心里有些嘀咕。他是个彻头彻尾不管不顾的主儿，耐心等了一会儿，他一开口就跟我吹牛，恢复了往日的生气，和我痛侃几个月来的游历。

让王子和说对了，月亮确实和那位倒霉美编的老婆到南方转了一圈，据他说是人家把他给甩了。他那么无赖，我当然不信，听着他念叨这类发霉的转瞬即逝的艳史和一路花活，我腻透了，他还不知趣，特别爱渲染够劲的细节。我并非从骨子里反对来点儿够味的刺激，而是他那副教授的派头，就好像我没见过世面，最后总要带出一句你该和你那位傻乎乎的文惠这样或那样试试，那架势真跟就要跑去替我示范似的。他说着，蹦蹦跳跳又躺到床上，把脚搭在床栏上。我看着土渣儿往我枕头上落，劝他换上拖鞋，他告诉我他呆不住马上就走，我也别太讲究。

沉默了一段时间，我感觉不对头，见月亮忘情地盯着天花板。等他再把那张脸转过来，竟然呜呜哭起来。反正我知道他神经兮兮的，也不觉太惊奇，再说从那双环眼睛里分泌出来的全是酒精也说不定。

月亮恢复了平静。"我这次是真动情了。刚才是和你瞎侃，那娘们儿一路都没让我碰，却花了我几千块钱，一路根本就没什么花活，顶多让我摸摸。唉，你相信这样的女人吗？猜她一来劲跟我讲什么——她男人如何如何可怜。我从来都是认真的，就是不能长久。这女人却让我生出好多他妈的敬佩，后来我实在烦透了，打发她滚蛋。一点儿不打折扣地说，也是她主动要求的。她又后悔了，虽然没明确表示，可我也不是傻逼。"

我说："你也是，这么长时间没见面，你就没点儿别的可说，也不问问我最近穷愁潦倒到了什么地步？"

"咱们这号人，除了闲逛和女人，还有开心的事吗？"

我冷不丁想起了胡然。"你知道吗，胡然那厮也颠了。我说是没目的，圈在城里真是没劲透了。"

"你怎么还是像个中学生。"

"你那种不管不顾的洒脱我受不了，话说回来了，刚才你不也为个破鞋弄得像个泪人似的。怎不言声啦？"

"两回事，主要是窝火，有点儿抓心挠肝的，哭一下就好了。我好就好在没他妈真正地痛苦过。"我也弄不清月亮是装的还是局着面儿，假矜持。"完了就完嘛。不过，这次我也有收获。"正说着，他想起什么，从床上一跃而起，从破背囊里掏出一卷画，并一一展现在我的眼前。我对这些发疯的作品不敢妄断。他说这些玩艺儿都是他一路获得的灵感，以便将来办展览好从中汲取素材。他从来就没有正确的人生理想，好像他的生活方式就是为了给自己无目的的哲学信条做注释，可实际上，他不仅是个梦想者，而且还是个美丽的梦想者，和这个世界上不太走运的野心勃勃的倒霉蛋是一路货色。我把这个真实的想法告诉了他。

月亮说我瞎掰："我倒是真想看看你跟文惠干活儿时的表情，是不是特理智，要是那样你可就没救了。"

"行了，你别老把文惠扯上。"

"生气了不是？你就爱小题大作。我只是打个比方，也许你看的书多，养成一个不良的思考习惯，现在你还挺美，不管怎么说，我倒是希望你丫永远保持这种洋鬼子叫绅士作派叫责任感的风格。可我敢说，你现在不是没工作了吗，幸亏还有文惠或朋友接济你。照这样下去你能维持多久呐？用不了多久，你就不会再从鸡毛蒜皮的小事中引申出什么鸡巴哲理来，就会明白梦想那玩艺儿是靠不住的。我问你，假如你真没饭吃，你是伸手乞讨还是从五楼跳下去？甭回答，我知道你选择后者。太假模假式了，谁要是这样问我，我告诉他我必要时卖屁眼儿都干，这就是真实。你刚才对我的判断不对，我的真实就是从肉体到心灵的自由，再说我早就不知不觉这么干了。"

"你认真吗？"

"压根儿我就不讲究认真二字。好些人对我有误解……"

我打断他的话说："别跟我急赤白脸，你的行径无论怎么说也是比较操蛋的，反正我是这么看。"

"不跟你聊了，我还有事呐。"

"你有什么事啊，再聊会儿?"

"真不行，改日吧。对了，你借我三千块钱成吗?"

"把屁眼儿洗干净。"我笑着说，见月亮做脱裤子状，心里生出一阵恶心。"你什么事都干得出来。不过，我就剩下两千块钱，还得面对遥遥无期的等待，你可以拿走，可一星期之内必须还我，要不我准饿死。"

"两千就两千吧。"

"你这么着急借钱干嘛?"

"明天是阳阳的生日。"月亮忙忙收拾东西。我有点儿烦，嗔着他把我床单蹭得全是脚印。他倒好，和注了强心剂差不多，哼着歌根本就不搭理我，好像是什么也没发生，扬长而去。我刚关上门，楼下就有人敲暖气，弄得我也没了睡意，烦里咕唧也回敬了几下。门又响了，我生怕人家找上门来。这么晚了，也是咱们没理，开开门却是堆着满脸微笑的金月亮，他一本正经嘱咐我说，小艾这几天可能来，到时就说这些天一直和我住。

我说："到底是怎么回事，小艾不是回南方去了吗?"

月亮说："别提了，她又偷着跑回来了。离不开我。"

"是你离不开人家吧?"

"到时就说我们在一起。"

"那要看你的表现了。"

月亮有点儿起急，说："行，行了，改日我请你，别跟冤种似的。我给你买一个纯棉的好床单，行了吧。算我欠你一个情。"

我把他的声音隔在门外，看过表是凌晨三点十分。我心想，你欠我的情多了!

我没精打采发送日子，呆着反而觉得浑身不舒服，烦到头就遛达到电影院瞅一场没什么内容的片子。奇怪的是，内容越是操蛋的电影印象就越深，常常电影院里就那十几个人，再次的电影如果有专场的味道，也就凑和了。电影是没劲，电视更没劲，但好歹有一帮人刀光剑影地忙活，还有点儿动感不是。我看的这部片子是讲述足智多谋的女公安刑警一举捣毁卖淫团伙的故事，片子里能叫出名来的风姿绰约的女性有十多个，包括咱们的女刑警，名字取得全跟"十二钗"似的，倒是好记，面目表情一水儿冷漠疏离分裂。我想他妈的导演最大的功底就是特别巧妙地把这些丽人的三角裤全系在脸上。我旁边两位山东民工不时爆发出卖命的傻笑，把我也感染的很认真，糊里糊涂看到散场，精神那叫空虚。想来回家和看电影都没劲，可两个没劲比起来，电影还有点儿意思。我能把这场电影坚持到终场，因为片子里有个卖淫的大学生很像阳阳。我生出想见到阳阳的愿望，我很奇怪我那么坚信早晚还能见到阳阳，刚才的空虚又变成沉甸甸的孤独。孤独还是比空虚的感受略好一些。

金月亮在楼门口等我，是看到我的自行车，相信我没有走远。他在荫凉底下和摇蒲扇的田大妈聊天。我不知他们聊什么，反正大妈见到我好像多了几分敬意，她让我注意点儿自己的身体，大热天别累坏了。我猜想金月亮准是和老太太胡扯我正在楼上写一部播出时会万人空巷的电视剧之类的。我支支吾吾地搪塞，把大妈打发开。天很热，蟋蟀叫得让人搓火。一看我就知道金月亮没把钱给我拿来，脸上可能挂着不快。金月亮以为我要脸子，有点儿吃味，说了些"和你借俩钱就这德性"的酸话。我说我烦。他问是不是穷的，又把我逗乐了。我住顶楼，屋里跟澡堂子差不多，着实不愿上去。见月亮没动窝，我蹲在他身旁没话找话告诉他我刚才看了一场特别没劲的电影，觉着自己有点儿堕落，把好些高雅的情趣都给糟践了。

金月亮的表情很是令我恼火。我说："嘿，你别吃惊啊。"

"我没有。"

"你是吃惊，你流露出来了。如果你因为我不走运就觉着我粗俗，可是他妈的大错而特错了。我天生情趣就高雅，第一次听交响乐就愣神，你该知道我看东西也很挑剔。"说着我自己先乐了，有点儿不相信刚才的大实话。

金月亮抖开花里胡哨的衬衫，又抻了抻裤衩的松紧带，转着圈招

188

风，然后又坐在原地说："你别跟自己多情了，没人有时间注意你。我第一次听乡下人的'十八摸'，就来劲，闹了归齐我不还是我吗？咱们还是找点儿有境界的事做！"

我说："干嘛？"

月亮说："坐这儿犯傻。要是累了、疲倦了，妞儿也不能引起兴趣，还有比坐这儿犯傻更美的事吗？咱们把下流的信念印在脸上，同样是焦虑不安。痛苦的沉思有千百种诠注，除了自己，别人不会在乎。你一阵阵的虚伪最让人不安了。跟你这么说吧，一个人的幸福在于他怎样相信自己，咱们的生活中实际不存在谎言和诚实的玩艺儿，说白了，你欺骗了我，如果我不当真，不全是假的吗。"

"这不现实，让七情六欲憋得胡说八道的直立动物，怎么可能对外界的反应无动于衷呐。"

"真实？没有所谓的他妈的责任感的真实。有时我身上分文没有，我就微笑着乞讨，谁都能轻而易举说我臭不要脸，可一帮傻逼天天在电视里跟念经似的'让世界充满微笑'。大家都觉得好，却仅仅因为我的微笑有自己的目的，就说我不要脸，是不是有失公允啊。"

"你是一本正经跟我讨论问题吗？"

"别瞎掰了，哪有一本正经的时候，一旦如此，悲观主义者全都成喜剧明星了。思考者是头号的弱智，我们具备行动的条件就足够了。别顾着自己假模假式的风度，像那些满头白毛的爷爷奶奶辈儿的所谓艺术家，那样太可笑了……"

金月亮的愚蠢就在这里，他哇哇地不知继续讲些什么，反正都是给自己的行动找注脚。瞅着他满嘴唾沫星子我就累，仿佛他在鼓励自己，不知不觉树立一个义无反顾走回头路的楷模。他无时不忘展示自己的个性。

田大妈走过来，改不掉鬼鬼祟祟的毛病，越是警惕就越是把这个毛病表现得无以复加。我看的出来，她自以为神不知鬼不觉绕到"敌后"，我很习惯老太太的突然出现。可金月亮却吓了一跳，连珠炮一般对大妈发问，一个超级大国的超级卫星降落在本土，里边有军人，外交部已经向那个超级大国递交照会，凡是在本土行动的武装人员要特别留神，党员都发枪了。大妈睁大眼睛，带着很大的遗憾摇摇头，表示因为没有入党所以也不够资格发枪。我看金月亮挤眉弄眼故弄玄虚，告诉大妈他是胡扯。我说田大妈特较真，她要是横起来，会把我们弄派出所去。我警告金月亮收敛点儿，我得在这生活，大妈可是我的保护神。金月亮说："谁让她偷偷听咱们说话，刚才可是人五人六的和我聊天。"

我再懒得搭茬儿，觉得金月亮也是无聊，贫得过分，真是一点儿正经也没有。我是多想和他推心置腹，可看他闲急难忍像只坐立不安的公猴，冒出诸多厌烦和失望。他非但看不出来，却还是拉我到酒店痛饮了一番。

这段日子真是亏嘴，体内添足了卡路里，自己感觉脸就是红扑扑的，光是闷头吃喝，席间我们都没顾上说话。金月亮付过账，俩人踩着云彩来到存车处前。他很张扬地从腰里拿出一叠人民币，估摸至少七八千块，从中抽出一部分大钞和一张开列好的单子，说两千块还账，其余照单子上买齐。我看那上边全是绘画用的各种材料，有些不解。他跟个老板似的告诉我，他在马甸桥附近兜揽了一百多平米的广告牌，让我跟他一块儿去画广告。我明白他这是变相接济我，借着酒劲，我的心好一阵酸。全因为天色渐暗，他才没察觉我的感激涕零。照眼下的窘况，他这种施舍使我最能毫无愧色地接受。好奇心让我憋不住小心眼一下，问他能挣多少钱。他说刨去材料等开销，我能分到三千或四千，这得要看他的心情。

当时我就有点儿晕，说："你是不是喝多了蒙我？"

金月亮没言声，笑了笑。

就怨我，一高兴对金月亮把我和马兰花的事讲了出来。别的他倒也不太在意，听到马兰花有一辆吉普车押在这里，马上就来劲了。金月亮拽着我从酒店出来，回到我们楼下。他一抬头，就看到了那辆吉普，他说每次到我这里来，老是看到它，每次都想把它给弄走，真没想到这车是我的。说什么也不行，他非要我上楼把车钥匙拿下来，他要试试。我说这可是我花八万块钱押在这里的。拗不过金月亮，我最终还是把车钥匙拿下来给了他。别说，这车性能还是不错的，他一试，居然把车发动了。他说，稍稍收拾收拾，我们就可以开着它去西藏玩一圈儿。他说话的表情，就好像这车是他的一样。我让他打住。他说我小气，问我开价多少？说老实话，看着这辆车就他妈让我打心眼里烦，我不好开价，说到时再商量吧。金月亮有些恋恋不舍地围着这辆破吉普转了好几个圈，才算离开。最后，我们约好一星期后早晨十点在马甸桥见面，这才骑上他的破摩托车一溜烟颠儿了。他要是能给我弄三万块钱，我打算就把这辆破车给他，起码我也能用这笔钱把我和文惠的窝收拾收拾啊。我注意到他今天和我分手显得比往常潇洒。我飘飘悠悠，身子不似刚才那般沉，心里早盘算如何开销这笔钱，比较没出息的是我打算给文惠置一件高档服装。人的没出息劲儿往往在穷愁潦倒的绝望之刻最有体现，赶到绝处逢生亦有更加讽刺的发挥。我要是细想，没劲都能让我轻生，故而只好粗略地回顾和反省，可气的是追随我烦恼的厚颜无耻的缘由竟是一个谋生用的"钱"。真让人泄气。金月亮走时，天还没黑到底，路灯还没亮。我心想如果月亮这笔钱真能顺利挣到，再把那辆破吉普打发掉，我就可以用来在活着的这段日子里等待运气啦。

这时，下起了雾，很大，道旁开启的路灯被裹成一个呈淡黄色的光团，看上去模模糊糊，让人有些目眩。我像是在里边用力地撕扯乱撞。

田大妈和一个比他岁数还大的老太太在我家楼门口等我。大妈说她是居委会主任，有话问我。我打哈哈问她是正的还是副的？那老太太极不情愿承认是副的。我不想贫嘴还是贫了，我没有恶意，就是有点儿受不了她们老想当大官的嘴脸。我像做错什么事一样把脚底下的土踢来踢去。田大妈先发制人说居委会主任想找我的朋友聊聊，并郑重声明人家是党员。我马上想到金月亮刚才胡说什么党员发枪之类的，两位老保护神一当真，弄我一造谣惑众可是现成的。看田大妈身旁的这位，挺着腰板，弄出的矜持像是喝过两滴墨水的。我告诉她们刚才我的朋友从国外回来，多喝了几杯，把人家洋人过的愚人节用在咱们本土有点儿不合适。那主任对我的瞎话将信将疑，瞅着大妈，不像要罢休的样子。反正我的诚恳肯定让人感到难堪，最后那主任吩咐大妈让我写一篇事情经过交给她。我赶忙点头，并谢她们放了我一马。

这时，文惠来了，她也不知道发生了什么事，很客气地和她们点过头，我借机拉着她赶快上楼去了。

我什么都不想说，尾骨冒出丝丝凉气，一沉一沉的，没等碰着老文惠，从体内反射出来的情欲像一股股岩浆，在火热的胸膛内涌动。我简明扼要告诉文惠我迫切需要她，没等她有所反应，便紧紧搂住她。她无奈地笑了，很被动地被我抱到床上……

本该有一个更符合想象的诗情画意的开场白，比如给文惠朗诵一首情诗。我倒是想那样做来的，但又觉得太可笑了，或者说根本来不及假模假式便进入了角色。我很夸张地喘着气，重复几次后便是真实的剧烈，开始慢慢解开她的上衣，一气哈成，连贯极了，我连眼都不想睁开，只要我一看见她沉迷的表情，就理智得像个狩猎老手，不知什么缘故，感到哪有点不对头，似乎太平淡，尽管我丝毫不怀疑我胸前的实体是真实的世界，可我相当乏，最终还是习惯制服了我。当我睁开眼，不禁沉下心来，就好像快乐的心房被只素手托起，所有的世界像长了翅膀生了腿离我而去。我弄出了漏子。文惠两泡泪水滚滚而下，看她被泪水洗过的眸子，格外的亮，格外的忧惘。我想她可能遇到了难心事，便放开了手，她瞅着我把解开的四个钮扣儿系上一个，我又帮她系上其余的。她摁住我的手，扑进我的怀里抽噎起来。我用嘴唇吻干她的眼泪，说时时刻刻想她。她很无邪地扬起脸听我叨叨。

我说："你可能不知道，月亮刚给我点儿钱，立马就想给你添身行头，让你漂亮起来。我还想把房子装修装修，让你来时心情好一些。我和你敞开心扉实际也是告你我不是光懂得干那事。你看，嗫着脸干嘛，烦了不是？每次我都控制自己，可每次都从头到脚失败。我读过心理学的书，讲女人实际喜欢男人野蛮的攻击，我要真惹你生气，那也全是书的过错。说起来我骨子里还是挺高雅的，虽然对有节制的刺激并不反对，但大都隔岸观火，对你就不同了。"

我乐了，也希望文惠乐。她说："我烦透了。对了，刚才你说什么，要装修房子，我劝你先别价，银行的钱先别动，现在挣钱多难啊。"

感觉事情大发了，文惠的话更像是托辞。本来还想把马兰花和吉普车的事说给她，见她如此，话也只好咽了下去。

我瞅着文惠，见她埋下脸，表情从复杂生成平淡，默默扭过头，留给我一个温柔的颈窝。我厚着脸往上凑，她的肌肤只是细微的抖动，还是让我察觉到她本能的躲闪。我打住。她扭过脸苦笑，真他妈难看。我有点儿烦了，我多想告诉她该避免弄虚作假，按照往日的程序该是上床和吵嘴，即便闹翻也应演习这种苦涩的无可奈何。我有点儿起急，弄不清文惠为什么这样，当我闻到地道的法兰西香水，有点儿焦虑，心里巴不得苦口婆心哄她上床，出口的话却相当无礼。

"是不是老张勾搭你了？"

"你怎么这样！"

"人老在一起腻歪，难免交交心，我这么说可不是这么想的，鬼使神差，这念头就冒出来了。"

"你以前可不是这样。老张对我不错，可那是两回事，我要是那样，会直接告诉你，你犯不上胡思乱想，话又说回来了，想了也没用。我吃过你的醋吗？"

"嘿嘿，"我怪后悔的，继续恬不知耻把话往回拉。"开个玩笑，哪天我做东，给老张开顿饭。"

"人家老张满汉全席都往外推，稀罕你的烂饭。"

"你瞧你那德性，不就是破旅游局一个小芝麻官嘛，有什么呀，你至于那么挡驾吗？你要是有话甭掖着，跟我明侃，我不会像只大头蚊子围着你哼哼。我怎么都不成，怎么都不对，可我还骄傲着呢，至少没人使唤我。唉，你说我都混到这一步了，你还老让我哄着你，也不合情理呀。女人的脑子就是慢，假如我各方面都比你强，哄着你还有点儿意思，现在不同了，我要真那样，你都该嫌丢人。"

文惠翻着白眼说："我才不嫌丢人呐。"

我气得有点儿讲不出话来，真想把文惠揪过来痛打一顿。我干脆没话，往沙发上一坐，挺硬的东西把屁股弄得生疼，拿过来冲着她做投掷状，竟然是他妈的虎头蛇尾的定格。她忽然笑了，神经兮兮坐在我身上。我以为自己弄错了，说："我实在弄不懂你，你要是考验我，就和我讲实话，我没退路了，你能跟我已经委屈你了。好些话挺不好意思说的，你不漂亮，我没成天把你放在嘴头上也是怕人家笑话，就算是虚荣吧。可心里实实在在离不开你，我老想找个没人的地方给你跪下来，求你别离开我，就是机会老不合适。你说我现在除了你还有什么？你该了解男人。"

文惠虽然没表态，看上去可挺得意。

当晚，文惠就差掰脚趾头跟我算了一笔细账，希望我能拿出些钱，她这些年存了也有几万块钱，来春出去兜一弯儿，就算把婚结了。她指天拍胸说到时谁也甭想拦她。差不多，车卖三万，我再挣点儿，不行再和月亮或者王子和先借两万。这事，谁都能帮我。我憋了半天，还是没把借给马兰花的钱讲出来。我先以为自己错了，让她把意思重复一遍，不免生出些悲凉，为我们俩感到委屈。我可不敢说结婚没劲，相信文惠不会平白无故和我许愿，顶着些压力也说不定。我还是有点儿怀疑老张，想从她嘴里套出点儿什么，最终——失败。她只是说老张是个正直的好人，总是不失时机向她提出合情合理的建议。我警告她说，男人对女人的祸心往往都体现在温柔的关怀上。可她说老张给别人关怀时恰恰总是绷着脸。我心想高仓健式的关怀更他妈可怕。后来，我们揉成一团却什么也没干。凌晨，她说什么要回家，最终在我的甜言蜜语下没回成。

文惠给我的希望比在这儿陪我滚一宿更有价值，她从来不给别人承诺，现在悠着点儿实在也没坏处。开始我并不想把和金月亮画广告的事告诉她，只是想挣一笔钱给她一意外的高兴，结果是我高兴得太早了，而且添油加醋说能捞到一两万。我把这个希望夸大，不仅让文惠觉得我并不是个无用之人，对自己也蛮鼓励。我们对未来的设想，没伤太多的脑筋，说到将来全没有太多的兴奋。我甚至很后悔对她表现出来的激情，因为我摆脱不掉装腔作势的感觉，每时每刻都担心她看透我的热情。我一直认为女人总是喜欢火热的激情，不知道从哪得来这个顽固的念头，所以做起来不怎么像。松散漫不经心也许更符合我的方式，而且文惠这次对我也非往常，她的装腔作势的痉挛和迎合并不自然。我甚至特别反感她的一个具体的细节……她太熟练，没丝毫羞怯。她若是知道我是如此理智，会穿上裤子跑掉永不回头的。我也仅仅这样想想，震撼心灵的惯性使我迅速扑进陷阱，一切都是连贯而完美的，甚至事毕的喘息比起往日既不夸张也不显得谨慎有余。我非常感激地凝视着她，在汪洋上的这叶扁舟是坚不可摧的，它的动荡和剧烈的摇曳制造无数险情，可它的确是坚不可摧的。我把我的意思说给她听，她羞赧地埋下头，很平静地笑了。我看着她进入梦乡，猜不透她是怎样想的，反正彼此肉体的诚恳奉献已经对我构成"不过如此"的威胁。

瞧不起自己是因为我太爱后悔了。老文惠侧过身，尽管她体态臃肿，可还是女人的曲线，嘟嘟哝哝仿佛在梦里和谁争执。我走神地望着她，直到房间里灌进一阵凉风，才发现外面下起小雨……

文惠走时没言声，也没像往常那样给我留条。外面的雨淅淅沥沥，没有晴的迹象。我念叨着我的老姑娘，她是抱着什么美好的希望顶着细雨在马路上往前挣命？

我心底就跟让细雨淋了一宿的凉飕飕的柏油路似的。

按月亮的吩咐，我在王府井美术商店把单子上的东西买齐，大盒小盒颜料和各种画笔驮了一自行车，浩浩荡荡回府，跟大画家一样。其实仅仅是感觉上的自我良好，马路上奔命的老少爷们儿谁瞅谁呀！我给王子和打个电话，告诉他我的近况。听到我又有了口粮，他不无调侃，世界上实际没有幸福的人，只有两种倒霉蛋，一种是被推进了火坑；另一种是拉得离火坑远点儿。我赶紧让他打住，我说我用不着安慰，等我混粗了，会加倍报答的。王子和笑而不语。我知道自己有时过于敏感，好生求他别把我的话当真，承认现在还是靠朋友吃饭，比如高亮晨那篇稿子的稿费，就是老友变相帮助我生存的佐证。王子和听到这话乐了，连说"不在话下"，还编排我的作品写得有点儿风格。我想使劲谦虚几句，怕给他添堵，寒暄一番就把电话撂了。

天挺暗的，道也有点儿滑，在家门口我见田大妈撑着黑绸伞伫立在楼道前。我知道如果一本正经向田大妈表示敬意她准得骂我，怪后悔老拿大妈凑趣，弄得没老没少的。她见我车上东西多，伸手帮了我一把。她告诉我刚才有个姑娘找我，说晚上还来，让我在家等她。我知道田大妈认得文惠，会不会是阳阳呐？老实说我的兴奋有不地道的成分。会是谁呢？一会儿就清楚是谁来。我希望阳阳来是因为我们吻过，还是别的呢？这可能是个邪念，不过真要是阳阳半夜三更敲我的门，那就太不让人激动了。我愿意追忆短暂而平静的纯洁情感。

出人所料，我平淡消磨一会儿时间，小艾就像阵热风刮进屋，身上仿佛冒着热气，红彤彤的小脸说不上是低烧还是过于激动。我大脑皮层第一个反应就是她不该来。我记起金月亮有嘱咐，说他一直和我住在一起，甚至还不太在行地指指刚买的美术用品。说瞎话并不是我的拿手好戏，可自信对付小艾这样的浅薄丫头倒用不着慌手慌脚。我给她斟了杯可乐，假装诚恳的傻笑一个接一个。

我说："喝点儿凉快凉快。我还能蒙你吗，弄不好过两天他就该找你去了。"

小艾说："放屁，你和金月亮是一路人，楼下老太太早告我了，这些日子和你住的是个女的。你甭累，反正他也不是头一次蒙我。"从樱桃小口里蹦出来的话像一溜炒豆，弄得我挺干，不知说什么好。"我怀孕了，刚查出来的，不找他我怎办？"

"你认定我知道月亮在哪儿？"

"不见得。"

"那你找我干嘛？"

我讨厌假模假式故弄矜持的娘们儿，见真伤了人，忙又在门旁拽住小艾说："没别的意思，顺嘴瞎说，黑灯瞎火的你往哪走哇！你坐下来慢慢说，没有过不去的河，说不定月亮一会儿就到。"

"他太不负责任，玩完就完了？一听我怀孕跑得没影没踪。"

"你真指望在我这儿找到他?"

"他说他一直住在你这儿,不过从开始我就没信。他是不是勾搭上别人啦?算了算了,你知道也不会告诉我。"

"那老太太是不是和你说什么了?"

"你别转移话题,楼下老太太不说我也知道。我上你这儿来就是让月亮所有的朋友都知道我肚里的孩子是他的,赖也赖不掉。我从十九岁就受他骗,这些日子我都忍了,到现在连工作都快保不住了,我还能指望什么?"

"你不是想和月亮结婚吧?"

"除了这还有别的办法吗?"

我张大嘴,事情真邪性啊,就月亮这操性,居然有个如花似玉的小妞追着屁股和他结婚。邪性,我没太多话,只是话里话外递给小艾一大堆理想贞操心灵责任什么的,小报告把姑娘做得潸然泪下,顿时拿我当个贴心人。我自己也觉得不俗,可在实际问题上却一筹莫展。我说:"月亮恨不能到全国各地转悠,他不会在一个地方耐心呆上四个星期。这是他的性格决定的。你们关系非同一般,你该了解他这点,不该怨恨他。还看不出来,他就是这么个人,如果让他真厮守着你,恐怕你也得烦。说心里话,有时我特讨厌这家伙,他不让你有半点安静,可他还觉得是帮助你,爱你。现代人的思想结构有些变化,生活方式不是一朝一夕就能改的。你就是找到他,又能改变什么?我没法给你任何劝告,真要像你说的……真有了,最后的主意恐怕还得你自己拿。月亮挺不是东西,否则就不会像你说的会跑掉,你先安静下来,现在怨天尤人都没用。也许我能见到他,对了,不是也许,过几天我肯定能见到他,劝他去找你。他常常和我说起你,要说他这人不专一也不对,可他的行为也实在难让人解释。平常他挺真的,特别是在感情上,他决不会欺骗自己。我说小艾,你懂我的意思吗?我是说,先耐心等几天,不是还有机会做出决定吗?我也不知怎么和你说。这种事我也没有经验。"

"我会拿主意的,到你这儿来只是想证实这个混蛋又在要我。"

还能让我说些什么,连我自己都莫名其妙。反正我知道这种情况最好别让嘴闲着总有好处，至少让她先安静下来。她忽然哭出声，含混不清地说："我真是鬼迷心窍，怎么爱上这么个王八蛋，好像他怎样做都有道理。他胡来吧，反正我也胡来。"这话让我一震，打心眼里有点儿赞同小艾这一英明决策。我知道这是气头上的话。出于雄性动物的本能，我不觉生出一丝幸灾乐祸的感受，其实我也知道我和小艾之间不可能发生什么，但她能这样想倒挺让我高兴。当我察觉到自己这样是对不起朋友时，还是原谅了思想上的犯罪。这些念头我是有勇气对金月亮讲的。我和金月亮是朋友，可有时我并不把他当男人，他的确像一部有思想没刹车的机器，太惯于往前瞎跑了。

我给小艾煮了碗面条，她吃得很少。为了陪她，我启了瓶啤酒，慢慢呷着。外面的雨下下停停，从阳台往马路上看，像长了层白毛。我琢磨时间已不早了，小艾也不张罗回去。没等我想别的，她干脆说不回去了。我赶紧表示我睡沙发，她说那是当然。我想我得克制着点儿。她情绪好多了，还喝了半杯啤酒，神经质地咮咮直笑，说天一阴皮肤就过敏，并把白皙的小胳膊伸到我眼皮底下。我心里想着别动手，可手却不争气地在她细腻光洁的玉臂上轻轻摸挲。她没躲闪。"先摸手，后摸肘，没有情况往里走。"我记起这个下作的公式，忍不住笑了，把淫念一下赶得远远的，手也放下来，一切恢复正常。她问我笑什么？我告诉她我曾用这个笨拙的办法勾搭过文惠。她笑了，有点狡黠。她把衣服脱得差不多后，指令我睡沙发。她让金月亮调教得已经不懂害羞是怎么回事啦。我正要回避，她说我晚上别往她床上爬就行了。这话可大大伤了我的自尊心。她可真像个婊子。我这样说，实际上是巴不得她先发制人，那我可就不拒绝了。她把小巧的乳房几乎留在外头一半，坚挺乳头旁的那圈红晕依稀可见。苍天明鉴，我赶忙拉掉灯，陷在沙发里打开身旁八瓦的小台灯读我的叔本华，直到她在床上变成一团模糊不清的影子。我的心刚刚平静。

黑暗中，小艾说："希圣，为什么不结婚？你好像比月亮还大吧。"

"你睡吧，好些梦想不成事实也许更好些。"

"听不懂你的话，讲明白点儿。"

"连我都不明白，糊糊涂涂混呗。"

"得了，其实你想，我说的对吧？月亮是个畜牲，他永远不会让身边的姑娘有片刻安宁。"

"你吃醋吗？"

"才不呐。"

"那你大老远跑到这儿来干嘛？"

"我是窝火。我想好了，这孩子我要了，将来我们娘儿俩过，我明白他躲着我是怕担责任，其实他是个傻冒，根本不懂女人。见不到他也好，将来他就更后悔、更痛苦。"

"你呀，并不了解他，他可是拿得起来放得下的主儿，才不在乎别人为他做的牺牲。我这不是讲他的坏话，他自己就为这别提有多沾沾自喜了。他以为这是男人真正的性格。"

"也许是，他要成天缠我，说不定我早烦了。有些事就是讲不清。"

"小艾，难道没人管你吗？比如你的家人。"

"我才不稀罕。"

"我要是见到月亮你有话吗？说不定现在他已经去找你了。他说过他离不开你，不过有时你也该体谅体谅，真没准他遇到麻烦……"

小艾好像没听见，她睡着了。我眼睛有点儿花，挺累的，打开大灯，见小艾像只猫咪蜷成一团，那形态是在梦中受到巨大的委屈需求保护者所特有的，她是那样的弱小、无力和安静。这种时刻，我不敢弄出半点儿动静，假如我出于真诚的愿望去帮她，都有可能是一种伤害。我凝视她一阵，悄悄用毛巾被把这个小尤物盖严，拉掉灯，重又陷在破沙发内。黑暗中，已经听不到雨声了。你没有睡意并不是沙发不舒服，而是因为一个姑娘睡在你的视野里，你像是远离了孤独，你大胆去抱住她，把她从梦境中摇醒，那么这个小动物会有什么表情呢？她腹中孕育着一个生命，因此在你和她之间筑起一道透明的隔阂，你真那样做了，也仅仅是践踏了义务，不能算作犯罪，在这孤寂的日子里谁都渴望人类的柔情，无论多么过火的举动，是朋友都会打心底原谅对方的过失。这样说服过自己，感到很轻松，但脑子却开始呈现出一片空白……

6

一星期后，我如约在马甸桥等月亮。

还是大清早，我在桥上抒情，来来回回遛达，往下看，川流不息的机动车和不断线的自行车，是比呆在家里敞亮。我甚至有点儿忘乎所以，依在桥护栏上出神。身后有人问我探头探脑在这儿干嘛？我头也不回说看地形。

"我瞅你半天了，你是哪儿的？"

"中国的。"

"废话，法国人能站在这儿吗？"

听着话茬有点儿鲁，回头才发现是个警察，身旁还停着辆警车。我说："走不就完了，嚷嚷什么，要是法国人你敢这么跟人家讲话。"

"赶快滚蛋！这不让站人，要不上车跟我走。"

看着他牛皮哄哄的，心里特堵，也只好走了。在桥头见到月亮我有点儿光火，要是准时，我也犯不上挨那主儿的狗屁呲儿。他推着那辆老摩托车，瞅着我乐，说不清是幸灾乐祸还是笑容可掬。我告诉他小艾到我那儿找他并在我那儿住了。

他并不吃惊。"你没碰她吧？"

"瞧你，不过，我确实想那么干来的，斗争半天，最后还是没敢。"

"斗争干嘛，上床招呼呗。"

"你这样说是心里有把握我不会那么干。"

"错了，有把握的不是你，而是小艾。换了我，你也一样。"

"没错。"

"实际我见到她了，听说你色迷迷观察她的睡相有一顿饭工夫？别脸红，我不是没急嘛，再说有什么呀，我心里明镜着呢。小艾表现得像个烈女，倒不是她有多贞洁，是她性欲太差。"

我当时打发走小艾就跟打过一场平型关大战，一个正值盛年的光棍，差不多坐怀不乱，扛过女人这关，连自己都觉得像个英雄，掏心窝子说，道德伦理良心是扯臊，没敢动小艾一是义气，二是胆小，事后发

200

现自己伟大，那是平衡，给将来的人生添点儿高尚的情操。月亮的态度让我老大后悔，那宿苦熬是真不值啊。说了归齐，我们都是畜牲，连小艾这个婊子也是。我说："你告诉小艾，以后她还少到我那儿去，大热天露半拉身子没跟你讲吧。真后悔光咽唾沫。"

"得了，小艾说她巴不得你扑上去呢，对我也是个报复。这你平衡了吧。你要那么干，她不会拒绝你的。我再傻也明白，真要那么干了，也就没人吱声了。小艾这姑娘实在，怎么想就怎么说，你别和她斗气。"

"她跟我说怀孕了，是吗？"

"我让她做了，她不肯。"

"那怎么办？"

"爱怎么办就怎么办，反正还有时间开导她。"

"你可真操蛋，这样下去可怎么收拾啊。"

金月亮说小艾不听他的也没辙。他满不在乎地笑了笑，然后开始清点我买的美术用品。

我们下了桥，来到桥南两块锈迹斑斑的大铁牌子前。月亮对我说这活儿挺叫劲，那鸡巴经纪人四天后就要交活儿，可光是搭脚手架就得半天。我不晓得他的本事，看过彩色效果图，上边是个光艳照人的大美妞抱着一大堆各种型号的电脑。我直犯二乎，迄今为止，我还真不知道他的道行。我把效果图还给他说，这行吗，我可是只能给你端颜料。他胸有成竹说这是小菜一碟。

这家电气公司暂借给我们一间小耳房，用于休息和堆放材料，里边还有一张乱晃悠的破板床。稍作安置，月亮出去雇人搭脚手架，我一人留在屋里用剪子铰大样。他挺鬼道，按比例将广告牌子上的人、物轮廓放好大样，到时往上一比划，打出线，就可以添色画了。我一直干到下午。月亮回来时，搬了一箱听装啤酒和几袋牛肉干。他就是忘不了喝。我忽然看到小艾满面春风跟在他身后，心里挺不自在。没等打招呼，她撩起裙子下摆，做了个屈膝礼。月亮在旁边带着欣赏的神态，嬉皮笑脸在她身上仔细搜寻，跟只饿狼似的。他看出我的不满意，打哈哈问我小艾今天是不是比往常漂亮。我懒得说话，让他给找点活儿。他便把一桶白漆递过来，说脚手架搭完了，让我往上涂白漆，得涂两层才能盖住牌子上的锈斑和旧广告。我冲小艾笑笑，抓起一袋牛肉干就走了。广告牌离小耳房有七十多米远，一路上我想这两只发情的猫一定在尘土飞扬的小耳房里疯狂地折腾。由他们去吧，只是委屈了小艾肚子里的孩子。其实，我也是假模假式，老月亮的疯狂举动也挺他妈让人着迷，想开了兴许就敞亮了，用不着给下一代当什么楷模。这个世界真真假假的英雄实在太多了，留下真实的故事，无论苦与乐，让他们带着前辈的经验自己去寻找生活的机遇，真要是糊糊涂涂跑上断头台，也没什么不合逻辑的。

在脚手架上，我尽量把颜料刷匀点儿。不知干了多长时间，光线已经暗下来，有点儿看不清，但路灯还没亮。我往小耳房看了一眼，没什么动静，便接着干活儿。我有点儿烦了，但想到或多或少是在挣钱，又干得挺来劲。这时脚手架晃起来，我王八似的做半天划水状才算没栽下来，只是刷子上的白漆甩得哪哪都是。低头看清小艾像只踩了尾巴的母猫嗷嗷叫着乱蹿乱叫，擎着大角尺追打在架子底下兜圈子的老月亮。他们这样真让我反感，从架子上蹦下来抱住了小艾。不成想这娘们儿低头咬了我一口，然后疯子似的往马路中央跑。我和月亮都有些傻眼，以为她要寻死，想往前冲，岂料她钻进一辆出租车，从窗口留下张愤怒的小脸和脸上一块刚被我甩上去的醒目白漆。让丫走吧，免得在这里给咱们添乱。金月亮说着，拾起油漆桶，没事一样从广告牌底部开始涂起。我对这个疯子的私事毫无兴趣，也没细问，因为他把小艾领到这里我就莫名其妙地反感。

我恨这孙子离不开女人。

虽然不太开心，也感到自己没什么意思，人都有自己的生活方式。再说老月亮揽这活儿主要还不是为了我。我在架子上，他在下面，不断让我把底色涂匀，说这很重要。我问了他几个专业问题，看他像是不爱言声。我们最需要的路灯，可能接触不好，跟犯疯病似的，说亮就雪亮，说不亮泡子里跟长个大玻璃花儿一样。他气急败坏把灯杆端得直颤悠。我有点儿累了，从架子上下来，看过表才知道快十点了。他坐在灯柱下抽烟，像有些憋闷，背后是灯火闪烁的立交桥和让人炫目的高大建筑物。沿着引桥有片树林，稀稀落落伸延到我们干活的地界。这一切本是司空见惯的，没半点迷人之处，可跟孙子似的累了半天，然后坐在这里凝视，却有不同凡俗的境界，很难让人有勇气说没劲。满处转悠的确能滋生活力。

金月亮在悄悄流泪，让我瞅着有点儿犯晕。这家伙又要虚张声势，弄出点儿异想天开的举动。我劝他别来劲，凡事先仔细揣摸，我不是很公平，尤其对他，不愿意干涉他多半因为干涉也没用。可让他由着性胡来，说我是出于友情还不如说我对他生活的好奇。在这个晕头转向的世界上，横冲直撞的金月亮似乎比我更懂得物竞天择这一血淋淋的道理。他是快乐的，他的痛苦好像也是一种快乐。

金月亮让我歇会儿，说这活儿好干，只要涂完底色就算完成了三分之一。"挣钱真他妈没劲。"

我说："你疯了，不挣钱吃什么，怎么活？"

我撇着大嘴承认这话是有点儿疯。他揉揉眼睛对我说："我想好了，准备和小艾好好过；如果她想那样，就和她结婚。"

"你是不是又上火了？"

"我从来没跟你聊过我现在的老婆吧。"他显得挺无耻。"她是个地地道道的大破鞋。"

"那你们俩可有共同语言了。"

"算了吧，就是我们俩太相像了，所以日子才没劲。你信不信，我懂得吃醋是怎么回事，所以小艾也怪不易的。这些你没懂吧？"

"怎么说呐，就算是吧。"

"跟她离婚，我下决心。我太过分了，一直把小艾当成淫荡的娘们儿，确实过分了。"

"刚才是怎么回事？"

"我喝多了，聊起在南方的事，给她讲了点儿细节，当时她就炸了。

我怎么忘了她是个女人呐。其实她就是不开眼，有什么呀！你看你，又弄出一副恶心的样子。你老实说，我真过分了吗？"

是啊，算什么过分，兴许我们的女人太虚弱，受不了更强烈的刺激，难道我没想过和文惠开诚布公聊聊我的真实想法？我在表面上仍然接受不了他。我说："她可能有别的理由。"

"我也这样想。比起你来，我算是有过生活体验的过来人。可以前太不留心，过去什么都没留下，将来我也不敢说。如果小艾像她说的那样爱我，没准我真能安静下来。这事也不难，找间房，不管怎么说她肚子里的小玩艺儿是我的。"

"你肯定？"

"肯定不肯定并不重要，真要是个野种我也不在乎，真的和假的有什么区别？我喜欢她真诚的委屈，甚至哭泣，让我现在能感动就够了。走在马路上的每个老家伙都可能是我的老子，但我只能承认最现实的。这种误解太不足为奇了，各地都有可能留下我的后代，但我跑了，他或她没准活了下来，和现在的老子相爱，当然也没准让现代医学变成大粪。对两种结局你又能指望什么？我吗？我才不傻逼似的为自己辩护。一切不过是一种生态，仅仅因为我有大脑，替自己或别人委屈，就装的跟他妈的圣人似的，一点儿用都没有，保不齐我的父母也是这么制造我的。"

"你这种乱伦的快感是哪儿拾来的？真够无耻的。"

"不是。那是物质的，现在是精神的。"

我们俩都笑了。我无法严肃，正义感太渺小了，当无耻的话题引申开来，就觉得身不由己的冲动，没法儿驾驭。我有点儿困惑，可还是送给金月亮好些大道理，比如说看着好朋友堕落我心里很不是味等等。他却给我出个特别下流的谜，说是能猜到请我喝啤酒，名叫《爸爸是谁》：一对孪生兄弟在母腹中，都不知道爸爸是什么。有一天，老二推醒老大，说他知道爸爸是什么样啦，说老大睡觉时，有个和尚在咱家出来进去好多次，咱妈直叫唤，和尚一着急，吐了几口白沫就不见了。月亮让我猜爸爸是什么？我说甭猜，就是你丫的。寻了一通开心，他也不想小艾了。我们回到小耳房开始喝啤酒，确实是饿了，没讲多少话，只一会儿就把能吃的全都给吃了，满地叮咣乱响全是易拉罐。到了半夜，酒劲上来，月亮看我真不行了，把那张破床让给我，说跟收发室的老头讲讲情。眯盹一会儿，我看看表，刚是凌晨两点多，劝他别找骂，和我在床上忍会儿得了。他找了张破报纸，垫在地上，躺在那里。

关了灯，我生出被监禁的感觉。皎洁的月光投射在我的身上，可那蓝却有些恐怖。我想美化窗外的月光，让富有诗意的联想在脑海遨游，但想到的是那样的空泛，只是很抽象的浮夸。我静下心，最真实的倒是高速汽车制动的刺耳怪叫，让我对都市生出说不清的厌恶。我只想着自己，有些伤感，不知不觉进入梦乡。

快到第二天中午，我才从喧嚣中醒来，渴得要命，用啤酒漱过口，又咽进肚。看家什都不在，知道金月亮已经干上了。我往广告牌走去，怀疑他一宿没睡，那广告牌已具雏型，大轮廓全出来了，老远能瞅着光艳照人的靓妞儿在向我招手。我更没想到的是，小艾穿着一身海蓝仔装跟着忙前忙后，像只朝气蓬勃的小母鸡，又飒又勤劳，晃着小臀部，怪他妈的性感。

我想，这对疯子又和好了。

天气不错，我心情也好，我喜欢他们以及所有人的表情，因为这样世界在我面前显得年轻。金月亮发现我后，让我给弄点儿吃的。我跟他打哈哈，顺着大街往南遛达下去。从马甸桥往德胜门的街道不很宽，小贩还特多，不论卖什么的，所有门市都跟油渍麻花的大褂差不离，各路车种都能走，暴土扬尘的。我甚至怀疑是不是误闯入民国时期，若不是太阳顶着脑门暴晒，让我感到眼前有点儿假模假式的轰轰烈烈。现在有多么不同啊，但有一点却没变，那就是这世界的大小人物还是跟上了弦一样四处奔钱。有个骑车的小牛皮分子撞了我一下，等我缓过神，却见到一家烧麦铺，正巧路旁还有公用电话，先和文惠联系上，说过两天我请她吃饭。她以为我找到工作，语重心长加上苦口婆心，听筒里，全是挽救失足青年的颤抖语气。我稍一不耐烦，人家就爱搭不理的，告个人的路爱怎么走就怎么走，谁也干涉不了谁。我多想破口大骂，可却身不由己像孙子一样唉声叹气说她这样无情，我很痛苦。我把电话挂上，恶叨叨道："臭娘们儿，来什么劲。"刚抽身准备开票，一个胖女人蹭到我面前问我骂谁，并说刚才碰我一下完全是无意的。我跟她说不管有意无意我都特高兴，刚才是骂电话那头的人。我真有点儿犯不上，忍气吞声买了一斤半烧麦回来了。

广告牌子下，好几个外地民工正瞅着小艾在架子上添色，丰满的小臀部包得特紧。金月亮嬉皮笑脸对民工说遗憾小艾没穿裙子，要不你们这群乡巴佬可开了眼。民工大笑不已，小艾不知所措，也跟着傻笑。他可真是丑美不分。我把金月亮刚才的行为学给她，人家可是一点儿都不在乎。金月亮说："小艾就是不像你的老文惠，尽装孙子，我们的人体从来就是给人观察的。我说完了，那帮民工乐过了，也就过去了。生活不就这么简单吗？你偏偏把一切都弄得神乎其神，对大家一点儿好处也没有。你说呐，小艾？"

"希圣和你不一样，你别过于苛刻。"小艾的话受听。"流氓也分等级，你是职业的，希圣嘛，也够上业余的档次了。"

小艾的真实让我一点儿都不生气，挺想把这个小妞儿抱过来吻个痛快。月亮可能注意到我的眼光，提醒小艾留神。可小艾满不在乎地说，到时她也会主动的，这下他可有点儿脸红。我招呼吃饭，免得说话离谱。

仨人席地而坐，烧麦温吞吞的，用小艾取来的啤酒当稀的，倒也不错。一段时间的交往，我发现小艾有一个动人的长处，她不关心钱，也不爱打听男人的事，如果不是因为金月亮有张爱吹牛的破嘴，他们的了解永远是生理上的默契。在金月亮面前，我只有傻傻地张着大嘴听他满口的下流话，我也乐意这样。他骂我傻，我说他疯，一旁的小艾显出很适应的样子。我们仨人好像是在玩一场不规则的游戏，表面上我海阔天空乱吹，有时也能滑到一些艰涩的问题上去，但内心深处我却恐惧得要命。我很像被大人拉下深水的孩子。这个大人就是金月亮。

金月亮匆匆忙忙及时行乐的生活方式，已形成某种寄托。我并不清楚"寄托"的真正含义是什么。当我不断从内心对他发出真诚的诅咒的同时，也怀疑自己的判断。金月亮用一只手在光天化日之下搂着小艾，懒洋洋说要去歇会儿，让我接着小艾的活儿，把色添完。小艾冲我粲然一笑，惹得我直想拽住她。

他们去了那间尘土飞扬的小耳房，就像王储归宫。

我盯着马路犯了会儿呆，还是无聊，猴子一样在架子上忙活起来。颜料是稀释过的，金月亮大样放得清晰，干这玩艺儿我虽外行，也没显得太生。再说颜色本来让人兴奋，只是边边沿沿的地方，生怕洇出来，哆哆嗦嗦地很慢，可效果也说得过去。我不知金月亮和小艾是什么时候来的，在我身后哈哈大笑，然后他挑三捡四把我弄过的地方大致找了找齐。我从架子上下来，远看这花里胡哨的广告画得还挺艳，只剩下两个大键盘，他说再有几个小时就大功告成，让小艾做东吃涮羊肉。大热天我有点儿犯怵，最后还是去了。吃了一身热汗，心里怪透亮，觉得这种吃法也算是京城一大时髦。让小艾破费我挺不好意思。金月亮倒没吃多少，喝了足有七两二锅头，舌头都僵了，还张罗干杯呐。我和小艾连哄带劝好歹把他从酒馆里弄出来，风一吹，他抱着小艾吐一个痛快，酒也醒了。

小艾叫了个车，径自回家去了。看样子她太熟悉金月亮的风格，连关心话也没有，嘻嘻哈哈地跟这只醉猫道了别。

回到工作地点，金月亮张罗往上爬，我怕出事，越劝他越跟我急。"摔死你丫得了。"我也只好依他，给他沏了杯浓茶，在架子底下跟他瞎聊。

熬到凌晨，只剩下一只键盘。月亮下来歇了会儿，又全身心干活儿，他一笔笔画着，我看不清他的表情，但每一笔都是一张人民币的多少分之一。如果他面对着并非广告牌而是在进行一部传世之作，可能也不会有第二种表情。我有点儿可怜他，尽管这家伙同时也在为我挣面包。

金月亮问我想什么，我将刚才的想法告诉他。他说："我真不懂你

第三章

偷窥背后

长篇小说

TOUKUIBEIHOU

不断表白和自责究竟为什么？挺直了，进去，满世界的辉煌，然后生命诞生，周而复始，多合乎逻辑呀。我这么讲你觉得恶心是不？"

"我情愿隔着玻璃墙，看你们大家玩，但不想介入。"

"不可能！"

"我有自己的是非标准，有些事我不说不等于默认，比如你对小艾以及所有女人的作风，太操蛋了。"

他舌头僵硬，思路却很清晰。"人们的行为实际是形形色色的标榜和炫耀，是求得生存和保护的需要，没有那么多深刻的玩艺儿。芸芸众生也包括你和我，都逃不出这巢臼。上帝给男人最好的礼物不是思想而是女人，到现在我也只承认我是为了冲动而活着的。只有把死亡看得过于神秘和贪生求荣的人，才害怕冲动，说他们怕毁了自己，莫不如说怕毁了虚荣。我要能老实呆上一段日子，保证能写篇呱呱叫的论文，就叫《论冲动》，保证畅销。不信你就试试，闭上你的眼睛，历数你最美好的时刻，保证都是在冲动的瞬间。你满足了自己的感受，身上所有的器官都扩张开了，脑皮层一片空白，心中只有最初的念头，一切都成为原始，没有担忧，没有懊悔，只是一味向前。让那些因果的玩艺儿见他妈的鬼，生活中只有速度，多么了不起的速度，它比你凝固的观念、迂腐的臆断，不知美妙多少倍。你试试，真的，你完全可以试试……"

金月亮张牙舞爪，使劲比划着，好他妈的诚恳。我说："你别冲动，要不就往广告牌子上射精吧。我往立交桥那边遛达会儿去。"

"你从来就不明白什么叫快感，你这个自以为是的相公。"

夜深人静，月亮愤愤不平的声音从我身后追来，显得很响亮。我百无聊赖数着桥上的栏杆，往上走着走着，快到最高点我回过头，借着路灯的光亮，见金月亮的脑袋投影特别大，来回蠕动。再往远看，沉睡的都市看上去并不像我想的那般静寂，闪烁的灯火，列车的鸣叫，附近有隐隐轰鸣，以及眼前不久将消失的夜空，都为明天暗示着什么，没有净土，有的只是焦虑和等待。我重又看远处忙活的金月亮，凄迷的悲凉油然而生。他是对的，我的过错在于不善于抓住眼前的一切。对我这个凡夫俗子来说，这个念头是无耻的，违背了人类追求的理想和光明。我扪心自问，何必为自己追寻符合社会伦理的准则，开始即是结束，很多哲人都这样讲过。月亮就从不放过任何一个开始。我自叹弗如。

一个极度颠狂的中年人，磨磨唧唧在桥上做各种惊险动作。出于好奇，我走近他，却见他内含杀机，目光如炯，不像精神病患者，倒像个地道的杀人犯。我怕招惹是非，捱着步退回来，如果不让事僵到头，我胆并不大。下了桥，我又钻进那片稀落的林带，借着活动肢体，冲着一棵杨树狠狠踹过去，不料一个黑影从树上爬下来，简直把我给吓傻了，光张着嘴。当一张憨实的脸冲我笑，才明白是个活人。他外地口音，说我把他吓着了。我说你是人还是猴，这么大北京城，哪不能忍，怎么在树上睡觉。聊了两句，知道这小子才十七岁，到北京昌平找亲戚，想做点儿工，没赶上去郊区的车。他说他们村里人一到夏天都睡树上，没有蚊子。"你们村的人离中国的祖先还没出五服吧。"他没懂我的意思，只知道乐。我想这也不失为一种保护自己的方式。金月亮像是喊我，正要过去，忽然来俩开车的警察。我出示了身份证，可那孩子没有，他们要带走他。那孩子吓得哭起来，我赶紧说情。

警察说："你大半夜不回家睡觉，瞎转悠什么？这儿尽丢东西。"

我说："要知道丢东西就在不丢东西的地方转了。"

"你怎么那么贫？！"

"我贫了吗？"

他们不理我，奔那孩子，惟一能证明自己身份的就是一封连我都怀疑从哪儿捡来的信。我只好说是我找来的临时工，赶明一早就把他送出北京城。

警察心里也明白。"你怎么贫嘴油舌的，哪个单位的？"

我说："没单位，自由职业者。"

"去去去，领着他在亮地方呆着。"

"那我走了。"

一警察说："丫欠抽。"

那孩子跟着我，问我真要用他。我说我还满世界找口粮呐，赶明一早快去昌平吧。乡下人怪懂礼，给我深深鞠了一躬。我问他身上有没有钱，他翻出仅有的一块六，说是只够坐长途车的。我给他二十块钱，孩子的眼立刻亮了，跟我刚才在立交桥见那疯子眼神一模一样，兴高采烈跑掉了。可怜见的，我用一个比我还不走运的孩子给自己找点儿平衡，心里舒服多了。

金月亮问我发生了什么事，我和他叨叨过，他瞪着眼说我真是他妈的闲得没事。天渐渐发白，我真有点儿顶不住了，和金月亮商量是不是先撤，他不大乐意，可最后还是答应了。他也饿了，我们俩在一家早开张的拉面馆一人撮了两碗面，分手时，他说过几天和经纪人结账后给我送余下的钱，并把那部吉普车开走。他的精力可真了不得，我可不灵了，浑身散了架，直想睡死过去。

都市醒来的同时，我巴不得就地昏睡。

金月亮又去干活了。我骑着破车往家赶，几乎睁不开眼，脑子完全变成一片虚无，有无数透明的气泡充塞我思想的空间。我不晓得为何这么乏，按说不至于的，以前受过很多苦，现在却忍受不了一点点委屈。就是困吗？这和我常常暗自规划的未来是否有联系？金月亮曾对我说："你也太孬了，太孬的人是不能干事情的，都因为你整天胡思乱想，或者用你的话称之为'思考'。"他的精力符合他的作风，这家伙不会生成细致的思想。他的思路实际是一部加足油的没有制动的破车，在生活的大道和小道或者峥嵘的山间疯狂奔驰，一直跑到完蛋。

我蹬车蹬得特别费劲，在崇文门路口还刮了个女人。她破口大骂，我没理她，仍然往前骑，我只想赶回家，尽快躺在床上。

……迷迷糊糊中，我倒生出不太振奋的慢节奏的快感，也就是说这种感觉来得缓慢，我完全来得及调整理智去品尝它、驾驭它。

但生活太不近人情，远不像我认为的那样简单，连我都开始怀疑自己，怀疑一切，甚至怀疑月亮所谓的"美妙瞬间"是否靠得住。我想睡过去，可困倦全无，脑子乱成一锅粥。无论干好事和坏事，开始的时候都很难。我得承认，我弄不懂幸福的含意。我想到他答应给我的那笔钱，我还是想要，也好喂喂文惠这只母猫，以示我的诚意啊。

就算是个开始吧，但怎样下注还一片茫然，其实我是病了，不太严重的发烧，也足足让我躺了几天。我孤寂难忍，只能回到未来和过去的生活中，进而想到三十多岁的光棍一事无成，也难怪文惠和我若即若离。无聊的自我怜悯，倒让我感到愉快，和被别人爱的感受也差不多。如果说这就是幸福过于牵强，但至少是幸福的一种。薄棉被没让我觉得热，一方面因为发低烧，另一方面是秋的征兆。

毫无防范，疾病和秋凉就这样来了。

第三章

偷窥背后

长篇小说
TOUKUIBEIHOU

第四章

1

　　没多少日子，金月亮给我送来两万块钱。我有点儿不好意思，可还是收下了。这就是说我想把文惠娶回家的愿望不远了。他随即告诉我，四千块钱是我干活挣的，他用剩下的钱把那辆吉普车开走。我当然不干，不是钱的问题，我是觉得马兰花早晚会回来送我那八万块钱的，到时没有了车，我不是抓瞎嘛。他说得了，非要给我再打个三万五的借条。他说完这话，根本不容我搭茬儿，围着那辆破吉普转来转去，就好像车已经是他的了。我想了想，反正车放在这里也没用，如果他想开就让他开走吧。这事我一直也没和文惠讲，怕车留着再生出事端。我不太懂得汽车，可月亮开了多年的摩托，还有些机械常识，见我同意了，抄过一张白纸就写了一张三万五千块钱的借条塞在我手里。我苦笑着，心想如果马兰花真要是把这辆破吉普送给我，而金月亮也能履行诺言，马兰花再把那八万块钱还给我，那我差不多就有十万块钱。这样一想，真有点儿兴奋。不过我是知道金月亮的，他会开着我的破吉普周游全中国，到处惹是生非，就是不会再给我一分钱了，可我又有什么办法呐！金月亮把车打着火，在我们小区转了一圈儿，然后对我说："行了希圣，你不就想把文惠娶家来吗，我到时再给拿点儿钱来就得了。你这辆破车得费我不少钱，不过性能还不错，看样子没跑多少路，我会把它打扮得像个王子。我现在还弄不起车，可是我喜欢速度，好了朋友，你就算先圆我一个梦吧。"

　　金月亮是领着小艾来的，老说要和她结婚，最终还哄着小艾把孩子做了。我想指责他，可看到小艾像个傻瓜一样美滋滋点头，我还能说什么，也只能像个局外人冷眼旁观了。

金月亮就这样把马兰花送给我或说押在这里的吉普车开走了，虽然我兜儿里装了沉甸甸的两万块钱，心里却有说不出的惆怅。他拉着小艾走了，把我丢在楼梯口，连头也没回一下。看到这家伙像只笨头笨脑的候鸟飞去，我还真有点儿想他，尽管他是个让人腻歪的主儿。也许我异想天开主观臆断，他有一肚子痛苦，才成心弄出乐呵呵的样子，他耽溺在奔走、女人、空谈等类似虚幻的主题里。如果他的欢乐没有基础，又能维持多久呢？他不知有多少次说他不相信未来，所以对他来说，持久的欢乐也就没有意义了。我对他的着迷不正常，我不想为他负责任，却又离不开他。他的放肆程度我做不到，可我也想那样。

再有合适的机会，我如能见到小艾，想和她聊几句关于金月亮其人的掏心窝子话。这机会肯定是会有的，他还不可能超脱到忘我的境界，同样需要朋友，需要把他放荡的经历讲给朋友们听。他和我也说他爱小艾，可他还是没有一个惟一的。实际上，我曾给小艾所在的公司打过电话，回答说她早已经不在了。

有时我也去子和那里转转，有一次碰到被金月亮勾跑老婆的美编，他不像我想的那般窝囊，挺有艺术家气质的。他说在公园见到过月亮，领着女人和一个小女孩，好一副死心塌地过日子的架式。我不相信，那美编却急赤白脸地证实，好像那样他就放心了。他走后，王子和让我别小看他，人家现在是京城小有名气的画家，女人也一心过日子啦。他说了一通女人没劲，我也把文惠给扯上，好一通诽谤。我问那家伙是怎么出的名，印象里在杂志上见过他的作品，挺一般的。

王子和说，别看那小子是个王八，倒也挺邪性，偶然认识了一位台湾商人，要帮他办画展，条件是展后全部作品归人家。小子咬咬牙认下了。也该着他歪打正着出名，他当时托人请了两位书画界的大人物，本来只打着来一个的谱，没想到都答应来剪彩。他着急了，谁也不敢得罪，听说那两位还是死对头，在没办法的情况下，他灵机一动，请了个著名歌星剪彩。赶上一个记者，以为这是竞争机制引发出来的新事物，

第四章

偷窥背后
长篇小说
TOUKUIBEIHOU

说以往这类仪式都是书画界的名人，此次创举说明展览者的超前意识。大牌歌星可是有感召力的，本身又爱出名，搓着红脸蛋，率领着自己的哥们儿姐们儿，当场买了不少画。听清了吧，有时这名也好出。

我不得不承认这家伙的聪明，但我刘希圣也不傻，根据这件事我写了篇小说，没成想还给登了出来。王子和这不乐意，好像是我出卖了朋友。的确也算不地道，我只好恬着脸请他别介意，拿人家隐私作践也是为了吃饭。对我来说，那不叫小说，叫十二张老人头。

子和对我帮助不小，让我帮着编了部稿子，好歹往前挨着日子。也因为这书，我们有一段时间来往较多，他也为我奔波了几处工作，但大都没成。我告他，我现在完全习惯了这种生活，过得乐天知命，老天爷饿不死瞎家雀儿。

在此期间，胡然给王子和来过一封信，打听我的详细地址，他随信寄来的那张名片可不一般，是带有彩色照片的那种。按王子和的说法，这小子混得肯定不错，能使那样的名片都不是一般人，头衔也不软，深圳什么公司的副总裁。"他像吗?"我问。王子和笑而不语。

我还是希望朋友们都混得比我好，那样会活得坦然。可事儿把我逼到这地步，一些情况不是靠着志气能办成的。我最害怕的是别人为我发愁，内心很孤独，表面可不能流露出来。王子和年岁大些，把我看得很透。他说:"在这个世界上，最应该学的就是学会别太认真，有趣的人都活在梦里。"他也说金月亮，说他不是人，是个动物，他的快乐仅仅是一种习惯。我知道王子和死看不上他，倒不是别的，而是他太没有责任感。从对待友谊和婚姻上，王子和喜欢那种秩序的美。其实，他完全没必要对我承担什么，但我看出，他为我焦虑，发愁极了，都让我感到有些对不住他。这可能也是一种所谓的责任。打小到大我一直想争口气，往往那些最不争气的勾当都是因为我太想争气造成的。王子和相信人的二重性，所以那个美编一说金月亮回到老婆孩子身边，他就乐意相信。我想说些拜年话，许几个愿，让他为我高兴。可太渺茫，退一万步讲，文惠抛开一切，抱着行李和我过日子，我会怎样呢? 得求她，得给她添更多的麻烦。我想善良忠厚的王子和一定情愿那样，那会符合这个世界的规范，也比较完美，做朋友的也没了缺憾，大家说说笑笑往前奔。

在朋友中间，我的表现最笨拙，已经给人家添了麻烦却还碎碎叨叨，声称怕给人家添乱。老实讲，一阵阵我真不愿对自己负什么责，渴望受到约束，即使是假的，我也能诚心诚意接受这个骗局。

一个正儿八经的职业，不仅仅是我，好像也是文惠以及周围和我有关或无关的朋友们所需要的。

我太爱我的痛苦，熟悉我的人都说我有病。我也不否认这个弱点，有时使我变得不很健全和懦弱。我想和文惠交交心，但她的义务就是不断挤兑我，弄得我好没信心。她每一次变本加厉的结果都是无休止的懊悔。我走投无路，又下不了决心离开她，对我来说，她也很勉强，完全是道德和良心的馈赠。她不承认，说是爱情。想到这点我就乐。我老是想见到她，见到又没有话，如果她一再坚持不和我上床，见面好像就没有意义了。有一种东西在腐蚀我们的关系，她说："还不都是为了你，现在能怎办，你说呀？"我没话，确实，我无法给她任何许诺，整日在房间里等待，简直太可笑了。不过，我有我的生活方式。

文惠说："我不愿深说，早就看透你这种人，并不是拉不下脸的事，是你老在心里抱怨、委屈。我说过多少遍了，老是觉得世界亏待了你，你有什么可伟大的，我看你的书是白读了，多伟大的人也得生活，也免不了一死。我不明白这世界究竟什么工作才能适合你，我看根本就没有。像你的朋友金月亮那样四处闲逛，实际你也受不了那种生活。你太懒，太爱自己，别人一说就拨啷脑袋，你为我想过吗？"

我巴不得狠狠踹她一脚。我当然不能表明，否则她更不饶人。她有的是理由踩估我，我没有成绩，没有事业。我说："你别让我烦，你没看我也在努力吗，比如写东西。你仔细算算，这些日子假如我有职业，看当头儿的脸子不说，平均起来每月不也就那壶醋钱吗？我现在这样有什么不好？"

"行了，你的努力实际就是怎么懒怎么来……"

"文惠，你耐心点儿。我并不是不考虑我的现在，你不是比较现实吗，我总不能没头苍蝇满处乱撞。我承认我没什么本事，学历不硬，不懂外语，不可能找到更好的工作，可我也是有思想的人，我得等待选择的机会。"

"我根本说不清，你就会拿等待搪塞我，等到猴年马月，你也没谱。"

我不愿太伤人，往往先软下来。

我求她和我亲热，有时也是很奏效的。她顺从后，我往往伤心，越是强调我的孤独和无望，事后就越是不能原谅自己。每每如此，她都摆出听天由命搭光了赌本的样子，脱光了衣服躺在床上，睁着眼和我接吻。我说："书中说干这事越是理智，就说明越是成熟。"

对我有意的暗示，文惠可能也是有意的百般自责说："我恨自己，太脆弱。"

"因为我吗？"

"和你没关系。"

"假如你没调到旅游局，我也没被解聘，会是什么样呢？你如实告诉我，我并不在意。"

"那不可能，不发生这样的事就发生那样的事，这就是生活本身的逻辑。"

"你不用回避，我心里有底。"

"你有什么底，如果我卖酱菜就不是今天的文惠啦？"

文惠一赌气，我就摆出柔情。这都成了公式。我看出她确实也很焦躁。她现在已经不看书了，只听一些流行歌曲，或沉浸在哭天抹泪的电视剧里。她最兴奋的就是眉飞色舞地给我讲述那些裹脚布式的又臭又长的电视剧男女主人公的命运。我痛苦不堪，还得把耳朵竖得直直的。反正那些无病呻吟的娘们儿最终都能找到一个腰缠万贯的富翁，然后一头扎进安乐窝享清福。我不让她信，她就跟我瞪眼，说我没有人情味儿，那时我可不敢动她，最好给她弄点儿吃的，帮她把痛苦咽进肚里。

不管心里是怎么想的，公众形象还是得注意。精明的田大妈到底侦破我失去工作这一铁的事实。她受不了眼皮底下有个闲人晃荡，话里话外老是打探我是不是犯了事。她还有口无心地告诉我这样做完全是出于一片爱心，弄得我真是哭笑不得。平时虽说没有恶意，却老是不动声色骚扰我，时不时追问我现在的经济来源。她甚至拦住文惠，说是替我着急，问我是否愿意给居委会打工……

这个混账老婆子，不是给人添堵嘛。文惠把这事当笑料，只要稍一有点儿得意，人家就会冒出一句"怎不给居委会打工去"？

我别提多想结束这种生活了。

文惠她们单位那个老张，给她弄了一个去南方学习的机会。她连面也没露，去了一星期才给我来了封龙飞凤舞的信，电话都懒得打，只说学习任务很紧，需要通过考试的，暂时先不联系了。没有下款。我希望她能给我个痛快。她太沉得住气。我本想找老张探个究竟，可觉得那样自己太不值得。

我以写流水账似的日记打发时光。很长时间文惠没来，连田大妈对我的态度也不一样了，很是有些爱搭不理的。我也有体会，住在田大妈这堆人里，甭管你混得有多危，只要时不长来个温文尔雅的姑娘，人家就会觉得你还没败兴到家，还有希望。这也好，我也乐得清静。说我特烦特没劲还不能足以表达我现在的心境，比那些还俗，一种焦灼的渴望伴随着巨大的憋闷。我找不到适当的字眼，能做的就是浸淫在过去的每一个细节中，俗的雅的都有。有那么几天，我特想给文惠打电话，想和她说说话，后来还是忍住了。实在没劲，就在家琢磨没劲究竟是怎么一回事。全城的老老少少不都整天嚷嚷没劲吗？仕途无望、事业不成、失恋、挣不着大钱、干缺德事失手等等都够没劲的，嚷嚷的人却有一个重要的忽略，就是没有主语：自己没劲，还是社会没劲？借着这个思路我又编排了两个例子，撰写一个大特写叫《没劲》。报社居然给我退了回来，说文笔老道，论证严谨，就是没内容，读者不喜欢理论性的剖析，让我再加上些实例，报社可以考虑采纳。我心想你们想要血淋淋的实例，我哪弄去，本来就是瞎编的，往纸上涂鸦是我想让日子过得快点儿，没别的打算。

就在此时，我接到胡然一封信，那名片和给子和的一样，头衔也没变，地址是重新写的。他来信说我要是在北京混得不如意，可以去深圳找他，信上简单说了说他的情况，说是和别人合伙经营了一个公司，好像什么买卖都做，如果我愿意，也可以考虑在京设立办事处。我心有点儿活泛，迟迟未复信，有些犹豫不决。我是太喜欢皇城了，这里有全国第一流的文化设施、文艺团体。人就是这德性，一切和我有什么关系，实际我见天在屋里朽着。东西放在眼前不吃没关系，可不能没有。这也算是希望的一种吧。我还是没拿定主意。没几天胡然这厮又来了一封信，口气全变，说让合伙人给骗了，自己又要重新组建公司。也许，他是怕我真去找他，唉。

正好，我下决心继续在京城混。

我确实有很多毛病，但我不贪婪，不像胡然那厮有着挣半拉中国那么大的胃口。这倒也使我无形中少了一份看别人挣钱着急的痛苦。不过，我也有点儿疯，是另一种疯狂，在家呆得疯狂。没有文惠和我起腻，对未来的责任感正悄悄退化，我真有点儿习惯这种散漫的生活。另一因素，就是和文惠之间生成了某种不祥的预感。她现在不满意我，倒也无所谓，到头来她也只能穷叨叨，重要的是她目前自我感觉日益良好。按照她不知从哪学了来的话叫"自我完善"。对她来说，我改变不了生活现状是无能的表现。我们这对俗人老了，严酷的生活砥平了浪漫的触角，只剩下光裸的躯体，已经羞于谈论理想和梦幻。文惠的现实主义和胡然的挣大钱还不是一回事，后者仍是一种浪漫。至于我，驱动我的勃勃野心是可能并不存在的"成功"。我是幼稚的，我甚至不太理直气壮地有点儿感谢我的幼稚。

渐渐的，我生出一个羞于启齿的计划，像月亮那样满处走走也是不错的，只要还能走得动，挣口饭总不成问题吧。这个想法本来是不切实际的，可我很着迷。好些荒唐的念头带着诗意的冲动，稍一冷静，便有更多的沮丧。我感到自己不可救药在于天生一个俗人却老觉得自己不是俗人，自己把自己惯出毛病来。文惠看得挺准的。

我得节制自己，从肉体上开始，反正文惠不在也沾不上荤腥，精神也不要萎靡，沟通纯洁的桥梁。我试着老想健康向上的事物，可想来想去又陷入了泥淖，回过头来只能自己嘲笑自己。我骨子里还是想和大家一样，当个充满秩序感的好公民，傻文惠没准乐呵呵揣着她的存折与我完婚。

晃晃悠悠，我属于温饱型的大婴孩，踏踏实实睡在都市这个大摇篮里，就这样，一天天打发时光。叫醒我的又是倒霉的金月亮。

金月亮把我从床上拉下楼，用手一指，问我看见什么？我睡眼惺忪，顺着他指的方向瞅，天啊，是马兰花留给我的那辆破吉普吗？它被金月亮装饰一新，漂亮的鬼脸和晶亮晶亮的保险杠，加之五颜六色的小装饰，真是非同凡响啊。金月亮告诉我，这是一部四驱动越野吉普，刚跑了两万多公里，差不多就是辆新车，他在这辆车上花了不少钱，但值。我很快醒过来，有些后悔让他把车开走。我不是也很喜欢速度吗？可现在除了提醒他还欠我的钱以外，也只得承认这辆挺给劲的吉普车属于他了。他把那对色眼儿挤成弯月，不无得意地等待我的反应。我确实没让他失望。他做梦都想开车周游全中国。他跳上车，发了疯似的在楼底下转了一圈儿，吱地一声停在我眼前，拍着方向盘说："怎么样，咱们开着它去西藏。你不是一直惦念逛逛布达拉宫嘛。我们穿过青藏高原，永往直前，谁他妈也别想拦着我们！怎么样，我说希圣。"他这个提议真让我动心。我拍着他的肩，告他我现在正没劲的要死。

金月亮瘦了，龇着小白牙，头是新剃的，脑门堆满的褶子像群展翅翱翔的小燕儿。我劝他别笑，弄得七老八十让旁人难过。他冲我挤挤眼，从车的后备箱取出永远不洗的破背囊，问我家里有没有喝的。我点点头，让他先上去洗洗，我去买点儿什么。

我回来时，见金月亮恨不能把屁眼儿都洗三遍，换上我的内衣，气色好了些。我买了一只熏鸡和一些朝鲜小菜。我没什么食欲，但还是陪着他喝了好几杯啤酒。他给我看了离婚证，却又说和小艾掰了，说她是个婊子。他骂女人不当真。这符合他的个性，他能当真爱一个女人，不会当真恨谁。开始我不在意，了解到小艾又勾搭上一个，晓得这次是当真了。他说他主要是搓火，自己也没闲着，又认识了一个女的，气质蛮不错的，生得瘦高挑，是怀柔一个有钱的小经理。我明戏他跟我骂小艾肯定是打了大大的折扣，事情不定是怎么回事呐。

我显出失望的表情，顶让他窝火，他煞有介事地说小艾耐不住了，还提到小艾那孩子不做掉可能好些，至少城里还有他一片陆地。他一个劲地灌啤酒，也不打听我这些日子都干些什么，只是让我省着点儿花钱，留在去西藏的路上。我从来对月亮的诚恳持有疑惑，我说："你要是猎到漂亮小妞，加利福尼亚也不会去的。你还该我的钱呢，可别忘了！这车实际也不是我的。"他乐得使劲摇头，满嘴"莎士比亚"的毛病也改了，让我相信他没错。我不信对我也没什么好处，况且我知道金月亮骨子里有根要饭的神经，满世界晃荡是他生命的真正过程。他不否认，说这瘦高挑没有性感，他刚失去小艾，仅仅是需要她，如果能有机会开车去西藏，谁也甭想拦住他。

我相信了，开始兴奋，见他多灌了几杯，足足给他打气。自己也盘算，路上得花多少钱。我还真把地图找来，晕晕乎乎画了一个行车路线。事情好像就这么定了。说起来也没什么复杂的，不就开车出去逛一趟嘛。

"能带着小艾就好了。"月亮喝得两眼充血，也没忘了一往情深。

下午，金月亮开着车，我们俩去了美术馆，是没目的的闲逛。他很忘形，艺术的梦还没有泯灭，张着大嘴楼上楼下转，一句话也没讲。出来后，我们坐在廊檐下凸出的大理石凳上。身后一尊尊历史英雄雕像，大义凛然地凝视着一片虚无。秋风打着旋儿迂回左右，簌簌细响，和这巍峨的艺术殿堂不甚协调，一种久违的萧瑟，不多的激情很快就被湮没。我买了一本杂志，上面登着一幅当代歌唱家的油画肖像，我觉得不错，金月亮却把人家说得一无是处。我认识作者，公司曾出版过他的画册。我甚至认为他也算是个当代大师。

金月亮说："你往远了看，一位时髦的画师画一位走红的歌唱家，仅仅属于这个时代的本身。这个时代结束了，作品也就完了。"

我说："历史离不开这个环节。"

"算了吧，我们反过来观看十七八世纪的大师的作品，如果当时是宫廷画家，无论有多深的艺术感染力，也给人虚伪的印象。当代认可的艺术品，大都会被历史淘汰。我不是挤兑这位画家，我觉得他本来能升华的，全中国有的是素材，比如画画我这操性的人，也比取悦更有意义。我看不到精彩之处，只是装模作样摆出点儿忧郁神态和古典技巧，实际很一般。"

我打着哈哈。"就你往画布上胡扔颜色才有震撼力呀。"

"我的意思你没明白，大手笔照样不能脱俗，也他妈喜欢来点儿文雅的。假如我有一天得了势，见天穿着燕尾服在街上遛达，哈哈。"

"我现在没那么深沉了。"

"我的优点你比不了，立刻就忘，不论干什么，你做不到吧？我劝你别沉溺。你以为我看完画展晚上就辗转反侧了吗？不会。总有更刺激的事，我就是不明白世界什么叫永恒。你甭瞧不起，准确说我就是瞪眼不承认，我认为这样才适合我。"

我懒得抬杠，又和他聊起别的。我问他去西藏是不是真的？这事可别忘。

金月亮有点儿语无伦次，东张西望的。他把一块口香糖拉长，粘在女英雄雕像的上唇上，然后得意地瞅我乐。我讨厌他这种无聊的举动。忽然，他匆匆和我道别，像条发情的公狗蹿出去。我才见那瘦高挑的女人正在空地上来回走。他过去后，俩人往停车地点去了。大老远，我看那瘦高挑长得不怎么样。我这才明白，他这是跑这儿来约会的。和他这种人共事真得提防着点儿，连解释都没有，就把我扔在这儿，也太不仗义了。

2

王子和打来电话，让我没事去他家玩。我说在特殊的日子里喜欢玩味孤独。他在电话那边笑，我才发现自己挺没意思的。他文明，说话一般很少带脏字，还是笑着说我事儿逼。他说金月亮前几天领一女弟子去了，王子和问我他们什么关系。我说我也刚见到他，还没顾得上细问。

"金月亮是不是以欺骗良家妇女为生啊？"

我被子和的话逗乐了，心里说：同感。

"十一"我没动窝，读书喝酒看电视，第二天下楼在信箱里找到两张名信片，是文惠和阳阳的。蹊跷的是，文惠寄友谊卡，阳阳倒寄情人卡。后者我并不留意，读过几本书的女孩，喜欢异性间的含糊关系。文惠就不同了，她给我的卡，肯定是深思熟虑过的。没有落款，我也不能回信，看样子她还在南方学习。我沉不住气了，也并非不信任她，而是现在迫切需要她，渴望得到安慰。我不信她真能离开我，她是个非常传统的姑娘。我什么都不怨，正是重复的日子让我生出好些妄念。我盼望老月亮用他的或说一半是我的破吉普车把我搭救到西藏的路途上。我需要速度甚于一切。可现在依然如故，我把无聊和战胜无聊的内容归纳归纳，发现其中的内容是那样的相同。比如我假定文惠和我过了，结果会如何？按现在的处境，笃定让日子逼得胡说八道，实际是新的一切建立在旧的基础之上，正是我们打小就百般强调的理想和希望那玩艺儿。她是一个非常客观的海市蜃楼，追求或不追求，都不能算过错，那是另一个世界强加给你的误会。

我准备找一个藉口，给阳阳回信，谁成想她却跑来敲我的门。见不到阳阳，我差不多也没想，赶她一旦出现在眼前，久违的倒霉冲动使我不干净的血液悄悄沸腾，我乐呵呵打招呼，该不正经的时候一严肃，游戏开始了……还是限于接吻。她非常明确提醒，我一丝不苟地执行，动作不夸张。她说她是个处女。我受到挫折，开始没信心，在阳阳面前向来如此。我说我没犯坏的意思，近段日子很寂寞，来了能聊聊天就不错了。她快毕业了，和我一样无聊，谈了整整一天，像浪漫的哲学家，准确说似乎是阳阳希望我像个现代派诗人一样很有分寸纠正她的幼稚。为了她高兴，我也乐意扮演这个角色。我一直走神，她该看出来，却不点破，摆出纯洁的浅笑，讲她的朋友和学校一些婆婆妈妈的事，不失时机也捎上对一位时髦作家加以诬蔑。我一直处在空洞和焦虑中。我承认自己错了，以为阳阳的到来会把户外的青春气息传给我，可这个小东西简直就像输满程序的小蜡人，拘谨，矫揉造作，刚才失去的信心很快又回来了。我很浮浪地抱住了她。这倒也解除了她的拘谨。这个带有攻击色彩的冲动，得了她的回应。我很不地道地想，看样子她喜欢我的粗暴。她呢喃说她抗拒不了任何男人的拥抱，像一股狂风，过去了她也就完了。她很诚实地告诉我，她没得到任何快感，跟着就强调，到目前为止，她决不放弃自己的处女身。她虽然这样说，但再次和我接吻时简直像台小巧玲珑的吸尘器把我紧紧箍往，几乎让我透不过气来。她说的不错，我的感觉也是如此，一股狂风，真正的感觉就是到处都是湿唧唧的。

阳阳推开我，发誓以后决不这样，也不许我这样。她的脸一下变得苍白，看我的表情也很无力。怕她自责，我赶紧向她表示，是我利用了她的天真。她又笑了，反复来得太突然，比较符合游戏规则的应是掉几滴眼泪。不过，这个意外对我倒是经验，使我对貌似天真的阳阳生出疑问。

因为以前有过，阳阳和我的亲热不能完全算作冲动，至少在我这方面。我也承认我对她存在着很危险的奢望，因为有文惠，我不去想，但这危险的奢望确实折磨我。不能出口，那样太对不起人了。她放寒假，好像也没什么事，来过我这儿几次，每次我们都接吻，时间或长或短。可有一个明显的变化很可怕，她一方面死死守着自己最后的营地，一方面举动越来越夸张，带有明显的戏剧性。人真正的激情是无法表演的，无论是多么出色的演员。她对我连喜欢都谈不上，仅仅是好奇，她不止一次对我说："我喜欢你的表情。"她没说假话。她的呻吟不断夸张，有意扭动躯体，但真是太差劲了。可悲的是，我好像陷了进去，偷偷渴望她的肉体。我害怕被她挑动起来的力量最终会毁掉她，也毁掉我自己。我清楚现有的快乐是飘浮的、虚幻的，即使整个得到她，也是想象的快感。我试着想过，如果我真那样，她会屈服的，她没有那种坚强的信念。就是这样我也能看出她的智慧之船常常误驶狂浪区，因为那美丽的帆是虚荣。坦白讲，我不想摆脱掉她，对她的情感是魔鬼和天使操纵的。我渴望拥抱她就像渴望拥抱青春，我可以思考，所有的道德我都懂，比较起来，我爱的是文惠。可我好像很难战胜对未来的希冀，现在阳阳每一次的到来，都注定我的每一次心理上的失败。她年轻，表面上是充满朝气的，很容易唤醒我沉睡的记忆。她从不问我的生活来源，不问我干什么。她的顺其自然，对保持一个可以说前途无望的三十多岁单身汉的自尊心来说，效果的确不错。

不能老绷着铁青脸聊文学掌故撑门面，慢慢就没词了，都是俗人嘛，关系一熟没点儿荤的倒显得假正经。我把肚里的光明、鼓舞人心的话都挑完了，也同阳阳聊点儿乌七八糟的，赶乌七八糟也讲不出来后，就讲自己。她把我逼到绝境，我把同文惠的关系说了。她大大方方地笑，不太符合我的想象。我说："我说对不起你，你肯定说我虚伪；我说我真实，你会说我不负责任。"

"你太多情了吧。"

如果我们去公园，阳阳常常说笑着往前跑，然后狐狸般狡猾回头张望。

我说："我可没指望你能为我干什么，我没有别的意思。"

阳阳不言声了。我可烦透了，太没意思，我在和一个小姑娘捉他妈什么迷藏，该不是为了满足虚荣的年龄了，我后悔和她出来找不自在。

阳阳也时不时向我献殷勤，她对我的恼火有时显出特别满意。"何必呢，你真用不着对我上心，那样对你没好处，咱们这样不是挺好吗！"

我说："我希望你是一张白纸，不是出于自私，我对你是有奢求，但这种奢求你不可能理解。"

"我才不那么累，试图这个试图那个的，对你我是大胆点儿，你不必有什么不安，实际我没付出任何代价。"

这番冷峻的言辞让我实在不能相信出自阳阳之口。"我明白你的意思，你是完整的。这完全可以说我们实际什么也没干，这并不重要。你误解我了。"

"根本没有，我一直把你看得很超脱。"

"你所谓的超脱指的是什么？当一个冷血动物吗？"

"你真没劲，有很多可以表达的方式，干嘛非局限在男女之间的性爱呢？我对你就很超脱，对别人我也能做到这点。你有文惠，何必假模假式在我面前充当拯救谁的基督，愁眉不展的。我看不出你有多大痛苦，真的，我以前把你的表情理解错了。"

"我没对你有更多的非份之念，更没想将来，你知道我的。"

"既然如此，保持这样关系怎么了，你非要把这层纸捅破了，让我们都觉得自己像犯了罪，就好受了？"

"你到底需要什么？"

阳阳说不出话来。我本来想告诉她，从一开始，我就拿她当一种力量的源，一种召唤，一个梦或理想。我缺少性格的力量，能做到的也就这些。我知道这个说法站不住脚，她不会相信。男人有个标准，他们应该强悍有力，为了达到目的可以断臂舍妻，欲望单纯，若是一堆欲望的组合，又仅仅属于自己的世界，那么这个男人是不能达标的。患有孤独症的人是会被无情淘汰的。一个威武有力的男人怎么可能和假想的敌人斗争一辈子，有的事情可以做，干嘛要内心冲突？时代变得越来越无情，真能从冥想中得到启发，也没有人为你叫好，再说这类启发的实际意义也仅仅对自己有效。阳阳问我在想什么？是不是常常这样老不快活？

我说："我懒得快活。"

她说："实际是没有机会。"

"阳阳，假如我说的是假如，你的男朋友没有工作，成天烦得要死，不过，他很可能是个天才，也可能一钱不值，他的中间地带是寻找一个平静的相对稳定的生活。让你参谋，你认为怎样才算是合理的？当然这个前提是你真心诚意爱他，是离开他无法活下去的爱情。"

"现在还有这种爱？"

"你回答我。"

"你说的是你吧。想那么多干嘛。"

"行，比我还高，懒得痛苦。把你逼到墙角，你非得回答。"

"鼓励他的野心，真要失败了，和他一块儿抢银行。"

阳阳很得意，没留意到我的勉强，转到我身旁，还吻了我。我说："你的轻率还得学，离炉火纯青还差得远。"她终于不满了。我有我的防线。

"用不着刺激人，反正将来我对得起……"

"往下说！"

"我是在感受人生，说也没什么不好意思的，将来我对得起第一个和我结婚的人。"

阳阳没错，她的行为也没什么可以指责的，但她无意中破坏了我的概念，暴露了女人的弱点。我心里熬糟极了，又一次求她让我一人呆会儿。阳阳走后，我不知道该干什么，便径自去书店，买了两本书。老想有时间读读书，买书的速度大大超过读书的速度。我担心这种爱好已经蜕变为习惯。一旦有时间了，反而踏实不下心来，现在就是在最烦的时候读买来的书，马上就能把内容忘却，细细想来，只有"挑选书的过程"能留下淡淡的印象，在心里留下些痕迹，像是个读书人。

我在书店徘徊，直到人家打烊。

我没打招呼，就去了王子和家。就小辉一人正趴着写作业，他要给我倒水，让我给摁住了，自己从他家门后取了瓶啤酒。小辉有些为难地笑了。我让他也来点儿，他抿着嘴使劲摇头，然后把起子给我找到。我喝啤酒，并示意他好好写作业。他说他爸爸妈妈又嚷嚷了。我把杯子放在桌子上说："你爸是不是又去找你妈了？"他说可能的，他妈去他小姨家了。这是怎么个话儿？我挺难为情，酒也不想喝了。小辉这孩子特仁义，还非让我喝，也只好勉为其难，遮绺子向他打听学业。他说最近不好，班上前十几名，告我懒得学，没劲。

我说："也真是的，什么有劲，你爸揍你一顿就有劲了。"

他说："我爸不打人。"

我心里话了，这倒是真的，要不你妈敢那么嚣张。再呆下去没什么意思，他还老惦念和我聊天，不能安心写作业。看得出，这孩子平时也

226

够烦的。我胡噜胡噜他的头，正要走，王子和这时铁青着脸回来了，后面没跟人。小辉显出高兴的样子埋头写作业，也不搭理我了。王子和说没事出去遛遛，问我什么时候来的。我打着哈哈，告他闲逛就逛这儿来了。

小辉瞅了我一眼，偷着乐出声，让王子和给轰里屋去了。

我说："你也是，跟孩子嚷什么劲儿。"

"你不知道，这孩子学习太成问题了，不爱学呀。"

"条条大路通罗马，也不是逼他就范的事。"

"甭说这个，我都懂。唉，你现在怎么样？"

"我到你这儿来，就怕你替我愁，没新鲜的，活着呗。"

"不是，我还正要找你呢。那个剧组成立了，正满处找演员。我意思你闲着也是闲着，跟他们混去呗，还能有点儿进项。"

"那不错，还能过另一种生活。"

"瞎掰，干活儿呗，其实这个制片是我同学的一个朋友，是个女的，找我写过文章，就这么认识了。没什么交情，瞅着那主儿挺滑的，不太实在，到哪儿都挟着一个大影集，里边全是和中央领导、影视界名流的合影。我想她也是为了搞赞助。"

"不错，这事就这么定了。我去。"

"过些日子，她可能去西安取设备，还说你要是没事就跟着跑一趟。那制片姓郑，说是她们制作中心拍外景放在那儿的，纯是瞎说，上次我组到一篇文章，就是写电视台设备组，把摄像机都租出去，私人挣点儿钱，我想她们那个中心也是个草台班子。你自己知道就完了，该干什么干什么。"

"到时我给你来篇特写吧。"

"行了，那你可不对，让人家说你不厚道。她们圈子里特忌讳这事，除非你以后不干了。话又说回来了，咱们犯不上。你说是吧？"

"也是，不过，你回想一下，我以前是不是也特超脱？"

王子和乐了乐，点点头。

我说："这是让生活给逼的，实际只有我心里明白，一直就在七情六欲里挣扎。"

"现在是不是烟花粉巷里的常客?"

"那倒不至于,我的性功能锐减……"

"你小点儿声。"

小辉房间里出了声响,我很抱歉地瞅瞅王子和。他跟我打听文惠,我说早晚洞房花烛,她跑不了。我的自信是因为阳阳和今天的酒。不过,阳阳的事我无法自圆其说,即便是我最好的朋友,也会认定我的行为是一种堕落。

我给王子和当一次语重心长的老大哥的机会,便告辞回家了。

马路上,我形单影只,备感孤独。途经闹市区,灯红酒绿,流曳的五彩光束,孟浪天地之间,虚幻、浮夸点缀其间的男女,简直就像一幅浮躁的油画。我记起这一天毫无意义的瞎逛,和阳阳不明不白的凑趣,实在也是无聊得可以。聪明的阳阳属于这个时代,而我仿佛来自很遥远的地方。我这样想是希望能绕开暗礁,安全回到自己的港湾。此刻,我用很动人的想象描绘出文惠在家的情景,制造一种满足感,一方面逃避和阳阳不甚明了的情感,另一方面算是对自己忏悔。恐怕永远埋在我心底里了。我也明白,背叛真正的含义实际是对自己的一种伤害。假如我真学阳阳,也就说不上什么背叛不背叛了。我得承认,我对阳阳确实有挑逗的表情,我把这个表情称作试验,好像是对自己的开脱,但我面对的是一个概念,寄予着无限的梦。青春的魅力和肉体的诱惑是有很大区别的。文惠若真在我的房间等候,我会跪在她面前,寻求饶恕吗?不会。

一路的责难,越发觉得自己胆怯、苍白,并没干什么,像阳阳说的"我们怎么啦"。金月亮知道会怎样,他会鼓励我全身心地投入?可他要是知道那个学玩火的小丫头是他的阳阳,还能主张他的"现在"的命题吗?我说不清道不明的,思想进入悬浮状态。本来是很简单的生活,偏偏生出烦恼。一个小妞儿所谓的喜欢,就颠覆了我整个生活。我对自己的脆弱感到颤栗。谁来拯救我?是我时刻想问的,过去单一的生活侵淫我的血液，那仿佛是被注入了毒素，在体内起着作用，令我感到作呕，身子也轻轻飘飘的。事情想的一多我就恶心。

最后还是现实救了我，也就是王子和给我找的活儿。我还是说，阳阳是我的概念，是我久违的记忆。如果能摆平，我想就是文惠和阳阳见了面，也会握手言和的。我要是愿意，她们永远也不可能认识。你看这事情有多奇怪，两个陌生的以各自生活方式生存的女子，就因为我的存在，她们却巧妙地有着千丝万缕的联系。有趣！我怕我的思路结成抽象的板块，凝固在现在，那样自己也有被分解的感觉。

这次真的恶心了，不是神经上的，而是纯生理的。我明白自己喝多了。

3

文惠回来了。

我暗自庆幸阳阳又开始专心致志学习了。我努力把以前的事告一段落，对文惠显出百般爱意，不是装的，我告诉她没有爱情的生活是野蛮的生活。她像打量动物一样的眼光在我身上搜索，看样子她很失望，没从我身上找到动物的特征。我没有太多的幽默，因为我在书上读到现在有很多女人喜欢男人的幽默，推断她肯定也是喜欢的。我想了半天，给她讲了一个从别人那里听来的非常有意思的笑话：说是有一大款给孩子娶亲，花重金在乐团找了一群乐手，其中最牛的是乐团吹小号的，那小号在咱京城也是有名的。据说此君在乐团也是牛到家了，凡人不搭理。那天正在那大款家休息室，来一孩子，不经意踩了他一脚。他不干了，张嘴就骂人。可那孩子并不还嘴，只是瞅着他笑。久了，他便问你老是瞅着我乐是什么意思？那孩子说，我瞅你特别像我爸。他听了特高兴，把同事都叫过来，说他白捡了个儿子，又是抓糖又是拿吃的，然后问那孩子他哪儿像他爸。那孩子不慌不忙退一步说，你一吹那小号，鼓起的两个腮帮子像我爸那俩蛋子。这个笑话讲完我自己都笑了，文惠不但不笑，反而说我下流。我承认，我的幽默没到火候。她不愿笑，或者说不愿为我笑，她弄大家闺秀风度最让人受不了。我不能暗示她，心里感到委屈，渴望她能还俗，实在找不到借口，便又得向她乞求温柔。在茫然和虚脱里，我才能寻到片刻的心理平衡。她烦时，能半天不说一句话，显得很有主张；可她没主意时也能做到持久的缄默，看上去还是挺有主意的。她这手最能打乱我的阵脚，弄得我心里一点儿底也没有。她还能把这种缄默传染给我，让我也不吱一声在旁边做痛苦状，往往是我沉不住气。她不在的这些日子里，还是发生了一些事，我赶忙告诉她我最近要去跟一个剧组拍电视剧。她真的很高兴，以为是我编剧，弄清原由，还是很高兴。我想她是因为我和"影视圈"有点儿联系而感到好奇，倒不是我又有了份活儿。不管怎么说，她高兴我就很美。

文惠的服饰在变，她已经懂点儿穿衣服的门道，知道自己不漂亮，就偏重特点。我不能把细节一一指出，但这种感觉时时在压抑我，弄得我们现在的关系很清白。可我很恼怒，每次遭到拒绝时，她的事由总是那么高尚、那么文明，还不时失机抛给我一种甜蜜的希望。回来后，她工作似乎更忙，匆匆而来，匆匆而去，而且仅限于和我聊天。我也奇怪自己，脾气就那么好，整天蔫头日脑臊眉耷眼跟着她的思路。我甚至觉得我们的关系可能是恢复到正常化了。以前太不负责任，每次都是颠鸾倒凤，事后吵吵闹闹，相互指责。现在倒好，尽聊高雅的，自己也觉得高雅起来。我问文惠我还有没有希望，因为我们都是没有什么退路的半成品。她微笑不语，躲闪敏感的话题。而我专找来劲的，我说："我求你了。"

她一脸正气，警惕并有些犯傻充愣，问我求什么？

"我哪敢明说，比如说你是不是觉得我们彼此的肉体联系有些生疏，应该让它们认识认识。"

"还不够明白吗？我确实没兴趣。我整天工作，有点儿时间，你说我能不想你吗？你老是说肯定不能这样下去，话是这么说，但还是一天天下去了。"

"文惠一天天好起来，希圣一天天烂下去。这就是我们生活的真理。"

"别贫，瞎逗什么。"

230

文惠笑了，回来后好些天了，她这是第一次显得开心。我说："这么一弄连我也没情趣了，反正你就是在不断提醒我，现在的生活不合乎规范。其实不用说，什么事情都有出头那天，到那天我们都老了，还有什么意思。"

"你放心，我这人虽然善良，可没那么大耐心。你有吗？"

"有，老实说，只要能活下去。我都习惯这种生活啦，是清贫点儿，你明白我指的清贫是生理上的清贫。"

"真够没意思的。你总得有个打算吧。"

我说："又来了不是，我的打算还少吗？现在社会上像我这样的情况也不是没有，除了等待，还有更好的办法吗？假如真没辙了，等不下去了，自然就有选择了。你就会用不争气来形容我，你说起来是比较走运的，找到了好工作，又是提干学习什么的，反过来倒看什么什么都不顺眼了。这种时刻你该最富有同情心。我看你卖……看我也特顺眼。"

"你他妈放屁，我什么时候看你不顺眼了？你倒是说啊。"

"还用说吗？"

"是，你一天到晚就知道张罗和我上床，我能不烦吗？"

"你是圣人吗，摆什么架子。这段时间我千方百计讨好你，没有条件，我创造条件，用不了几天我可能就到中心剧组去了，不也是工作吗？我知道你是怎么想的，你不用逼我说，你要觉得没劲可以直接告诉我。瞧你学习回来，全变了，说话跟女领导似的。"

她抄起一本《北京土语词典》砸将过来。我躲闪不及，正中鼻梁。几百页的书张开翅膀却只从鼻梁到嘴巴子留下一道通红的印。我用手捂着说："你好歹毒呀。"我的话听上去颇像一句蓄谋已久的台词，连我自己都有点儿感动。老文惠愣住了，半天才哭丧着脸轻轻摸挲着我脸上那道红印。我克制住冲动，冷眼打量这个因为调到国家旅游局而变得有些"歹毒"的女人，想她也真是到头了，怎么想到用书攻击我，她手边要是真有把牛耳尖刀，八成也敢掷过来。我只能忍，反正她也算是做出了让步，便给自己找了个台阶说："我要的是那本薄的，那本《性是必须的吗》。"

文惠搂着我，笑了。

正好我想拿点儿糖，没像饿狼那般扑上去。这时，田大妈闪进屋，老太太的敲门率是百分之九十，今天轮到倒霉的是百分之十。她嘴里说不打扰，屁股却落了座，递给我一个小学生练习本说，这月该我收电费。我说："一直不是楼下那退休老师收吗？我可是付了半年辛苦费的。"

田大妈说："你现在也不上班，呆着也是呆着，做点儿好事不是挺好。"

"我没时间，不行再多给她点儿钱，您看怎么样？"

"你别这么没觉悟，也应该讲贡献，人家老教师是看大家忙才尽义务。你没工作了，当然……"

"这么着吧，这是十块钱，我每月就拜托您老人家了。"

"你这孩子把我看成什么人了。你要是为了工作忙不开，我倒可以帮你。这成什么样子，不成雇工了吗？"

我把钱塞进田大妈的衣兜，半推半搡把她弄了出去。老太太也太差劲儿了，其实她老人家也没事，怎么就不能为同类着想着想呐！我确实有点小题大作，觉着真没意思。我举着小镜子照嘴巴子上那道快消退的印痕。我说我有时觉得自己特别没出息。文惠说她也有同感。她的话我不爱听。我和阳阳也讲过类似的话，起码阳阳问我怎么没出息。文惠是把我看透了，跟一个看透或以为看透自己的人生活，肯定是够累的。

我还不死心，说："有戏吗？"

她说："没戏。"

"没戏就没戏吧。"

听完我的话，文惠挺美。她给我的总体感觉是对我满不在乎。我看的出来。

文惠对我的态度大概是因为我的思想没和社会同步。我敢说她也没弄明白眼前发生的一切。再比如类似田大妈这等人，她们看不惯，更多的是接受不了"自由职业"这个概念，往深了说，实际也包含着对自己前途的担忧。我还敢说，无论哪个倒霉的小人物一旦落到"自由职业"的处境，大多数人能乐观接受这种命运，但却无法摆脱由于社会强加给他的等级观念而造成强大的自卑。其实，我就有点儿觉得自己不正派，很像该读书的学生不去上学而在街上闲逛。我避免碰到邻居，害怕他或她问起我的处境。我想干或正在干的事（比如写书），不过是块堂而皇之的遮羞布，今后我可能会改变，但现在我还是希望过一种安全的生活。我并非特别自私，常常也生出大人物才特有的对社会的谅解。

我只需要简单地活着，从来都是如此。

不上班，也看不到太阳升起，见天守在阳台，倒是能欣赏到落日的余晖。这个过程倒是像则寓言，寄予着我这类人对社会某种开明的念头。细微的变化是从无可奈何的自卑中寻觅到很幼稚的自信。同时我也发现我有时越发能装得像个大人物对待周围的一切，若将一些真实的念头公布给朋友，我相信他们兴许不会惊讶，大多会认为我不太争气的野心没有得逞，显得有些丧心病狂罢了。我倒是希望有人这样评价，至少证明还有人留意我。当然没有，即便有也是和我一样属于比较不争气的一类。胡然倒是没忘了我，给我寄来一些资料，地址又变了，头衔从副总裁变成总裁，信中写他现在主事了，一切不太顺利，但蓬勃的事业开展得如火如荼，又张罗让我去深圳。和我的乐观估计一样，这厮就在关注我，还寄来一张看上去挺正经的表格，跟二十多年前我填的入团申请书差不多。我猜这小子肯定开始行骗了。我心里是这样想的，但还愿意把这表格当正事。

我电话里告诉了文惠，她认真了，不让我去深圳。"我不让你去么。"就这么个酸不留丢的嗔怪。在无法证实真情假意的情况下，我那没起子劲又勾了上来，对她讲"特别想你，希望和你厮守在一起"时，真不是出于诚恳。她冷冰冰地告我，她忙，不能和我比。然后就不吱声，等我放电话。我不可能去，至少现在不能去。文惠明明知道我这是为了她。

最弄不懂的还是我自己。文惠真要张罗和我结婚，我还真怀疑自己会不会打退堂鼓，那样我就是捡破烂收旧家具也得出去跑，也就不可能朽在屋里伸伸懒腰胡思乱想了。我需要活动，但该是充满速度感的活动。

这一点和阳阳还是比较谈得来。不计后果的阳阳常寄来异想天开的信，最让人难以置信的是她要用自己的积蓄陪我到九寨沟住上半个月，信上白纸黑字写着"住"而不是"玩"。我像个正人君子加以回避，不是不想而是知道不可能。然后她就写来一些更大胆的要求，说我能找到去特区的途径，她情愿放弃学业和我去冒险，还说她们的南方同学几经辗转在台湾打工，收入差不多和美利坚合众国一样。我以为她家有精神病史，联想到她那位疯狂的哥哥，心里没少嘀咕，最后她给我抖落个令人沮丧的包袱，原来她是在为自己的一篇论文搜集一些精确的心理特征，接受这方面调查的不止我一个。我知道真相后，真想一脚踢飞她那漂亮的小臀部。我马上给她写了封挺恐怖的信。可她不乏幽默回了信，一点儿不在乎，信上说调查的结论和她的判断相差无几。

如果是真的，阳阳这篇论文等于没写。

我们又恢复了友谊。这有点儿怪，本来是不可能的，都因为我确实无所谓，懒得生气和着急。阳阳承认她真的有点儿喜欢上我了，但不能和我好，不是文惠的缘故，是我太乏味、太自爱、占有欲又太强，尽管是个有情趣的人，符合她的想象，但不符合她的实际要求。我只有张着大嘴惊讶的份儿。我拼命承认我的贫穷和没有事业，若是我妹妹也不会让她嫁给像我这样不名一文的家伙。我很可能伤害了阳阳，辜负了她的友情和寄托。以后她很少给我来信了。我认为自己太寂寞，和她玩了一场游戏，从一开始就是这样。感谢上苍，我们都没太认真，我们的错误在于我们实际都不熟悉自身的角色。我像个贼一样把阳阳的信件都烧掉，用对文惠那种很实际的生活态度埋葬了和阳阳这些日子的露水式情感。我很快做到了。我充分利用了我阅历的优势，我经历了情欲的磨炼，习惯过一种双重的生活，性格的力量已经完全被社会砥平砺尽，之所以还没有丧失人生最绚丽的花冠——感情，是一颗不安分的心和低级的欲望在做最后的挣扎。

文惠还是发现我和阳阳通信的事。多事的田大妈让她把信带上楼。她没好意思看，只是问写信人是不是女的，看字迹像是。我告诉她是金月亮的小妹。她没再多问，笑了，很平静地笑了。

后来，文惠又问起信的事，我告她早不知塞哪儿去了，并问她当时为什么不看？我马上表白我不主动让她看是对彼此的信任。她说只是随便问问。我这样理直气壮显得有点儿小题大作。我也后悔，何必那么不冷静，像是让她抓着把柄，脸憋得像被踩住的鸡脖子。我瞪着眼扯假话挑文惠的不是，真不知是哪来的勇气。我猜她感觉出来了。我和阳阳的关系算不算移情两说着，如果瞒着文惠，我肯定会自责，不过也没什么不好意思，我也没做对不起她的事。

这些天文惠也不知抽什么疯，天天上我这儿来，也不说话，就这么干坐着弄得我连起腻的念头都不敢有。沉默好像是女人的看家本事，她有主意不言一声，没主意照样一声不吭，弄得好像有多大心计。我有点儿沉不住气，再三追问。她却告我做的事我心里明白。最终我基本还是讲出来，说基本的，把接吻的情节去了，男人傻就傻在这儿，以为女人在这方面的平静是一种许诺，殊不知她们的大吵大闹才是埋葬这类记忆的最好药方。文惠有意的怂恿，让我也自以为是地以为身上忽然涌现出振奋人心的魅力，言谈话语间不知不觉带出点儿炫耀。她满意了，说是给了我一机会，否则我们的关系彻底完蛋。她说她讨厌一切形式上的东西，喜欢最直接地表现自己，也喜欢别人这样。她是胡说，把我的话学去了，还挺像的。打她学习回来，变得矜持许多，处处弄得好像挺有身份、有来历的样子。这就常常让我想到她粗糙的皮肤。我也知道，两者间没有必然的关系，但顽固的念头却打消不了。以前我不是这样。

潜移默化的醋意，起到推波助澜的作用。

间隔好些日子的一次得手，我想肯定是误会，我再也无法回到生龙活虎的状态，因为我时时都能从文惠眼睛里读到"将来怎办"四个字。我也在想，将来怎办？我不愿对文惠明说。对另一些人是平静的，出于无可奈何也罢，出于本性懒惰也罢，我现在确实有点儿习惯眼前的日子了。我等待生活，我把"等待"看得和理想、希望同等重要，同时，我也清楚我是千百万个喜欢习惯于自我欺骗中的一个。

我把思路清理一下，得和文惠讨论另外的问题。她在问我："你在想什么？"

"将来怎办？"

"我真以为你稀里糊涂混呐，还知道将来。"

文惠兴奋了，她喜欢这个主题。我说："面包会有的，牛奶也会有的。"

"冰箱彩电床上用品装修房间呢？"

"都会有的。"

"我不是那个意思，开个玩笑，最重要的是你。咱们很长时间没能开诚布公地谈了，你也不傻，应该比我聪明，这样下去总不行吧。退一万步讲，就是为你自己，你也该努力试试……"

"又来了不是，不就一项专长吗？"

"你来劲是不是，我好意劝你就跟往火坑里推你似的，爱怎办就怎办吧。"

"这最好。"

"真的，我发现你真变了，变得有点儿玩世不恭。可你过不了落魄的生活，一点儿苦也吃不了。告你，咱们要是想维持下去，这可不行。"

"你看着办吧。"

"我知道你是怎么想的，不就是那个小姑娘嘛，你也不撒泡尿照照自己，人家豆蔻年华的大学生肯把命运拴在你身上，真是笑话。"

我想乐来的。"我和阳阳就是一般的关系，你瞎说什么。"

"别以为我吃醋，你还没让我爱到那地步。"

"这是不是你的真心话？其实，我也明镜似的，不说出来完了。"

"你说呀，我真不在乎。"

"咱们心里会吧。"

"你他妈不说咱没完。"

我说："你最好别带脏字儿。最近从你的气质上看挺进步的，怎么一开口就有从酱缸里捞出来的咸菜疙瘩味儿。"

"刘希圣你也真损。我知道，你想和阳阳好，把我甩了，没门。"

"这是哪儿跟哪儿啊。"

文惠嘟着大脸蛋子，虎视眈眈地盯着我，持续一段时间，她可能累了，也可能扫兴，忽然抄起衣服要走，被我一把拉住，摁在床上。我不正常的心态和胡搅蛮缠确实能抑制我近似绝望的无聊。我承认我把文惠当成一个大玩偶。她多不容易啊，北京城像她这样的大姑娘千千万万，要摊上我也是够难为她的。如果一个男人，不能从虚荣上满足一个女人，至少应该是温存的。我没把她看得太高，但在今天的社会里，她不爱钱财，不图地位，只望我能有个稳定的职业，并不过分，甚至在任何一个社会，这个愿望都是渺小而平凡的，但这我都不能给她，对她是有些不公平。

我说："文惠，你冷静点儿，别生我气，你要知道我心里有多烦就好了。我知道你也烦，咱们就这样往前走呗，我真是无意伤害你，一顺嘴儿就说出来了。其实，我心里是怎么想的，你一定也明白，我真觉得配不上你，我有什么呀，除了勃勃野心，真是一无所有。这些日子，我在家里呆着，思想可没闲着，在想好些事，想的最多的是你，是咱俩的关系。我真不敢给你许愿，不敢答应你什么，那样你会认为我太虚，可心里觉得你跟我着实不易。不管怎么说，我肯定要努力。你别太急，咱们都到了没有什么退路的年龄，遇事该冷静。当然，尤其是我。我心里确实想过无数次，人家文惠跟我真是什么也图不着。想到这些，心里特不是滋味，跟我这几年，给你买过什么?"

文惠眼神变了，她不让我说下去。"你老实说，你是不是有点儿喜欢阳阳?"

"没有，真的没有。"

"也没什么，就是喜欢也是正常的。"

"那我说，就算是喜欢吧，怎么说呢，就像喜欢一个梦，一个哲学概念。"

"梦? 概念?"

文惠皱着眉头，叨叨来叨叨去的。我装作把这件事很快忘掉的样子，她又不好意思深问，只是反复问自己：梦？概念？我看文惠也让我折腾得有点儿五迷三道了。

文惠老是有意无意提醒我别忘了阳阳，时不时酸酸地道出"梦、概念"的话，好像她很需要。我懒得再解释，苍天可鉴，如果她喜欢这样也没什么错，我甚至有意成全她的平衡。迄今为止，我无欲无望，不得不把眼皮底下的痛快事看作生活的最高境界，溜溜饿上一整天，然后找到一家可心的小饭馆细嚼慢咽，再然后点燃一支烟，时光就这么慢慢流逝。我很少下楼，整个楼道却都知道我没事干了，见面胡打听，他们不问你找到工作没有，而是恶毒地问你在哪儿发财。我把恶毒强加给周围的同类，希望是最后一次。

天气很好的一天，田大妈找到我，开开门见她端着大号搪瓷盆，要从我的房间接点儿水清洗楼道。她不敲别人家的门是知道我闲置在家，是这个楼道最无足轻重的小人物。她当着文惠的面都能对我说三道四，肯定也了解了我的地位。她端着大盆说："这是最后一盆了。我知道你准在家。"

"今天是星期日，大家都在家。"

"反正你没事，一周又可以睡七个懒觉。"

"我要知道这样，我就不在家了。"

"不在家干嘛？你现在干什么呢？"

"什么都干。"

"希圣，听大妈的话，快找个事儿，要不总让人看着不正经。我讲的是实话。你说是不是？"

我强颜作笑，就差把老太太推出门。她为了证实我现在的身份，端着一盆水居然不酸不累和我聊天，该算是一种关心。我很庆幸还有一块属于自己的领地，可以撒欢玩耍，亦可孤零零品味寂寞，需要的话，还可以呼朋引类，通宵达旦折腾。我在想文惠的话，这个世界上究竟有没有适合我的事儿？我真不清楚，所干的一切，大凡没有愿意的，仅仅是

238

需要和习惯，怎么能够生成热情呐。

　　我也弄不明白和我毫无干系的人为什么要把期待强加在我头上。没有人愿意告诉我这些。这一点特别让我想阳阳，我想阳阳并不是对文惠的报复，而是阳阳身上寄予了我的某种期望。她从不问我怎么谋生，只可惜我在她心目中不过只是用于试验的公猴。她还给我来信，我总是在文惠没发现之前把信撕掉。我可以制止的，但我的生活太乏味，无伤大雅的偷偷摸摸常常让我来点儿小小的振奋。到底是文惠厚道，很快她就把阳阳的事忘个一干二净。我也得承认我和阳阳之所以维系这种联系，是我信写得极精致极少，兴许这就是魅力所在吧。阳阳的事，我和王子和讲过，告诉他我的意志很脆弱，脑子只要稍闲下来，全是和女性有关的思考。王子和说因为我未婚，说女人全是盐罐子。我说："你老婆才是盐罐子，女人是蜂蜜。"比较搓火的是我闲的没事和文惠聊起这事。她想了好久，也不言声，吭吭哧哧嗫嚅半天把我那本字典翻了又翻，然后说太甜太咸都不行，中庸之道嘛。我的老文惠可是不软，很懂得辩证法。我脱口而出，"刮目相看，知道甜咸适宜了……"话出口，已经来不及了，她翻眵着大双眼皮儿，没有二话，把我的电视从饭桌上给扔了下来。我也有点儿傻，半晌不知说什么好。她拎起包，把门狠狠带上。她走了一会儿，我才从地上把电视机搬到桌子上，只有上帝才相信，就咱国产那看了七八年的破玩艺儿，竟然还能看。

　　文惠开始拒绝接我的电话。

　　我想不出更好的办法，只能把对文惠的觍皮觍脸当作排遣没劲的一种方式。

4

　　王子和没有失言，打发小辉给我送来一张去西安的卧铺票，带话让我到车厢找姓郑的女士。我非常高兴，把一套民国版的线装本《资治通鉴》让小辉带给他爹。心爱之物，算是一种答谢。自从我丢了事儿，王子和帮了我很大的忙。我送走小辉后，又给文惠打了电话，这次请她的同事转告我要出差。果然不出所料，她用冷冰冰的语气说，回来后约个时间我们要好好谈谈。她没问我为什么出差，很是令人扫兴。她已经不关心我了。不过，能呼吸一下外面的空气使我并不太重视她想找我谈什么，更何况漫漫长夜还有一位女士陪伴。影视圈子里的人总该很靓，至少不至于让我恶心。我开始酝酿冲动，为"上路"多少做点儿准备，洗洗衣服，换掉内裤，清点银两。

其实，离发车还有好几个小时，我显得没着没落，跟没出过门的雏儿一样，肯定有迫不及待的蠢相。我真是个天生的小人物，摆了一通忙，攥着车票傻呆呆瞅着时钟才反过闷，唉，又不是揣着支票去欧洲度假，不去也能猜出笃定是满眼的黄土楂，再者我扮一脚夫，还犯不着激动。谁知王子和讲清没有我乃货真价实的还顾点儿脸面的公民，姓郑的娘们儿真要不开眼，一路跟我绷着劲可够受。这样一想，真还不如去个公的。反正我本着占不着便宜也别吃亏的原则，玩一趟西安也不错嘛。我坐在屋里思忖，不能再跟思想化缘，该干活儿了，为文惠着想，也该想办法赚些钱，哪么是假的也该买件档次低点儿的礼物表表心迹。她会喜欢我这样的，自己也觉得添彩，倒不是生活的品位，俗人就该往俗了活。转了半天，我发现我并非深沉的主儿，找不到伟大的活法，让七情六欲给折腾出许多见不得阳光的希望。这一切都和文惠有关，倒不像书上写的一生只能爱一次。这次和文惠就是很难摆脱的依恋。我如好好和她谈谈，把我的不忠，好高骛远以及自我怜悯，统统说给她，请她裁夺，那会怎样呢？我不是金月亮那类疯狂的家伙，但我还是敢夸夸海口，其实和自己所喜欢的人吹牛，也是需要勇气的。以后呢？我致命的缺陷在于我懒得行动又爱不厌其烦地和一个不存在的对话者打探将来。这些日子，平静、呆板、重复像镪酸一样腐蚀着我性格的力量，我根本不必呻吟，说实话，这也许就是生活给我关于未来的承诺。我接受，尽管我常常想到死，我还是个贪生者，勇敢者得到这种许诺就敢用猎枪掀掉自己的半拉头盖骨。

这是我强加给自己的骗局。

我有些惧怕思想的力量。

后来，我发现我实在是饿了。冲方便面时，有人敲门，我想是文惠，她知道我晚上走。开开门却有些意外，是衣着单薄的小艾，依然白净的脸有些浮肿，眼睑下生出细微的蝶斑。我帮她脱掉外衣，精致的马夹和包紧两臀的水磨蓝牛仔裤并没有掩盖住微微隆起的腹部。她拔掉皮靴，趿着文惠的拖鞋，还是浮夸戏浪，一屁股坐在床上，满不在乎告诉我：她只是走到这里了，也没打电话，我要是不在家也就算了。她说她不是来找金月亮的，只是想和我聊聊。"细高挑"的事她知道。倒不像金月亮对我说的那样，他和小艾的关系并没完结，至于他编排出来的男人，实际是小艾的亲哥哥。小艾和他闹也是冲着那"细高挑"。后来那女人找到小艾，让她别吃醋，说自己是两个孩子的母亲，都快四十了。

小艾说那老帮子要涮月亮。不过，一开始月亮也把她拍唬晕了。他们分手啦。

我问她怎么知道的。

"那女的找过我，说她让月亮骗了。可我不信，为了钱月亮不会骗人，他们之间没有那种事儿，只是为了买卖。反正我不相信，月亮这样做多半是为了气我。他哄我把孩子弄掉，我也把他蒙了，等事情出来了，瞧他傻吧。他想躲心静，爱跑就跑吧，反正这孩子我得要，我们家人也会帮我的。你说，他知道我的孩子没打下去，能这么踏实呆着？早晚他会找我来的。你看，现在都现形了吧。"

看着小艾在我眼前转圈，心里不是个滋味，我没法证实她讲的一切。可这年轻的姑娘愣头愣脑真要把孩子生下来，得有多大一堆麻烦事呀。现在说什么也晚了，看她的样子并不指望月亮能回心转意和她过日子，即便如此，她也像是无所谓。我说："你还是好好想想，能不能想点儿别的办法补救。比如说把孩子送给一个好人家。"

"不行不行，那就没有意义了。我这样做是为了什么？"

"为什么？"

"我想让他踏实下来。我跟他不能比，我没有退路，要是没有孩子，我在这儿可什么事都干得出来。我说什么事你明白吧？"

"我明白，第一眼我就知道你是个干什么都不在乎的姑娘。"

"我只想让你知道这些。不知为什么，我发现你这人不坏，不像有

第四章

偷窥背后 长篇小说
TOUKUIBEIHOU

的男人，包括月亮，简直太孙子啦。"

我美滋滋的。"也许你不了解我。"

"我在你这儿住了一晚，你忘了？"

我开始心旌摇荡，追问小艾："我是一个很直接的人，也撒过谎，但原则上的问题还是诚实的，我想你也是这样。你告诉我，那天晚上我要真向你求欢，你会同意吗？"

小艾点点头，眼里噙着泪花。我挺后悔，这样做有些过分，有些逼人，再说知道这些又有什么用。我对小艾说我是个伪君子。她恢复了常态。

"别说了，好吗？"

我说："我还觉得你不该这样，你是个蛮漂亮的姑娘，有很多选择机会。"

"对女人来说，从来就不存在着什么选择，感觉对头，往前走呗。我是有点儿没脑子，好奇心太强，可事到如今也没话可说了。有一段时间，我回南方了，可是我还是放心不下那个王八蛋，又不顾一切跑回来了。现在，真有点儿不知往下怎么办！"

"小艾，不管怎么说，咱们认识就是缘分，我会尽力的。"

"不用，没什么可难的，我要是连脸都不要了，办起事还难吗？"

"我有点儿恨月亮，你别看我们是好朋友，他对你对我都是一个谜，整天价我不知道他想些什么。当然，有些思想对你来说艰涩些，可我老觉着玄。你弄不清他的生活准则。"

"错了，他并不是谜，只是一个孩子。你别看他嘴上花，实际他一点儿都不行。我老是感觉他在跟我演戏，他夸张自己的快乐，他跟我说他很害怕孤单，他不停地奔命就好像要摆脱什么。有时他神经病一样和我痛哭。我是他的女人，他那方面不行，就因为这个我才惦念他，换上别的女人会瞧不起他的。他说他是为了克制自己，实际真不行，常常抱着我哭。医生说他是喝酒喝的。"

"你在瞎说吧？"

"你真是，说这些我好受吗？我不明白他这样放纵自己是为什么，他本来可以戒酒的，有一段时间甚至成功了，后来他还是克制不住自己。"

我不想把谈话进行下去了。小艾是否夸大金月亮的病态我不得而知，但她讲金月亮时的神情更像一个成熟的母亲，可她的话和现实差距太大。我想对金月亮来说，真实的快乐和虚幻的梦境，后者更持久些，他明白这个道理，但他用自己的生活方式影响别人是可卑的，如果他是无意的，那么这个环境、这个喧闹的时代就是出毛病了。我瞅着小艾，她睁大眼睛，那里有肤浅的光泽，漂亮而贫乏。我要是讲一个笑话，她会哈哈傻笑把眼前的一切忘个干净吗？其实也是我的写照。我们这样那样学了一点儿东西，便以为超越了这个时代。我能把这个道理讲出来，而小艾不能，因而她比我幸运。说到金月亮，我不信像她糟改的那样。

"小艾，你这样做没道理。"

"没道理本身就是道理。他早晚会高兴的，我不信人和人有太大的差别，他也一样，再说，除了我，还有谁能做到这些。"

傻姑娘！ "你本来可以无动于衷，用另一种方式爱他，比方说自由。"

"行了行了，你老说这些有什么用？你该顺着我么。我做绝了，无论什么科学都不能解脱我，除非这孩子生下来是个死的。你也是，和你毫不相干的事，干嘛非让我不高兴呐。我不爱听嘛。"

小艾哭了，看上去很伤心。我有些不知所措，遇到的毕竟是一团难解的愁绪。我确实想帮她分担一些，我告诉她我要去西安帮人取摄像器材，等回来再好好聊聊。我只能当一个令人开心的角色，能不能成功我心里也没有底，但我十分愿意那样做。我生出一丝怜爱，心里挺不好受，本来我眼前的烦事够多的，和小艾姑娘的情况比，真不能算事。她显得很勇敢。我没有亲身经历，觉得她的勇敢也许是装出来的。

我收拾东西要赶车，小艾要送我去火车站。我不好推，只能依了她。

路上，小艾挽着我的胳膊，身子依偎得很紧，仿佛是一对情人。我告诉她，我感到开心，像被一种强有力的磁场悬浮在空中。她没弄懂我的恭维，淡淡笑了。我还想说等她一走我就会从半空中掉下来摔个半死，可不知为什么我没说。

到车站就开始检票了。

我好久没来这里，好像全中国的老百姓都跑到火车站前大声说话。我让小艾回去，她很固执，一定要送我进站台，回去也没意思，更烦，在这儿还能听别人说会儿话。她跟真的似的，东张西望。我买过站台票，拉起她潮乎乎的小手，随着人流进了站。我讨厌她这样粘乎乎的，出口的话却是让她和我私奔。本来是个浪漫的玩笑，看到她的肚子，知道身不由己的小艾现在实际连想象的权利都让这个小杂种给无情地剥夺了。她苦笑着，没抻我的话茬儿。站台上的人开始多起来，四处走动，尽是别离的动情景致。我有点儿心不在焉，我不想看到小艾这张焦虑的面孔，太让人揪心。她愿意呆在我身旁，是希望我能主动给她些切实可行的建议。她已经感到失望了，却还不停提醒她在我身边。我有一搭无一搭，看对面徐徐驶进站的客车，那些乘客像是炸狱般往外逃窜。我蹦出这么个念头觉得挺逗，她就问我乐什么，问不出所以然，说我是冷笑，是嘲弄她。我解释也没用，如果她想发火，我想给她一个机会。她没有，只是嘱咐我见到金月亮别提她的事。我点点头，说我要上车了，见到月亮我会尽力让他安静下来。她嘴里说无所谓，眼里却在放光，不住点头。我的许诺很不实在，金月亮这家伙只有自己能说服自己。

轮到她催我上车了，我让她先走。她退了几步，随着人流钻进地下通道。我使劲追逐她的背影，不一会儿眼就花了。

我想难受来的，却找不着合适的感觉，主要是小艾并不很吸引我。我知道自己近似道德沦丧，并不是耸人听闻，我有时太爱自我怜悯了。

金月亮这个杂种，干得真绝，一向有人愿意为他做出牺牲，现在也不知在哪儿从容呐。

我一上车，把小艾的事就给忘了，我得找到那个姓郑的女伴儿。按图索骥，持车票找到我应该呆的地方，见到郑女士，不像我觉得在影视圈里应该的那样。可也不令我失望，过膝的咖啡色真皮长裙配双麂皮软靴，透着活力和自由，跟朝鲜人穿的差不多的那种剪裁得体的小衣服衬出一张白白净净的瓜子脸。不过，她那把令人辛酸的年龄足以让我对她肃然起敬。王子和把我的情况都讲了，她先叫了我的名子，还像那么回事握了握手。借此机会，我说了好些感激涕零的话。"都是哥们儿。"她话是这么说的。可能烟酒过度，她的声音有些沙哑，动静和我楼下的田大妈差不多，不由的使我生出几分亲切。

她让我叫她郑洁，然后把屁股对着我，开始拾掇提包。无意间我注意到她皮裙开门的拉链坏了，马上我就为自己无聊的细致感到不安。现在不是有事了吗，哪么是暂时的，却可以用正当的方式排遣无聊了。郑洁对我说，她是这部片子的副制片，以后我就跟她干。这次去西安我实际没什么事，搭把手，多个伴，路上也不寂寞，反正是赞助单位掏钱。她问我是不是天天吃方便面？我有些怨子和，处境惨点儿，摞肚里不就完了，显出寒酸遭人怜悯总是件不快的事，再说我也没到那种地步。我打个马虎眼，支吾过去，同她聊起剧本。想不到她也是编剧之一，登时觉得自己矮了一截。可她倒是个爽快的人，告我全是瞎编的，S部要树立典型，找来一堆劳模材料，往一块儿归拢，一部十九集电视剧本就出来了。同座的乘客，得知郑洁是影视界的人，便围过来，问了好些问题，她一一解答，还逐个数落明星，特风光，仿佛全中国的明星全是她的哥们儿，说了些什么我也记不清，总体印象是这群搞影视的"也没什么"。

我冲郑洁笑，我的笑，带着奸佞，把对她从心往外的腻歪转换成不伦不类的怪表情。像我这样的人真不多，饶着吃人家还要瞧不起人家，正是"救斯民于水火"，本应行大礼才是。我更正自己的感情，再笑起来，没什么个性，却是友好的。假如王子和在场，我会和盘托出的。我怕这次西安之行没什么劲，正有点儿后悔时，郑洁从包里取出几听啤酒和一些精致的小吃，她自己先启开一听说："你喝吧，都别客气。"我问她拍电视剧都是这样吗？实报实销。

郑洁说："有吃的，你就吃。"

我说："你可真是个爽快的女人，谢谢，那我就不客气啦。"

"根本没必要，像吃自己的一样。别看我是女的，我倒是不喜欢和女人交往，时间长了你就知道了。"

我顾不上礼节，把其中一只鸡撕得乱七八糟，抬头见郑洁面露忧郁。她喝完了一听，开始打第二听，同时又给我开了一听。我说："真不好意思，饿急生疯的男子汉，从不是人呆的地方逃出来，在一个极富同情心的女人注视下狼吞虎咽，很像电视剧里的情节吧，啊？"

"我知道你的一些情况，挺不容易的。现在有追求的人不多，要不也不会让你到剧组里来。对普通人来说，拍电视剧不能算太苦的差事，报酬也说得过去。你说是吧？"

我对郑洁忽变的情绪有些不安，猜定王子和不知把我说得多惨呐。从她的眼神里我能看出来，那是打量一个不走运的叫花子的眼神。我情绪一落千丈。这是一种温柔的挑衅，我不再吱声，默默喝着啤酒，几听下肚后，我觉得自己处处要求公平显得幼稚可笑，我正是一筹莫展，叫叫花子也不算错。我从来没见过这么爱讲话的女人，她像只见过全世界的鸭子。她给我讲了好些剧组里的事，甚至还得意地讲她在一个剧组"挣钱比导演还多"的轶事。她介绍一则经验，说我若到剧组，没钱也装得像个款爷，随便吹；等剧本拍到一半，表面给人造成拉帮结伙的假象，但自己别参与，让人觉得你在这个剧组有实力；到后期快分钱时，独往独来，和谁也没话，好像八十多部戏等着你，就是埋头干活儿。不时找几个看上去像流氓的朋友到剧组坐坐，就能顺顺当当拿到钱，虽不高明，回回奏效……

郑洁不高看自己，她很真实。

凌晨，她说睡吧，不到一分钟，就弄出很细微的鼾声，那可是极富节奏感的"横笛弦律"。上铺的小伙子悄声对我说，她可真是女中豪杰啊。我没有丝毫睡意，车厢内有远远近近的低声咳嗽。列车行驶得不太平稳，有些晃，吱吱扭扭和拉门的夸夸哒哒，使人满为患的卧铺车厢显出很奇怪的空旷。我有些冷，将身子裹进毯子里，也不知怎么就睡过去了。

　　一到西安，郑洁把我安排进一家离火车站不远的饭店，给了我八百块钱，说是算我从剧组借的，将来从劳务费里扣，然后和接站的朋友离开了我。我洗过一个热水澡，随便吃了些东西。昨儿在列车上也没怎么睡，疲倦得要命，倒在床上就过去了。不知过了多久，一阵急促的电话铃声把我从梦中惊醒，是郑洁打来的，要我去西安一家最大的泡馍馆，说是她的朋友请我们。"我们?"我很疑惑。我开玩笑让郑洁别对我太好，否则我会动情的。我是一本正经说的。她在电话那头哈哈大笑，她可能喜欢别人开玩笑。我常常在无动于衷的情况下讲些着三不着两的话，更多的含意是挖苦，对对方和自己都没有什么实际意义。郑洁更像个高手，对我这种寒酸的人并不陌生。她请我别这样，过分感激反而会使她不自在。她对我来说，"年事"高些，但身上仍有一种不正经的美，正因如此，倒让我更容易和她相处。

　　我按照郑洁提供的路线往泡馍馆摸索。一路上，西安城给我的感觉特别陌生，和北京差远了，倒是很像电影里的民国社会，三四个人骑一辆车来来去去。找不着警察，街上贴满打击吸毒买淫嫖娼的横幅、竖条。天又见暗，每个人看上去都特生，真没有一点儿安全感，走了几条瞎道，摸到那家泡馍馆。郑洁和她的朋友正等我，席上还有一位老上电影的女演员，很眼熟，但叫不上名，加上我共四人。

　　没有太多的寒暄，她们聊的都是电影圈子里的事，又是火车上那套，大小明星挨个挤兑。我听不进去也懒得听，就打量三位眉飞色舞的表情，因为个个表现得太浮夸，也瞅不出所以然。郑洁出于礼貌，不愿冷落我，边和别人聊天，边不停给我斟酒。我也愿意表现得像个雏，间或问一两个愚蠢的无精打采的问题。

　　四个人的闲谈一直持续到打烊，郑洁用车把我送回饭店。她住朋友家，让我明早听她的电话。我一人进屋，冷呵呵看了会儿电视，依然没劲，白天睡得太多，带来的那本书也没意思，躺在床上，没事归纳一下在泡馍馆的谈话，缕清了内容。好像是郑洁从朋友那里租用摄像设备，那设备是当地电视台的，本来是完好的，而那主儿却打着送北京保养的幌子。这就是说用公家设备挣租金，揣自己腰包，而剧组要是到租赁公司肯定是贵得不行。同席那位女演员，好像是租设备那主儿的情人，刚拍了一部电视剧，准备到京参展，希望郑洁能帮忙。再后来，坐在车上就是谁谁的是什么车这类的废话了。我得出这个结论很以为了不起，瞅着他们道貌岸然其实人品挺次的。这个平衡对我很重要，因为他们不法，我的腰板倒有点儿直了。我甚至有些怕他们一心为公，若是那样，就证明我目前的倒霉处境是公平的。不太走运的人，总该找一个适当的理由抱怨社会。这比每天挣几十块钱活得更来劲儿。

没事，我只能接着睡觉。

第二天大早，郑洁跑来说事情基本办完了，邀我一同去逛大雁塔，顺便参观博物馆。对这些玩艺儿我只是好奇，没什么兴致。看样子她对西安很熟。这些地方是该去看的。我没表态，看她大大咧咧一件件脱衣服，愣没想起她要洗澡，差点儿没制止她，得亏身上还剩几件就张罗钻进浴室。我瞠目结舌嗓子眼儿直犯干，听着浴室哗哗溅水声，愈发觉得自己有时特不地道。就这么一想，便想着给文惠打个电话。果然，文惠接了，她在北京跟我兴奋地嚷嚷。她知道我是在西安打的电话，显得高兴，千叮咛万嘱咐第一次办事别和人犯倔。我让她把想回去跟我讲的话先讲点儿，反正是别人掏钱。她一时默然无声。我告诉她我昨晚做梦梦见她了，心神很是不宁，好像要出什么事。我想了很多，准备好好调整，对她的关心实在太少了，回去后我得努力找个挣钱多点儿的活儿。我还说了好些谦虚的话。她最讨厌我自以为是和霸道。她说她忙，回来后再聊。我不让她挂电话，说呆着特没劲想和她多聊会儿。这时郑洁包着湿淋淋的头发说，舍不得分离了吧！我说，不至于吧。得，文惠在那头可是老大不乐意。当着郑洁的面，我不愿低三下四做过多解释，想聊点儿别的，那头就把电话给挂了。

郑洁好像没听清，笑呵呵说："怎么着，才两天就扛不住了？"

我说："不是那么回事。"

"怎么，你还没结婚？看上去你可有四十了。"

她的话着实让我揪心，也没法说别的，只能干笑。她从皮包里取出一面小镜子，使劲往脸上涂抹，来回翻着薄嘴唇。她白了我一眼，说都不容易，刚才是开玩笑。问我是不是也三十多了。我点点头，懒得接她话。她又说："唉，也没什么，我四十了，不也一人过吗，说了半天都不易。王子和把你的情况大致说了说，我看得出来，你这人也是挺有个性的。"

"子和和你说什么来的？"

"这有什么，在社会上混，首先都得拿自己当中性人。"

郑洁说她同情我。我心里说我用你一个娘们儿同情？笑话。

随后郑洁包了辆车，我们在西安逛了逛。博物馆休息，没去成，倒是去了大雁塔。我有些后悔和郑洁说话没轻没重，有点儿装孙子的意思。我主动邀她去兵马俑玩玩，她说她去过，再说也该看看车票了，让我自己去。我们俩有过那么一通，都感到没趣，尤其是郑洁，看样子她后悔和我说话太多。也是，花着钱挨挤兑总是犯不上。晚上，她把我送到饭店，说是有人请她吃饭，一开始想带我去，现在改主意了。她笑着对我说。我嘴里没说要是我也这样，但心里还是希望郑洁能原谅我的不友善。

郑洁走后，我忽然想到，她说这些是不是希望我去呐？我和衣躺在床上，感到自己是个没趣的人。

第二天风很大，我在服务台买了份地图，还是去了世界七大奇迹的兵马俑。

到兵马俑博物馆是上午。下车我就领教了这地方的狂风。简直和这里的辣椒一样令人汗颜，卷起来的哪是黄土，而是铺天盖地的琉璃。最惊心动魄的是我还亲眼目睹一场流血斗殴，一群皮毛贩子追打两个北方人。派出所出来位挟着条烟的警察，才算平息事端。俩北方老哥满脸青肿和那警察走了。我也随着围观的人群散开，走进大厅。我是个比较渺小的游客，匆匆转了一圈就跑出来，感觉就是"去过了，真不错"，再没其他富丽堂皇的纵深感。我本来打算喝瓶酒的，但见那位胳肢窝挟条烟的警察和刚才那两个北方人觥筹交错，便有些后悔到这来了。我在这个号称世界之最的"圣地"，最大的收获就是灌了一肚子黄土。我买了

第四章

偷窥背后
长篇小说
TOUKUIBEIHOU

点儿酱牛肉和一瓶啤酒，然后和老板娘打听回西安城里的路线。她告诉我这儿没有直接回城里的车，只能到临潼。我顺着她手指的方向没走出三十米，眼前冒出一憨朴大汉拦住去路，非要我乘他的机动三轮车，说别人是三十块钱，他只收我二十五块钱。我没打算去临潼，可看到那大汉的实诚劲，再想到老从书上读到的贵妃娘娘浴身的华清池，就和那大汉讨价，争执一会儿，二十块钱成交。好价，我一上了机动三轮，大汉的疯劲就来了。我可没想到他敢把破三轮每小时开足到六十公里，细瞅过，车上连牌照都没有，而这位老哥在坑坑洼洼的破沙石路上还回头和我聊天。我顾不上害怕，倒有点儿奇怪，他怎么可能活到今天来拉我，要不就是第一天试营业让我给赶上了。曲曲弯弯的路，像一条千疮百孔的烂绸子，轧过摊摊积水，将肮脏的污水溅得哪哪都是，甚至溅到我的脸上。我本来想叫他慢些，忽然，一种宿命的情绪主宰了我，阴死阳活的太阳，满是污水的路面，半空的黄土以及仿佛雾气沼沼的高原氛围，倒是挺符合车毁人亡的情调。这位老哥翘着腚，上衣的下摆呼嗒呼嗒掀动，露出细布花里子，我还留意到针脚很密实。这个疯子比我走运，准还有个贤惠的老婆。

我大声问他："你这车没牌照？"

他回答："没有。"

"你也没有驾驶证？"

"有学习证。"

"要是让警察逮着呢？"

"罚一百。"

老哥伸手在屁股后摸排档，摸了好几把。我奇怪车的设计者怎么把排档放在眼睛看不到的地方。一股浓浓的混合油味，直冲我鼻孔。他还在加油，像是察觉到我的不放心，告我他开二年多车了，让我踏实坐着。我心想，你还活着也称得上世界八大奇迹了。风太大，我掉过脸，竖起衣服的领子，一方面我听天由命，另一方面我喜欢速度，那种喜欢当然并非瞪眼盯着跑表，而是很放肆地陶醉其中，把自己变成抛向空间的物质，置身于一种流动，整个身心融入大自然的运行中。这是种很低的欲望满足，简单、抽象，对我这种不走运的人来说，还充满了象征，如同一个寓言。我多想沉迷过去，一切看上去非常简陋，没有封闭式的跑道，没有舒适的坐位，只有一个二把刀的车手和一辆要散架的破车，还是个三轮的。但有一点是共同的，它在向前，划破凝固的空间，在黄土高原的外壳上圆着个荒唐的梦。朴质自然在诱惑我挺进，寻觅陈旧成了我的习惯，而且我还常常夸大这种习惯。老哥把车停下来，我以为他告我还活着，他却说车没有牌照不能往前了。我只能步行走完最后的路程。他指着骊山，说山下就是华清池，使劲强调说十几分钟就走到，然后用敦厚和憨笑加强讲话的诚实效果，并要我把车钱给他。我成心和他要票，他还是用大无畏的憨笑从内衣里掏出一把各种票证，有电车、汽车、罚款单等等，粗略算一下，有三十多块，就像给我个大便宜一样塞过来，他拿过钱掉头开着他的破车晃晃悠悠顺原路回去了。由于听信了他的话，我整整步行了四公里山路才到了华清池。

我累得不行，因为停电，风又大，人很少。我买票进去就开始觉得没劲，迎面一尊贵妃娘娘沐浴雕像，个好大，光着半拉屁股。不少面露偷人表情的男男女女争先恐后地在她面前留照。我几个庭院转了一圈，看了个大概，就像是给自己打对勾，算是来过这里了。我坐在那尊雕像旁，忍不住瞭了一眼，老实说多情的雕刻家把活干得非常性感，客观说，也有成功的一面。

脚生疼，可还得走，先在书摊上买了几本介绍陕西风物的小册子。正在浏览，偶然抬眼，大门口有个破衣褴褛的小老头忙忙叨叨瞎张罗什么，细细辨过，太阳底下那对泪泡子似的风沙眼似曾相识，愣过神，只一会儿就记起这人是那个玩蛋雕的高亮晨。我奔了过去，他不认得我了，问我刻什么字。这才留意脚底下用白布铺着摊，摆了不少劣质的石料印章，大本子上摘了有百十句和华清池、骊山有关的诗词，旁边戳块纸壳板儿，贴着用复印机放大成至少八开的那篇《铁笔走乾坤》，只不过我的名字换成一位著名作家的名字。我问他是不是还记得我？他弄一思考者的架势，半天一惊一乍握住我的手说："想起来了，你是王子和王老师。"

我有点儿失望。"差不多，王子和的朋友。"

高亮晨很用力地拍了拍脑袋，我真怕他把脑浆拍出来。他想起我的名字后，直埋怨自己。他说："你们两口子还给我过生日来的，你是作家。"他把署名的事给忘了，还指着纸壳板儿啧啧连声。我心想是坐家，都坐出火来了。当他想起署名事件，挺不好意思，请我别介意，都是为了谋生，向别人打听文艺界谁最有名，人家告他是谁，他就写谁。

我说："你最好别这样，你写的那人的名声太大了。撒谎不能没边，你走到哪儿就写哪儿的文联主席。要说名声，鲁迅比谁名声都大，你能写吗？"

"他不是死了嘛。"

看他一本正经的就像经过深思熟虑一般，我哑然失笑，让他拾掇家什，一块儿喝几杯去。我提醒他别忘了纸壳板儿，他粲然一笑，鬼鬼祟祟让我看他油渍麻花的手提包，好价，里边还足有百十来张。他见到我也挺乐，领着路，拐进一家小饭馆，说是常来，和这里的伙计都特熟。我们落了座，要了酒，又码了一桌子菜，还没动嘴，伙计就来收钱，看样子倒不像是和高亮晨很熟。他还是碎碎叨叨，毛病没改，不让人说话，或是以为是在接受记者千里迢迢的采访，话里话外还是那套苦大仇深。我归纳一下，他在南方没着落，靠给别人刻这刻那挣点儿小钱，可那里的消费太高，结果碰着一位同乡，一块儿回了汉中老家，转来转去不敢往南方去了，便来了西安，骗骗旅游者和青少年，每天弄个二十、三十的。他说他对蛋雕又有了新创见。我绝对不敢让他讲"比如"，否则非晕菜不可。

他说："你不爱听我说是吧？"

我说："我太累，累极了。"

"谁也不理解我的追求，我太执著了。为了艺术我也顾不了许多了，别人爱怎么看就怎么看，我已经不在乎了。"

得，又一个自以为是的极品流浪汉。

252

我开始严肃，仿佛要做出牺牲，可话一出口却变了味："别那么垂头丧气，你的成绩不都明摆着，连那么出名的作家都写文章捧你。"

"你别挖苦我好不好？"

"生活没问题吧？"

"我不在乎别的，主要是没人承认我。"

…………

我笑了，尽量让高亮晨觉得真诚。他本来可以在家乡弄个小作坊之类的摊子，找个年龄相当的女人。可看上去他更喜欢现在自以为是的大师生活。我们谈到死亡和前途。

他说："我有点儿顾不上了，但我还想人是应该相信永生的，我四海为家，走走停停，很可能有一天举步不前了，像匹老马一样口吐白沫倒下去，可消失的仅仅是副皮囊，我会随着我的蛋雕艺术飘向九天云外。我搞艺术比较看重境界。这些话你是不能理解的。"

我把酒瓶举起来，把眼睛睁大凑近了看。他有点儿急，说根本就没喝多。

我说："是不多，一瓶白的不是还剩几滴吗。"

他不抻这话了，带着醉鬼通常的奸中带傻的怪笑向我磨叨这些日子的艰辛岁月。我留意到他开绽的破运动鞋和不知哪儿捡来的合成革夹克，鼻腔涌上一股酸楚。他终于坚持不住了，流着口涎趴在桌子上。伙计要轰他走，说他常喝多，但醉成这样子还是第一次。我付过账，又给伙计一百块钱，让他们给老高找个能躺着的地方，等到他酒醒把钱给他。我看着他的睡相，很是安详。这是心里没事人的睡眠。我挺不安的，觉得他这样都是我的错。我帮伙计把他安顿好，立刻逃之夭夭了。

回到西安，我责备自己无耻，可另一方面又百般开脱自己，我留在他身旁又能怎样？再说我是被别人雇来干活的，属于自己的东西只有感情。我想我是给他了。懒得再想，也祈求上苍不要再让我碰到老高亮晨，也许我们对幸福的理解有差异，我看他的表现的确有些让人揪心。在北京，我也常常能撞到醉卧街头的流浪汉，但仅仅能给自己不佳的处境找点儿平衡，从没想到他们这些人的世界，周围肯定也有像我这类无

第四章

偷窥背后
长篇小说
TOUKUIBEIHOU

耻的熟人。我又在夸大我的某些不达标的道德感，甚至愿意把仅仅属于缺乏自我完善的责任感归类到无耻和卑劣的范畴中去。不知为什么，那样我反而高兴。我讨厌自己像个君子，也讨厌别人这样评价我，因为我知道那样虽不能完全算作谎言，却离真实太远。为了真实，我就是喜欢夸大我的罪恶，再说，就想象而言，我也是该下地狱的。

见到郑洁，她问我玩得怎么样？我说没劲，老高的事我没说。只是和她闲扯我在电影院门前碰到一位姑娘，我想她可能是妓女，非要和我玩玩。老实说她比文惠漂亮，真让我动心，但怕得要命，也觉得不该对不起人，贫了几句就完了。

郑洁没有言声，显然，在她眼里，男人都不是好东西。

第二天，我们乘晚车回到北京。

5

列车驶过丰台站，郑洁就问我干嘛愣神。我要说我想个妞儿，她不会奇怪，但要说我出去几天就想北京，她准会哈哈大笑的。顺着窗口往外瞅，如同繁星的灯火，和那变幻莫测的流荧彩虹，衬托出都市那离我实在遥远的古老情致，无论我用什么样的方式思考，无论现代化怎样妆点，这都市在我眼里永远是挺着胸脯、穿着旗袍的美丽倩影。我没意识到下车后我居然蹦蹦跳跳的。我扛着设备，郑洁让我小心点儿，那可是一百多万的家什啊。我怀疑自己有点假模假式。

西安之行，我欠了郑洁一份情。

过了几天，我按她留下的地址去剧组找她。剧组设在 S 部附属的西郊仓库，主创人员都已经驻组。我本想请郑洁吃顿饭，见她特别忙，念头也就打消了，不想郑洁扔下活儿和我出来了。她说她要和我吃饭，并说作为制片盯着创作人员弄分镜头剧本，不过是为了节省开支。她告我那个大脸盘子的导演为了体现一个英雄，在这么十几集电视剧里下了六十八次雨，刮十四次大风，不盯着可怎么整。行业片你可以瞎编，可搞分镜头时不行，中央台要是因为质量不安排播出，和 S 部没法交代。我说这么忙还出来和我吃饭，真有点儿不好意思。她讲的那些玩艺儿，我没上心，只想请请她。我说我几乎什么都没干，连吃带喝还拿了八百块钱。她一沾酒，话就多了，但这次可是"贴近生活"了。

"你这么客套真是没劲。对了，要不我也得让王子和找你，到时你进组有困难吗？反正，没别的，拍电视挺苦的。"我有时敏感的很是多余。"我可不是为了这个来找你。"

"你这人就这点儿不好，何必呐，认识了就是朋友，一开始我还真讨厌你。你的毛病不光是认真，还挺倔，就是一样好，实在！不然我才不管你呢。"

看着郑洁变态的表情，我搓火搓大了。我笑着说我可以不来，不用非管不可。

她说："别跟我这样，我比你大几岁，王子和那圈子里的文化人算什么，一天到晚假正经。你在社会上混，要是不懂得掏坏，起码也别愣充圣人和自己过不去。希圣，我和你讲这些本来是挨不上的，也不是我喝多了，我只是觉得你有点儿愚，另一方面也是我确实想胡说八道一通。这些日子我有点儿憋屈。我看得出来，你是个没有什么本事的好人，可在我们圈子里，有本事的坏人太多，太让我厌倦。"

我并不怎么想说话，直劝郑洁喝酒。要是换上别的女人和我这样，我肯定翻了。我没那样是我不摸她底，也感到新奇。

"到时你来吧，只要别觉得烦。"

我说："怎么会呐。"

"你肯定会的，你这张受难的脸就注定你不会喜欢。这部戏上完后，你能拿到两万多块钱，对你是个诱惑吧？"

我点头承认，脸上没什么表情。"我是个俗人。"

"都是俗人。"

"郑洁，你好像并不喜欢干这行。只是挣钱看起来挺容易，我看你们一倒手，钱就算挣了，对你来讲，也是很有诱惑力。"

"没劲，我不知道我爱干什么，凡是把一件事当作职业，实际看起来都不怎么来劲。比如说你写小说，是一种职业吗？"

"好像是一种需要吧。"

"说起来你也别见笑，我真想过一种安逸的家庭妇女生活，过平淡的日子。"

"那不是太容易了。"

"不，平淡是无法刻意追求的。我有太多的弱点，最大的弱点就是爱钱。再说了，世界上没有不爱金钱的女人。我说这些你们是不是不爱听啊。还是说你吧，你得改变你的生活，我才不怕你接受不接受呢，否则，你会后悔的，你以为很牢固的东西，实际并不是那么回事，就说你的婚姻……"

郑洁酒喝得云山雾罩，我制止住她。我无法点明我厌恶现在的交谈，就开始吃喝，偷眼见她又显出可怜人的表情。

我说："你老是这样看人吗？"

"其实你也在这样看我。说不清谁是谁非，咱俩能认识也是缘分。我从小也挺喜欢文学的，对你有点儿兴趣是因为王子和说你小说写得不错，只是不怎么走运。你又不怎么爱说话，看上去城府挺深，似乎有点儿学问，只是有点儿格格不入。这样不太好吧。"

"我弄不清自己。"

"弄不清自己的人多着呢，就是别把自己太当回事儿。"

又添了酒，又添了菜，全是郑洁点的。我的血管也开始注入过量的酒精，再谈论什么就都无所谓了。我说认识郑洁很幸运。她听了眯起眼睛乐，再说什么也不觉刺耳了。后来我想我们达成很没劲的协议：我们说我们是最好的朋友。

最后，还是郑洁付的钱，给我留下她家的电话。她离开的时候，显出情深意长。我也颇动情地扬扬手。我们分手的情景有些戏剧化，而且很有些小丑儿的味道。当我想到文惠，心里有滋有味地分配可能到手的两万多块钱，很快就分没了，于是又有了新的欲望，心想要是老跟着郑洁，还有可能得到第二个两万多块钱。这次分得慢些，再冒出来的贪欲似是野蛮了。就是在这兴奋中，自行车撞到三轮上。那板爷看见我的破自行车，用北京特有的嬉皮笑脸让我使足了劲撞！我笑了，飞也似的骑了出去，去了大栅栏。郑洁给了我一个太美丽的希望，那可是整整两万多块呀，也就是说用不了多少时间我手里就差不多拥有整整五万块钱现金了。五万的确是个令人振奋的数字。文惠早就张罗给我买双鞋，我没同意也是不愿让她破费。现在有希望了，何不去武装一下。郑洁也说让我来剧组时穿戴要像个样，现在人都注意形象，就说不是怕别人瞧不起，自己也觉得体面不是。我享受着下午的阳光，眼睛有些发痒，顺着脊梁有麻酥的感觉，再瞟着两旁的路人，装束多有些臃肿，天开始冷了。尽管如此，嘈嘈杂杂仍是大栅栏著名的特征之一，远比它的繁华叫得更响。我存好车，不得不加劲在密集的人丛中冲锋陷阵，一连逛了三处鞋店，最后花两百块钱买了双鞋。临出门，我见有"厂家赔本清仓销售"的字样，往前一凑，很漂亮的棕色皮靴才四十块钱，只是有些变形。我说看看，小伙子不由分说把靴子塞进我怀里。我付过账，挺美，也觉得占了个便宜，把脚下的玩艺儿丢进垃圾箱。当换上新靴子，人的整个感觉就不一样了，像是挺拔了。兜里有钱脑子里有了希望，就开始想到挥霍。我一直惦念弄套《太平广记》瞧瞧，这书哪都有，对我来说也贵了点儿，以前读过几页，用我的水平理解是鬼魔道眼的还挺神，在书店看了半天，咬着牙还是没舍得掏钱。我耽误了会儿时间，让对面把两只蚂蚱眼描出凤尾的小售货员一通嘿唬，问我到底买不买。我没法长志气，将书悻悻还回去。这时却听见有人叫我的名字。

天啊，我做梦没想到眼前竟是真正掏心爱过三年的敏。

当时我可真恨不得宰了的小婊子。

敏穿了件说不清什么料子的紫色风衣，在空气的对流中都能乱抖，不像是高档的玩艺儿。她烫了头，跟带顶帽子差不多，裤子极瘦，紧绷着细长的两腿，脚下那双运动鞋倒是挺时髦的名牌。我想不出该说什么，比较傻地瞎问起来。

敏说她很忙，还是接受了我提出喝点儿什么的请求，并说知道就近有个地儿不错。我们一同走出书店，钻进设在电影院二楼一家小店。落座后，我环顾四周，尽是些没坐相的男女，像一群漂泊在孤岛上的醉生梦死的尤物。气氛倒是好感染人。给她要了杯冰淇淋橙汁，我点了啤

第四章

偷窥背后
长篇小说
TOUKUIBEIHOU

酒，让她安下心，反正我们也做不成坏事。她笑了，不像以前那般迷人。她说她刚生完孩子，是个男孩，挺高兴的，只是担心身体发胖，来书店就是想买本关于健美减肥方面的书。然后，她用颇令人费解的狡狯问我怎么样？我如实报上，还是光棍，但把和文惠的关系讲了讲。她矫揉造作地伸出手表示祝贺。

她说："你还是喜欢逛书店，不管你信不信，我早就想过不定哪天能在书店碰着，你看，还真应验了。你一进来，从侧影我看就像你，也想不打招呼来的，可一想都过去这么长时间，我也有了孩子，没想到你还没结婚。"

我说："有一次我见过你，看你挺匆忙的，也没打招呼。"

敏不言声了，瞅着有点儿愣神。我问她想什么呢？

她莞尔一笑。"瞎想。一切好像就发生在昨天，你看，你现在不也挺好吗，一人还能消消停停逛逛书店，结婚有什么劲。"

"假如，你当时不那么心血来潮，跟了我会怎样？"

"还不是一样，没有什么新鲜的，男人实际没有多大的差别。我不是势利眼，是家庭的压力，你也是知道的。你现在还恨我吧？"

"你猜我想什么？当然猜不着，我想把你拽过来痛打一顿。"

敏很开心地笑了，说："你真没变，还是想说什么就说什么。哎，说真的，你现在和那姑娘觉得幸福吗？"

"你呢？"

"我都麻木了，还说什么幸福。"

"看不出，瞧你身上长出来的一嘟噜一嘟噜的肥肉，就知道你过得不错。他怎么样？"

她不知为什么爱笑了，可能很满足目前的生活。"和你一样。"

"不一样，我天天晚上抱着被，而他搂着你，能一样吗？"

不动声色的下流话，让我满足了一种低级的心理愿望。敏用茶盘磕了我一下，说我讨厌。她也许愿意上钩。我想。她无意掀动下风衣，露出里边羽白色的套头毛衫，当我从她的乳部窥到一小块湿润，真真发现了自己的可笑。我埋下眼睑，呷着泛苦的啤酒，开始不知从何说

258

起了。

"你快结婚吧，都多大了。"

"是啊。"

"你还在那家出版公司吗?"

"早就不在了。"

"那你现在呢?"

"在家呆着。"

"自由职业者? 我明白了，现在这种人挺多的。"

我起身又要了一杯啤酒。她说："你别那么拧，也得对别人负点儿责。这么大人天天在家呆着哪儿成。"

"聊点儿别的吧。"

"你就是不现实，又不会做买卖，哪能这样下去，你说那个姑娘将来能容下你吗?"

我打断她的话。"敏，你还记得蓝色的泪水吗?"

"我不愿你这样……"

我的表情可能把她吓着了，默默坐了会儿，谁也没言声。忽然，她惊叫起来，说是光顾聊了，还得喂孩子呢。我让她先走，她假惺惺地说遗憾。我说我得把杯里的酒喝完，我可不想浪费，再说办事该有始有终。她整了整头发，以为我话里有话。其实她是误会。她走到门口又回来了，问怎样才能找到我。我笑着让她打119。她一甩咧子，扬长而去。其实多没必要啊，本来是可以好好分手呀。

给敏要的那杯冰淇淋澄汁，她只喝了三分之一。我看着刚买到的皮鞋，想到那我将可能拥有的五万块钱，就觉得自己真是傻到家了，以为钱这玩艺儿能救我。我本来就是个局外人，现在就该悠然自得呷我的啤酒，金黄色的液体上覆着雪白的泡沫，真让我有点儿不忍心往胃里灌，它多漂亮啊! 我就这样瞅着，没动。我也在想和敏的邂逅，不能算作巧合，她愿意逛书店，我也愿意，一切都是概率造成的，将来是无所谓，单就这次，见到和不见到都是合情合理。我告诫自己，如果想活得自在，就不要留下生活的痕迹，像老月亮那样。我把这件事给忘了，按常规早就该忘得一干二净了。

回到家就不是我了。

我把见到敏的事写进日记。我找不到说话的，就依赖于它，带有强制性，也挺好玩的。谨慎起见，以防文惠欠手欠脚胡翻，注下的一小行就是专门为她写的。我并未对这个小骗局有什么不安，如果将来我忘了此时此刻的情景，也愿意接受日记的叙述。重要的是，这样做可以帮我消磨掉许多时间。我一阵阵感到光阴似箭，忽而又觉得一切都是凝固的，为这，我多么需要不同种类的朋友啊！

快到年根儿了，西北风刮个不停。门窗成天到晚响，凄凄瑟瑟，仿佛门外有柱杖老妪悲凉恳求，有时也像打着口哨的浪荡子绕着房子和你嬉戏，弄得我心跟起了毛一样，充满了悬浮感，生活在太空舱内一般。我没有太多的朋友，再说也不能老去找，人家会烦心的。我也不能老呆在屋里倾听户外的西北风，便又开始过吊儿啷当的日子，看电影，读闲书小报，喝酒，让我比较坦然的是用不了多少日子就可以到郑洁剧组混事，心里还是挺坦然的。

这次是文惠要求和我见面。我高兴地敲定了见面的日子，但她却不愿来我这儿，让我挑一家饭店。她要请我，先是说让我穿好点儿，后来又改口说随我便。我有点儿想她了，却不能明侃，她添的新毛病就是老把自己当上等人。我不能惯她这毛病，早早备好课，准备见面就给她讲个让她脸红的笑话。

没别的招儿，对文惠招之即来的日子一去不复返了，只能耐心等待下星期。我想证实什么，仿佛有个变故在等我。会是什么？

我磨磨蹭蹭干一切事，指望日子过得快点儿，可倒霉的时间仍慢条斯理分分秒秒挨，反正我拿定了主意，到了那个美妙的星期天，我得把她弄到我这里来，我们有太多的日子没热乎了。我在电话里不敢暗示我们在饭店解决不了"根本问题"，她听出来会跟我起急的。她不那么放荡了，我是指在我们俩人单独的情况下。扪心自问，反复审度自己，却发现我差不多跟块陨石一样坠落，乌七八糟的日子里没有正经玩艺儿。说老实话，我可不愿承认他妈的空虚和无聊，实际我真是有些不知所措。我开始收回我的"高瞻远瞩"，不去过多思考一个月以后的变故。不安定的生活造就了我的习惯，如果说这是我的懒惰，胸无大志，真不如说是为了明天能体面地见到她，不得不屈服生活的压力。

我忽然想给阳阳写封信。这是个奇怪的念头。在我眼前，老像是有飘忽不定的景象，如同我的向往和梦，不时在纠缠着我。这宛若美丽的磁场，吸引着我，令我身不由己投向虚无。可怕的是没有任何力量能阻止我，仅仅是短暂的想象，也足以能动摇我的身心平衡。我在信中叙述了一种博大的爱，写信的同时，只能让很多流动的、转瞬即逝的念头一味发展。阳阳会喜欢我的信，在理想状态下爆发自己的真实情感应该得到真诚的回报。

阳阳很快回信了，准确说是一张写满字的明信片。她说她很高兴收到我的信，完全想到我会那样做的。我看那信写得很不认真，最后她告诉我她要和男朋友考今年的研究生，并问我意见如何？我把明信片撕碎，顺着窗口扔出去。看着这些碎纸片无能为力飘落下去，我居然流了泪。我讨厌阳阳这种暗示，一个女孩可以害怕爱情，但不能害怕朋友的热情。我感到自己好笑的同时，也想到给阳阳写信的真正动机不像我感觉的那么纯粹，其中含有我对文惠不易察觉的报复。我冷静承认这些，是因为这无聊的行为又原封不动落到我的头上。我又给阳阳写信，我的武器是现实中的文惠，我夸大我们的爱情，说她虽不能说是完美的，但却是可以信赖的。和前封信不统一，我也不在乎，同时，我得认真问自己，假若阳阳复信同样热情似火，我的行为如何呢？阳阳真的很快来信了，很正规的，并不否认喜欢我，至少她在信中明确表明这点。我发誓不再回信了。我不太清楚我心目中的道德律，如果为了虚荣，那就虚荣吧。

阳阳和我都是不甚高明的演员，也有相同之处，都对自己的生活不满足。我没责备任何人的意思，就是觉得一切显得真好笑。我们结束了。这样的结局对我来说是不光彩的。我很后悔写那封信，不过是我一

第四章

偷窥背后

长篇小说
TOUKUIBEIHOU

厢情愿的梦，我愿意把我的热情奉献出来，可我忽略了对象，每个人都有祭品献给他或她的爱——人和神。我没弄清这种关系，所以错误在我。我整天喝酒、骂人、抽烟，还假模三道侃什么人生，实际我不过是一个愚蠢的大孩子，一个活了三十多年的婴儿。

就前途而言，最好的方式就是等待和顺从，如果有希望，就留给心目中的神，可千万别张嘴讲话。我嘱咐自己。

6

中午，我肯定不是在美梦中惊醒的，听到狼似的怪叫，冲上阳台，往下瞅见老月亮站在那辆破吉普的保险杠前，仰着光头，手做成喇叭，扯着嗓子喊。小艾从车棚子探出身，挺是兴奋，也跟着有气无力向我摇着小白胳膊。我没想到外头有些回暖，相比之下，房间里倒有些阴潮。我下了楼，从前门绕过一弯，不想他把车弄上马路牙子，正冲我驶来。小艾满面春风，手招个不停。我看金月亮的微笑可以叫作纯朴，但说阴冷也不算委屈。他把几乎贴着我肚皮的车急急刹住，弄得肚脐眼好像是进了凉风，从腋沟子到脊梁骨又是一溜细汗。我骂了一句。他一本正经笑过，让我上车。小艾也跟着起劲撺掇。"去周游全中国吗？"我有点儿动心，巴不得金月亮履行计划，开着这辆破车去西藏。他坚持让我上车，我也只好照他吩咐做了，反正我也闲着没事。小艾亲昵地拍了拍我，然后指着自己的肚子，可怜兮兮摇头摆手的。我明白她的意图，她不愿让这粒种子发霉。我说他会茁壮成长的。这话只有我和小艾心里明白。她满意了，做个接近飞吻的举动。在车上我问金月亮去哪儿？金月亮说我们去五台山。我吓了一跳，忙着张罗下车。我说我和文惠挺僵，约好了过几天谈，也没准这是我的最后的机会。另外，我也怕郑洁打来电话。金月亮哈哈笑着，让我放心，也就三天。他说他认识一位大师，得去拜拜，一路会很好玩的。他说他决不让我失去这个机会。我想了想，觉得时间还来得及，便要过金月亮的手机号码，重新上楼将电话录好音，若有事，让对方打这个电话。说心里话，我倒是想找个地方放纵一把，如果是五台山，为何不试试呐。

金月亮把这辆破车驶向东郊，我觉得方向不对。他说不会让我失望，我不想多问，由他去吧，反正也出来了，别说是去五台山，就是开车出来兜兜风，我也别挑剔了。我太憋闷，我瞅着前排座的小艾，像个傻乎乎的老妈妈，凝睇着金月亮，我能看出她脸上的怨艾和淡淡的责备。他们的手勾在一起。我说："你们殉情可别搭上我啊。"金月亮给了一脚油，破车吼叫着往前窜，然后他又举起小艾的手说一定要搭上我，否则没有公证人。小艾骂他不要脸，使劲把手抽回来。汽车有些打晃，也亏得是郊区路上没什么车辆。他们的脚好像也不老实，瞎逗闷子。我拉开车窗上的玻璃，钻进一股凉风，戏痒地在脸上滑过。尽管凛冽，风仍是美丽的。我极目望去，因为我在农村干过，知道那起伏的叫暖棚，有些晃眼。路旁的杨柳，显得干干巴巴，不过仍能看出生命的迹象，那成千上万的芽苞，裹在树干的肢体内，等待着来年。跟这车同步的铅灰云朵，不太干净，却显得很悠闲，仿佛垂落下来。我重新调正视线的焦距，把心收回这辆狂颠的吉普车内。车现在行驶在一条沙石路上，月亮很用心扶着方向盘。我忍不住问他往哪开，他回头笑，倒是小艾告诉我这是去阳阳的学院。

今天是阳阳的生日。

我问月亮这个世界把阳阳生出来几次。他说这次是真的。我刚给阳阳写了信，这不是自己去现自己吗？我挺不自在，又无法明言，已经到这地步，也只能硬着头皮。再说，月亮什么都不知道，在咱们中国，和朋友的妹妹有瓜葛，总不是件大大方方的事，况且我比阳阳大那么多。

"到了。"小艾尖声喊着，汽车又上了一条平坦的柏油路，一座校园就在眼皮底下。不知为什么，我本是可以装聋作哑的，可那样对我很难，我毕竟把阳阳当婊子骂过。

在校园旁，月亮把车放慢："小艾，让希圣下车，咱俩像拍案惊奇里说的'恁地一下'如何？"

小艾说："还是我下车，你和希圣'恁地一下'吧。"

我们都笑了。这个淫秽的暗示也算恰到好处，驱散了我刚才一时的不快。对阳阳，我做的并不过分，我不愿见到她，是自尊心受不了。我相信我不爱阳阳，至少我回忆不起来我第一次见到她时的内心变化。她也是个女人，当她直立行走时，穿上漂亮衣服，带着迷人的微笑。她纯洁，但她总有一天会躺进一个男人的怀抱，也可能因为性的需要，也可能为了爱情。也就是说，她将和千千万万的女人一样过应该过的生活。我把这些叫作演戏是不公平的。我弄不清自己为什么要生出被阳阳欺骗的感觉。

金月亮可跟讨老婆那般高兴，他告诉我他老爷子去休养了，阳阳只能在学校过生日，还有个最要好的女同学。他这样做是给阳阳一个礼物。说到这儿，小艾白了他一眼。他把车停到学院门口，下车去收发室。小艾赶紧嘱咐我不要把她怀孕的事说出去。她说没想到月亮能回心转意。我劝她说还是早点儿告诉月亮的好，反正早晚也是得知道的事。他能回来，就证明他还是离不开你的。小艾听了我的话，显得很得意。

小艾说："这次去五台山是阳阳非得让月亮带着我来。"

我说："那是为什么？"

小艾说："也许月亮瞎说，也许是怕他有别的念头，阳阳挺了解他的。"

这时，金月亮乐呵呵回来了。我竟没注意到，阳阳就在他身后，见到我，她有些吃惊，但很快平静下来。他问阳阳是否还记得我。很可能是我多心，我看阳阳假装思索片刻，只是恍然大悟不太像，紧跟着表情就是处处败笔。只要有人注意，她就同我轻松自如。我尽量微笑，希望把这件事混过去。我一生做过很多毫无意义的事，而且继续在做，真是让人苦恼。我希望能找个机会对阳阳说我们从头来，像好朋友那样开始普通的交往。

我错了，过高估计阳阳的心事，不一会儿就看不出丝毫破绽。她钻进车，里边就我一人，她又吻了我，是那么恰如其分，让我弄不清她是个什么角色。她对我说，她不打算让月亮来，甚至也没打算过什么生日。"有什么意思啊，他神经兮兮觉得什么都好玩，我可觉得没劲透了。去五台山找什么大师，真是可笑。"她又下了车，和金月亮说了半天。这时来了一位姑娘，看样子和月亮挺熟，说她也想去。金月亮看着阳阳，看她同意后，金月亮让小艾、阳阳和我坐在后边，把那姑娘安排到身旁。我看出阳阳挺勉强，只是碍着同学的面，特不情愿地上了车。那姑娘可是开心极了，像只麻雀喳喳不停。我听口音是位东北姑娘，说话特怯，可金月亮开始笑逐颜开，从车后厢取出几桶软饮料，让阳阳分给大家，美得连我都给忘了。活该那破车打了有十分钟火，才启动马达，他暴出青筋渗出细汗，把这辆破车痛骂半天。我觉得他简直是在骂我。我无意瞅到小艾，她跟头要分娩的母豹似的瞪着冒血的双眼。阳阳挨着车门，被挤成一条，再也矜持不起来，只是迎和着那位东北姑娘，一味苦笑。

我们往五台山方向驶去。

金月亮开始唱歌，用折磨人的声音让大家痛苦，别人有各种各样的理由，不能言声，只有我劝他安静会儿。他开始和东北姑娘胡聊，学宋丹丹在小品里的东北话。姑娘说那么土的话只有乡下人讲，城里人没那么怯，也没那么地道。她把"地道"两个字咬得很重，听起来不伦不类。可月亮一个劲夸她北京话字正腔圆。我有点儿明白阳阳为什么让他带着小艾来了。她担心她的老哥哥。月亮直来劲，把车开得飞快，嘴里还不停问这问那的，惹得阳阳呲得他说我们都挺惜命的。小艾也跟了一句，说他老这么贫。

月亮可是太高兴了，他对那姑娘说最乐的事就是拉着姑娘们到处兜风，把车开到华盛顿也不觉得累。我看他可是够累的。反正我打定主意，把命交给他了。

还没驶出西郊，我看路旁的景致，什么都是乌七八糟的，乱成一团，我懒得听月亮的胡贫。我侧下头，发现路上怎么全是马粪呐？有人捅了我腰眼儿，我回头发现是阳阳笑得很神秘，问我想什么？我想说别的，可能说出口的话却是"想你"。没有声音，我用嘴型让她知道我说什么。

阳阳哼了哼。我心想你不信就对了。我奇怪的是怎么就这么一会儿，对阳阳竟有了一百八十度的转弯？我干嘛要把人家骂成小婊子呢？我该对害臊有个比较清醒的认识，当那条倒霉的吃不着葡萄的狐狸，不如像那只愚蠢的把嘴里的肉送给别人的乌鸦，闹个没头没脑，且还有一展歌喉的瞬间辉煌，远比失落更不摧残身心。我冲阳阳笑着，尽量很迷人。狡猾的阳阳和我不动声色地把一个毫无伦理道德的玩笑开完，落下的帷幕就是我们永远的缄默，不合规范的举止都将蒙上追忆的色彩，肯定不会有丑恶。

在车上，金月亮有小艾碍眼，也只能和那姑娘过过嘴瘾。车驶出城，速度更快了，像有一股风钻进我的头盖骨，我感到窨凉窨凉的，便闭上眼，却又仿佛随那刚还在眼底的团团白雾漂浮起来，可很快又开始跌落。只有阳阳是真实的，她不时还捅我一下，不知她出于什么用意，也许她喜欢我也能不失时机注视她一下。我管这种勾当叫"撩骚"，却回报她"回眸一笑"。我明白敢情我也喜欢这类把戏。她说她不愿我特忧愁的样子，该想一些快乐的事。我无法把话讲出来，我是多么希望我能把阳阳看得纯而又纯，可意志却把她每一个对我关切的举动都多情地认为"她和我还是有意思"。我的平静是不自然的。

金月亮开始放慢车速，说这说那，或是准备给那东北姑娘施展他的朗诵天赋。我这样讲，是每当他用洪亮的驴嗓门作践莎士比亚那些优美隽永的瑰丽诗句时，一般情况准有双热辣辣的眼睛在怀着莫名的焦灼。今天，轮到这位东北的傻姑娘。不过，据他自己讲，用莎士比亚是诱不住时尚小妞的。

出城后，金月亮的手机响了，他接了又递过来，说是找我的。他笑着告我说是一个很性感的娘们儿。我以为是郑洁，没想到竟然是马兰花，她说她找我找得好费劲。她又在说谎。我想起我那八万块钱，我们得见面。答应了，说好就在我家。我不想把我和马兰花的关系告诉金月亮。我的表情过于严峻，全车的人都在看我，甚至我都不觉出金月亮已经放慢了车速。金月亮问我为什么？我摇摇头。哪成想金月亮忽然恼了，跟我翻车道："你丫回去就回去，瞧你这操性，变着法不让我高兴。凡是乐事你全看不惯，回家烦去吧!"他说着把车停下来。我还没缓过神来，稀里糊涂让他给轰下车，整个儿弄我一目瞪口呆，瞠目结舌没讲出话来，然后眼瞅着他把车开跑了。

别说金月亮和我翻车，就是打起来我也得回去和马兰花见面。那可是八万块钱啊，得让她把话说清楚。我在原地呆了会儿，脑子开始清醒，心想马兰花也许不像我想得那么坏，否则，她干嘛又回来找我呢？除了还我的钱，还有其他的可能吗？这样一想，我又回忆起和马兰花在一起的时光，虽然短暂，却有很多"情节"值得留恋。我打了辆车，往城里赶。我见到马兰花说些什么，她今天会留宿在我那里吗？

当我面对真正的自我时，很难有勇气说出心里话。我的兴趣在于新，当我面对一个异性说我爱你时，却没有说谎的愧疚，反而以为在宽慰对方。我完完全全趋从于这种习惯，就是说若真有机会让我周旋于几个异性之间，照样能表现出恰如其分的真诚。接到马兰花的电话，虽然我挺担心那八万块钱，但心里仍是很兴奋，细想起来，和钱是没有关系的。我如果把和马兰花的关系讲出来，金月亮说不定也能同情我，没准不去那倒霉的五台山，而把我送回自己的老窝。我没勇气讲，实际上是因为阳阳在场。表面上看，我无疑是在撒一个弥天大谎，可我的爱情是否真诚，也只有我自己清楚。当生活不让人们面临社会道德和自我道德的选择，那么这个世界实际就只剩下后一种道德，即他妈的自身的道德。我也没什么理由称这种道德是不真诚的，我可以说它不负责任，但它的确能给行动者带来意想不到的快乐。我说服了自己。而立之年的人，要说服自己并不难，也用不着把什么"虚伪"、"自我欺骗"、"阿Q"等等往身上安，直接的快乐来源于我们过多的痛苦思索。我想我的过去，我和马兰花做爱，我后来甚至也想和阳阳做爱，也想和小艾做爱，我背叛文惠，虽然这些出于习惯和责任，但只有我明白真情，就因为我老觉得自己明白太多，用嘲笑神圣来掩饰我强大的自卑，所以我决不会把毫无指望的爱情当作寄托。我的愚蠢和堕落虽然没完全付诸行动，从表面上看，我也不像自己所想的那么不地道，对周围朋友的蒙蔽，也可以说是无意的。实际上，我也完全可以让我的思想同肉体一样腐烂，始终保持沉默，只是那样太难。很多时候我分不清真实和丑恶。此时，我愈加有些理解金月亮这个杂种了，尽管他不问青红皂白把我丢到荒郊野外，置我死活于不顾。

我忘了带表，也不知几点，但天已完全黑下来。问过出租车司机，告我现在已八点多了。看车窗外，街上人影稀疏，我生出彻骨的孤寂。

进城了，快见到马兰花了，我勉强从身上找出点儿热情。奇怪的是这些热情和马兰花没有任何关系，细细分辨，也就是种种属于老百姓的很低级的指望，比如说过几天我正儿八经和文惠彻底摊牌，像真的一样重复一次别人都曾有过的洞房花烛夜，给周围有个交代。我倒是希望我想到这些能生出些忸怩，来个芳心乱跳之类的。事实上我却不无嘲讽地傻呵呵笑起来，根本也弄不清嘲讽的对象，只是觉得未来也简单得要命。这要算作人的热情，更不如说是动物的冲动。我和文惠的未来，别人都演习出来了，我不信也是装着不信，不会有什么新鲜的。我指望和文惠过日子的真正内含，是我恐惧夜间的孤独。我不是常常紧紧抱着没有生命的棉被进入梦乡吗？这绝对不是我对文惠的反悔，只是我变得有些自私，我累了，却不愿一个人挣扎。我所做的献身，只有在她完全理解我的情况下才能做到，说明白些，就是我们的做爱也是平等互利的，满足彼此的虚荣。如果马兰花今晚要和我那样，我真不知我能不能扛住！

我需要灵魂上的平衡！

出租车司机突然说话了。"我一看就知道，你不是常坐出租的主儿。"

我说："你怎么能看出来？"

"一上车，你眼睛就盯着计价器，看着它蹦字是不是有点儿剜心？"

"那倒不是，只是觉得不值，有钱扔这上有些冤。"

"还是穷啊，今儿一早，我在饭店拉个女孩，人家打开车门就往后一靠，闭着眼，说到通县叫醒我。昨一晚，我挣了三千。人家挣钱多容易。"

司机说完，不怀好意地笑了。

到地方我给司机五十五块钱，并道过谢。眼瞅着载过"一宿三千的女孩"和"两眼紧盯着计价器的倒霉蛋"的出租车驶去了。尾灯血红。

我进屋先接了个电话，我以为是马兰花打来的，原来是郑洁。真是太巧了。郑洁告诉我，电视剧的资金尚有些缺口，再说又到了年底，剧本也须完善，因而只能等到明年了。我有些奇怪的是，郑洁话里话外的倒觉得有些对不起我。实际上，我相当感谢她，明年就明年呗！搁下电话我就想，下一个打进来的该是马兰花了。我用吸尘器把屋子清扫一番，还擦了家具，就好像要干什么。

有敲门声，打开一看，是两个男人。我有些犯怵，没等我有过多的反应，两人进屋就将我按在椅子上。一个念头就是马兰花雇人绑我，但看架势又不像。他们对我也算客气，只是不让我有其他动作。我有些不懂，说这屋里最值钱的就算墙犄角那些油画了，全可以拿走。来人笑了笑，说还是让我留着吧。他们问我是不是接到马兰花的电话才回来的。看我点过头，他们便亮明了身份，不管我信不信，这两个家伙居然是公安局的。

我没话了。我想一定是马兰花出事了。她可真是个谜。

我随着两个便衣来到小区的派出所，对别的我倒也不吃惊，我吃惊的是田大妈也在场。她用秋毫不犯的青天大老爷的眼神要看穿我。我不知发生了什么事。警察问我为什么到这儿来。我说是你们让我来的，我还想问你们呢。田大妈立着眼让我别顶嘴。这时，几个警察和那两个便衣进里屋嘀咕了一会儿，好像是往哪儿打了个电话，再出来，态度就好些了。首先，他们告诉我，马兰花涉嫌金融诈骗案，已经被收容审查了。我实话实说，把和马兰花的关系从头讲了一遍。然后，我又和其中一个警察回到我家，把马兰花写给我的借条取来，重又回到派出所。他们把我扔到外屋理也不理了。门口有警察看着，我坐在长椅上，心里烦透了，心想马兰花可是把我给害苦了。不用说，那辆金月亮和我要开着周游全中国的破吉普车也是骗来的。还真是，去过我家的一个便衣出来，问我那辆车哪去了。我说卖给朋友了，现正在飞驰在去五台山的路上。接着，他们又问了一大堆问题，其中也有我和马兰花发生关系的内容。就这样，一直把我折腾到凌晨。一个人在屋里呆着，心里也有点儿打鼓，心想把车卖给金月亮该不算犯法吧。无意中，我发现桌子上有一张过期的旧报纸，稍一浏览，没把我乐坏了，招聘栏内，曾经坑了我一个月工资的贾朋又在招兵买马，好像是要编撰一本什么新闻工作者大全之类的。我看上面有电话，真想马上把电话打过去。不能这样轻易放过贾朋，我见没人注意，便把报纸拿过来，可报纸正面一个大通栏内的几个大黑体字引起我的注意："文学才女香销玉殒，'青春绞架'震惊文坛"。再往下看，心不由地揪了起来，文章说的正是欧阳文婷，并配有一幅生活照片。

这下，我终天见到欧阳文婷了。

丑陋的欧阳文婷看上去起码有四十岁，她戴着一副眼镜，眼睛有些斜视，过多的白眼球，目光游离而散淡，她的肩和背佝偻着，画面上的右手看上去也显得很僵直。这是张半身照，可我还是看清了轮椅的扶手。真是太让人失望了，我想不出这样的女人怎么可能写出像《青春绞架》这样的青春小说。我也明白了，欧阳文婷为何不愿面对我。文章说欧阳文婷患先天性骨髓炎，她一直活在痛苦之中，没有阳光，没有希望，有的只是文学，当她的《青春绞架》遭到第十五家出版社的拒绝时，她选择另一种方式让社会关注她，那就是用她的生命来证明她的信仰。欧阳文婷是吞服安眠药自杀的，她的半部手稿是通过邮局寄到报社的。这些手稿的片段被一些专家读过后，一致认为是当今少有的佳作，并认为是社会杀了她。文章还推断，《青春绞架》的另一半手稿有可能在欧阳文婷的某个朋友处，估且文学价值不谈，其商业价值也是相当可观的。一些出版社已经"蠢蠢欲动"，某些拍卖公司也对这部手稿表示了极大的兴趣。可是那半部手稿在哪儿呢？我也在想，欧阳文婷和社会开了个大玩笑，那半部手稿不会存在了。文章的最后说，欧阳文婷刚满二十一周岁。她本来可以属于新世纪，但没有，小小的的年龄永远凝固在过去的年代里。

警察出来了，让我把报纸放回去。我放回去了，挺遗憾没能记住贾朋的电话，又让他给溜了，本来我还要找他要回我的工资呐。警察让我签字画押，然后就冲我笑了。我明白，我的事完了。

终于让我回家了，并说随时可能会找我核实情况。

指导员向我致歉，并和我握了握手，一旁的田大妈也来个一百八十度的大转弯儿，笑眯眯瞅着我，就差拥抱了。我也冲她笑了笑。从派出所出来，我找了家通宵的小饭馆，喝了一杯，回家后，拨打金月亮的手机，但就是没人接。我晕头胀脑的，心想这个老月亮一定醉得像头死猫，谁又能叫醒他呢。他们不是去找那个倒霉的大师吗，但愿他们能如愿。我心完全乱了，想起报纸上欧阳文婷的那张照片，难受极了。

上午九点多，我被饿醒了，本想忍一会儿，可再睡不实，索性从床上爬起来。下楼吃了碗拉面，不花钱的辣椒油撒多了，脑门冒出细汗，仿佛从骨子里泄出秽气，感觉似乎挺清新的。我又给王子和打个电话，才知道他到南方采编东西。我又没事了。我试着习惯这种逛来逛去的生活，还试着麻木自己，看来差不多成功了，因为什么都不干，也就干不成好事或坏事，无意给自己留下清白，倒有理由敌视所有比我走运的家伙，包括我的朋友们。

我想给谁打个电话，找不着明确的理由，憋得难受，想来想去只能找我亲爱的老文惠。我在电话里和她打着哈哈，我说我很想念她。她不信，其实我也不信，眼下我离不开她是真的，男人想排泄掉情欲的冲动也不难，可我已经陷入对她的依赖，并把这当成高尚的情感，却又明白自己的所作所为的确有些拉她"入伙"的意味。我们共同承担自己强加给自己的义务，还假装疯魔管这叫感情。这可能吗？我知道这是彻头彻尾的虚荣，每个人都有个异性的伙伴，我当然不该没有。我把结识的所有女人在脑子里归纳，全变成了象型符号。我害怕这种挑战。我若不是灵魂上的疯狂，我就完了。我告诉文惠我真的完了，让她赶紧来我这里，她不干，点了鸿宾楼饭庄，说要请我并有话对我讲，很重要的。把约会往前提，我很高兴，在公共场合我只能轻轻抚摸她。这样对我们的婚姻有利。

无所事事，一天就等于百年。

我打完电话，又转了回来。在楼道，田大妈递给我两封信，看到其中龙飞凤舞的字迹就知道是胡然的，另一封是阳阳的。也就是说，我找她时，这封信已经发了出来。我腿有些软，爬到房间神经才松弛下来，我责备自己太下作，那心率过快骨头酥软和抱姑娘上床的感受特别接近。可我对阳阳从开始就尽量克制粗野的情欲，把梦安置在心灵最圣洁的角落，不愿触碰完全也是为了自己。我把未来变成精心策划的创意，说白了也是充满罪恶的骗局，好在我骗的是自己。我也乐意这样。一时间，我觉得对阳阳充满了情感，没法用语言表达，我会不顾她的乞求和挣扎，不计后果，紧紧搂住她，直到她窒息。这种表达方式可能太野蛮，不符合浪漫女孩所迫切需要的细雨般的前奏，但能这样想想，也着实够让人来劲的了。我甚至有些后悔给文惠打那个倒霉的电话。

我打开阳阳的信，她说她仿佛生下来就在寻觅一个人，一直在找，这人能让她全身瘫痪，淹没在风起云涌的缱绻之中。她强调迫切渴望快点儿陷进多姿多彩的迷惘，见到我她以为找到了，后来她明白那不过是一厢情愿的憧憬，那样的男人实际没有。瞎掰！我咯咯笑起来，明白阳阳并不像我想的那样纯。这反而更让我喜欢，刚才的爱情一转眼消失得无影无踪，或许为了挽救我的自尊心，不甚情愿就这样打发掉对阳阳的爱，便和文惠做个对比，不料愈发糊涂起来，文惠的一招一式让我亲切，每每总是轻而易举让我来劲，可阳阳全身都神秘，因为不熟悉，添了想象的成分，就是说我像个中学生一样管弄不清的不敢往性交上想的纷乱感受叫爱情。我给自己找一个合乎逻辑的台阶：阳阳是闲的！

272　下一封是胡然的信，和往常差不多，只是越来越玄，告我他们接了个上亿工程的土建项目，和当地驻军一块儿干，又是让我去他那儿。说老实话，我开始动心，就目前的处境，撞一趟不能算错误，我自己也主张试试，弄得最惨也不过是丢盔卸甲回来，起码算是生活过。我丢不开文惠，丢不开对俗日子的憧憬，那是种渴望家庭的温馨，金月亮、胡然、王子和提起家和老婆不是深恶痛绝，起码也跟议论一场感冒差不多。我不同，表面上我到哪儿聊什么都是司空见惯的样子，真要论及家，我还是怦然心跳……更多的夜晚，我是被美梦惊醒的，醒来周身只有渐凉的虚汗。那份孤寂，常常伴随着无可奈何的绝望到天明。我把胡然的信扔到废纸篓里，决定还是把住眼前的日子。我生怕自己烦，要一鼓作气活到底，起码像热爱生活的样子。得亏有文惠愿意和我搭伙。我千方百计渴望抓住稍纵即逝的光明磊落，堂堂正正男子汉一番，可笑的是每次都狼狈落马。有了文惠，我还是有理由召唤出自己的高尚情感。太阳从蒙满尘垢的窗帘上的破洞投出一束光，安详静谧，将阴暗的房间切成不规则的几何型，挺入画的。我凝睇着，有些发呆，些许生气是我先前从未察觉的。这是很抽象的美，同时也表明了我的生活秩序，不过实际到家的生活欲念，令我根本承受不了现实中极富诗意的想象。我把窗帘一把撕开，虽然有阳光，但气氛依然萧瑟，满树的枯枝，仍很挺拔，仿佛象征冬眠的生命力。

冬天来了，可春天对我来说还很远，也难怪，她要跨越一个世纪。

我想我是在拒绝一切能引起美的遐想，那样我就少了好些欲望，只剩下最简单明了的活着的义务。我要为这个没有趣味的想法感到害臊，那还能算是活着吗？我把窗帘又拉上，从破洞投出来的光束缓缓摇动，我觉得挺好玩。看过表，离文惠约定的时间还早，我愈发有些没劲，折腾出一身干净衣服，挟着去了桑那浴房，冲淋浴时，我闭着眼张着大嘴，不由想起很多淫秽的生活情节，后来升华到艺术境界。反正好些电影表现无辜者遭到强暴之类的倒霉事，大都张着大嘴在莲蓬头底下做七情六欲的挣扎状。不知不觉，我也跟着试了试，效果还是不错，起码暂时算是丢开一古脑的烦心事。洗毕，我把肮脏的内衣装进存衣箱内，然后自己换个里外三新。我成心这样做，除了文惠给我买的皮夹克，我丢掉的衣服还不能算是不能要了，洗洗还是说得过去。我老是玩味，不切实际，弄一象征手段，行不行我都愿意那样。这是我的毛病。我出来经风一吹，顿觉清爽，不觉冷，无所事事的空虚，更让我非常渴望要文惠，尽管我瞧不起自己这种不失时机的生物般的冲动。得亏文惠每次都没能在这方面看透我。

还有时间，我又看了一场电影，没守到终场并不是不愿意看，我已经习惯充当愚蠢电影导演的牺牲品。当个傻子也比当个无聊者有趣得多。

我紧赶慢赶，还是比文惠晚到了一刻钟。我像个贼一样看过周围的环境，悄悄吻了她。"你别这样。"她面无表情，小声嘀咕一句，抬起脸白瞵我，便开始叫菜。我开始惊讶，比较抠门的文惠一下点了上百元的菜，我制止她这样，不让她犯傻，可她愈发执拗，说这段时间挣了些钱，不让我担心。她勉强冲我笑笑，露出一嘴小白牙，我见那厚嘴唇涂上的口红像抹过的羊血，有点儿发紫，再细打量老文惠身上的每一处细节。她可是变了不少，弄了眼影纹过眉，面部也比以前细嫩，头发做成山蘑菇型，两只呈月芽状的琥珀色耳坠儿颤颤悠悠，质地很柔软的外套是绛紫色的。我觉得挺怯。我感到她有点儿鬼鬼祟祟。她用小胡萝卜似的手指从皮包内夹出一方丝质手绢，有意无意擦着下颏。

我说："你忽然变得仪态万方举止高雅起来我真高兴。咱们国家凡是能和洋人打交道的地方都特养人。你看上去变化挺大的，一不留神我差点儿管你叫珍妮。你怎么心血来潮让我奢侈一下？我想那个……你知道我说的那个是什么……"

我嬉皮笑脸可能招她烦，她面有不悦。

服务员开始布菜。文惠又给我要了白酒，而且颇有些殷勤地为我夹菜。我饿极了。她提醒我吃东西别弄得太响，过于狼吞虎咽对胃也不好。"你老是这样，我也不好意思说你，跟抢饭似的，多不好呀，如果和大家一块儿，别人嘴上不说，心里会瞧不起你的。"

酒有些急，身子发飘，感觉好极了。我盘算文惠也等不及，一脑门子性事。我不敢承认心里想的，打明白男女之事起，就牢牢记着"千里送京娘"和"坐怀不乱"的典故，也往那方面努力来的，可控制不住。老文惠的一根头发丝，淡淡的鼻息，都能在瞬间腾起我的欲望，烧得我浑身不自在。这跟爱情挨得上边儿吗？

"文惠，你可知道我有多想你，真的，我认命了，不做任何冲刺，咱俩能坦坦然然过日子，也不能不称之为潇洒人生。"

文惠说："你就会耍嘴，话说的漂亮着呐。"

我给文惠夹了叫不上名的鸟菜。我不停地说，不停地吃，半天也不听她讲一句话，问她为什么不吱声？她眼直勾勾望着我，不一会儿，很难让人察觉地轻轻舒口长气，旋即垂下脸，闷哧闷哧喝了杯啤酒。我再三追问发生了什么？她就是不吱声。不知道为什么我忽然想到她是不是被别人强奸了，有难言之隐，便开始厌烦，也就不想再多问了。不料就在这时，她脸上暴露出一个我熟悉的"细节"，我的心顿时沉到底，那是两行他妈的淡蓝色的泪水，像蚯蚓一样缓缓流下来。我很快明白了，知道要发生什么，出口的话依然调侃，却夹着哭腔。"为什么呀？我背地可也没干对不起你的事。你怎么想的，真要和我分手？我说的不对吧？"

文惠几乎用表情忧伤一下。

我开始恬不知耻夸大我的震惊。"实际你已经决定了，是这样吗？"

她往外挤眼泪，嗫嚅着说："你老是误会我，我没别的意思，我只是觉得没劲，真的，特别没劲。"

"太突然了，你总该给我点儿时间。"

"时间越长越痛苦。"

"你说老实话，你痛苦吗？"

文惠点点头。我笑着说："以后在这种场合最好别涂眼影，流泪就跟两眼泣血似的，不明戏的人还以为你动真格的呢。"

她从皮包里拿出镜子，不禁"扑哧"一声笑出来。

我心里恶狠狠骂着，随手往地下丢个盘子，摔个稀碎。服务员跑来，我说我照价赔，算进饭费里。她哭丧着脸。"我求你别这样！"

"没事，发泄出来就好了。"

我深情地摸摸文惠的脸，她没躲闪，可我看出她的眼神全是坚强的目光。

我说："说实话，有没有人？"

"没有，真没有。我说过我只是觉得没劲。"

"我根本不生气，我早说过连我有妹妹也不愿她嫁给像我这样的人。我喜欢真实，那样我倒更容易解脱。真的，别骗我，即便如此没准你们还能成为我的好朋友。你知道我很大度，人总有自己的选择，这没错。有主儿了，是吧？我真不生气，还想见见他呢。"

文惠点点头。我能不生气吗。要是换上整天讲究真实的我，绝不讲实话。另一方面，她不能算是不聪明，可以断了我的念头。 "是老张吗？"

我还握着她的手。她说："不是，是局里一个翻译，比我小，是他提出来的，我没法拒绝。你不能全怨我。"

话是不能说得太白了，那样人类就太卑鄙。她流出新的无色泪水，我希望她伤心。我说："可是我觉得你本该找更好的理由，让我们俩都伤心的结局比较符合咱们的年龄。照你这么说，你还是很高兴的。"

"希圣，你别让我撕破脸，那样都没意思。"

"有什么呀，是你主动和我好的，又主动离开我，我有错吗？"

"你没错，有错的是我。该给你的都给你了，跟你几年了？你让我怎么办。这是中国，我总不能就这么稀里糊涂不清不白的和你混日子吧。我也有父母同事啊，大家都瞪着眼看我，你倒好，三年都没张罗到我家去看看。现在说什么也没用了，我没法努力。"

我烦透了，挥手让她赶快结账。弄不明白文惠为何用这种方式和我分手。我不再言声，趁结账的空，自己先遛出来。她拎着皮包追上我，问我是不是赌气。女人真不是东西，都到这份上，还跟我装疯卖傻。我总不能笑呵呵把你脱光了抱到别的男人床上去吧。行啦，愿意怎么干就怎么干……

276   文惠问我在嘀咕什么，当我抬起头看她时，不知不觉流出眼泪。她变得模糊起来。她或许察觉到我的失态，上前挎住了我的胳膊。这个异常频繁的举动今天对我来说尤为可贵。长安街灯火辉煌，可我的心却灰透了。

我们往六部口走去。我说："你还能这样是想减轻点儿自己的压力吗？"

"也有你的。"

"你别信男人的话，其实个个都是醋坛子。我真的不愿离开你，我想我开始痛不欲生了。还有别的途径，比如说给我两年，先别忙着嫁人，但你干别的随便。"

文惠冷冷抽回胳膊，用异样的目光盯着我，并让我重复一遍刚才说的话。我们俩在马路牙子上对峙着，有几十秒，最后还是我先开口。"你不用作戏，你怎么忘了我是写小说的，很可能我一辈子出不了名，但我却知道你是怎么想的。我叫你随便，意思就是你随便搞破鞋和人同居。我说我不在乎，是我没办法在乎，你用不着先发制人，好像你多高尚。我还是那句话，让我重新选择，我还选择你，不是责任，也不是像你他妈所需要的所谓爱情，而是一种习惯。你别傻站着，走吧，你从来没读懂我，真的。"

文惠犯了会儿愣，瞅冷子给我个嘴巴，有些踉跄地跑出去叫了辆出租……

我伫在原地好长时间，咂磨发生过的情景，想过又觉得极是平淡，和文惠讲的那些刻薄话，都是我小说中人物的自白。我凭空臆断自己，无意中也把老文惠文学化了。完了，包括我来时的蠢蠢欲动的情欲，一下消失得无影无踪，懒得勃起，甭管任何刺激。眼下就跟劈头浇来的一桶凉水，冷静过后，整个人倒安详得要命。连我自己也弄不明白，本来该痛苦的事，而我却只是空虚和无奈。几个年轻姑娘从我身旁掠过，我竟然还瞄了其中一位的胸脯。还真那样想了一下，她们看上去都不丑。我很懒散地从六部口直接往南遛达，拐了几个弯儿，在一家歌厅停下来。为什么不试试？反正也是空虚，听听男的和女的嚎叫也算解解心头的郁闷。灯红酒绿之下，我还是排遣不掉老文惠，她说得不假，该给我的都给我了，还能索求什么？小姐把我引到座位上，刚问我要来点儿什么，也可能看出我不像个真正的消费者，马上主动推荐我还是来杯红茶。我觉得这小姐很是能体谅人。哪料到同样是个圈套，端上一杯红茶后跟我要二十五块钱，我想嚷嚷，瞧瞧周遭衣冠楚楚的绅士淑女，再仰望柔和舒适的光线，才发现原来是自己跟自己"款"起来了。还闹什么，也是机会难得，就着发情期的嚎叫，小啜轻呷，自在一番，便入了港，因那"港"又和文惠有关，就有些瞧不起自己，觑了一圈儿，勾肩搭背的男男女女令我好生凄凉。独自啜饮忧伤，细细把玩，越发难以抗拒，像个泪人似的让人以为我因为歌声动了情。攥着茶根儿不知过了多久，一小妞儿握着话筒款款而至，问我她的歌声如何？我梦呓般冒出一串恭维，不想这又是一个圈套，她说先生既然这么喜欢她的歌，就送一支鲜花给她。我当即从服务小姐那里取两朵，送与那唱歌的小姐后，服务员让我结账，告每朵花十五块钱。这次我没打算嚷嚷，只觉得自己太可笑，想必店家怕我压座，又不要小姐，使一毒招让我走。不过，出于自尊，我又坐了会儿，在我出门的空，见那服务员将我送给唱歌小妞儿的鲜花，原封不动又放回花架子上。流客太多，她显然忽略了我的注意。还是走吧，回到归家的路上，权作逗人的插曲，世道本诸多圈套，有恶意，有中伤，有欺骗，原本不能开张，就因为老实人需要，圈套生意变得红火起来。形式上它也是大熔炉，钻进去认套的家伙，最终会成熟，慢慢就显得自然，许许多多的好人和坏人在无意中干了彼此的勾当，细想过人就学得宽宏大量了。实际呢？人只为了自己才会宽宏大量。

　　我倒了次车，开始晃晃荡荡往家走，倒是想瑟缩身子，找点儿凄凉的感受。可全不是那么回事，不至于身轻如燕，反正更多的是无所谓。我玩味自己的仗义，心想老文惠幸亏撞到我，要是换个主儿，能这么轻易撒手嘛。可也得承认，一路上我设计了几种报复的构想，全是阴损到家的，如果真要那样，她就甭打算在单位仰头瞅人。我一路嘀咕，心里竟有不怀好意的快乐。好自由啊！不过那么回事，剖析我对文惠的感情，也只能算是说的过去。我要真痛苦万状，至少现在我不信，别说什么爱情，我此时此刻的失落并不是她给我的，而是这段生活，另一方面我也快算个充满低级趣味的勇士，把以前认为高尚、明确的情感视同云烟，可让我不解的是，已往火烧火燎的情欲都跑哪儿去了？千万年人类饱经各种磨砺出来的最能佐证高级生物的特征——性，原本也是很虚无的。

还是该有个打算。这个打算就是这样下去，我不想做什么调整了，假如现在老月亮开着他的破吉普车路过这儿，我会跳上去和他周游全国的。当然，我肯定后悔，但我也肯定能跟他跑！我的懒惰情绪和我的乌托邦式的精神生活有多大的差距啊。

一切都是真实的，我却在心里说一切都是假的，再也不觍着脸找什么工作了。或者换一种方式说，也就是为了生存寻摸点儿银子。我只求上苍别让我得一种倒霉的病之后，社会八方支援，我想那快乐肯定不是我的。我现在有点儿不能正确理解善良的含义，因为这个世界最大的特征不是核武器，不是电脑、宇宙飞船……而是人类自己不厌其烦制造的虚幻，把同样的含义解释成几百种说法，然后就有倒霉的家伙像广告商那样告诉你，总有一款适合你。

我把目光投向更广阔的世界，只是太暗了，我用无数根筋骨支撑着肉身，走上我们小区北侧的人行道，冷眼观望马路牙子上缩脖膊缩腿的各类小贩，天晓得这帮人做什么美梦，看上去像死了一样，睡得那叫踏实。老远，我就看见我的房间。有些吃力，明知进了家门不过又重复昨天的没劲，却不由自主弄出情绪高涨的样子。我倒是希望老月亮搬一箱啤酒出人意料地在家等我，我也知道那是不可能的。

一步步往家走，说老实话，我乏极了。

打开门后，才发现脚底下有一个厚厚的邮件，可能是太厚了，信箱放不下去，投递员便放在我的门旁。可是我有点儿不行了，将邮件丢到一旁，身子一下就横在床上，泪水顺着脸颊不停地流……

第四章

偷窥背后

长篇小说

TOUKUIBEIHOU

深夜，电话铃声将我吵醒。我以为是文惠打来的，惊醒后，听着电话铃声阵阵，没有接，我希望她明天早晨跑来求得我的原谅，事情像往常那样不了了之。我很生气，可是我仍然会原谅她的。电话铃声停下来，不一会儿，又响了起来，我拿起听筒，真是没有想到，是阳阳断断续续的啜泣声，我听不太清，但预感到金月亮他们出事了，阳阳安静下来后，在电话里告诉我，她们在山西境内出车祸了，阳阳被甩出车外，捡了一条命，小艾和阳阳的同学当场就没气了。金月亮还算命大，那辆破吉普从山坡上翻了两个斤头，他居然还活着，只是把左腿丢了。阳阳说，以后会跟我联系的，然后就把电话挂了。我不可能再睡了，奇怪的是，听到这个噩耗，我竟然没表现出应该有的痛苦，我想的是马兰花又救了我一条命，就像年初那样。我看到电话机旁那个邮件，字迹很熟，拆开的当口，记起那字迹是欧阳文婷的。果然如此，邮件正是《青春绞架》的下半部，里边夹着一封信和一张委托书，不知为何，信没有抬头：

你活着吧，我却要去了。我的一切你都知道，也应该看到了，当我把痛苦看作一场游戏的时候，我反而不痛苦了，你活着，当然能看见以后发生的一切，我和自己打了一个赌，答案我带走了。你不要以为我是因为绝望才离开这个世界，恰恰相反，我是因为尊严才这样做的。我的母亲一直照顾我的生活，半个月前，她去世了，我没有办法在别人眼里体面地生存下去，不管世人理解与否，由于特殊的情况，我从生到死，所面对的都是自己，因而我必须构筑一个坚固的堡垒，我在里边游戏，游戏的内容就是被十五家出版社拒绝的《青春绞架》。

现在，如果我不能有尊严有体面地完成一个新的游戏，就只能请你来帮忙了。

欧阳文婷

读过欧阳文婷的信，我没多想，在阳台找到一大瓷盆，把她的半部手稿以及她给我的委托书统统丢了进去，然后用火柴点燃。

一小时后，一切都不复存在了。欧阳文婷的游戏宣告结束。

对欧阳文婷来说，社会是不可饶恕的，也包括我。阳台很冷，可我不想回屋，我凝视繁星密布的辽阔苍穹，渴望着一种永恒。她在哪儿？因为我观察过运行的卫星，现在掐算起来，该是凌晨一点四十分左右。天很冷，追忆却像熔岩，流火般的遐想，灼伤了我的心灵。我尽量窥到属于我的过去，人影幢幢，大都模糊，最终袭向我的还是我那样熟悉的疲惫和空寂，如同灵魂栖身孤岛，渐渐向纵深漂浮……我努力睁开眼，重又见到走马灯似的朋友们，个个来去匆匆，最后所有的人都凝固起来，我希望他（她）们中间有我的希望，使我在向彼岸漂浮的同时，看到光亮，奇怪的是我无论怎样改造自己，让我的品德升华，可醒目的朋友竟然是毫无廉耻和责任感的现在不知死活的金月亮。真是太有趣了！

想到金月亮，我又记起了马兰花，如果不是她把我"招"回来，我也不大可能帮助欧阳文婷来完成她最后的游戏，多有意思，一个开始我认定是个婊子，后来差不多是个作家，而现在已经证实是个诈骗犯的女人两次把我从死亡线上拉回来，毫无疑问，那次的"偷窥"很值，但不可能有第三次了。没有多少日子就是新年了，而一切是那样的相似，另一种形式的偷窥、警察、诈骗、死亡、车祸，却没有了电影和性，对我来说，失却了虚无就是一种进步了。活着，我就像一个不屈服的俘虏，在这个悲哀的世界上寻找喜剧因素，可我一个人有些累，我是多么需要朋友啊！我想念他们，马兰花无意间玩弄了我，可她让我的生命得到了某种再生；阳阳用她少女的狡黠，帮我鸳梦重温，验证了我久违的美妙激情；死去的小艾以她活生生的力量，感染着我，她短暂的依偎，使我明白有一种情感是不屈不挠的永生的；在天堂带着嘲讽微笑的欧阳文婷，掳去我的虚伪，让我懂得尊严是怎么一回事，当然，还有疯狂的金月亮，他赤条条的真诚看上去都有些丑恶，但我还是放不下他，他还会四处晃荡吗？阳阳不是说他就剩下一条腿了吗？会的，按照他的性格，他会丢掉那条长着脚气的腿，继续上路……

时间过得真快，我却没准备好，正像诗人所言："我在两个世界徘徊，一个已经死去，另一个还无力诞生。"可如果阵痛开始，毕竟也是个好兆头，除了疯狂向前，也没有别的选择。我在阳台上有些冷了，熬不住了，可我仍然在想，我认识或不认识的男男女女在冬夜的媾合中仍在创造生命，不久，看似完美的组合将分裂成个体的单元，就为这，我不该说生活很迷人吗？是的，应该说迷人！（全文完）

2000 年冬于北京青塔

2010 年春修订